D1930717

David Lodge · Ins Freie

DAVID LODGE

Ins Freie

ROMAN

AUS DEM ENGLISCHEN
VON
RENATE ORTH-GUTTMANN

HAFFMANS VERLAG

Die Originalausgabe
»Out of the Shelter«
erschien 1970 bei Macmillan,
und 1985 bei Secker & Warburg in revidierter Fassung.
Das Vorwort wurde eigens für diese deutsche Erstausgabe geschrieben.
Copyright © 1970, 1985 by David Lodge

Für Eileen
in liebevoller Erinnerung

Umschlagzeichnung von Volker Kriegel

Alle deutschsprachigen Rechte vorbehalten
Copyright © 1993 by
Haffmans Verlag AG Zürich
Satz: S.GB Schauenburg, Schwanau
Herstellung: Offizin Andersen Nexö
ISBN 3 251 00229 5

VORWORT

Leser meiner bereits ins Deutsche übersetzten Bücher mag der vorliegende Roman etwas überraschen – aus zwei Gründen. Erstens ist er zwar, wie ich hoffe, nicht ohne Humor, unterscheidet sich aber doch wesentlich von den Sozialsatiren, die mich als Romancier vielleicht am bekanntesten gemacht haben. Zweitens spielt die Geschichte zum größten Teil in Deutschland – einem Deutschland, wie es ein englischer Schuljunge sieht, der wenige Jahre nach Ende des Zweiten Weltkriegs dieses Land zum erstenmal betritt. Ich hoffe, daß das Interesse an dem zweiten Punkt für etwaige Enttäuschungen im Hinblick auf den ersten entschädigt. Zwischen beiden Aspekten besteht ein eindeutiger Zusammenhang.

Ins Freie ist wohl von allen meinen Romanen am stärksten autobiographisch geprägt insofern, als die frühen Erfahrungen seines jugendlichen Helden Timothy Young und die Umstände seines Besuchs in Heidelberg sich weitgehend mit meinen Erfahrungen decken. Im ersten Teil verarbeitete ich Erinnerungen an den Londoner Blitz von 1940, die fast den ganzen Krieg andauernde Evakuierung aufs Land mit meiner Mutter (allerdings war mein Vater – anders als der Vater von Timothy, mit dem er auch in anderen Punkten wenig Ähnlichkeit hat – kein Londoner Luftschutzwart, sondern Musiker bei der Luftwaffe), die *Austerity*-Jahre der Nachkriegszeit in einem tristen Vorort südöstlich von London, den Besuch eines halbprivaten katholischen Gymnasiums und das Staunen über meine Lernerfolge (die mich später in den akademischen Mittelstand aufrücken ließen).

Der Rest des Buches basiert auf den Ferienwochen, die ich auf Einladung meiner Tante Eileen, der Schwester meiner Mutter, im Sommer 1951 in Heidelberg verlebte. Sie arbeitete dort als Zivilangestellte für die U.S.Army. Zuvor war sie als Sekretärin im amerikanischen Hauptquartier in Cheltenham, England, tätig gewesen und hatte sich in der Endphase des Krieges und der nachfolgenden Besetzung Deutschlands durch die Alliierten freiwillig für den Dienst in Europa gemeldet. Für sie war diese Erfahrung eine persönliche Befreiung. Aus einem Milieu begrenzter Mittel und Möglichkeiten fand sie sich nun unvermittelt – unter dem Schutz der reichsten, mächtigsten, privilegiertesten Nation der Welt – in ein Leben versetzt, von dem sie vorher allenfalls hatte träumen können, ein Leben, das ihr Reisen, Luxus und aufregende Erlebnisse bot. Als temperamentvolle, attraktive, ledige Frau, die immer mindestens fünfzehn Jahre jünger wirkte, als sie war, gewann sie rasch Freunde und hatte ständig etwas vor. In ihren Briefen an die Familie spielten Parties, Auswärtsessen, Tanzengehen und Ausflüge eine große Rolle. Als die Länder Europas sich allmählich von den Verwüstungen des Krieges erholten, hatten zunächst allein die Angehörigen der amerikanischen Army und ihre Zivilangestellten genug Geld und Bewegungsfreiheit, um sich dort zu vergnügen. Einige Jahre lang – während die meisten Europäer mühsam ihre vom Krieg gezeichneten Städte wieder aufbauten und mit Lebensmittelrationierung und anderen Engpässen zu kämpfen hatten – standen die Luxushotels, die eleganten Kurorte, erstklassigen Restaurants, Golfplätze und Spielbanken unumschränkt nur ihnen offen; was darüber hinaus für den gewohnten *American way of life* fehlte, wurde aus der Heimat eingeführt und war in jedem P.X. zu finden.

In Großbritannien hielt sich die *Austerity* länger als überall sonst diesseits des Eisernen Vorhangs. 1951, sechs Jahre nach Kriegsende, waren viele Grundnahrungsmittel noch rationiert. In jenem Jahr machte die Regierung sogar einen Anlauf, die Käsezuteilung von 90 Gramm auf 60 Gramm zu *kürzen,* was ihr aber dank einer Abstimmungsniederlage im Unterhaus nicht gelang. Auf der anderen Seite des Ärmelkanals, in Frankreich und Belgien, gab es reichlich zu essen, und selbst die Deutschen (die doch, wie oft ironisch gesagt wurde, angeblich den Krieg verloren hatten), waren mittlerweile in mancher Hinsicht besser dran als die Briten. Wegen der lächerlich geringen Devisenkontingente für private Auslandsreisen konnten wir uns obendrein nicht einmal im Urlaub an kontinentaler Kost erfreuen. Nur weil meine Tante Eileen für mich bürgte und zusicherte, alle Kosten für mich zu übernehmen, war die Reise nach Heidelberg überhaupt möglich geworden.

Für einen Jungen meines Alters (sechzehn) und meiner sozialen Herkunft (untere Mittelschicht) war es eine ungewöhnliche und recht beängstigende Unternehmung. Ich hatte seit jeher ein gutes Verhältnis zu meiner Tante, und was sie über die in Heidelberg lebenden Amerikaner berichtete, klang verlockend. Deutschland aber, das Land des Erbfeindes, nach wie vor durch die verzerrende Linse einer Kriegskindheit betrachtet, war kein verlockendes Ferienziel, und jemandem, der sich noch nie im Leben ohne Begleitung weiter als dreißig Meilen von seinem Elternhaus wegbewegt hatte, konnte der Gedanke an die lange Reise dorthin per Bahn und Schiff mit den Fährnissen fremder Sprachen, Getränke, Währungen und dergleichen schon bange machen. Von meinen in diesen Dingen unerfahrenen Eltern war nicht viel an Rat und Tat zu erhoffen. Ich weiß noch, daß ich viele Stunden nach einem Paß und einem deutschen Visum Schlange stehen mußte, weil ich diese Formalitäten erst recht spät in Angriff genommen hatte. Manchmal fragte ich mich, ob ich zu dem vorgesehenen Termin überhaupt würde reisen können, und manchmal war ich drauf und dran, den Versuch vollends aufzugeben.

Aber dann ließ ich doch nicht locker und war im nachhinein sehr froh darüber, denn die Reise nach Heidelberg war zweifellos eine der prägenden Erfahrungen meines Lebens. Der erfolgreiche Abschluß der langen, anstrengenden Fahrt, die Einführung in eine Welt vergleichsweise urbaner Erwachsenengenüsse und -zerstreuungen unter Schutz und Schirm meiner Tante und ihrer Freunde, die Begegnung mit deutscher Geschichte und deutscher Landschaft sowie ein begrenzter Kontakt zu Deutschen – all das stärkte mein bislang nicht sehr ausgeprägtes Selbstbewußtsein ungemein und öffnete mir neue Horizonte. Zwei Jahre später verbrachte ich als Student einen weiteren genußreichen Urlaub in Heidelberg, und 1967 – inzwischen war meine Tante längst nicht mehr dort – fuhr ich erneut hin, um für *Ins Freie* zu recherchieren. Doch ausschlaggebend für mich persönlich war jener erste Besuch, und obschon ich Eindrücke und Erfahrungen aus allen drei Besuchen für meinen Roman nutzte, war es für mich eine klare Entscheidung, ihn zu der Zeit meines ersten Aufenthaltes und mit einem sechzehnjährigen Helden spielen zu lassen.

An die Stelle meiner Tante tritt in dem Roman Timothys Schwester Kate (ich selbst bin ein Einzelkind). Irrungen und Wirrungen der Erwachsenenwelt, in die Timothy im zweiten und dritten Teil hineingerät, sind ebenfalls erfunden, bei der Schilderung des Umfelds aber, in dem sie spielen, nutzte ich persönliche Erfahrungen und Beobachtungen. So habe ich bei meinem ersten Besuch in Heidelberg tatsächlich heimlich in einem Wohnheim für Frauen übernachtet – allerdings ohne die interessanten Konsequenzen, die sich daraus für Timothy ergaben. Gloria Rose ist (obschon ich jemanden wie sie 1951 sehr nötig gehabt hätte) leider nur eine Phantasiefigur, und zu der denkwürdigen Geburtstagsparty auf dem Neckar ließ ich mich durch ein Plakat mit der Werbung für eine Bootsfahrt anregen, die ich selbst nicht mitgemacht habe. Mit dem jungen Portier aus dem Wohnheim meiner Tante allerdings freundete ich mich tatsächlich an, und dem Besuch bei Rudolfs Eltern liegen persönliche Erfahrungen zugrunde.

Vom Genre her ist der Roman eine Kombination aus dem Bildungsroman (die griffige deutsche Bezeichnung – eine englische Entsprechung gibt es nicht – für eine Erzählung, die den Übergang von der Kindheit zum Erwachsenwerden und dem Erkennen der eigenen Berufung schildert) und dem »internationalen« Roman à la Henry James, der gegensätzliche ethische und kulturelle Normen behandelt. Die augenfälligsten Vorbilder sind James Joyces *Portrait des Künstlers als junger Mann* und Henry James' *Die Gesandten*. Der englische Titel spielt mit den verschiedenen Anwendungsmöglichkeiten des Begriffes »shelter« – für den Schutzraum, in dem Timothy zu Beginn des Romans eine traumatische Erfahrung hat, die Schutzhütte am Meer, in der er sich später patriotischen Phantasien über Krieg und Heldentum hingibt, das »behütete« Leben in seiner fürsorglich-repressiven Familie. So ist denn das Buch von seinen Ursprüngen her autobiographisch; was mich aber ermutigte, einem Roman meinen ersten Besuch in Heidelberg und ergänzend dazu die Verhältnisse im Nachkriegsengland zugrunde zu legen, war die Überlegung, daß meine Erfahrung eine über das Persönliche hinausgehende repräsentative Bedeutung besaß. Dieser Gedanke hatte vielleicht um so mehr Gewicht, als ich den Roman Ende der sechziger Jahre schrieb, zu einer Zeit, als der Slogan *Trau keinem über dreißig* den Generationsunterschied zwischen jenen, die sich noch an den Zweiten Weltkrieg erinnern konnten, und den anderen, die keinerlei Erinnerung mehr an ihn hatten, provokativ auf den Punkt brachte. Ich war einunddreißig, als ich die Arbeit an diesem Buch begann.

Der Krieg und seine Nachwehen prägten meine Generation in vielerlei Hinsicht. Seinen aus kindlicher Perspektive gesehen epischen Dimensionen verdankten wir eine schlichtgestrickte patriotische Ethik und Mythologie, die sich nicht so ohne weiteres über Bord werfen ließ. (Und wie vehement kamen die alten Emotionen im Falkland-Krieg wieder hoch!) Die Ängste und Entbehrungen jener Zeit hatten uns vorsichtig, durchsetzungsschwach, dankbar für kleine Freuden und bescheiden in unseren Zielsetzungen werden lassen. Glück, Genuß, Überfluß waren für uns nicht selbstverständlich; all das mußte man sich durch harte Arbeit (gutes Abschneiden bei Prüfungen etwa) verdienen, und auch dann noch genossen wir zuweilen mit schlechtem Gewissen. Meine Begegnung mit den in Deutschland lebenden Amerikanern im Jahre 1951 gab mir einen einzigartigen Vorgeschmack auf das hedonistisch-materialistische »gute Leben«, das die Briten und andere westliche Länder bald anstreben und schließlich als normal betrachten sollten: ein Leben, das bestimmt war durch maschinell hergestellte Güter und Zerstreuungen – Privatwagen, arbeitssparende Vorrichtungen, flotte, preiswerte Kleidung, Massentourismus, technisch gesteuerte Freizeitunterhaltung. Die Leistung des modernen Kapitalismus, früher einer winzigen Minderheit vorbehaltene Freuden nun einem großen Teil der Gesellschaft zugänglich zu machen, hat weitreichende Folgen gezeitigt, deren Ende noch nicht abzusehen ist (die bislang letzte Konsequenz ist der Zusammenbruch des Kommunismus in Europa). Ist das nun eine neue Freiheit für den Menschen oder eine neue Versklavung? Ich maße mir nicht an, eine Antwort zu geben, die Frage aber wird indirekt in Timothy Youngs Geschichte gestellt.

Von besonderer Bedeutung ist diese Frage im Hinblick auf England im Jahre 1951, das sich im historischen Rückblick als ein Jahr entscheidenden Wandels darstellt, als das Scharnier, an dem sich unsere Gesellschaft vom Sozialismus weg zur Verbraucherhaltung, von der *Austerity* weg in Richtung Wohlstand drehte. Als ich im Sommer 1951 nach Heidelberg reiste, war Clement Attlees Labour-Regierung, die nach dem überwältigenden Wahlsieg von 1945 in den Parlamentswahlen von 1950 nur noch eine Mehrheit von sechs Sitzen erringen konnte, fast am Ende. Nachdem zwei wichtige Minister wegen der Einführung einer Kostenbeteiligung im nationalen Gesundheitsdienst das Kabinett verlassen hatten, war die Partei gespalten, durch die Krankheit anderer Kabinettsmitglieder geschwächt. Weitere Probleme und Peinlichkeiten waren die Brennstoffknappheit, die Beschlagnahme der Ölquellen von Abadan durch die persische Regierung und das Verschwinden der Diplomaten Burgess und MacLean, die wenig später in Moskau wieder auftauchten. Das Grundübel aber, mit dem die Regierung zu kämpfen hatte, war, wie ich bei Recherchen für diesen Roman feststellte, eine Wirtschaftskrise, die sie wegen ihrer politischen Abhängigkeit von den Vereinigten Staaten nicht in den Griff bekam.

Die großen Stimmenverluste der Labour-Partei in den Wahlen von 1950 waren ein deutliches Zeichen dafür gewesen, daß die Wähler nicht mehr bereit waren, Opfer zu bringen, und ungeduldig auf den schon so lange versprochenen Kuchen warteten. Endlich sah es nun so aus, als könne die Regierung ein paar Stücke verteilen. Cripps' Haushalt vom April 1950 basierte auf einer – vorsichtig geschätzten – dreiprozentigen Steigerung der Industrieproduktion und hatte einen zusätzlichen Betrag von 200 Millionen Pfund für

Ausgaben auf dem privaten Sektor einkalkuliert. Drei Monate später war dieser mühsam errungene Bonus durch den Ausbruch des Koreakrieges null und nichtig geworden. Der eigentliche Konflikt fand zwar in Asien statt, war also recht fern, aber die Angst war weit verbreitet, der Kalte Krieg in Europa könne zu einem heißen Krieg eskalieren. Die Vereinigten Staaten sagten eine Verstärkung der Verteidigungsmaßnahmen zu, aber nur unter der Bedingung, daß die europäischen Verbündeten Selbsthilfe in entsprechender Größenordnung leisteten. So war denn Großbritannien gerade jetzt, da die Friedensproduktion endlich anfing zu funktionieren und die Beschränkungen im privaten Verbrauch nach und nach aufgehoben werden konnten, durch die politischen Umstände genötigt, sich auf eine die Wirtschaft nachhaltig lähmende Wiederaufrüstung einzulassen. Da viele andere Länder, unter anderem auch die USA, ebenso handelten, kam es zu einer weltweiten Verknappung von Rohstoffen, was Großbritanniens industrielle Erholung bremste und zu Schwierigkeiten mit der Zahlungsbilanz, zu einem Absinken der Dollar- und Goldreserven und zur Inflation führte. Gaitskell reagierte auf diese Probleme in seinem Haushalt von 1951 mit Steuererhöhungen, einer Drosselung der Ausgaben auf dem privaten Sektor und der Kürzung staatlicher Sozialleistungen. Es dürfte die einzig realistische Politik gewesen sein, aber sie führte zu einer Spaltung der Partei und dazu, daß Labour noch enger mit dem Begriff der *Austerity* assoziiert wurde.

Daß die Tories im Oktober 1951 die Wahl gewannen, war deshalb keine Überraschung; allerdings gelang es ihnen in den ersten beiden Amtsjahren nicht besser als der Labour Partei, die Wirtschaft in den Griff zu bekommen. Dann war die Krise mit dem Ende des Koreakriegs und einer Umorientierung der Weltmärkte weg von den Rohstoffproduzenten hin zu Industrieländern wie Großbritannien so plötzlich zu Ende, wie sie begonnen hatte. Nutznießer dieser Entwicklung waren die Konservativen, was sich auch in Harold MacMillans Wahlkampfslogan von 1959 »You've Never Had It So Good« (»So gut ging's euch noch nie!«) niederschlug – bezeichnenderweise eine amerikanische Formulierung, die sich aus dem Mund dieses so typisch britischen Politikers einigermaßen sonderbar ausnahm. Die nächsten dreizehn Jahre mußte Labour in der Opposition ausharren.

1951 lagen die meisten dieser politischen und wirtschaftlichen Entwicklungen natürlich noch im Schoß der Zukunft verborgen oder waren für einen sechzehnjährigen Schüler nicht durchschaubar, aber sie gehören mit zum Subtext von *Out of the Shelter (Ins Freie)* und werden hin und wieder im Dialog auch direkt angesprochen.

Ins Freie, mein vierter veröffentlichter Roman, kam 1970 heraus, nach *The British Museum is Falling Down* (1965) und vor *Changing Places* (1975). Bei der Publikation des Romans machte ich recht unerfreuliche Erfahrungen. Der Verlag (von dem ich mich später trennte) erbat, nachdem er bereits eine Kürzung des Originals um ein Viertel verlangt hatte, meine Einwilligung zur Herstellung des Buches in dem damals noch relativ neuen Computersatz, was mir die Möglichkeit nahm, die Fahnen durchzusehen. Das Ergebnis war ein schauderhaft gedrucktes Buch, das von Fehlern wimmelte. Als mein derzeitiger Verlag 1985 das Buch neu herausbrachte, nutzte ich die Gelegenheit nicht nur zur Korrektur, sondern auch zu einer Überarbeitung, wobei ich einige der gestrichenen Passagen wieder einbrachte und andere straffte oder polierte. Diese Umstände liefern eine teilweise, aber nicht die ganze Erklärung dafür, warum das Echo auf den Roman in England zunächst enttäuschend und dann im zweiten Anlauf so sehr viel positiver war. Das kulturelle Klima der im wesentlichen mit revolutionären Bewegungen, Flower Power, sexueller Promiskuität, Women's Lib und postmoderner Avantgarde befaßten siebziger Jahre war einer formell zurückhaltenden, nostalgisch angehauchten Darstellung der vierziger und fünfziger Jahre nicht günstig. Fünfzehn Jahre später war fiktionaler Realismus wieder im Kommen, man hatte wieder mehr Interesse an einer Rückschau auf die Wiederaufbauzeit in Großbritannien und Europa, um künftige Entwicklungen abschätzen zu können.

Ich freue mich sehr, daß der Roman noch einmal – jetzt in einer anderen Sprache – zu neuem Leben erwacht ist und neue Leser erreichen wird, die darin Anklänge und Spiegelbilder eigener Erfahrungen finden mögen. Letztlich haben ja die meisten Menschen die gleiche Reise wie Timothy hinter sich. Es mag keine Reise im Wortsinn sein (oft aber ist sie es), und sie kann viele unterschiedliche Wege nehmen, symbolisch aber steht sie immer für dieselben Dinge: für die *rites de passage,* die Begegnung mit dem Anderen, die Trennung von kindlichen Illusionen und das Erfahren schmerzlicher Wahrheiten.

David Lodge
Birmingham, April 1993

ERSTER TEIL

Der Schutzraum

I

Die Mutter stand auf einem Hocker in der Küche und räumte Konservendosen in den Oberschrank: Das war eine seiner ersten Erinnerungen. Auch der Küchentisch war voller Dosen, Ananas, Pfirsich, kleine Apfelsinen, man konnte es an den Bildern auf dem Etikett erkennen. Er fragte:

– Wozu sind denn die vielen Dosen?

Die Sonne schien durch die blasige Fensterscheibe hinter ihr, er kniff die Augen zu, weil das Licht ihn blendete, und konnte trotzdem das Gesicht seiner Mutter nicht richtig erkennen, aber er erinnerte sich, daß sie zu ihm heruntersah, lange Zeit, so schien es ihm, und dann sagte sie:

– Weil Krieg ist, mein Spatz.

– Was ist Krieg? fragte er. Aber an ihre Antwort konnte er sich später nicht mehr erinnern.

Krieg, das bekam er dann bald heraus, war eine Mickey-Mouse-Gasmaske, die beschlug, wenn man hineinatmete, das waren Stahlhelm und Trillerpfeife für seinen Vater, daß Jill weinte, weil ihr Daddy zur Luftwaffe ging, und daß ständig das Radio spielte, waren schwarzes Papier vor dem Glas in der Haustür und Sirenengeheul und daß man mitten in der Nacht aufstehen mußte, weil Alarm war. Es war toll, mitten in der Nacht aufzustehen.

Sie hatten keinen eigenen Schutzraum. Er ging mit seiner Mutter ein paar Häuser weiter, zu Jill in Nummer 64, dort gab es einen Luftschutzraum im Garten. Jills Dad hatte den selber gebaut. Sein eigener Dad hatte meist Dienst, wenn Alarm war, er war Luftschutzwart und paßte auf, daß alle in einem Schutzraum saßen und nirgends Licht durch die Vorhänge fiel. Wenn die deutschen Flieger sahen, daß irgendwo Licht durch die Vorhänge schien, wußten sie, wo man war, und warfen einem eine Bombe auf den Kopf. Manchmal kam sein Vater während eines Angriffs in Nummer 64 vorbei und sah nach, ob es ihnen gutging. Oder er holte sie nach der Entwarnung dort ab. Manchmal, wenn Timothy schlief, trug er ihn heim, und am nächsten Morgen wachte er dann in seinem eigenen Bett auf, ohne daß er die Entwarnung gehört hatte. Bei Entwarnung heulte die Sirene immer auf einem Ton, aber bei Alarm ging sie rauf und runter, uuuuÄÄÄÄH, uuuuuÄÄÄÄH... Es war sehr praktisch, daß es diese beiden verschiedenen Sirenen gab, denen man so genau anhören konnte, was sie bedeuteten. Die Entwarnung klang unbesorgt und schläfrig, so wie man sich fühlte, wenn man nach dem Angriff gähnend nach Hause ging, in der Alarmsirene aber steckte ganz viel Angst.

Nicht, daß Timothy Angst hatte. Nach einiger Zeit hatte er sich so an die Alarmsirene gewöhnt, daß seine Mutter ihn wecken mußte, damit sie zu Jill kamen, ehe die deutschen Bomber da waren. Jill war fünf, wie Tim, aber er war älter, weil er vor ihr Geburtstag hatte. Jill war hübsch. Er würde sie heiraten, wenn sie groß waren. Seine Schwester Kath war viel älter als er, sechzehn, fast schon groß, aber sie wohnte nicht mehr zu Hause. Sie war mit ihrer Schule, mit den Nonnen, auf dem Land, sie hatten Kaths Schule evakuiert. Wegen der Angriffe. Die Angriffe gab es, weil Krieg war. Der Blitz, so hieß das. Wenn das mit dem Blitz so weitergeht, sagte seine Mutter, sehe ich zu, daß ich mit Timothy auch aufs Land komme. Sie wohnten in London, der größten Stadt der Welt. Timothy wollte nicht aufs Land. Er war einmal dagewesen, da hatten ihn die Brennesseln gebissen, und er war in einen dicken Kuhfladen gefallen. Aber er wollte auch nicht, daß die Angriffe aufhörten, weil es toll war, mitten in der Nacht aufzustehen.

– Timothy! Timothy! Wach auf, Liebling.

Mit einem kleinen Jammerlaut kuschelte er sich tiefer in das warme Bett.

– Wach auf, Timothy. Alarm.

Ganz in der Nähe fing eine Sirene an zu heulen, uuuuu-ÄHHHH, uuuuÄÄÄHHH ... und er schlug die Augen auf. Über ihm hing das Gesicht seiner Mutter, blaß und zerknittert, die Haare unter einem Kopftuch versteckt.

– Beeil dich, Liebling, Alarm.

– Weiß ich doch, sagte er gähnend.

Er setzte sich auf die Bettkante und hörte auf das Gejaul der Sirenen, während die Mutter ihm Socken anzog.

– Grauenhaft, dieses Geräusch, sagte sie. Wenn Alarm war, hatte sie Hosen an und eine alte Jacke von seinem Vater, die vorn einen Reißverschluß hatte. Seine Mutter gefiel ihm, wenn sie Hosen anhatte.

– Da ist dein Bunkeranzug, er ist schön warm vom Boiler.

Timothy trug den Bunkeranzug über dem Pyjama, er war blau, Winston Churchill hatte genauso einen. Wenn er ihn anhatte, kam er sich sehr mutig vor. Pyjamas und Morgenröcke hatten Schlitze und Spalten und ungeschützte Stellen, aber sein Anzug hatte strammes Gummiband an Hand- und Fußgelenken und vorn einen Reißverschluß. Wenn er in dem Bunkeranzug steckte und den Reißverschluß hochgezogen war, hatte er das Gefühl, daß ihm nichts passieren konnte.

Seine Mutter band ihm die Schuhe zu und zog die Schleife fest.

– So, fertig. Hast du deine Spielsachen?

Er nahm die Schachtel mit den Bunkerspielsachen und ging hinter seiner Mutter her die Treppe hinunter. In der Diele nahm sie die Gasmasken von dem Haken neben der Haustür und hängte Timothy seine Mickey-Mouse-Maske um den Hals.

– Erst das Licht ausmachen, mahnte er, als sie die Haustür aufmachen wollte. Sonst kriegt Dad Ärger.

Als sie das Licht ausgemacht hatte, war es stockdunkel in der Diele. Draußen waren keine Lichter, nur die Scheinwerfer bewegten sich wie drohende Riesenfinger über den Himmel. Timothy trödelte ein bißchen, teils um zu zeigen, daß er keine Angst hatte, teils, weil er zu gern mal miterleben würde, wie die Scheinwerfer ein deutsches Flugzeug zu fassen kriegten. Einmal hatte er eins gesehen, einem kleinen silbernen Kreuz gleich in dem gleißenden Strahl, aber es war in einer Wolke verschwunden, ehe die Flak es abschießen konnte. In einiger Entfernung hörte man Sperrfeuer. Seine Mutter stolperte über den Randstein.

– So ein M . . . Nicht die Hand vor Augen kann man sehen bei dieser elenden Verdunklung.

Auf dem Rückweg vom Schutzraum, nach der Entwarnung, fand man sich besser zurecht. Wegen der Brände unten an den Docks. Sie machten den ganzen Himmel hell mit ihrer gewaltigen roten Glut, die aussah wie ein riesiges Freudenfeuer.

Plötzlich gab es hinter den Häusern einen lauten Knall, bei dem sie beide zusammenfuhren. Die Mutter faßte Timothys Hand fester und zog ihn im Laufschritt hinter sich her.

– Halt, du tust mir weh, jammerte er. Das ist doch bloß die Flak unten an der Eisenbahn.

– Jetzt komm endlich, Timothy!

Das Flakgeschütz fuhr auf der Bahnstrecke hinter den Häusern auf Jills Seite hin und her. In Jills Garten konnte man die Eisenbahn sehen, aber tagsüber kamen nur die grünen elektrischen Züge vorbei. Sein Vater fuhr mit dem Zug zur Arbeit. Er arbeitete in einem Büro.

Seine Mutter hatte einen Schlüssel zu Jills Haus, aber als sie ihn gerade ins Schloß stecken wollte, ging die Tür auf, und vor ihnen stand Onkel Jack.

– Nur hereinspaziert, sagte er. Der Spaß fängt gerade an.

– Ach, du bist's, Jack, sagte Timothys Mutter. Jetzt hab ich mich richtig erschreckt. Was machst du denn hier?

Onkel Jack schloß die Tür hinter ihnen und knipste das Licht an.

– Hab sechsunddreißig Stunden Urlaub rausgeschunden. Mal sehn, wie's zu Hause steht, hab ich mir gedacht.

Jills Dad trug die blaue Luftwaffenuniform mit den Schwingen. Er war groß und stark und lustig, und Timothy mochte ihn sehr. Er nannte ihn Onkel Jack, obgleich er nicht sein richtiger Onkel war. Sehr schade, fand er, daß sein Vater keine richtige Uniform hatte, sondern bloß einen Stahlhelm und eine Armbinde. Seinen Vater hatten sie für die Luftwaffe nicht genommen, weil er zu alt war, und dafür müssen wir sehr dankbar sein, sagte Timothys Mutter immer, weil er dann nicht von zu Hause weg muß wie Onkel Jack. Timothy war froh, daß sein Vater nicht von zu Hause weg mußte, aber Flieger war eben doch besser als Luftschutzwart.

– Und wie geht's unserem Tim Winzig? fragte Onkel Jack und zauste Timothys Haar. Onkel Jack nannte ihn immer so oder manchmal auch bloß Winzig, sie machten sich einen Spaß daraus, und Timothy tat immer so, als ob ihn der Name mächtig ärgerte. Er ballte die Fäuste und ging in Boxerstellung.

– Jetzt nicht, Winzig, sagte Onkel Jack. Ab in den Schutzraum mit euch!

Er ging vor ihnen her durch die Diele und in die Küche. Jills Haus war genau wie das von Timothy und trotzdem anders. Die Zimmer waren genauso groß und genauso angeordnet, aber es stand anderes Zeug drin, und sie rochen anders, besonders die Küche. In der Küche griff sich Onkel Jack die Taschenlampe. Über die eine Hälfte von dem Stück, wo das Licht rauskam, war ein Stück Papier geklebt, damit das Licht nicht nach oben schien und den deutschen Bombern verriet, wo man war. Onkel Jack knipste das Licht in der Küche aus, machte die Hintertür zum Garten auf und leuchtete ihnen den Weg.

– Paßt auf, wo ihr hintretet.

In diesem Moment flog in geringer Höhe ein Flugzeug über sie weg, und Timothys Mutter wich erschrocken ins Haus zurück.

– Keine Bange, sagte Onkel Jack. Eins von unseren. Hört man an den Motoren.

Timothy sah in stummer Bewunderung zu dem Mann auf, der es an den Motoren hörte.

Der Schutzraum war hinten im Garten, nicht weit vom Haus entfernt. Es war ein sogenannter Anderson-Schutzraum, eigentlich bloß ein großes Loch in der Erde mit Wänden aus Beton und einem gewölbten Blechdach. Über dem Dach war Erde, und tagsüber sah das Ganze aus wie ein kleiner Hügel. Onkel Jack hatte Gras und Blumen draufgepflanzt. Stufen führten zu einer kleinen Tür hinunter, und hinter der Tür war eine hölzerne Treppe. Onkel Jack rief nach unten, und Tante Nora machte die kleine Tür auf.

– Kommt nur, kommt, sagte sie. Wo bleibt ihr denn?

– Darf ich draußenbleiben und zugucken? fragte Timothy.

Das fragte er immer.

– Kommt überhaupt nicht in Frage, sagte seine Mutter. Hinunter mit dir, und halt dich gut am Geländer fest.

Timothy stieg langsam die Stufen herunter, den Blick bis zum letzten Moment gen Himmel gerichtet. Einmal, wenigstens ein einziges Mal, wollte er sehen, wie ein deutsches Flugzeug abgeschossen wurde. Aber die Bomberverbände waren noch nicht da.

– Na also, da seid ihr ja, sagte Tante Nora, als sie unten angekommen waren. Sie strickte. Wie immer.

Es war warm und gemütlich im Schutzraum. Onkel Jack hatte elektrisches Licht gelegt, es gab einen müffelnden Ölofen und einen Kocher, den die Erwachsenen Primus nannten und auf dem man Kakao oder Tee machen konnte. Auf dem Boden lag – verdreckt und abgetreten – ein alter Teppich.

Jill saß auf einem der Feldbetten. Timothy setzte sich mit seiner Spielzeugschachtel neben sie. Jill war dabei, ihre Puppe Susan, die Negerpuppe, anzuziehen, die anderen Puppen waren neben ihr aufgereiht. Timothy machte seine Schachtel auf. In der Schachtel waren Hase Einohr, ein paar bunte Murmeln, fünf Spielzeugsoldaten, das Feuerwehrauto mit der Leiter und eine Spielzeugkanone auf Rädern, die Streichhölzer verschoß. Hase Einohr brauchte den meisten Platz in der Schachtel, aber bei Alarm konnte Timothy ihn unmöglich zu Hause lassen.

– Susan ist ungezogen, sagte Jill. Ich mußte sie hauen.

– Die Eisenbahnflak hat geballert, grad wie wir gekommen sind, sagte Timothy. Aber ich hab keine Angst gehabt.

– Sie will einfach nicht stillsitzen.

– Ich wollte mit deinem Dad draußenbleiben und zugucken, aber meine Mum läßt mich nicht.

– Mein Dad ist wieder da.

– Ich weiß.

– Jetzt bleibt er für immer zu Hause.

Tante Nora hörte auf zu stricken.

– Du weißt ganz genau, daß Dad morgen wieder weg muß, Jill. Aber er kommt bald wieder.

Mit einer raschen Bewegung legte sie sich den roten Wollfaden zurecht, dann fingen die Nadeln wieder an zu klicken.

– Alles in allem ist er mit Urlaub gar nicht so schlecht gestellt, sagte sie zu Timothys Mutter.

– Er hat aber gesagt, er bleibt jetzt immer zu Hause, quengelte Jill und nahm eine ihrer dunklen Locken in den Mund. Timothy zog manchmal dran, aber eigentlich mochte er ihre Locken.

– Das hat er nicht gesagt. Du sollst nicht flunkern, Jill. Natürlich würde er gern bleiben, aber er muß zurück zu seinem Stützpunkt.

– Muß er nicht. Jills Lippen zuckten.

– Das versteht sie nicht, sagte Tante Nora zu Timothys Mutter.

– Kein Wunder in dem Alter, sagte Timothys Mutter. Ich hab heut einen Brief von Kath bekommen.

– Wie geht's ihr denn? Einen Becher Kakao? fragte Tante Nora.

– Möchtest du Kakao, Jill? Timothy?

– Nein, sagte Jill.

– Nein *danke, Mum*. Oder einen Keks?

Jill zögerte.

– Kann ich einen mit Füllung haben?

Die Kekse waren wie ein Sandwich, zwei Scheiben mit süßer gelber Füllung dazwischen. Timothy knabberte von seinem Keks erst die Ränder ab, an denen nicht so viel Füllung war, das ergab einen kleineren, aber um so reichlicher gefüllten Keks. Jill klappte ihren Keks auf, leckte die Füllung ab, legte die beiden Scheiben wieder aufeinander, biß einmal ab und ließ sie fallen. Tante Nora hatte nichts gemerkt. Sie beugte sich, noch immer strickend, über den Kocher, auf dem sie die Milch für den Kakao wärmte.

– Was macht denn Kath so? Wie gefällt's ihr in Wales?

Timothy tat, als sei er mit seinem Keks beschäftigt, aber er hörte genau zu, was sie über Kath redeten. Seine große

Schwester interessierte ihn sehr. Ihm kam es vor, als ob sie schon ganz lange weg war, er konnte sich gar nicht mehr richtig erinnern, wie sie aussah, nur daß sie dick war, wußte er noch, und daß sie eine Brille trug wie sein Vater.

– Es geht ihr gut, sagte seine Mutter. Schreibt sie jedenfalls. Natürlich hat sie Heimweh, und das Essen soll miserabel sein.

– Tztz ... Trotzdem – dort ist sie entschieden besser aufgehoben.

– Ja, bestimmt. Und ganz unter uns – schaden kann's ihr nicht, wenn sie merkt, was sie an ihrem Elternhaus hat. Sie war richtig außer Rand und Band. Wollte sich einfach nichts mehr von mir sagen lassen.

– Jaja, das sind die schwierigen Jahre ... Wie alt ist sie?

– Sechzehn. Wir wollten sie eigentlich bis zum Abschluß in der Klosterschule lassen, aber das Schulgeld ...

– Eine ganz schöne Belastung, nicht?

– Durch die Prüfung kommt sie sowieso nicht, sie ist zu unkonzentriert für solche Sachen, und jetzt, wo die Schule evakuiert worden ist ... Bei Timothy ist das was anderes, der hat später wahrscheinlich mal Spaß am Lernen.

– Würde mich nicht wundern.

Tante Nora sah zu ihm hin und bemerkte den Keks auf dem Boden.

– Jill! Warum hast du den Keks genommen, wenn du ihn nicht wolltest?

– Der ist für Susan. Jill hob ihn auf und tat, als füttere sie ihre Puppe.

– Zum Herumspielen ist er zu schade, es ist unsere letzte Packung, und bei Shepherd's haben sie keine mehr.

– Die Versorgung wird immer schlechter, nicht? sagte Timothys Mutter.

– Katastrophal. Heute vormittag hab ich eine Dreiviertelstunde bei Shepherd's angestanden ...

Timothys Aufmerksamkeit schweifte ab, als sich das Gespräch der beiden Mütter dem Essen und der Rationierung zuwandte. Flugzeuge brummten jetzt über ihren Kopf hinweg, viele Flugzeuge, es waren deutsche, die Flak wummerte laut. Timothy richtete seine Kanone auf das Dach des Schutzraums.

– Peng, machte er. Pengpengpengpeng. Jill legte die Hände über die Ohren.

– Laß das, Timothy, es ist schon so laut genug, sagte seine Mutter.

– Wie nah sich das anhört. Tante Nora strickte schneller. Wird Zeit, daß Jack runterkommt. Er ist immer so leichtsinnig. Sie machte die Tür des Schutzraums einen Spalt breit auf.

– Komm runter, Jack, sei nicht so leichtsinnig. Ich mache Kakao.

Onkel Jack kam mit schweren Schritten die Treppe herunter. Er war ein großer Mann und konnte in dem Schutzraum nicht aufrecht stehen. Er setzte sich auf eine der mit Kissen gepolsterten Kisten. Jill lief zu ihm, und er nahm sie auf den Schoß.

– Heute hat's wieder mal die Docks erwischt, sagte er.
Der ganze Himmel ist rot.

– Haben sie deutsche Flugzeuge abgeschossen? fragte Timothy.

– Möcht ich schon annehmen, Winzig. Die Flak wummert jedenfalls, was das Zeug hält.

– Hast du welche runterkommen sehen? fragte er. Aber Tante Nora gab Onkel Jack gerade seinen Kakao, er hatte die Frage wohl nicht gehört.

Als sie alle ihren Kakao tranken, kam Timothys Vater. Weil er nicht so groß war wie Onkel Jack, konnte er in dem Schutzraum aufrecht stehen, ohne daß er den Kopf einziehen mußte. Er nahm den Stahlhelm ab und wischte sich mit einem Taschentuch die Stirn. Dort, wo der Stahlhelm gesessen hatte, war auf seiner Stirn ein roter Streifen. Er hatte nicht mehr viele Haare. Er trug einen alten Regenmantel mit einer Armbinde, auf der was geschrieben stand. Bald kriege er eine richtige Uniform, hatte er gesagt. Aber Schwingen würden nicht drauf sein.

– Heut hat's wieder mal die Docks erwischt, sagte er.

– Hab ich mir schon gedacht, sagte Onkel Jack.

– Soll bisher der schwerste Angriff überhaupt gewesen sein. Der Jerry hat angeblich ganz schön Verluste gehabt, aber sie kommen trotzdem weiter rüber, eine Welle nach der anderen.

– Schlimm, daß wir so nah am Fluß wohnen, sagte Tante Nora.

– Hier kann überhaupt nichts passieren, Schatz, meinte Onkel Jack. Die Brände sind mindestens drei Meilen weit weg.

– Ich will nur hoffen, daß heute nacht hier keine Brandbomben runtergehen, sagte Timothys Vater. Die Löschzüge von Südost-London dürften allesamt unten an den Docks sein.

– Aber meiner nicht! Timothy hielt sein Feuerwehrauto mit der Leiter hoch, und die Erwachsenen lachten.

– So ist's brav, Winzig, sagte Onkel Jack. Er holte eine Schachtel Zigaretten heraus und reichte sie herum. Timothys Mutter schüttelte den Kopf, aber Tante Nora nahm eine.

– Normalerweise ja nicht, sagte sie, aber dieser ständige Fliegeralarm . . .

Der Rauch der Zigaretten hing in krausen Gebilden unter der Decke. Sein Geruch mischte sich mit dem Müffeln des Ölofens und dem Kakaoduft. Timothy gähnte.

– Zeit, daß die Kinder sich ein bißchen hinlegen, sagte Timothys Mutter. Womöglich sitzen wir heute mal wieder die ganze Nacht hier.

– Ich bin nicht müde, sagte Timothy.

– Bin auch nicht müde, sagte Jill und legte ihrem Vater die Arme um den Hals.

– Ja, ich muß wieder los, sagte Timothys Vater. Sei brav, Tim. Nach der Entwarnung hol ich euch ab. Er setzte sich den Stahlhelm auf und knöpfte den Regenmantel zu.

– Ich bring dich noch raus, Geoff, sagte Onkel Jack. Er stand auf und trug Jill zu dem Feldbett, auf dem Timothy saß.

– Schlaft schön, ihr beiden, wir sehen uns morgen früh.

– Du gehst doch morgen nicht weg, Daddy? Jill umklammerte den Hals ihres Vaters, so daß er sich nicht aufrichten konnte.

– Nicht sofort, Liebchen.

– Überhaupt nicht mehr?

– Jetzt schläfst du erst mal brav, mein Kleines, sonst bist du morgen zu müde, um mit mir zu spielen.

– Darf Timothy bei mir schlafen?

– Wir erlauben es meistens, sagte Tante Nora.

– Na gut, wenn er dich ja später sowieso heiratet . . . sagte Onkel Jack, und die Erwachsenen lachten.

– Darf ich nicht mal ganz kurz nach draußen? bettelte Timothy, als die beiden Männer sich zum Gehen wandten.

– Nein, sagte seine Mutter. Leg dich jetzt hin, und keine Mätzchen mehr, verstanden?

– Warum darf ich nicht?

– Weil dir ganz schnell was passieren könnte. Darum.

– Aber Dad –

– Dad ist schon groß. Und er hat einen Stahlhelm.

– Onkel Jack hat keinen Stahlhelm.

– Und Onkel Jack müßte es eigentlich besser wissen, sagte Tante Nora, aber er ist auch nicht viel vernünftiger als du, Timothy.

– Ist er doch. Und ganz doll mutig, sagte Jill.

Onkel Jack lachte. Auf dem Stützpunkt merkt man kaum, daß Krieg ist. Da muß man erst auf Urlaub kommen, um was zu erleben.

– Na, ich danke, sagte Timothys Vater, als sie die Treppe hochstiegen. Die sechste Nacht hintereinander geht das schon so.

– Herrje, schaut euch bloß den Himmel an, hörten sie Onkel Jack noch sagen, während Tante Nora die Tür hinter ihnen zumachte.

– So, sagte sie, jetzt wollen wir es euch mal gemütlich machen.

Die Mutter zog Timothy den Bunkeranzug und Tante Nora zog Jill den Morgenrock aus und packte sie beide fest in die Decken ein. Sie schirmte die Glühbirne ab, damit das Licht ihnen nicht in die Augen schien, Tims Mutter gab ihm Hase Einohr zum Schmusen, und Jill bekam ihre Susan. Er sah zu dem gewölbten Dach des Schutzraums hoch und fühlte sich behaglich und geborgen. Die beiden Mütter saßen am Ölofen und unterhielten sich leise. Es ging wieder um Kath. Er kriegte nicht viel mit, und was er mitkriegte, kapierte er nicht.

– Sie will sobald wie möglich Luftwaffenhelferin werden, aber Geoff sagt, das kommt gar nicht in Frage . . .

– Kann ich euch nicht verdenken, die Moral dort, sagt Jack . . .

– Wenn es irgend geht, behalten wir sie zu Hause, da kann sie sich auch nützlich machen . . .

– Praktisch jede Woche eine Trauung, sagt Jack, hauptsächlich, weil sie –

– Die kleine Roberts an der Ecke . . .

Die Köpfe rückten näher zusammen, die Stimmen wurden zu einem Flüstern. Klickklack, machten Tante Noras Stricknadeln, klickklack. Bei jeder ihrer raschen Bewegungen tanzten die Schatten am Schutzraumdach. Die Flak wummerte jetzt nur noch leise und war weit weg. Timothy zog die Pyjamahose herunter, und Jill zog das Nachthemd hoch und schmiegte sich an ihn. Dann spürte er ihre kühlen, weichen Finger auf seinem Piephahn und tastete mit seinem Finger nach der kleinen Spalte zwischen ihren Beinen. Wärme und Geborgenheit umfingen ihn. Hoffentlich ist morgen wieder Alarm, dachte er noch, ehe er einschlief.

Ein lauter Knall weckte ihn. In seinen Ohren summte es. Jill lag noch neben ihm im Bett, sie weinte, aber es klang weit weg. Zuallererst zog er seine Pyjamahose hoch. Erde war ihm auf den Kopf gefallen. Die Glühbirne schaukelte an ihrer Schnur wild durch den Raum und warf aufgeregte Schatten über Dach und Wände. Die beiden Mütter standen am Fuß der Treppe.

– Jack, rief Tante Nora. Alles in Ordnung, Jack? Jack? O mein Gott! Sie stieg die Treppe hoch, stolperte, kroch, laut nach Jack rufend, aus dem Schutzraum heraus.

– Bleib hier, Nora, sagte Timothys Mutter. Sieh dich vor. Timothy sah, wie sie sich bekreuzigte, wie ihre Lippen sich lautlos bewegten, während sie die Augen fest zumachte.

Jetzt fing auch Timothy an zu weinen, obwohl er nicht recht wußte warum. Jill sprang aus dem Bett und lief zur Treppe. Timothys Mutter machte die Augen auf.

– Jill! Komm zurück!

Aber Jill war schon zur Tür hinaus. Tims Mutter rannte ihr nach. Timothy fürchtete sich. Er wollte nicht allein bleiben.

– Mum! schrie er.

Sie blieb stehen und drehte sich um. Sie sagte etwas, was er nicht verstand, dann kam ein lautes Pfeifen, ein Blitz und grollender Donner, und in dem Moment, als das Licht ausging, sah er seine Mutter quer durch den Schutzraum auf sich zusegeln. Sie landete über ihm, und er schrie auf, weil sie ihm wehgetan hatte, aber weil es so laut in seinen Ohren summte, hörte er seine eigene Stimme nicht. Auf dem Bett war jetzt noch viel mehr Erde. Es war stockdunkel, und er fürchtete sich sehr. Dann spürte er, wie seine Mutter sich bewegte und die Arme fester um ihn legte. Sie sagte etwas. Erst verstand er sie überhaupt nicht, dann hörte er ihre Stimme wie aus weiter Ferne.

– Timothy . . . Ist dir auch nichts passiert? Timothy . . . Sie weinte.

Allmählich konnte er Gegenstände unterscheiden. Überrascht stellte er fest, daß der Ölofen noch funktionierte, mattes rotes Licht kam unten aus dem kleinen Fenster und gelbes Licht oben aus den Löchern. Der Ausgang war durch Erde und Steine blockiert, und auch im Schutzraum selbst lagen Brocken herum, mit Gras und sogar Blumen zwischen der Erde. Und im matten Licht des Ofens glühten zwei Augen. Er konnte kein Gesicht erkennen, da waren nur diese beiden Augen, ganz nah beieinander, die ihm Angst machten. Seine Mutter wollte aufstehen, aber er hielt sie krampfhaft fest.

– Wenn du mich losläßt, Timothy, sagte sie, zünde ich eine Kerze an, dann brauchen wir nicht im Dunkeln zu sitzen.

Da ließ er sie los. Langsam tastete sie sich an der Wand des Schutzraums entlang, suchte und fand eine Kerze und zündete sie an. Jetzt sah er, daß die Augen in der Dunkelheit die von Jills Puppe Susan gewesen waren.

– Schau mal, sagte er und deutete darauf. Susan.

Seine Mutter holte die Puppe aus dem Schmutz und fing an zu weinen. In Susans Wange war ein Loch, ein Arm war ab und ein Bein, das Kleid war zerrissen und dreckig. Timothys Mutter ging zur Tür und wühlte mit den Händen im Schutt herum. Immer mehr Erde und Steine polterten in den Schutzraum. Ein Backstein fiel ihr auf den Fuß, und sie stieß einen Schmerzensschrei aus.

– Es hat keinen Zweck, sagte sie. Wir müssen warten, bis sie uns rausholen. Bald kommt Daddy und gräbt uns aus. Sie hinkte zum Bett, setzte sich und nahm ihn in die Arme.

– Ich will nicht raus, sagte er. Ich will nicht nach oben.

– Daddy kommt bald. Hab keine Angst.

Drei Kerzen brannten herunter, ehe die Männer kamen und sie ausgruben. Sein Vater war nicht dabei. Aber seinem Daddy war nichts passiert, sagten sie. Nur ein Schock. Er ruhte sich zu Hause aus und wartete auf sie.

– Komm, Junge, sagten sie, dein Daddy wartet auf dich.

Aber Timothy wollte nicht heraus aus dem Schutzraum. Schließlich packte einer der Männer den brüllenden, strampelnden Jungen und trug ihn aus dem Schutzraum heraus ins Freie.

2

Mit dem Aufstehen mitten in der Nacht und mit den Gängen zu Jills Haus war es nun vorbei. Jills Haus stand nicht mehr, und Jill war im Himmel und ihre Mummy auch, und ihr Daddy war wieder bei der Luftwaffe. Timothy und seine Mutter zogen aufs Land, wo es keinen Fliegeralarm gab. Sie wohnten in einem Dorf, das Blyfield hieß, in einem schmalen, dunklen Haus gleich bei der Gasanstalt. Das Haus gehörte Mrs. Tonks, die dick war und komisch roch. Sie hatten das Vorderzimmer, das voll harter, blanker Möbel stand, und ein Schlafzimmer im ersten Stock. Seine Mutter mußte die Küche von Mrs. Tonks mitbenutzen, das war eine Schattenseite.

Das Leben bei Mrs. Tonks hat eben auch seine Schattenseiten, pflegte seine Mutter zu sagen. Es gab kein elektrisches Licht in dem Haus, wenn es dunkel wurde, mußten sie das Gas anmachen. Seine Mutter hielt einen Fidibus an das kleine Ding, das wie Spitze aussah, es entzündete sich mit einem leisen Plopp und wurde blau und rot und dann gelblichweiß und brannte mit leisem Zischen. Wenn man an einem Kettchen zog, konnte man es heller oder dunkler stellen. Auf der Treppe hatte Mrs. Tonks kein Licht, weil das Verschwendung war, deshalb nahm seine Mutter immer einen Kerzenleuchter mit, wenn sie ihn ins Bett brachte, und meist ließ sie die brennende Kerze auf dem Kaminsims im Schlafzimmer stehen, weil er nicht mehr gern im Dunkeln war. Wenn die Kerze herunterbrannte, ehe er eingeschlafen war, rief er, und sie zündete eine neue an. Im Winter war es kalt, und wenn man morgens aufwachte, war immer Eis innen auf der Fensterscheibe. Er kratzte das Eis mit dem Fingernagel ab und schaute durch das Loch auf die Gasanstalt. Dahinter war ein Feld, auf dem Kühe weideten. Einmal wollte seine Mutter über das Feld gehen, um abzukürzen, aber da guckte eine Kuh sie an und Timothy kriegte

Angst, und sie gingen den Umweg über die Straße. Morgens wuschen sie sich in einer Schüssel im Schlafzimmer. Seine Mutter holte das warme Wasser in einem Krug aus der Küche. In Mrs. Tonks Haus gab es kein Badezimmer. Seine Mutter badete ihn in einer Zinkwanne vor dem Feuer im Vorderzimmer. Es war schön, vor dem Feuer zu baden, und besonders schön war hinterher das Abtrocknen, aber spritzen durfte er nicht, und für seine Schiffchen, die der Vater von zu Hause mitbrachte, war eigentlich kein Platz in der Zinkwanne. Sein Vater arbeitete noch in dem Büro in London, aber übers Wochenende kam er sie besuchen.

Timothy ging in einem Kloster in der Nähe des Dorfes zur Schule. Seine Lehrerin, Schwester Teresa, konnte er gut leiden, sie hatte ein liebes Lächeln und rosige Wangen, aber vor Schwester Scholastica fürchtete er sich, die hatte einen großen Pickel am Kinn, aus dem Haare rauswuchsen. Schwester Scholastica unterrichtete die großen Mädchen, aber manchmal war sie auf dem Schulhof. Ihr Name war schwer auszusprechen, und einmal sagte er Schwester Elastica zu ihr, die kleinen Mädchen lachten, und Schwester Scholastica machte ein böses Gesicht. Am Sonntag ging er mit seiner Mutter in die Klosterkapelle zur Messe. Der Pfarrer kam mit dem Fahrrad. Die Messe war sehr lang, weil die Nonnen so viel sangen. Schwester Teresa sang am besten und Schwester Scholastica am schlechtesten.

Es gab ein Lied, das oft im Radio gespielt wurde, das hieß *There'll be Bluebirds over the white cliffs of Dover* und ging so.

There'll be bluebirds over
The white cliffs of Dover,
Tomorrow, just you wait and see.
There'll be love and laughter,
And peace ever after,
Tomorrow, when the world is free.

Fast am Schluß hieß es dann:

And Jimmy will go to sleep
In his own little room again.

Eines Tages gab die Schule ein Konzert, und alle mußten ein Lied singen oder ein Gedicht aufsagen. Er sang *The White Cliffs of Dover,* und Schwester Teresa weinte und gab ihm einen Kuß. Dover war ein Badeort an der See mit hohen weißen Klippen. Es mußte schön sein, dort nach dem Krieg hinzufahren und sich die Blausänger anzuschauen, die berühmten *bluebirds* von Dover.

Und dann ging eines Tages seine Mutter mit in die Schule, sie wollte die Mutter Oberin bitten, ihn ins Internat aufzunehmen. Timothy wollte nicht ins Internat, aber seine Mutter sagte, daß sie wieder nach London mußte, zum Arbeiten, und er konnte nicht mit, es war zu gefährlich. Es würde ihm bestimmt gefallen, meinte die Mutter Oberin, sie hatten eine Menge Spaß im Internat, und dann holte sie eine Tüte mit Sahnebonbons aus einer Schublade und schenkte ihm eins. Er nahm das Sahnebonbon, aß es aber nicht. Auf dem Rückweg zu Mrs. Tonks warf er es in den Graben. Seine Mutter sah es, aber sie sagte nichts.

Am nächsten Tag brachte sie ihn zur Schule, sie hatten einen Koffer mit seinen Sachen dabei, aber keine Spielsachen, nur Hase Einohr. Die Internatschüler durften keine eigenen Spielsachen haben, aber den Hasen, hatte Mutter Oberin gesagt, dürfe er mitbringen. Seine Mutter gab ihm einen Abschiedskuß, sei schön brav, sagte sie und weinte, und es wollte ihm einfach nicht in den Kopf, warum sie ihn alleinließ. Er weinte nicht, aber er fürchtete sich und war unglücklich. Der Internatsteil der Schule war kalt und dunkel, die Treppen waren aus Holz, und auf den Gängen lagen keine Teppiche, es knarrte bei jedem Schritt. Zum Abendessen gab es Zusammengekochtes mit glibbrigen weißen Fettstücken und einer wässerigen Soße, in der die Kartoffeln ganz pampig geworden waren. Er aß nichts und fühlte sich sehr unbehaglich, weil er Angst hatte, Schwester Scholastica könnte was gemerkt haben. Nach dem Abendessen gingen sie in die Kapelle, sangen Choräle und sagten lange Gebete auf, die er nicht kannte. Er machte lautlos den Mund auf und zu, damit es so aussah, als ob er mit den anderen sang und betete. Dann war es Zeit zum Schlafengehen. Sein Bett stand in einem großen Raum, in dem noch andere kleine Jungen schliefen. Es gab einen Waschplatz, aber nur kaltes Wasser. Der Boden war mit Linoleum belegt, er fror an den Füßen. Nachdem er Schuhe und Socken ausgezogen hatte, ging er deshalb ganz schnell ins Bett. Die Schwester vom Dienst fragte ihn, ob er zur Nacht gebetet hatte, und er sagte, meine Mutter hat gesagt, wenn es kalt ist, darf ich im Bett beten, und die anderen Jungen gickerten. Beim nächsten Mal mußt du dich zum Beten vors Bett knien wie die anderen auch, sagte die Schwester. Sie machte überall das Licht aus, nur ganz hinten, wo sie saß und ihren Rosenkranz betete, brannte eine ganz kleine Lampe. Klickend glitten die Rosenkranzperlen durch ihre Finger. Er wünschte sich zurück in den Schutzraum, ehe die Bombe gefallen war. Es gefiel ihm ganz und gar nicht im Internat. Er hätte gern geweint, aber das hätten die anderen Jungen gehört, und außerdem hätte es auch nichts gebracht. Wenn seine Mutter ihn besuchen kam, würde er ganz schrecklich weinen und sie bitten, ihn mitzunehmen. Er stellte sich vor, wie er weinen und zu seiner Mutter sagen würde: *Bitte bitte nimm mich weg von hier,* und wie sie ihn dann mitnehmen würde. Es war eine hübsche Vorstellung, und mit diesem Bild vor Augen schlief er ein.

Am nächsten Morgen weckte ihn eine Glocke, als es noch dunkel war. Jemand hatte ihm in der Nacht die Arme unter der Decke vorgezogen, sie waren ganz kalt. Er rutschte ganz tief unter seine Decke und versuchte sich an die Vorstellung zu klammern, wie seine Mutter kommen und ihn mitnehmen würde, aber es nützte nichts. Als er die anderen Jungen aufstehen, als er Wasser laufen und Schuhe auf den hölzernen Stiegen knarren hörte, verlor dieses Bild immer mehr an Überzeugungskraft. Schlotternd vor Kälte kletterte er aus dem Bett und stieg in seine Sachen. Aber er war es nicht gewöhnt, sich allein anzuziehen, er kriegte die Knöpfe an den Ärmeln und die Schnürsenkel nicht zu. Mit losen Schnürsenkeln und offenen Manschetten blieb er am Bett stehen, bis ihm die Schwester zu Hilfe kam. Sie zog ihm das Hemd wieder aus und schickte ihn zum Waschen. Als er wieder da war, schaute sie nach, ob die Ohren sauber waren. Zum Frühstück gab es Porridge, aber nicht schönen Porridge, wie seine Mutter ihn machte, sondern so suppig und mit so wenig Zucker, daß man ihn überhaupt nicht schmeckte.

Nach dem Frühstück ging es in die Kleiderkammer zum Schuheputzen. Eine Schwester in blauer Schürze drückte ihm eine Dose schwarze Schuhwichse und eine Bürste in die Hand, die er ratlos betrachtete. Plötzlich fing er an zu weinen, sinnlose, hoffnungslose Tränen, die er eigentlich für den Besuch seiner Mutter hatte aufsparen wollen und die er nun an die gleichgültigen Jungen und Mädchen um ihn herum verschwendete, Tränen, die in der lauten Kleiderkammer, in der es nach Schuhwichse roch, ungehört und ungesehen blieben.

– Was ist denn, Timothy? Ein großer Junge weint doch nicht!

Er drehte sich um und sah die Nonne an, wischte sich mit dem Handrücken über die Augen und schniefte.

– Ich weiß nicht, wie man das macht.

– Da gibt's doch nichts zu weinen. Komm, ich zeig es dir.

Die Nonne beugte sich über seine Schuhe und wienerte sie mit Hingabe. Ein paar Kinder lachten und glotzten. Timothy wandte beschämt den Blick ab. Er schaute durch das vergitterte Fenster, das auf das große Tor hinausging, und plötzlich sah er die Mutter, seine Gummistiefel in der Hand, über die Auffahrt kommen. Ohne sich zu besinnen, lief er los. Eine Nonne, die ihm entgegenkam, hob mahnend die Hände. Auf den Gängen war das Rennen streng verboten. Sie lächelte ganz freundlich, aber wenn sie ihn aufhielt, davon war er felsenfest überzeugt, würde er seine Mutter nicht zu Gesicht bekommen, würde er auf immer und ewig im Internat bleiben müssen. Er duckte sich unter dem Arm der Nonne hindurch, spürte, wie sie seinen Ärmel zu fassen bekam, riß sich los, stolperte zur Tür, die eine andere Nonne gerade geöffnet hatte – und auf der Schwelle stand seine Mutter. Er warf sich in ihre Arme.

Es war herrlich, wieder zu Hause zu sein. Tagelang lief er wie benommen vor Glück herum, er traute sich kaum zu sprechen oder zu spielen aus Angst, den Bann zu brechen und sich im Kloster wiederzufinden. Aber die Mutter hatte ihm versprochen, daß er da nicht wieder hin mußte. In London gab es jetzt nicht mehr oft Fliegeralarm, und sie hatten inzwischen ihren eigenen Schutzraum. Er war nicht im Garten wie der von Jill, sondern stand im Wohnzimmer und sah aus wie ein großer eiserner Tisch. Man schlief auf Matratzen unter der Platte. Der Morrison-Schutzraum (so hieß das Ding) nahm fast das ganze Vorderzimmer ein. Vor einem direkten Treffer schützt er nicht, sagte sein Vater, aber was schützt schon davor. Timothy fühlte sich sicher. Der Innenraum war mit Matratzen und Kissen ausgepolstert, und an den Seiten war Maschendraht, damit man Luft kriegte, aber falls die Zimmerdecke herunterkam, blieb man unverletzt. Timothy schlief jede Nacht in dem Morrison, und bei Fliegeralarm kam auch seine Mutter herunter und legte sich neben ihn.

Manchmal wohnte Onkel Jack bei ihnen, wenn er auf Urlaub kam, weil er kein Haus mehr hatte. Da, wo Jills Haus und die Häuser rechts und links davon gestanden hatten, waren nur noch leere Flächen mit Backsteinhaufen und verbogenen Rohren, die Gras und Unkraut überwuchert hatten, während Timothy auf dem Land gewesen war. Einmal sah er Onkel Jack auf dem Trümmergrundstück stehen, er hatte die Hände in die Taschen gesteckt und sah starr zu Boden. Timothy wollte ihn eigentlich ansprechen, aber dann ließ er es doch lieber bleiben. Als er nach Hause kam, erzählte er seiner Mutter davon, und später hörte er, wie sie es seinem Vater erzählte. Es ist ja verständlich, sagte seine Mutter, aber dieses ewige Grübeln ist nicht gut für ihn. Jack macht sich eben Vorwürfe, sagte sein Vater, aber das nützt doch alles nichts. Aus dem Gespräch reimte Timothy sich zusammen, was sich in jener letzten Nacht im Schutzraum abgespielt hatte. Als in der Nebenstraße die erste Bombe gefallen war, die ihn geweckt hatte, war Onkel Jack losgerannt, um zu helfen. Er hatte Tante Nora noch etwas zugerufen, aber das hatte sie nicht gehört. Als sie mit Jill aus dem Schutzraum kam, um nach ihm zu sehen, hatte eine zweite Bombe ihr Haus getroffen, und die beiden waren im Garten ums Leben gekommen. Ums Leben kommen – das bedeutete, daß man tot und begraben war und die Seele in den Himmel kam. Und dort im Himmel war man glücklich, aber die Menschen, die man zurückgelassen hatte, waren traurig, wie

Onkel Jack. Daß er nicht mehr mit Jill spielen konnte, fand Timothy gar nicht schön, aber er war nicht so traurig, wie er im Internat der Klosterschule gewesen war.

In der Nachbarschaft waren jede Menge Trümmergrundstücke, die man eigentlich nicht betreten durfte, woran sich die großen Jungen allerdings nicht hielten. Es war verboten, weil da vielleicht Blindgänger herumlagen, die hochgehen und einen totmachen konnten, wenn man drauftrat. Die großen Jungen suchten auf den Trümmergrundstücken nach Granatsplittern. Timothy fand morgens mal einen auf dem Weg zur Schule. Er lag im Rinnstein und war noch warm, als Timothy ihn aufhob. Er lag schwer in seiner Hand und fühlte sich rauh an wie trockener Bimsstein aus dem Badezimmer. Jean Collins wollte, daß er ihn wegwarf, aber er trennte sich nicht davon, auch als sie ihn kniff und knuffte. Eine seltsame Erregung erfaßte ihn, als er dieses Stück Metall, warm und rauh und schwer, in seiner Hand spürte: ein Stück Krieg, das vom Himmel gefallen war. Er fing an, Granatsplitter zu sammeln. Eigentlich sollte man sie sammeln und dann der Regierung geben, weil die dann neue Bomben daraus machte, aber Timothy behielt seine Fundstücke und tat sie in einen Pappkarton unter dem Bett.

Er ging in die Gemeindeschule. Zuerst fürchtete er sich ein bißchen – manche Jungen waren grob, und die Lehrer brüllten manchmal und prügelten die ungezogenen Kinder –, aber es war besser als im Internat. Allmählich fühlte er sich auf dem gewalttätigen, überfüllten Pausenhof ganz zu Hause. Viel mehr störte ihn, daß Jean Collins ihn nach Belieben herumkommandieren durfte. Jean brachte ihn zur Schule und holte ihn wieder ab und sollte ihn auch sonst ein bißchen betreuen, weil seine Mutter bei der Kartenstelle arbeitete. Manchmal, wenn sie sich über ihn geärgert hatte, sagte Jean, irgendwann würde Hitler ihn fangen und schlimme Sachen mit ihm machen. Das glaubte er ihr zwar nicht, aber er hörte es trotzdem nicht gern. Hitler war der Oberboss von den Deutschen. Er hatte den Krieg angefangen. Er war ein schlimmer Mann mit einem schwarzen Schnurrbart. Die Deutschen hießen auch Nazis, das hörte sich an wie *Nasties,* die Bösen, und war deshalb ein guter Name.

Einmal ging Timothy mit seinen Eltern in einen Film über Hitler. Eigentlich sollte es ein lustiger Film sein, ein Film, der Hitler verulkte. Der Mann in dem Film warf sich in die Brust und brüllte und kreischte und spuckte, und alle Leute im Kino lachten, aber Timothy lachte immer ein bißchen später als die anderen, denn eigentlich hatte er Angst. Er konnte nicht sicher sein, daß es nur ein Mann war, der sich als Hitler verkleidet hatte, denn er sah so echt aus, genauso echt wie die anderen Leute und Orte in dem Film. Nicht wirklich echt, sondern wie in einem Traum oder einem Albtraum, den man für echt hält, bis man aufwacht. Danach träumte er manchmal von Hitler und wachte nachts weinend auf, und vor seinen Augen flimmerten noch die Schwarzweißbilder von Hitler wie ein Film.

Einmal rannten auf dem Schulhof ein paar von den großen Jungen hinter Jean Collins her, sie zogen ihr von hinten den Rock hoch und brüllten:

– Blaue Schlüpfer, blaue Schlüpfer hatse an!

Jean Collins wurde ganz rot und weinte, und die großen Jungen lachten, und Timothy lachte auch, er freute sich, daß zur Abwechslung mal jemand Jean Collins piesackte. Aber der Rektor hatte von seinem Fenster aus alles mit angesehen, und am nächsten Tag kriegten die großen Jungen Senge, und Timothy schlich herzklopfend herum, weil er dachte, der Rektor hätte ihn vielleicht lachen sehen.

Mit sieben ging er zur Erstkommunion. Vorher mußten sie beichten. Dazu ging man in ein kleines, dunkles Kabuff an einer Seitenwand der Kirche, das aussah wie ein Schrank, da saß hinter Maschendraht einer der Patres, dem gestand man seine Sünden, und er vergab einem, aber eigentlich war es Jesus. Dann war die Seele reingewaschen von den Flecken der Sünde und hell und blank. Sünde, das war, wenn man geschwindelt hatte oder frech zu den Eltern gewesen oder sonntags nicht zur Messe gegangen war. Es gab auch Sünden der Unkeuschheit. Miss Marples erklärte nie richtig, was Sünden der Unkeuschheit waren, aber er wußte, daß es was Unanständiges war, wie die Sachen, die die großen Jungen manchmal an die Klowände malten oder wenn sie Jean Collins den Rock hochzogen, um ihre Schlüpfer zu sehen. Timothy war froh, daß er so was nicht gemacht hatte, nicht auszudenken, wenn er das bei der Beichte hätte sagen müssen.

Er versuchte nicht an das zu denken, was er mit Jill gemacht hatte, wie sie sich in ihrem Badezimmer gegenseitig angeguckt oder sich auf dem Feldbett im Schutzraum angefaßt hatten. Das konnte er dem Pater nie sagen. Der Pater würde es keinem weitererzählen, und eigentlich konnte er ja auch nicht wissen, wer man war, weil es dunkel im Beichtstuhl war und weil man flüsterte. Aber wenn er einen nun trotz des Flüsterns an der Stimme erkannte, oder wenn er durch den Vorhang guckte und einen bei den anderen Kindern knien sah und abzählte, wann man an der Reihe war? Timothy versuchte sich vorzustellen, wie er dem Pater das von Jill erzählen würde, aber schon bei dem Gedanken daran kriegte er ein ganz komisches Gefühl im Bauch. Es ging nicht. Aber eigentlich sollte man doch alle Sünden beichten, die einem einfielen, ehe man zur Erstkommunion ging, sonst war es ein Sakrileg, und das war die schlimmste Sünde von allen.

In der Nacht vor seiner ersten Beichte schlief er schlecht und träumte den Hitlertraum. Als er in seinem Morrison-Schutzraum allmählich die Morgendämmerung heraufziehen sah, beschloß er, eine Sünde zu beichten, die er nicht begangen hatte, und damit wettzumachen, daß er die Sache mit Jill verschwieg. Er erzählte eine Geschichte von Geld, das er aus der Handtasche seiner Mutter hatte mitgehen lassen, obgleich er in seinem ganzen Leben noch nie etwas gestohlen hatte. Der Pater fragte:

– Wieviel war es, mein Sohn?

Auf diese Frage war Timothy nicht gefaßt, und er nannte die erstbeste Summe, die ihm in den Sinn kam, ein Pfund. Für den Pater war das offenbar sehr viel Geld, denn er sprach lange und ernsthaft über die Verwerflichkeit einer solchen Tat, bis Timothy es mit der Angst zu tun bekam und wünschte, er hätte die Summe nicht so hoch angesetzt. Immerhin, dachte er hinterher, damit ist das mit Jill bestimmt ausgeglichen, und er ging relativ unbeschwert zu seiner Erstkommunion.

Seine Schwester Kath kam nach Hause, weil sie mit der

Schule fertig war. Timothy war zuerst ein bißchen gehemmt ihr gegenüber, weil er sie so lange nicht gesehen hatte. Sie war unheimlich dick. Wenn sie oben im Schlafzimmer herumging, klirrten die Sachen auf der Anrichte im Eßzimmer, und sein Vater sah von der Zeitung auf und sagte:

– Großer Gott, nächstens kommt sie noch durch die Decke. Na, schlimmstenfalls können wir es ja als Kriegsschaden geltend machen.

Das Hinterzimmer im ersten Stock sah durch die Fotos von Kaths Schulfreundinnen und ihre Filmschauspieler-Postkarten ganz verändert aus und roch nach Parfüm. Sie hatte auch einen Lippenstift, den sie eigentlich nicht benutzen durfte. Einmal guckte er durch den Spalt am Scharnier und sah, wie sie sich vor dem Spiegel die Lippen anmalte. Ehe sie nach unten kam, wischte sie dann wohl alles wieder weg, aber komisch war es schon, sich die Lippen anzumalen, wenn einen doch keiner sah.

Eine Weile blieb Kath zu Hause, dann fing sie an zu arbeiten. Jeden Morgen fuhr sie jetzt mit Timothys Vater in die City und ging in ein Büro, in dem eine Miss Harper das Sagen hatte. Kath nannte sie die »alte Hexe«. Kath wollte gern Luftwaffenhelferin werden, sobald sie achtzehn war, aber die Eltern waren dagegen, und es gab große Auseinandersetzungen im Eßzimmer, wenn er zu Bett gegangen war, die gewöhnlich damit endeten, daß Kath in ihr Zimmer stampfte und die Tür hinter sich zuschlug. Timothy war auf der Seite seiner Schwester. Wenn er groß war, wollte er Pilot werden und eine Spitfire fliegen und massenhaft Deutsche abschießen.

Am liebsten spielte er mit seinen Modellflugzeugen, die ihm Onkel Jack schenkte. Einer seiner Fliegerfreunde machte sie aus Holz, sie waren mit Tarnfarbe angestrichen und hatten rote, weiße und blaue Kreise auf der Tragfläche. Timothy hatte Spitfires, Hurricanes und Wellington-Bomber. Die Platte des Morrison-Schutzraums war sein Flugfeld. Im Vorderzimmer stand eine dunkelbraune Anrichte, die er noch nie hatte leiden können, weil die Schubläden klemmten und die Kanten so scharf waren, die taufte er Deutschland und ließ sie von seinen Wellingtons bombardieren. Onkel Jack war jetzt Heckschütze in einer Wellington. Als er mit der Ausbildung fertig war, kam er sie besuchen und war ganz aufgeregt. Wird mir ein Hochgenuß sein, es den Deutschen mit gleicher Münze heimzuzahlen, sagte er. Es war Kaths achtzehnter Geburtstag, und sie fragte Onkel Jack, ob er nicht auch meinte, sie solle Luftwaffenhelferin werden, und darüber kam es wieder mal zum Krach. Onkel Jack äußerte sich erst gar nicht, aber nach dem Abendessen sagte er zu Timothys Vater, laßt doch dem Mädel seinen Willen, nutzbringender als die Arbeit im Büro ist es allemal. Timothys Vater seufzte und sagte:

– Du hast schon recht, Jack. Also meinetwegen.

Kath fiel ihm um den Hals und gab ihm einen Kuß, dann war Onkel Jack an der Reihe, und dann kam Timothys Mutter aus der Küche und weinte ein bißchen, und Onkel Jack sagte:

– Aber denk bloß nicht, daß es da zugeht wie in deinen Heftchenromanen.

– Dieses Zeug lese ich schon lange nicht mehr, sagte Kath, und am nächsten Tag ging sie zu der Stelle, wo man sich melden mußte, wenn man Luftwaffenhelferin werden wollte, aber da nahmen sie Kath nicht, sie war bei der medizinischen Untersuchung durchgefallen. Als sie nach Hause kam, weinte sie drei Tage und drei Nächte, dann ging sie wieder in das Büro, in dem sie vorher gewesen war, und alles war wie sonst, nur noch langweiliger.

Kath schmollte, so daß mit ihr nicht viel anzufangen war, und Onkel Jack kam nicht mehr auf Besuch. Weil sein Stützpunkt so weit weg ist, sagte Timothys Mutter, aber eines Tages erzählte sie Timothy, daß Onkel Jack vermißt wurde. Vermißt hieß, daß sein Flugzeug von einem Einsatz nicht zurückgekommen war, wahrscheinlich war aber Onkel Jack mit dem Fallschirm abgesprungen und in Gefangenschaft geraten. Wenn der Krieg aus war, würde er wieder nach England kommen. Timothy hatte großes Mitleid mit Onkel Jack, der jetzt in Deutschland gefangen saß. Er stellte sich das so ähnlich vor wie im Internat, man war ganz allein und hatte Angst, nie mehr nach Hause zu kommen.

Denn der Krieg ging immer weiter. Seine Eltern sprachen oft von der Vorkriegszeit, aber Timothy konnte sich kaum mehr an damals erinnern. Er erinnerte sich, wie sie am Meer gewesen waren und er eine Banane gegessen hatte, die geknirscht hatte, weil sie in den Sand gefallen war. Das mußte vor dem Krieg gewesen sein, denn jetzt gab es ja keine Bananen mehr. Und er erinnerte sich an einen Weihnachtsbaum mit Lichtern in einem Schaufenster, und auch das mußte vor dem Krieg gewesen sein, denn draußen war es dunkel gewesen, und das Licht war auf den Gehsteig gefallen, also hatten sie damals keine Verdunklung gehabt. Zu Weihnachten sprachen seine Eltern viel von der Vorkriegszeit und den guten Sachen, die es damals zu essen gegeben hatte, Bananen und Apfelsinen und Weintrauben und Feigen und Datteln und soviel Hackfleisch, wie man wollte, ohne Marken. All das würde es nach dem Krieg wieder geben. Aber der Krieg ging immer weiter.

Einmal bekam Timothy zu Weihnachten von Kath einen Atlas geschenkt. Ganz vorn war eine Weltkarte, die über zwei Seiten ging, und Großbritannien und alle Länder des Britischen Empire waren rosa. England war sehr klein, aber es gab eine Menge rosa Länder, und manche waren sehr groß. Deutschland war ein kleines gelbes Land, und Italien war ein kleines grünes Land. Wenn er sich ansah, wie groß die rosa Länder und Amerika und Rußland waren, kam ihm der Krieg irgendwie nicht ganz fair vor, aber der Gedanke war ihm unbehaglich. Auch gegen Japan führten all diese Länder Krieg, aber das war auch eins dieser kleinen Länder. Deutschland und Italien und Japan hatten den Krieg angefangen, und deshalb hatten sie selber schuld, wenn sie besiegt wurden, aber bis sie besiegt waren, dauerte es doch recht lange. Timothy malte gern Rennen – Autorennen, Flugzeugrennen, Bootsrennen. Jedes Auto, jedes Flugzeug, jedes Schiff hatte eine kleine Flagge, an der konnte man sehen, zu welchem Land es gehörte. Das Bild zeigte das Ende des Rennens, und die Reihenfolge war immer dieselbe: England erster, Amerika zweiter, Rußland dritter Sieger. Frankreich an vierter, Italien an fünfter, Deutschland an sechster und Japan an letzter Stelle. Mitunter verunglückten oder sanken Deutschland oder Japan und kamen gar nicht bis ins Ziel.

Einmal brachte Kath einen amerikanischen Flieger mit nach Hause, er hieß Rod, sie hatte ihn bei einem Tanzvergnügen kennengelernt. Er war braungebrannt, und seine Uniform war ganz glatt und weich, nicht rauh und kratzig wie die von Onkel Jack. Rod hatte Kaugummi, der Juicy Fruit hieß, ellenlange Streifen, die er Timothy schenkte. Die Streifen waren so lang, daß man immer nur einen halben auf einmal brauchte. Er lachte laut und herzhaft, so daß man seine weißen Zähne sah. Timothy nannte er *Junior* und Timothys Vater *Sir*. Bei seinem zweiten Besuch brachte Rod Milchschokolade für Timothy und seine Mutter und Zigaretten für seinen Vater mit. Timothy mochte Rod und war froh, daß die Amerikaner auf derselben Seite wie die Engländer kämpften. Aber dann kam Rod nicht mehr. Es gab einen Mordskrach seinetwegen, den Timothy vom oberen Stockwerk aus mit anhörte, als die anderen dachten, er läge schon im Bett. Sein Vater brüllte Kath an, er verbiete ihr den Umgang mit einem verheirateten Mann, und Timothy hatte kaum noch Zeit, wieder ins Bett zu springen, ehe Kath nach oben gerannt kam und die Tür zu ihrem Zimmer zuwarf.

Und dann ging Kath von zu Hause weg. Sie ging als Sekretärin zur amerikanischen Armee, in einen Ort, der Cheltenham hieß. Ihre Eltern wollten sie nicht weglassen, aber sie gab keine Ruhe, bis sie es erlaubten. Hier ist es ganz toll, schrieb sie, die Arbeit für die Amerikaner ist sehr angenehm, und wir bekommen alle möglichen Sachen zu essen, die man in den Läden nicht kaufen kann. Da wird sie noch dicker werden, bemerkte Timothys Mutter. Die Amis lassen sich eben nichts abgehen, sagte sein Vater. Kath arbeitete in der Militärseelsorge, wenigstens ein Trost, sagte seine Mutter. Mehr könne sie von der Arbeit nicht erzählen, schrieb Kath, wegen der Sicherheitsbestimmungen. Spione und so, dachte Timothy und war ziemlich beeindruckt.

Kath war noch nicht lange in Cheltenham, da kam die Invasion. Überall herrschte große Aufregung, und zu Hause lief das Radio den ganzen Tag. Jetzt ist der Krieg bald vorbei, sagte sein Vater, und Timothy sagte Au fein, dann kommt Onkel Jack nach Hause. Aber abends beim Schlafengehen sagte ihm seine Mutter, daß Onkel Jack nicht nach Hause kommen würde. Sie hatten von Anfang an gewußt, daß Onkel Jack mit seinem Flugzeug abgestürzt war, das hatten sie Timothy damals nicht gesagt, weil er noch zu klein gewesen war. Aber jetzt war er ja schon ein großer Junge, der begreifen mußte, daß Kriege Menschenleben kosten und deshalb etwas ganz Schlimmes waren. Und er solle jeden Abend für den Frieden von Onkel Jacks Seele beten, wie für Jill und ihre Mummy auch. Timothy hätte gern geweint, aber er konnte nicht. Doch er war voller Haß auf die Deutschen, weil sie den liebsten Menschen umgebracht hatten, den er je gekannt hatte.

Dann kam die Sache mit den Brummbomben, und es schien fast, als hätte der Krieg noch mal von vorn angefangen. Die Brummbomben waren wie Flugzeuge, nur ohne Piloten, sie waren unheimlich schnell und deshalb schwer abzuschießen. Richtig hießen sie V 1, und Brummbomben nannte man sie, weil sie brummten, wenn sie über einen wegflogen, und wenn das Brummen aufhörte, wußte man, daß es nun gleich einen großen Knall geben würde. Eine traf die Woolworth-Filiale ganz in ihrer Nähe, viele Menschen starben, und sein Vater sagte, daß es jetzt für Timothy und seine Mutter zu gefährlich in London wurde, und sie zogen wieder nach Blyfield. Diesmal nicht zu Mrs. Tonks, sondern in ein anderes Haus, das einem Mr. Barwood gehörte. Das war ein alter Mann, dessen Frau gestorben war, und er ließ sie umsonst in seinem Haus wohnen, weil Timothys Mutter für ihn kochte und putzte.

Tag und Nacht zogen die Bomber auf dem Flug nach Deutschland über Blyfield hinweg. Wenn Timothy im Garten oder auf dem Feld dahinter auf Schmetterlingsjagd war, ließ er sein Schmetterlingsnetz fallen, sobald er das ferne Summen der Motoren hörte, legte die Hand vor die Augen und sah zum blauen Himmel auf. Das Motorengeräusch wurde lauter und lauter, aber komischerweise sah man zuerst überhaupt keine Flugzeuge. Und dann entdeckte man eins, ein winziges silbernes Pünktchen ganz hoch am Himmel, und hatte man erst eins gesehen, sah man sie plötzlich alle, Hunderte schienen es zu sein, die da in strenger Formation über einen wegflogen.

Manche zogen kreideweiße Kondensstreifen hinter sich her, dann konnte man sie leicht erkennen. Das waren dann amerikanische Bomber, sogenannte Fliegende Festungen, weil sie so viele Geschütztürme hatten. Die meisten britischen Bomber waren Lancasters, die hatten einen Turm weniger. Die Lancasters bekam er nie zu sehen, weil sie nachts flogen, aber er wußte von Bildern, wie sie aussahen, und er konnte sie hören. Die Schwingungen ihrer Motoren brachten die Fensterscheiben in seinem Schlafzimmer zum Klirren. Er hörte sie auch zurückkommen, morgens vor Tagesanbruch, aber da machten sie nicht ganz soviel Lärm, weil sie nicht alle zusammen zurückkamen. Und manche kamen überhaupt nicht zurück. Wie die von Onkel Jack.

Manchmal kam am Wochenende sein Vater nach Blyfield. Jetzt hatten sie in London nicht nur die V 1, sondern auch die V 2. Die V 2 waren Raketen, und sie waren so schnell, daß man sie nicht abschießen konnte. Es war nicht mal mehr Zeit, Alarm zu geben. Man sah nur einen Blitz am Himmel, und eine Sekunde später gab es eine Explosion. Bloß gut, daß der Jerry die nicht schon früher hatte, sagte sein Vater. Hier seid ihr wenigstens sicher, und ich bin heilfroh, daß Kath in Cheltenham ist.

Dann kam eine aufregende Nachricht von Kath. Ihr wöchentlicher Brief war ausgeblieben, und seine Mutter machte sich schon Sorgen und überlegte, ob sie versuchen sollte, Kath telefonisch zu erreichen, aber da stellte sich heraus, daß sie in Paris war, das die Alliierten erst vor drei Wochen befreit hatten. Die amerikanische Armee brauchte Sekretärinnen in Frankreich und suchte Freiwillige, und Kath hatte sich gemeldet, ohne zu Hause einen Ton zu sagen. Man habe ihnen nicht verraten, wohin der Flug ging, schrieb sie, und daß es Paris war, hatten sie erst gemerkt, als die Maschine anfing zu kreisen und sie den Eiffelturm sahen, und da hatten alle Mädchen in der Maschine Hurra geschrien, selbst die, denen unterwegs schlecht geworden war. Sie sei gesund und munter, schrieb sie, und so was Aufregendes sei ihr in ihrem ganzen Leben noch nicht begegnet. Timothy fand es ganz schön mutig von ihr, nach Frankreich zu gehen, wo noch gegen die Deutschen gekämpft wurde. Wenn nun die Deutschen wieder vorrückten und sie gefangennahmen? Offenbar machte sich auch seine Mutter deswegen Sorgen. Kath so ganz allein in Paris, das will mir gar nicht gefallen, sagte sie, Kath ist zu jung, wir hätten sie gar nicht nach Cheltenham lassen dürfen. Jeden Tag rannte seine Mutter zur Tür, sobald der Briefträger kam, weil sie wissen wollte, ob Post von Kath da war. Ihre Briefe bestanden aus einem einzigen Blatt, das man falten konnte, so daß es gleichzeitig ein Umschlag war. V-Post nannte man das, auf dem Umschlag waren rote Streifen und ein Feld für den Stempel des Zensors.

Das V von V-Post war die Abkürzung von Victory, Sieg. Winston Churchill machte das Victory-Zeichen mit den Fingern, wenn er sich fotografieren ließ, in der anderen Hand hielt er seine Zigarre. Alle mochten Mr. Churchill, sie nannten ihn Winnie, eigentlich war das ein Mädchenname, aber eben auch eine Abkürzung für Winston. Churchill war der Oberboss von den Engländern, Roosevelt war der Oberboss von den Amerikanern und Stalin der von den Russen. Auch die Russen rückten jetzt von der anderen Seite her Deutschland auf den Pelz. Timothy hatte Comic-Hefte, in denen kam ein kleiner Kosakenjunge vor, der den Deutschen beim Rückzug alle möglichen Streiche spielte.

Timothy ging wieder in die Klosterschule, in der er damals gewesen war. Eigentlich nahmen sie keine Jungen über sieben, aber weil Krieg war, machten sie eine Ausnahme. Ein komisches Gefühl, dahin zurückzukommen, auch wenn die Nonnen, an die er sich am besten erinnerte, Schwester Teresa und Schwester Scholastica, nicht mehr da waren. Es war langweilig in einer reinen Mädchenklasse, in der nur noch ein Junge in seinem Alter war, aber immer noch besser als die Dorfschule. Er fürchtete die rüden Dorfjungen, aber gleichzeitig verachtete er sie auch, weil sie ihr ganzes Leben in Blyfield verbracht und von nichts eine Ahnung hatten. Der Krieg – das waren für sie ein paar abgeschossene V 1 und die Bomber, die mit dröhnenden Motoren über sie wegzogen. Wie es in London aussah mit den Trümmergrundstücken und Schutzräumen und den Granatsplittern auf der Straße, davon machten die sich ja gar keine

Vorstellung. Timothy hatte große Sehnsucht nach den Londoner Straßen, den Geschäften, den roten Bussen und Straßenbahnen. East Grinstead, die nächste größere Stadt, war im Grunde auch nicht besonders groß, aber Timothy fuhr immer gern mit seiner Mutter in einem der Green-Line-Busse hin. In East Grinstead gab es ein Lazarett, in dem sie die Haut von Fliegern heilten, die bei Abstürzen Verbrennungen erlitten hatten, man traf sie oft auf der Straße in ihren blauen Lazarettuniformen und weißen Verbänden. Manchmal war das ganze Gesicht ein einziger Verband mit Löchern für Augen und Mund. Und manchmal hatten sie keinen Verband und eigentlich auch kein Gesicht oder vielmehr eins, das wie aus geschmolzenem Wachs war. Wenn ihnen solche Leute begegneten, nahm seine Mutter ihn bei der Hand und zog ihn rasch vorbei. Es gehört sich nicht, diese armen Menschen anzustarren, sagte sie, und damit hatte sie wohl recht, aber er fand, daß es sich eigentlich auch nicht gehörte, einfach vorbeizugehen und wegzusehen. Es war schwer zu entscheiden, wie man sich verhalten sollte. Was mochte den Verwundeten selbst lieber sein?

Timothy war selig, als seine Mutter ihm sagte, daß sie Weihnachten nach Hause fahren und wahrscheinlich in London bleiben würden. Die Angriffe der V 1 und V 2 hatten praktisch aufgehört, und sein Vater meinte, sie könnten es riskieren. Die Nachrichten klangen gut, und allgemein war man der Ansicht, daß der Krieg nun bald aus sein würde. Aber als sein Vater sie an der Victoria Station abholte, sagte er als erstes zu Timothys Mutter:

– Offenbar sind wir wieder dabei, den Krieg zu verlieren.

Es war als Scherz gemeint, aber Timothy merkte, daß er sich doch Gedanken machte. Die Deutschen wehrten sich, und die Amerikaner hatten sich zurückziehen müssen. In der Zeitung hieß das Ardennenoffensive, und sie verdarb ihnen das Weihnachtsfest, weil die Eltern sich Sorgen wegen Kath machten. Aber am zweiten Weihnachtsfeiertag hörte sich alles schon wieder besser an. Jetzt wehrten sich die Amerikaner, hieß es im Radio, und die Deutschen mußten sich zurückziehen. Dann kam ein Brief von Kath. Seine Mutter las ihn beim Frühstück vor.

Ich amüsiere mich blendend hier in Paris. Ich arbeite gern für die Amerikaner, sie sind so freundlich, und es geht immer recht lustig zu. Wir werden sehr gut versorgt – gute Quartiere, gutes Essen, Unterhaltung usw. Gestern hat es tüchtig geschneit, und Paris sieht mit seiner dicken Schneeschicht ganz bezaubernd aus. Paris ist eine wunderschöne Stadt. Die Straßen sind viel breiter als in London. Hoffentlich hattet ihr drei in Nummer 33 schöne Weihnachten. Wir hatten uns auf die Christmette in Notre Dame gefreut, aber wegen der jüngsten Ereignisse wurde sie abgesagt.

Die jüngsten Ereignisse – das war die Ardennenoffensive.

– Man hätte sonst nichts davon gemerkt, daß Krieg ist, sagte Timothys Mutter. Sie schreibt wie von einem Urlaub.

– Also wenn du mich fragst, sagte sein Vater, wäre bei Kath und ihrer Ami-Kost eher eine Schlankheitsoffensive angesagt.

Der Krieg mit Deutschland war im Frühjahr aus. Sie hörten pausenlos Nachrichten, bei jeder Sendung kamen die Namen neuer von den Alliierten eingenommener Städte. Täglich studierte Timothy die Landkarten im ›Daily Express‹ und verfolgte die dicken weißen Pfeile der alliierten Armeen, die sich nach Deutschland hineinbohrten. Die Briten und Amerikaner rückten von Westen und die Russen von Osten vor. Bald würden sie sich treffen, und dann war Deutschland besiegt. Er war aufgeregt und fieberte dem Ende entgegen. Es war ein Gefühl wie in der Schule, wenn morgens in der Aula einer aufgerufen wurde, der seine Mitschüler schikaniert hatte und seine Tracht Prügel bezog – eine Mischung aus Begeisterung, Erleichterung und gerechter Empörung. Als die ersten Nachrichten aus Belsen kamen und die Presse Fotos von halbverhungerten Menschen in zerschlissener Häftlingsuniform brachte, mit Armen und Beinen wie Stöcke und Leibern, an denen man jede Rippe zählen konnte, Fotos von aufeinandergeschichteten Leichen mit wirr ineinander verschlungenen Gliedern, war Timothy fast froh – froh über die unvorstellbare

Schlechtigkeit der Deutschen, denn damit war der Beweis erbracht, daß es ein gerechter Krieg gewesen war. Es war, als habe sich alles Übel, alles Böse, alle Grausamkeit der Welt auf ein Volk konzentriert, das jetzt bestraft und ausgelöscht, das zwischen den mächtigen Heeren der Alliierten zerrieben wurde.

Jede Unvollkommenheit des Sieges beunruhigte ihn, und mit dem Tod von Präsident Roosevelt so kurz vor der deutschen Kapitulation hatte sich der liebe Gott, wie Timothy fand, einen argen Mißgriff geleistet. Timothy hatte ein vages Bild vor Augen gehabt, wie Churchill, Roosevelt und Stalin im Triumph in Berlin einmarschierten und sich auf einem Trümmerhaufen unter blauem Himmel die Hand schüttelten, während die Soldaten ihrer drei Nationen die Gewehre von der Schulter nahmen, die Helme absetzten und lachten und jubelten. Und auch Hitler hatte er vor sich gesehen, wie er vor die Großen Drei geschleppt wurde, angstschlotternd, schuldbeladen und um Gnade winselnd, und wie er dann aufgehängt wurde oder so. Aber Hitler hatte sich umgebracht, ehe die Alliierten ihn hatten fassen können, und auch das schmälerte den Sieg. Dann konnten sie Hitlers Leiche nicht finden, in der Zeitung stand, daß er womöglich doch entkommen war und sich irgendwo versteckt hielt. In der Schule stritten die Jungen darüber, ob er tot war oder nicht, und Timothy schlug sich auf die Seite derer, die sagten, er sei tot, weil ihm der Gedanke, Hitler sei vielleicht entkommen, unerträglich war und man nicht ausschließen konnte, daß er dann eines Tages doch noch mal mit einer Armee anrückte. Denn für Timothy hatte Hitler von jeher etwas Übermenschliches gehabt, als sei er so etwas wie der Teufel selbst gewesen. Wie sonst hätte es einem so kleinen Land wie Deutschland beinah gelingen können, so viele andere Länder zu besiegen?

Aber nun war Deutschland geschlagen, und sie feierten den Sieg in Europa, denn ganz aus war der Krieg immer noch nicht. Wegen Japan. Die Japaner waren wie die Deutschen, sie behandelten ihre Gefangenen grausam und waren in mancher Hinsicht schwerer zu besiegen, weil ihnen der Tod nichts ausmachte. Sie hatten Kamikaze-Piloten, die sich mit ihren

Flugzeugen auf ein Schiff fallen ließen, um es zu versenken, auch wenn sie dabei selbst draufgingen. Dann warfen die Amerikaner die Atombombe ab, und die Japaner kapitulierten. Daß die Alliierten die Atombombe erfunden hatten, war für Timothy der endgültige Beweis dafür, daß die guten Menschen auch die klügsten waren und letztlich immer den Sieg davontragen würden. Trotzdem war es schade, daß sie die Atombombe nicht früher erfunden hatten, die hätten sie dann einfach auf Berlin und noch ein paar deutsche Städte werfen können, und die Deutschen hätten viel schneller kapituliert.

Zwischen dem Sieg in Europa und dem Sieg in Japan gab es Parlamentswahlen, und danach war ein Mister Attlee, von dem Timothy noch nie gehört hatte, Premierminister und nicht mehr Winston Churchill. Timothy war das unbegreiflich, weil alle Churchill gern mochten und er den Krieg gewonnen hatte. Das ist Politik, sagte sein Vater, um das zu verstehen, bist du noch zu jung. Doch Timothy war erschüttert von dem, was er als Undank und Verrat betrachtete. Außerdem war es eine große Dummheit, Churchill wegzuschicken, ehe die Japsen besiegt waren. Mister Attlee sah nicht aus wie einer, der einen Krieg gewinnen konnte. Genau genommen sah er Timothys Vater ziemlich ähnlich.

Aber die Japaner kapitulierten, und in der Nacht des Sieges über Japan machten sie auf dem Trümmergrundstück in ihrer Straße ein Freudenfeuer. Alle Leute kamen aus den Häusern und standen um das Feuer herum und lachten und redeten und tranken Bier und Limo aus der Flasche. Timothy hatte, wie alle Kinder, ein rot-weiß-blaues Band in Form eines V an der Jacke. In ganz London brannten in dieser Nacht Freudenfeuer auf den Trümmergrundstücken. Der Himmel war glutrot wie damals beim Blitz. Dann ließ ein Mann Feuerwerkskörper steigen, die er aus der Vorkriegszeit aufgehoben hatte.

Um Timothy standen so viele Erwachsene herum, daß er das Feuerwerk nicht richtig sehen konnte, und er suchte sich eine Stelle, an der er höher stand. Der letzte Feuerwerkskörper war eine besonders helle Rakete, die das Trümmergrundstück taghell erleuchtete, und er erkannte, daß er auf dem grasbewachsenen Dach von Jills früherem Schutzraum stand. Das

Licht der Rakete erlosch, und es wurde wieder dunkel um ihn. Die Menschen unter ihm zeichneten sich schwach als Schattenrisse vor dem Rot des Feuers ab. Eine eigenartige Stimmung hatte ihn erfaßt – feierlich und dabei auch irgendwie ratlos, als verlange dieser Moment nach einem besonderen Gedanken, einem besonderen Ausspruch, aber wie der aussehen, wie er lauten sollte, das wußte er nicht. Er stieg von dem Schutzraumdach herunter und ging, über Schutt und verbogene Rohre stolpernd, zur Gruppe am Feuer zurück.

– Da bist du ja, sagte seine Mutter. Was hast du denn mit deiner besten Hose angestellt? Sie klopfte mit der Hand den Schmutz ab.

Er sah mit großen Augen in die erlöschende Glut.

– Mum . . .

– Und dein Gesicht ist auch ganz dreckig. Was ist?

Sie holte ein Taschentuch aus der Handtasche, spuckte darauf und rieb an seiner Wange herum. Er ließ sich diese kindische Behandlung gefallen, weil er eine Frage loswerden wollte.

– Mum, ist der Krieg wirklich aus?

– Ja, Gott sei Dank.

– Und wie geht es jetzt weiter?

– Wie es weitergeht? Na, du stellst Fragen . . . Nach und nach wird alles wieder normal werden, denke ich. Sie ließ ihre Handtasche zuschnappen.

– Und was ist normal?

– Die Soldaten werden nach Hause kommen und wieder an ihre eigentliche Arbeit gehen. Es wird keine Verdunklung mehr geben . . . Und in den Geschäften werden wir mehr zu essen kaufen können. Ohne Marken.

– Auch Bananen?

– Ja. Bananen und Apfelsinen und Ananas und all das.

– Wann kaufst du mir eine Banane?

Die Mutter lachte. Das weiß ich noch nicht. Es wird wohl noch eine Weile dauern.

3

– Es dauert alles viel länger, als ich dachte, pflegte seine Mutter zu sagen, die noch oft an Timothys Fragen in der Nacht der Siegesfeier dachte. Erst zwei Jahre später konnte er wieder in eine Banane beißen, und auch da hatte seine Mutter noch eine Stunde für eine Hand Bananen anstehen müssen. Lebensmittel gab es weiterhin nur auf Marken, und in mancher Hinsicht war die Versorgungslage noch schlechter geworden.

Genaugenommen änderte sich das Leben nach dem Krieg erstaunlich wenig. Eines Abends wurde die Straßenbeleuchtung wieder eingeschaltet. Timothy und seine Freunde Jonesy und Blinker aus der Nachbarschaft liefen, in dem eigenartig bläulichen Licht mit ihren Schatten experimentierend, so lange durch die Straßen, daß Timothys Mutter den Vater ausschickte, um sie zu suchen; doch der Reiz des Neuen war bald verflogen. Die Soldaten wurden entlassen, und hin und wieder hingen an einem Haus in ihrer Gegend jede Menge handgemalte Schilder, auf denen WILLKOMMEN DAHEIM stand. Timothys Dad war nie weg gewesen, und Onkel Jack, für den er gern ein WILLKOMMEN DAHEIM-Schild gemalt hätte, war aus dem Krieg nicht zurückgekommen. Er überlegte, ob er ein Schild für Kath aufhängen sollte, wenn sie nach Hause kam, fürchtete aber, Jonesy und Blinker könnten ihn aufziehen, weil sie nur Sekretärin war.

Als Kath dann kam, trug sie eine spezielle, sehr flotte Uniform aus weichem Khakistoff wie die von Rod mit einem rot-weiß-blauen Abzeichen am Ärmel. Alle staunten, weil sie nicht halb so dick war wie damals, als sie weggegangen war. Sie hatte eine andere Frisur und trug ihre Brille nur noch zum Lesen, sie hatte geschminkte Lippen und lackierte Fingernägel. Und sie rauchte. Wenn Timothy mit ihr durch seine Straße ging, sah er hinter den Tüllgardinen die verschwommenen

Schatten seiner Nachbarn wie Fische in einem Aquarium, die der Anblick seiner schicken Schwester ans Fenster gelockt hatte. Dufte Puppe, sagten Jonesy und Blinker, und Timothy tat es leid, daß er nicht doch ein WILLKOMMEN DAHEIM-Schild für sie gemacht hatte.

Aber Kath war nur auf Urlaub und ließ keinen Zweifel daran, daß sie nicht die Absicht hatte, sich für immer in London niederzulassen. Sie arbeitete jetzt in Frankfurt. Seine Eltern hätten es gern gesehen, wenn sie wieder nach Hause gekommen wäre, aber das wäre, sagte sie, kein guter Tausch, da, wo ich jetzt bin, werde ich gut bezahlt und gut versorgt und sehe was vom Leben. Das Gespräch fand nach dem Abendessen am Eßzimmertisch statt. Seine Mutter murmelte etwas von egoistischer Einstellung, und Kath sah sie betroffen an.

– Das ist doch albern, Mum. Was hättet ihr davon, wenn ich zu Hause wäre? Wir gehen uns ja doch bloß auf die Nerven.

– Unsinn. Die Mutter machte schmale Lippen.

– Stimmt's nicht, Dad?

Timothys Vater rutschte unbehaglich auf seinem Stuhl herum und holte eine Packung Lucky Strike aus der Tasche, die Kath ihm geschenkt hatte.

– Ich weiß nicht, Kath. Ich weiß nur, daß es deiner Mutter und mir schon recht wäre, dich ein bißchen mehr in der Nähe zu haben.

Kath zückte ein zierliches goldenes Feuerzeug und zündete ihre Zigarette und die ihres Vaters damit an.

– Notfalls kann ich mich immer in eine Militärmaschine setzen und bin in ein paar Stunden hier.

– Darum geht es nicht, sagte seine Mutter.

– Worum dann? Wenn es eine Geldfrage ist, bin ich gern bereit –

– Dein Geld brauchen wir nicht, Kind, sagte sein Vater ungeduldig. Dafür kann man sich hier sowieso nichts kaufen.

Timothys Mutter stellte das Geschirr zusammen.

– Tja, dann muß ich eben hier im Haus allein fertig werden.

– Ach, Mum! Weißt du was? Kath drückte die Zigarette in einer Untertasse aus. (Der lippenstiftrote Rest war so lang, daß er unter dem Druck einknickte, und Timothy spürte die

Entrüstung seines Vaters angesichts dieser Verschwendung). Weißt du was? Ich zahl dir eine Putzfrau.

– Eine Putzfrau? Soweit kommt's noch! Nein, besten Dank, was in diesem Haus zu machen ist, schaffe ich noch allemal allein.

Kath lachte laut auf.

– Du bist wirklich unmöglich, Mum!

Timothy und sein Vater lachten mit. Die Mutter quälte sich ein verlegenes Lächeln ab, schwankte einen Augenblick, ob sie übelnehmen sollte oder nicht, und stand dann auf, um das schmutzige Geschirr in die Küche zu tragen.

Kath hatte einen Haufen Geschenke mitgebracht. Es war wie beim Besuch einer guten Fee. Für Timothy hatte sie amerikanische Süßigkeiten mit sonderbaren, unerklärlichen Namen wie *Baby Ruth* und *Oh Henry!* mitgebracht, für seinen Vater amerikanische Zigaretten in Zweihundertstückpackungen, und für seine Mutter eine neue Sorte Strümpfe, die sich Nylons nannten. Und außerdem noch ganz besondere, richtig teure Sachen: eine Uhr für Timothy, einen Fotoapparat für seinen Vater und Ohrringe mit echten Perlen für die Mutter.

– So ein Luxus, Kath, sagte seine Mutter und drehte und wendete die Ohrringe in der Hand. Die traue ich mich bestimmt nie zu tragen. Sie müssen ein Vermögen gekostet haben.

– Ich hab meine Zigarettenzuteilung gespart, erklärte Kath. In Deutschland kriegst du alles für Zigaretten. Oder Essen.

– Soll das heißen, daß du die Sachen vom Schwarzmarkt hast, Kath? fragte sein Vater mit einem leicht mißbilligenden Unterton.

Kath zuckte die Schultern.

– Das machen alle. Neulich erst war der Chauffeur vom Militärpfarrer bei uns im Büro und hat mit einer Dose Schinken herumgespielt. Was er damit will, hab ich ihn gefragt, und wißt ihr, was er geantwortet hat? *Der Pfarrer hat gesagt, ich soll Blumen für den Altar besorgen.*

– Der katholische Pfarrer? fragte Timothys Mutter.

– Ja.

– Nicht zu fassen! Na ja, wenn das so ist ...

Timothy hätte gern gewußt, wie viele Zigaretten seine Uhr gekostet hatte, aber so was zu fragen war wohl taktlos. Es war eine Schweizer Uhr mit Zentrumssekunde, stoßfest, wasserdicht und antimagnetisch. Er sah den Deutschen vor sich, der die Uhr für eine Stange Zigaretten hergegeben hatte, stellte sich vor, wie er die Zigaretten rauchte, eine nach der anderen, und wie er, als nur noch ein paar übrig waren, den Tauschhandel bereute, weil man von einer Uhr auf Dauer etwas hat, von Zigaretten aber nicht.

– Wie sind die Deutschen denn so? fragte er Kath an ihrem letzten Tag zu Hause. Sie saßen im Hinterzimmer, das er Kath während ihres Urlaubs überlassen hatte. Sie lackierte sich die Nägel, eine Unternehmung, bei der er ihr gern zusah.

– Also eigentlich dürfen wir ja nicht fraternisieren, mit den Deutschen Umgang haben, heißt das. Zuerst haben sie uns richtig hinter Gittern gehalten, ohne Passierschein durfte man nicht raus. Ich kann deshalb nicht viel dazu sagen, aber im Grunde sind sie wohl auch nicht anders als wir. Allerdings sieht man eine Menge Krüppel, alle möglichen Verletzungen.

– Sicher hassen sie uns, weil wir den Krieg gewonnen haben, nicht?

– Wegen der Bombenangriffe sind sie ziemlich verbittert, und natürlich ist keiner gern besetzt. Aber bei den Amerikanern haben sie es besser als in der russischen Zone, und das wissen sie auch.

– Das haben sie sich schließlich selber zuzuschreiben. Das mit den Bombenangriffen, meine ich.

– Ja, schon ... Aber gegen Frankfurt war der Blitz rein gar nichts. Unglaublich, diese Verwüstung. Ein Straßenzug nach dem anderen – einfach plattgemacht.

– Wußtest du, daß eine V 1 unseren Woolworth erwischt hat? fragte Timothy. Er hatte das unbestimmte Gefühl, daß Kath die Wunden unterschätzte, die der Krieg ihrem eigenen Land geschlagen hatte.

– Ja, schrecklich, nicht? So viele Tote, auch Kinder. Ein Glück, daß das jetzt ein Ende hat.

– Daß du trotzdem wieder nach Frankfurt willst . . . wunderte sich Timothy.

– Vielleicht versetzen sie mich ja mal an einen Ort, wo's hübscher ist, man kann nie wissen. So, das wär's.

Kath war mit ihren Nägeln fertig, schraubte die Verschlußkappe mit dem kleinen Pinsel zu, stand auf und schwenkte die Hände durch die Luft, damit der Lack schneller trocknete. Sie ging zum Fenster und sah hinaus.

– Großer Gott, sagte sie halblaut.

Timothy trat neben Kath, weil er sehen wollte, was ihr diese Bemerkung entlockt hatte. Draußen aber waren nur die vertrauten Reihen handtuchschmaler Gärten mit ihren Kohlenschuppen und Wäscheleinen zu sehen, eine auf der Straße dahinter haltende Elektrische und das rußgeschwärzte Dächermeer, das in der Ferne verschwamm. Es nieselte, und der Rauch erhob sich träge aus den Schornsteinen. Er setzte sich wieder aufs Bett und blätterte in einer amerikanischen Zeitschrift, die Kath mitgebracht hatte. Die Seiten waren aus dickem, schweren Hochglanzpapier, und es gab jede Menge Abbildungen von siruptriefenden Pfannkuchen, hohen Gläsern mit Früchten und Eiswürfeln und riesigen stromlinienförmigen Autos. Die waren meist auf einer Doppelseite, so daß es aussah, als hätten sie in der Mitte einen Knick. Die Zeitschrift hieß *Life*.

– Kann ich die behalten, Kath, oder willst du sie wieder mitnehmen? fragte er schüchtern.

– Wie? Ja, sicher kannst du sie behalten, Timothy, in Deutschland bekomme ich sie regelmäßig.

Sie stand noch immer am Fenster und bewegte die Hände auf und nieder wie ein großer Vogel, der mühsam zum Flug ansetzt.

Mit zehn kam Timothy ins Gymnasium, nach St. Michael. Die Lehrer hießen Brüder und waren wie Pfarrer, nur daß sie nicht die Messe lasen. Sie trugen schwarze Soutanen mit großen weißen Kragen. Es gab auch ein paar Lehrer, die keine Brüder waren und gewöhnliche Sachen trugen, den Zeichenlehrer zum Beispiel. Zeichnen war Timothys Lieblingsfach, das hatten sie zwei Stunden am Freitagnachmittag, ein schöner Wochenabschluß. In Zeichnen und Mathematik war er am besten. Am Ende des Trimesters schrieben sie Abschlußarbeiten, und meist war Timothy der dritte oder vierte in seiner Klasse, obgleich er zu den Jüngsten gehörte. Zuerst zahlten die Eltern Schulgeld für ihn, aber als er elf war, machte er eine Sonderprüfung, und danach kostete ihn der Unterricht in St. Michael nichts mehr.

Zweierlei gefiel ihm nicht an seiner Schule: erstens das Prügeln – und es wurde viel geprügelt, nicht nur, wenn man etwas angestellt, sondern auch, wenn man sich im Unterricht einen Schnitzer geleistet hatte – und zweitens der Sport. Timothy trieb gern Sport, besonders gern spielte er Fußball, den spielten sie immer in der Pause. Daß er flink und leicht war, kam ihm bei den Fußballspielen auf dem Schulhof zugute, wo man nicht nur den Gegnern, sondern auch anderen Spielern von anderen Teams auf dem gleichen Platz ausweichen mußte. Aber der offizielle Schulsport war Rugby, und das konnte er nicht ausstehen. Das Herumgestoße und Gerangel, das nun mal beim Rugby üblich ist, war ihm zuwider, und er hatte nicht den Mut, anderen Spielern beim Laufen an die Beine zu gehen. Er lernte es, sich am Rand des Spielgeschehens herumzudrücken und so zu tun, als ob er mitmachte, ohne den Ball oder einen anderen Spieler zu berühren. Manchmal ließ er sich absichtlich fallen, um schmutzige Knie zu bekommen, damit es so aussah, als hätte er einen Gegenspieler angegriffen. Mit Cricket, das sie im Sommer spielten, ging es ihm genauso. Auf dem Schulhof spielte er es gern, und mit einem alten Tennisball, auf dem fast kein Filz mehr war, konnte er scharfe Würfe leicht abwehren. Aber Cricket mit einem richtigen Ball, hart und kompromißlos – das war etwas ganz anderes. Blieb nur noch das Laufen, und auch das lag ihm nicht. Meist schied er schon in den Vorläufen aus und erlebte das Sportfest und die Überreichung der Pokale zusammen mit seinen Eltern nur als Zuschauer.

– Ein Jammer, daß sie keine Pokale für schulische Leistungen vergeben, sagte seine Mutter. Da würdest du bestimmt einen bekommen, Timothy.

Timothy aber sehnte sich nach sportlichen Erfolgen. Daß er in Zeichnen oder in Mathematik Bester war, verschaffte ihm nur flüchtige Befriedigung. Sport war sein eigentlicher Lebensinhalt. In der Fußballsaison ging sein Vater manchmal mit ihm zu Charlton Athletics, in der Cricketsaison nahm er ihn mit, wenn Surrey spielte. Mit leidenschaftlicher Anteilnahme verfolgte er das Schicksal dieser Mannschaften im ›Daily Express‹ und spielte in seiner Phantasie ihre Triumphe nach, indem er einen Ball gegen die Vorgartentür kickte oder viele einsame Stunden lang auf einen Hartgummiball eindrosch, der an einer Schnur von der Wäscheleine im Garten baumelte. Doch seine Erfolge blieben auf die Straße oder den Schulhof beschränkt, schlugen sich nicht in Rekorden nieder, wurden nicht in Pokale graviert, brachten seiner Schule keinen Ruhm und ihm selbst keine Ehre. Er hatte sich damit abgefunden, als bescheiden-unbeachteter Niemand durchs Leben zu gehen.

Weihnachten 1947 kam Kath auf Besuch. Timothy und seine Eltern holten sie von der Victoria Station ab. Der Zug hatte Verspätung, und während seine Eltern in der Bahnhofsgaststätte eine Tasse Tee nach der anderen tranken, lief Timothy, um sich warm zu halten, auf dem Bahnhof herum und untersuchte die leer und verwahrlost an den Sperren stehenden Süßwarenautomaten. In verblaßter Schrift wurden Tafelschokolade und Sahnebonbons, Nüsse und Rosinen zum Preis von einem Penny angeboten. Die Münzschlitze waren verplombt. Hinter dem schmutzverkrusteten Glas sah man nur leere Metallschächte, trotzdem ruckelte er versuchsweise an den Schubladen in der – nicht sehr ernsthaften – Hoffnung, eine würde aufgehen und eine vergessene Vorkriegsleckerei preisgeben.

Endlich fuhr Kaths Zug, gezogen von einer urtümlichen Lokomotive, in den Bahnhof ein. Kath wirkte wie ein exotischer Vogel auf dem wintergrauen Bahnsteig, der voller Matsch und Unrat war. Sie war nicht in Khaki, sondern trug ein grünes Schottenkostüm mit Cape und Pelzmütze. Das Kostüm hatte einen sehr langen Rock, der ihr fast bis an die Knöchel reichte.

– Du bist also schon auf den New Look umgestiegen, waren die ersten Worte seiner Mutter.

– Ja. Gefällt es dir? Kath drehte auf dem Bahnsteig eine Pirouette. Sie hatte einen Haufen verschiedenartiger und unterschiedlich geformter Koffer mitgebracht, nicht nur die normalen länglichen, sondern auch runde und quadratische. Sie bestand darauf, ein Taxi für die Heimfahrt zu zahlen; unterwegs redete sie wie aufgezogen. Timothy hatte den Eindruck, daß sie gepflegter sprach als früher, und wenn er eine Frage von ihr beantwortete, machte sie seinen Akzent nach und sagte:

– Du bist ein richtiger kleiner Cockney, Timothy.

Kath hatte ihnen wieder viele Geschenke mitgebracht. Manche durften erst am Weihnachtstag aufgemacht werden, aber was sie gleich auspackte, waren Flaschen, Konservendosen, Zigaretten und Süßigkeiten, unter anderem auch Süßwaren aus England, die man bei ihnen nicht mal auf Marken bekam, weil sie nur für den Export waren: Olde English Butterscotch und Mackintosh's Toffees und Original Pontefract Cakes, aufwendig in robusten bunten Blechdosen verpackt und mit lustigem Geschenkpapier umhüllt. Die Süßigkeiten waren über Amerika und Deutschland einmal um die halbe Welt gereist, ehe sie in seine Hände gelangten. Er verzehrte sie voller Ehrfurcht – wie ein verfolgter Christ, der das Sakrament empfängt.

– Ich weiß nicht, was wir Weihnachten ohne dich gemacht hätten, Kath, sagte sein Vater. In den Geschäften gibt es rein gar nichts.

– Die Versorgung ist katastrophal, schlimmer als im Krieg, sagte seine Mutter. Neuerdings ist sogar das Brot rationiert, das muß man sich mal vorstellen.

– Mir ist das unbegreiflich, wunderte sich Kath. Da seid ihr ja nicht besser dran als die Deutschen.

– Sag ich doch, bekräftigte die Mutter. Was nützt es, daß wir den Krieg gewonnen haben, wenn wir nach wie vor bei jeder Mahlzeit knapsen und knausern müssen?

– Die Regierung ist schuld, sagte sein Vater. Die wähl ich nicht mehr, da könnt ihr Gift drauf nehmen.

Sein Vater ärgerte sich oft über die Regierung. Und der ›Daily Express‹ auch. Timothy übernahm die ironischen Bemerkungen seines Vaters, und die Karikaturen von Strachey, Shinwell und Cripps aus der Zeitung wurden Teil seiner privaten Mythologie wie die von Hitler, Goebbels und Göring im Krieg – zwar nicht so abgrundtief schlecht wie die Deutschen, aber auch sie Zielscheibe erbarmungslosen Spottes. Noch eine andere, beunruhigendere Entwicklung erinnerte Timothy an die Kriegszeit. Offenbar waren die Russen und Stalin (Onkel Joe, wie die Leute ihn früher genannt hatten) nicht mehr ihre Weggefährten. Sie waren Kommunisten, was bedeutete, daß in Rußland niemand etwas Eigenes haben durfte, und wollten sich andere Länder einverleiben, damit auch dort niemand etwas Eigenes haben durfte. Nach dem, was man so hörte, kamen sie ihm mitunter genauso schlimm vor wie die Nazis. Sie waren Atheisten und drangsalierten die Kirche. Jeden Sonntag am Ende der Messe wurde für die Bekehrung Rußlands gebetet.

Trotz der vielen Geschenke, die Kath mitgebracht hatte, wurde es kein frohes Fest. Am ersten Feiertag war Stromsperre, was ihnen das Weihnachtsessen verdarb. Kath jammerte unablässig über die Kälte, aber Kohlen waren knapp, und seine Eltern stritten sich ständig wegen des Feuers im Kamin, ob nachgelegt werden sollte oder nicht. Kath blieb nicht sehr lange, sie wollte Silvester mit einem Kostümfest in Heidelberg feiern, als Freiheitsstatue. Inzwischen wohnte sie in Heidelberg, wo es ihr bedeutend besser gefiel als in Frankfurt. Eine malerische kleine Stadt an einem Fluß, sagte sie, von Bergen umgeben, mit einer Schloßruine und vielen alten Bauwerken, im Krieg kaum zerstört. Sie wohnte in einem Hotel, das zum Wohnheim umfunktioniert worden war, und hatte viele nette Bekannte.

– Auch männliche Bekannte, Kath? fragte sein Vater.

– Ich habe keine Mühe, Begleiter für Partys und so weiter zu finden, Frauen sind ja bei uns Mangelware, bis auf die deutschen natürlich. Ich hab genug Verabredungen. Günstiges Klima für Dicke, sag ich immer, die Mädchen im Büro lachen schon drüber.

– Ich würde nicht sagen, daß du dick bist, meinte seine Mutter.

– Na, direkt schlank aber auch nicht, wie? Kath strich den Rock über den Hüften glatt.

– Hauptsache, du heiratest nicht einen von diesen Amis, sagte sein Vater.

Kath lachte. Die netten sind alle schon verheiratet. Und die anderen haben kein Interesse an der Ehe.

– Wofür interessieren sie sich dann? wollte Timothy wissen.

Kath lachte wieder, aber er bekam keine Antwort auf seine Frage. Es wird Zeit, daß du ins Bett kommst, sagte die Mutter.

Der Abschied von Kath auf Victoria Station war ziemlich trostlos. Sie hatte Schnupfen, schnaubte sich ständig die Nase und jammerte, weil in London keine Papiertaschentücher aufzutreiben waren.

– Widerlich, diese Baumwolltaschentücher, damit verstreut man doch nur die Bazillen in der Gegend.

– Tut mir leid, wenn ich dir widerlich bin, sagte seine Mutter, die ebenfalls verschnupft war.

– Dich meine ich doch nicht, Mum.

– Und ich koche sie immer aus, damit die Bazillen rausgehen, fügte seine Mutter beleidigt an.

– Willst du nicht mal im Sommer kommen, Kath? Da ist es wärmer, sagte sein Vater.

– Ich weiß nicht recht, Dad ... Eigentlich wollte ich in diesem Sommer nach Italien. Mit einer Freundin aus Heidelberg.

– Italien?

– Ich wollte schon immer mal Rom und Florenz und das alles sehen.

– Na ja, so was muß man wohl machen, solange man jung ist. Er zupfte an einem Loch in seinem Handschuh.

– Wir wollen versuchen, in diesem Jahr auch ein bißchen wegzufahren, sagte Timothys Mutter zu Kath.

– Fein. Wohin?

– Nach Worthing. Da waren wir vor dem Krieg immer. Bei Mrs. Watkins, weißt du noch?

– Ja, ich weiß, sagte Kath.

– Sie ist noch da.

– Warum sucht ihr euch nicht mal was Neues?

– Orte, an denen ich mich nicht auskenne, reizen mich gar nicht.

Eine Pfeife schrillte, Türen schlugen zu.

– Du mußt einsteigen, Kath, sagte sein Vater.

– Ich sag euch noch Bescheid, wie wir es im Sommer machen, sagte Kath und küßte sie zum Abschied.

Timothy rannte neben dem Zug her, bis er nicht mehr mitkam. Langsam ging er über den Bahnsteig zurück zu seinen Eltern, die recht verloren herumstanden und weiße Wolken in die kalte Luft atmeten. Es schneite. Ein paar Flocken fielen durch die Löcher im Bahnhofsdach, die noch aus dem Krieg stammten. Er blickte zum Dach hoch, weil er sehen wollte, an welcher Stelle es hereinschneite, aber in dem grauen, schmutzigen Licht konnte man nicht unterscheiden, wo die Verglasung anfing und wo sie aufhörte. Vor dem vielen grauen Glas wirkten die Schneeflocken, die zu ihm herunterschwebten, fast schwarz. Komisch, unter einem Dach zu stehen, während es einem auf den Kopf schneite.

Kath kam im Sommer nicht. Sie fuhr mit ihrer Freundin nach Italien und schickte ihnen Ansichtskarten vom Comer See, aus Florenz und Rom und später einen Brief mit einem Foto von Kath und ihrer Freundin, auf dem sie so taten, als hielten sie den Schiefen Turm von Pisa fest. In diesem Jahr würde sie nicht zu Weihnachten kommen, schrieb sie, weil es im Winter so kalt in England war, sie wollte lieber bis zum Frühjahr warten. Im Frühjahr bekam sie dann eine Einladung zu einer Mittelmeerkreuzfahrt, und diese Chance wollte sie sich natürlich nicht entgehen lassen, und danach hatte sie keinen Urlaub und kein Geld mehr und mußte ihren Besuch aufs nächste Jahr verschieben.

Kath schickte ihnen lange getippte Briefe, in denen sie ihre Ferien und ihre Wochenendtrips schilderte. Timothy fand sie langweilig – reine Aufzählungen fremder Orte und fremder Kost –, aber er empfand doch eine unbestimmte Genugtuung darüber, eine Schwester zu haben, die ein so exotisches und abenteuerliches Leben führte. Diese Einstellung hatte er zumindest teilweise von seinen Eltern übernommen. Kaths Briefe und Postkarten, hinter der Kaminuhr im Eßzimmer aufbewahrt und für interessierte Besucher bereitwillig hervorgeholt, erfüllten sie mit stillem Stolz, waren ihnen ein Beweis dafür, daß sie von einem weltläufigeren, glanzvolleren Leben, als sie selbst es führten, nicht ganz abgeschnitten waren. Andererseits wußte Timothy auch, daß die Eltern sich nach Kath sehnten und daß besonders seine Mutter manchmal wegen Kaths langer Abwesenheit erbittert war.

Es war nun beschlossene Sache, daß sie im Sommer 1949 wieder nach Worthing fahren würden. Timothy freute sich. Für ihn war diese Entscheidung etwas Selbstverständliches, Unausweichliches. Worthing gehörte untrennbar zu seinem Lebensrhythmus, der in so überschaubaren, wohlgeordneten Bahnen verlief, daß er im Rückblick eines Jahres eine Woche von der anderen nur durch die jahreszeitlich unterschiedlichen Sportarten unterscheiden konnte. In der Schule lief alles immer mehr oder weniger in den alten Gleisen, und für seine Wochenenden hatte er einen fast ebenso rigiden Stundenplan ausgearbeitet. Am Freitagabend erledigte er den größten Teil seiner Hausaufgaben und badete. Der Samstag war ausschließlich der Zerstreuung vorbehalten. Morgens brachte ihm seine Mutter das Frühstück ans Bett, und er blieb bis elf liegen und las seine Comics. Nachmittags ging er mit Jonesy und Blinker zu den Charlton Athletics oder – wenn die A-Mannschaft ein Auswärtsspiel hatte – zu den Charlton Reserves, und einen Sieg von Charlton mit anzusehen, war sein größtes Glück. Den größten Triumph des Teams, den Sieg gegen Burnley beim Pokalendspiel von 1947, hatte er natürlich nicht persönlich miterleben können. In schier unerträglicher Spannung hatte er im Radio verfolgt, wie das Spiel mit Null zu Null in die Verlängerung ging. Dann schoß Duffy, der kleine glatzköpfige Linksaußen, ein großartiges, gänzlich unerwartetes Tor – im Volley vom rechten Flügel, und das noch mit dem rechten Fuß. Duffy war quer übers Spielfeld gerannt, um Sam Bartram, dem Charlton-Torwart, um den Hals zu fallen, sagte der Reporter.

Zu solchen Höhenflügen hatte Charlton sich nie wieder aufgeschwungen, aber interessant war das Spiel der Mannschaft allemal – sprunghaft und unberechenbar, aber herzerfrischend durch gelegentliche, völlig überraschende Glanzleistungen. Schon ein paarmal war es vorgekommen, daß Timothy und seine Freunde, deprimiert durch die schwache Leistung ihres Teams, ein paar Minuten vor Spielende das Valley-Stadion verlassen hatten, nur um beim Gang durch die stillen, mit Autos zugeparkten Straßen plötzlich hinter sich ein explosionsartig hochschießendes Gebrüll zu hören: Charlton hatte in letzter Minute ein Tor erzielt und einen Punkt erobert.

Während der Heimfahrt auf dem verräucherten Oberdeck einer schwankenden Elektrischen sprach er dann die kritischen Spielphasen mit Jonesy und Blinker durch. Meist stiegen sie, statt in New Cross in eine andere Elektrische umzusteigen, an der Deptford High Street aus und gingen durch Nebenstraßen nach Hause, wobei sie sich einen alten Tennisball zukickten, denn der Effekt eines guten Spieles war ein ganz eigenartiges Zucken in den Beinen, ein Kick- und Dribbeldrang, der befriedigt werden wollte. Sie spielten auf der Straße, bis es dunkel wurde, dann setzte er sich, belebt durch die Bewegung in der kalten, feuchten Luft, zum Abendessen. Meist gab es am Samstag Bohnen in Tomatensoße auf Toast mit einer Scheibe Speck. Nach dem Essen notierte er die Fußballergebnisse, die im Radio durchkamen, und half seinem Vater bei der Durchsicht der Totozettel. Abends traf er sich wieder mit Jonesy und Blinker – umschichtig bei einem von ihnen zu Hause – zum Karten- oder Monopolyspielen.

Am Sonntag stand die Kirche im Mittelpunkt. Gewöhnlich besuchten sie die Zehn-Uhr-Messe, nur zur Kommunion gingen sie schon um halb neun, weil man da nüchtern sein mußte. Manchmal gingen sie auch noch nachmittags zur Andacht. Nach dem Abendessen war meist noch etwas für die Schule zu machen, danach hörte er sich mit seinen Eltern im Radio das Unterhaltungsprogramm an. Ein gesichertes, zweckmäßig durchorganisiertes Leben.

Und deshalb freute er sich auf die Ferien in Worthing. Da

war es anders als zu Hause und trotzdem vertraut. Sie bekamen bei Mrs. Watkins dieselben Zimmer und im Speisesaal denselben Tisch am Fenster mit Blick auf das Wartehäuschen und auf den Bowlingplatz. Alles war wie sonst.

Aber irgendwie war es nach ein paar Tagen nicht so schön wie im vergangenen Jahr. Timothy war vierzehn, zu alt, um allein bei Ebbe im Sand zu spielen. Und um sich mit anderen Kindern am Strand anzufreunden, war er zu schüchtern. Er war zu alt, um im flachen Wasser herumzuplanschen, und schwimmen konnte er nicht. Da blieb eigentlich nur der Pier mit den Spielautomaten. An einer bestimmten Stelle gab es Automaten mit Bildern von nackten Frauen. Er ging jeden Tag dort vorbei und hätte zu gern mal hineingesehen, aber er traute sich nicht aus Angst, die Leute könnten glotzen, oder seine Eltern könnten zufällig vorbeikommen. An einem Nachmittag, als nicht viel Betrieb war und seine Eltern sich auf den Weg zu einem Konzert im Musikpavillon gemacht hatten, pirschte er sich an einen der Automaten heran, warf einen Penny ein und drückte das Gesicht an die Sichtscheibe. Die Maschine surrte, und flimmernd zog eine Reihe verblaßter Sepiafotografien an ihm vorbei, auf denen junge Frauen auf Schaukeln und Wippen herumalberten. Sie waren tatsächlich unbekleidet, aber die Körperteile, auf die es ihm ankam, waren schwarz übermalt. Die Frisuren erinnerten ihn an Lichtbilder aus der Jugend seiner Mutter und ihrer Freundinnen, die zu Hause im Familienalbum klebten. Schuldbewußt und mit dem ärgerlichen Gefühl, verschaukelt worden zu sein, setzte er sich an den Strand. Wenn die Mütter den kleinen Mädchen die nassen Badeanzüge auszogen, sah man manchmal die kleine Spalte zwischen ihren Beinen. Die großen Mädchen hüllten sich beim Umziehen züchtig in ihre Handtücher und guckten böse, wenn man zu ihnen hinschaute.

Die zweite Ferienwoche ließ sich besser an. Die Eltern hatten sich mit einem Ehepaar Clements angefreundet, das in ihrer Pension wohnte. Mr. Clements war ein fülliger Herr mit Haaren auf Brust und Schultern, der sich erbot, Timothy im Bad das Schwimmen beizubringen, und Timothy litt unter so schrecklicher Langeweile, daß er einwilligte. Die

Schwimmstunden waren stumpfsinnig, aber am Ende der Woche hatte er plötzlich den Bogen raus und schwamm eine ganze Bahn, ohne abzusetzen. Im nächsten Jahr, dachte er, als der Zug aus dem Bahnhof von Worthing rollte, im nächsten Jahr wird es netter in den Ferien, jetzt kann ich ja schwimmen.

Doch der nächste Urlaub wurde genauso enttäuschend. Der Sommer war überhaupt unerfreulich. Kath hatte endlich mal wieder nach Hause kommen wollen, aber im letzten Moment wurde ihr der Urlaub gestrichen, weil der Koreakrieg ausgebrochen war. Die englische Elf mußte unglaublicher- und demütigenderweise aus dem World Cup ausscheiden, ausgerechnet durch eine Niederlage gegen Amerika, eins zu null. Und Timothy hätte im Juni seinen Mittelschulabschluß machen können, wenn es da nicht eine blödsinnige Bestimmung der Regierung gegeben hätte, daß man die Prüfung nur machen konnte, wenn man vor dem 1. Januar des betreffenden Jahres fünfzehn geworden war, und Timothys fünfzehnter Geburtstag war erst am zehnten Januar. Timothy grollte jetzt der Regierung ganz persönlich und sah der Wahl im Februar mit großer Spannung entgegen. Labour siegte erneut, aber mit einer so knappen Mehrheit, daß man sich allgemein auf baldige Neuwahlen einstellte. Daß die Stimmung sich gegen Labour gewandt hatte, verschaffte Timothy einige Genugtuung, aber persönlich hatte er nichts davon. Vor Ostern machte er mit seiner Klasse eine Art Generalprobe für den Mittelschulabschluß, und seine Lehrer meinten, daß er in mehreren Fächern eine Eins bekommen hätte. Mit diesen Ergebnissen hätte er abgehen und eine Lehre als technischer Zeichner anfangen können. Wenn er das wirklich machen wollte. Ganz sicher war das noch nicht.

An seinem vierzehnten Geburtstag hatte Onkel Ted ihn gefragt, in welchen Fächern er am besten sei, und er hatte gesagt, in Zeichnen und Mathematik, und da hatte Onkel Ted gemeint, dann solle er doch technischer Zeichner werden. Irgendwie hatte sich diese Idee bei ihm festgesetzt. Timothy hatte Spaß an Zeichnungen und Diagrammen, er fand es gut, eine feste Vorstellung von der Zukunft und eine Antwort parat zu haben, wenn die Leute ihn fragten – was häufig vorkam –, was er denn nach der Schule machen wollte. *Ich werde technischer Zeichner* – das klang eigentlich ganz eindrucksvoll. Ein bißchen ausgefallen, professionell, spezialisiert und trotzdem vernünftig, nicht zu ehrgeizig. Es war ein Ziel, das zu erreichen er sich zutraute. Seinem Vater gefiel der Plan. Die Mutter schwankte noch. Sie hätte es gern gesehen, wenn er Lehrer geworden wäre.

Nach der Generalprobe für den Mittelschulabschluß bat der Direktor von St. Michael, Bruder Augustin, ihn und seine Eltern zu sich. Es sei sinnlos, Timothy noch ein Jahr in der Mittelstufe zu lassen, sagte er und schlug vor, Timothy solle in die Oberstufe aufrücken, am Ende des ersten Jahres den Mittelschulabschluß und ein Jahr später, mit siebzehn, die Prüfung zur Hochschulreife machen.

– Wir wollten ihn eigentlich nicht noch zwei Jahre auf der Schule lassen, sagte sein Vater. Er möchte gern technischer Zeichner werden, da ist es am günstigsten, wenn er sobald wie möglich mit der Lehre anfängt.

– Technischer Zeichner? Bruder Augustin runzelte leicht die Stirn. Ein wenig höher dürfte Timothy seine Ziele schon stecken. Ich möchte in St. Michael eine richtige Oberstufe einrichten, auf der sich die Jungen für die Universität vorbereiten können, und würde mich freuen, wenn auch Timothy dabei wäre. Wie denkst du darüber, Timothy?

– Ich weiß nicht, sagte Timothy ehrlich. Abgesehen von der Ruderregatta Oxford – Cambridge war ihm eine Universität ein Buch mit sieben Siegeln.

– Wäre es – äh – sehr kostspielig? fragte sein Vater.

– Das glaube ich kaum, Mr. Young, möglicherweise entstehen Ihnen gar keine Kosten. Die Hochschulausbildung ist inzwischen gebührenfrei, und die Stipendien sind recht großzügig bemessen. Schwierig ist es nur, die Zulassung zu bekommen.

– Eine gute Idee, sagte die Mutter. Aber sein Vater wollte wissen, was praktisch dabei herauskäme.

– Wir fanden die Ausbildung zum technischen Zeichner

ganz zweckmäßig, weil Zeichnen und Mathematik seine besten Fächer sind und er in diesem Beruf gewissermaßen beides kombinieren könnte. Das meint sein Onkel Ted auch.

– Hm, ja ... Wie wäre es denn mit Architektur?

– Architektur?

Sie verblieben dann so, daß Timothy vom September an in die Oberstufe gehen, im Sommer des folgenden Jahres seinen Mittelschulabschluß machen und sich dann entscheiden sollte, welchen Beruf er ergreifen wollte. Als sie mit dem Bus nach Hause fuhren, klang das Wort *Architektur* in seinem Kopf nach – geheimnisvoll, lockend und einschüchternd zugleich. Architekt zu werden war eine durchaus erfreuliche, allerdings auch mit Schwierigkeiten und Unwägbarkeiten verbundene Vorstellung. Die Möglichkeit eines Studiums für den Sohn erfüllte seine Mutter mit Genugtuung, während sein Vater weniger begeistert war. Er hatte in Erfahrung gebracht, daß man auch mit einer Lehre Architekt werden konnte und daß viele das für besonders zweckmäßig hielten, weil man dabei von Anfang an praktische Erfahrungen sammeln konnte. Timothy wäre es leichter gefallen, eine Entscheidung über seine Zukunft zu treffen, wenn er die Prüfung für den Mittelschulabschluß hätte machen dürfen. So aber lebte er in einem Niemandsland ohne konkretes Bestanden oder Durchgefallen.

Noch andere weniger eindeutig definierbare, geschweige denn diskutierbare Enttäuschungen lasteten auf Timothys Seele, als sie im Sommer 1950 wieder nach Worthing fuhren, und machten ihn muffig, wie seine Mutter das nannte. Er litt unter Einsamkeit und Langeweile. Seine Eltern langweilten ihn, und Worthing langweilte ihn. Die Strandpromenade und der Pier, der Bowlingplatz und Mrs. Watkins' Dosenfleischgerichte langweilten ihn. Er schwamm inzwischen ganz gut, aber es machte keinen Spaß, allein zu schwimmen. Meist ging er ins Wasser, sobald sie morgens an den Strand gekommen waren, um es hinter sich zu haben. Danach konnte er eigentlich nur noch am Strand sitzen, lesen und unter der Sonnenbrille heimlich die Mädchen beobachten. Es gab da eins mit dunklen Locken und einem hellblauen Badeanzug, das er recht hübsch fand. Er beobachtete, wie sie vorsichtig über den steinigen

Strand balancierte und an den Rändern ihres Badeanzugs herumzupfte, wenn sie mit ihrem Vater ins Wasser ging, wie sie auf dem Rückweg die Schulterträger zurechtrückte, die Badekappe abnahm und das Haar schüttelte, aber sie nahm keine Notiz von ihm.

Abends zog er seine neue braune Gabardinehose und den gelben Pullover an, den die Mutter ihm auf seinen Wunsch hin gestrickt hatte. Als er vor dem Kleiderschrankspiegel in seinem Zimmer stand, um das vom Salzwasser strohige Haar mit Brylcreem zu bändigen, bewunderte er den Effekt der ersten selbst ausgesuchten Sachen. Doch die Garderobe schuf eine Erwartungshaltung, der die Enttäuschung zwangsläufig folgen mußte. Nach dem Abendessen konnte er allenfalls mit den Eltern über die Strandpromenade schlendern, konnte zusehen, wie die Sonne hinter Littlehampton sank, und sich von dem kalten Seewind durchpusten lassen. Oder er konnte ins Kino gehen. Ins Kino ging er am liebsten allein; hinterher lief er dann in der Dunkelheit am Wasser entlang, dabei machte er sich Gedanken über die eine oder andere Szene aus dem eben gesehenen Film oder über das Mädchen im hellblauen Badeanzug oder irgendwie über beides zusammen. Einmal hatte sich abends ein Sturm erhoben, der die Wellen in gewaltigen Brechern gegen die Kaimauer schlug und Gischt über die Strandpromenade peitschte. An jenem Abend ging er meilenweit, naß bis auf die Haut, mit dem stolzen Satz *Den Elementen trotzend* im Kopf.

Am nächsten Morgen stand ein dunstiger Himmel über der spiegelglatten See, und der Strand war mit Treibholz übersät, darunter auch Äste, die das Meer entrindet, gebleicht und glattgeschmirgelt hatte. Eine eigenartige Schönheit ging von ihnen aus, und er vertrieb sich die Zeit damit, einige dieser bizarren Gebilde zu zeichnen. Er war allein. Seine Eltern waren einkaufen und wollten später nachkommen. Die hübsche Kleine in dem blauen Badeanzug und ihre Eltern ließen sich ganz in der Nähe nieder, und er merkte, daß sie ihm hin und wieder einen neugierigen Blick zuwarf. Aus der Nähe war sie nicht so hübsch, wie er gedacht hatte, und als sie sich nach dem Schwimmen abtrocknete, sah er mit leisem Abscheu, daß sie

Haare unter den Armen hatte. Daß auch bei ihm neuerdings Körperhaare sprossen, bereitete ihm einiges Unbehagen, besonders die Zotteln, die sich plötzlich zwischen seinen Beinen ausbreiteten und hin und her wogten wie Seetang, wenn er in der Badewanne saß. Daß Männer an dieser Stelle meist Haare haben, wußte er wohl, aber er fand, daß sie bei ihm abnorm früh erschienen und besonders zahlreich waren. Das Haar unter seinen Achseln störte ihn weniger, aber bei Mädchen sah es häßlich aus.

In der Sonne verging der Dunst, und es wurde heiß. Er schwamm lange und wagte sich weiter hinaus als je zuvor, dann warf er sich der Länge nach auf sein Badetuch und legte den Kopf auf die Arme. Allmählich trocknete die Sonne seine Haut, und eine köstliche Mattigkeit erfaßte seine Glieder. Er döste vor sich hin. Nach einer Weile hörte er die Stimmen seiner Eltern und hörte Liegestühle über den Kies scharren.

– Komm, mein Sohn, hilf mal deiner Mutter, rief sein Vater. Timothy, der sich nicht aus seiner genußreichen Entspannung aufraffen wollte, hielt die Augen geschlossen.

– Stör ihn nicht, Geoff, ich glaube, er schläft.

– Am hellichten Tage?

– Er war im Wasser, wahrscheinlich hat er sich verausgabt.

– Unsinn! Hat keinen Mumm in den Knochen, der Junge!

Timothy rührte sich nicht und stellte sich schlafend. Das müßige Gerede der Eltern, die sich auf ihren Liegestühlen zurechtrückten, plätscherte wie ein Hörspieldialog an ihm vorbei.

– So läßt sich's leben.

– Herrlich. Zieh doch die Jacke aus.

Pause.

– Hast du eine Zeitung?

– Ja. Den ›Express‹ von gestern.

Pause.

– Wie fandest du die Kipper heute früh?

– Ich glaube, ich zieh doch die Jacke aus.

– Also ich finde, sie waren ein bißchen trocken.

– Was?

– Die Kipper.
– Ja, doch, ein bißchen trocken waren sie, das stimmt.
– Ich wollte bloß nichts sagen.
Pause.
– Steht was in der Zeitung?
– MacArthur sagt, daß er zuversichtlich ist.
– MacArthur?
– In Korea.
– Ach so.
– Es heißt, sie wollen die Reserve einberufen.
– Tztz . . . Wie im Krieg.
– Würde mich nicht wundern, wenn sie demnächst wieder das Benzin rationieren.
Pause.
– Ein kleiner Wagen wär schon was Schönes, Geoff.
– Die meisten haben ein Jahr Lieferzeit.
– Es muß ja kein neuer sein.
– Ob neu oder alt, für uns wäre ein Wagen sowieso zu teuer im Unterhalt.
– Kath hat geschrieben, daß sie vielleicht den Führerschein machen will.
– So? Wann denn?
– In ihrem letzten Brief. Du hast ihn gelesen.
Pause.
– Schade, daß sie in diesem Sommer nicht kommen konnte.
Pause.
– Sie wär sowieso nicht gekommen.
– Was?
– Sie kommt nie mehr, sie findet immer eine Ausrede.
– Aber sie hatte schon alles gebucht, es hat sich nur wegen dieser Koreageschichte zerschlagen. Du hast doch ihren Brief gelesen.
– Bestimmt hätte sie dann was anderes gefunden.
– Ich weiß nicht, was du willst, Dorothy. Wovon redest du eigentlich?
– Wann war sie zum letztenmal hier?
– Ja, ja, ich weiß, aber –
– 1947. Vor drei Jahren.

– Zweieinhalb.

– Schön, zweieinhalb. Aber jetzt drückt sie sich schon das dritte Jahr um einen Besuch bei uns.

– Worauf willst du hinaus?

– Ich kann mir nicht helfen – irgendwas stimmt da nicht.

– Stimmt da nicht? Was soll das heißen?

Timothy war jetzt hellwach, aber er hielt die Augen geschlossen und rührte sich nicht. Seine Mutter senkte die Stimme, so daß er sich anstrengen mußte, um ihre Antwort zu verstehen.

– Eine Affäre, ein Mann . . . Irgendeine Sache, von der wir nicht wissen sollen.

– Was? Unsere Kath?

– Sie ist nicht mehr unsere Kath, Geoff, damit finde dich mal allmählich ab. In den letzten drei Jahren hat sie nur drei Wochen zu Hause verbracht.

– Ich weiß, aber das heißt doch noch nicht . . . Sie ist immer noch ein anständiges katholisches Mädchen.

– Wirklich?

– Was soll das nun wieder?

– Woher wollen wir das wissen? Denk nur an Rod.

– Das war doch bloß . . . Sie hat gedacht, daß er einsam ist. Als sie ihn kennenlernte, wußte sie ja noch nicht mal, daß er verheiratet war.

– Sagt sie.

– Nur weil sie in letzter Zeit nicht nach Hause konnte, hast du noch kein Recht . . . Wahrscheinlich hast du sie rausgeekelt.

– Ich?

– Ja, du, Dorothy. Wenn sie zu Hause war, hast du ständig an ihr rumgenörgelt, gib's zu!

– Das ist ja reizend!

– Ich meine ja bloß . . . Nur weil sie eine Weile nicht da war, kommst du gleich auf abenteuerliche Geschichten.

– Nicht nur ich.

– Wieso?

– Wenn eine Tochter aus dem Haus geht und drei Jahre wegbleibt –

– Zweieinhalb.

– . . . nicht heiratet und auch keine Anstalten dazu macht . . .
– Sie ist doch noch jung.
– . . . dann finden die Nachbarn das doch recht komisch.
– Die Nachbarn sollen sich verdammt noch mal an die eigene Nase fassen.
– Deshalb brauchst du noch lange nicht zu fluchen.
– Worauf willst du überhaupt hinaus?
– Du weißt doch, die kleine Wilkes, ein paar Häuser weiter, die Veronica –
– Nun sag schon!
– Eines Tages war sie weg, angeblich hatte sie Arbeit im Norden gefunden. Und dann hat jemand sie in Manchester gesehen. Mit einem Kinderwagen. Und ohne Trauring.
– Willst du etwa behaupten –
– Ich behaupte gar nichts, ich erklär dir nur, warum die Leute reden.
– Du bist ja übergeschnappt, Dorothy. Völlig übergeschnappt.
– Wir werden ja sehen. Und jetzt Schluß damit. Ich muß Timothy wecken, sein Rücken ist schon ganz rot. Timothy!
Er spürte die Hand der Mutter auf seiner Schulter, mimte umständlich das Aufwachen, indem er ausgiebig gähnte und auf das sonnenglitzernde Meer hinausblinzelte.
– Ich hab Nivea dabei. Soll ich dir den Rücken einreiben?
– Nein, ich hol mir ein Eis.
Er wollte eigentlich gar kein Eis, aber er wollte allein sein.

Manchmal überlegte Timothy, ob er an jenem Vormittag am Strand vielleicht wirklich eingeschlafen war und das Gespräch zwischen seinen Eltern nur geträumt hatte. Daß Kath, seine große Schwester Kath, dick und schwerfällig und eine frühere Klosterschülerin, sich derart spektakulär versündigt haben sollte, schien ihm – auch wenn sie rauchte und sich die Nägel lackierte – schier unglaublich. Wenn es stimmte (und im Grunde zweifelte er auch gar nicht daran, daß dieses Gespräch zwischen seinen Eltern tatsächlich stattgefunden hatte), war damit die Sünde domestiziert, war auf erregende, beängstigende Weise aus dem Bereich der Fiktion oder der Moraltheologie ins wirkliche Leben, in sein eigenes Leben gerückt. Denn wenn Kath es hatte machen können, wenn seine Mutter es als reale Möglichkeit für ihre Tochter sah, war vielleicht auch für ihn eines Tages möglich, was er bisher noch nie wirklich zu denken gewagt hatte – sofern er nicht verheiratet war, und eine solche Daseinsform war zunächst einmal ganz fern und ihm völlig unvorstellbar. Man konnte sich in Gedanken damit beschäftigen, man konnte Lust dazu haben, aber es war eine so schwere Sünde, daß man wohl nie zur Tat schreiten würde. Gerüchteweise verlautete, zwei Jungen aus der Oberstufe hätten es gemacht, mit zwei Mädchen aus dem Ferienlager, alle zusammen in einem Zelt. Schon die Vorstellung erregte ihn, aber er konnte die Geschichte nicht glauben. Die wollten nur angeben, die ganze Sache war frei erfunden. Und doch ... Wenn Kath es gemacht hatte, dann ... machten es vielleicht viele Leute. Eine Sünde war es natürlich trotzdem, eine Todsünde. Wer mit so einer Sünde auf der Seele plötzlich starb, kam in die Hölle. Es war ein ungeheures Wagnis. Aber wenn viele Leute es machten ... Irgendwie fühlte man sich in der Menge immer sicherer.

Er dachte an sein schlechtes Gewissen wegen der Sachen, die er mit Jill gemacht hatte, als sie fünf gewesen waren, wie er bei der Beichte diese Verfehlung ausgelassen und sich hinterher jahrelang mit der Frage herumgeschlagen hatte, ob nun wegen dieser einen verschwiegenen Tat alle seine Beichten ungültig und die Kommunion jedesmal ein Frevel gewesen war. Und dann fiel ihm eines Tages ein Buch in die Hand, ein Buch für Erwachsene, das er aufs Geratewohl aus einem Regal in der Stadtbücherei genommen hatte, um ein bißchen darin herumzulesen. Und da war plötzlich die bewußte Episode, als habe der Autor ihn und Jill persönlich gekannt: Zwei Kinder allein im Haus, ich zeig dir meins, wenn du mir deins zeigst, der Junge schaut hin, will aber seins nicht zeigen, genau wie er damals. Und obgleich es nur eine Geschichte war, zeigte sie doch, daß auch andere Kinder so etwas machten. Und es wurde nicht als etwas ganz Schreckliches oder Ausgefallenes, sondern als etwas völlig Alltägliches geschildert. Es war eine unbeschreibliche Erleichterung. Er war nicht allein. Er gehörte zu einer Gemeinschaft, die sich für den Körper des anderen Geschlechts interessierte. Danach hatte es ihn keine Überwindung mehr gekostet, bei einer Generalbeichte auf einer Schulfreizeit die Sache mit Jill zu erwähnen, und der Pfarrer hatte sich nicht dazu geäußert. Bis zu diesem Moment hatten sich seine geschlechtlichen Begierden allenfalls bis zu dem Wunsch verstiegen, eine erwachsene Frau nackt zu sehen, so wie er Jill gesehen hatte. Jenen Körperteil zu erblicken, der auf Bildern oder Fotos immer irgendwie versteckt war, wie in der Zeitschrift *Razzle,* die in der Schule unter der Hand herumgereicht wurde und die er manchmal mit vorgeblicher Verachtung kurz durchblätterte, doch nach dem, was jetzt vielleicht mit Kath geschehen war, wagten sich seine Gedanken tastend, unsicher bis zu dem Akt selbst vor – und standen mangels Information wie vor einer Mauer. Er wußte, daß der Mann sein Ding in das Loch der Frau steckte. Was aber dann geschah, wie lange man es machte, wie es sich anfühlte, ob man der Frau wehtat, wie daraus ein Baby wurde und wie das Baby herauskam ... Er wußte es nicht, er wußte es einfach nicht. Ein bißchen war er daran auch selber schuld. Vor einem Jahr war sein Vater in den Garten gekommen, wo er mit einem Buch saß (er erinnerte sich genau, er hatte in dem roten Liegestuhl gesessen, hoch am Himmel zog ein Flugzeug einen Kondensstreifen hinter sich her) und hatte ein Gespräch über eben jenes Thema angefangen, das zwischen ihnen noch nie zur Sprache gekommen war. Doch diese Annäherung war zu unvermittelt gewesen, der Anblick seiner Mutter, die ihnen durchs Küchenfenster besorgte Blicke zuwarf, hatte ihn verunsichert. Er hatte so getan, als wüßte er schon alles, was es in dieser Sache zu wissen gab, und sein Vater hatte merklich erleichtert von anderen Dingen geredet.

Er sonderte sich nun mehr und mehr von den Eltern ab, um nachzudenken. Sein Lieblingsplatz war am westlichen Ende der Strandpromenade in Richtung Littlehampton, wo die Lokale und Hotels nach und nach ganz gewöhnlichen Vororthäuschen wichen und die Straße in einem Bogen landeinwärts in die Dünen hineinführte. So weit gingen die wenigsten Feriengäste, und in der letzten der vom Fremdenverkehrsverein aufgestellten Schutzhütten auf der Strandpromenade war er meist ungestört.

Am letzten Ferientag ging er nach dem Abendessen, während seine Mutter packte und sein Vater in Mrs. Watkins' Aufenthaltsraum die Abendzeitung las, über die Strandpromenade zu seinem kleinen Schutzraum. Die Sonne war untergegangen, warf aber noch ein rosig reflektiertes Licht auf die Wolken, die sich im Meer spiegelten. Die Flut kam herein, und die Wellen wühlten den Kies am Strand auf. Ein Gedicht aus dem Buch, das sie für den Mittelschulabschluß durchgearbeitet hatten, kam ihm in den Sinn. Er hatte bei der Generalprobe für die Prüfung etwas darüber geschrieben.

Horch, du hörst ein knirschendes Kullern,
Kiesel, von ablaufenden Wellen gezogen,
Hochgeschleudert von neuen Wogen
Auf den hohen Strand im Nu.
Es beginnt, wischt vorüber und abermalig beginnt
Ein bebender langsamer Rhythmus und bringt
Den unendlich traurigen Beiklang dazu.

Er hatte geschrieben:

Der Dichter empfindet Wehmut beim Klang der Wellen, die auf den Strand schlagen. Der Vers enthält schöne Lautmalerei. Es ist, als ob wir das Geräusch der Wellen hören, die auf den Strand schlagen. Man beachte das Harte G in

Es beginnt, wischt vorüber und abermalig beginnt . . .

Doch als er jetzt die Zeile vor sich hin sprach und dabei auf die Wellen unten am Strand horchte, fand er das beste Wort der Zeile *wischt*. Es war wie das Rauschen der Welle, die sich am Strand brach und verrann: . . . *wischt* . . . Der ganze Vers hatte einen Rhythmus, der dem der Wellen glich, gleichmäßig, aber nicht monoton, weil jede Welle kurz vor oder kurz nach dem erwarteten Zeitpunkt kam. Schade, daß mir das nicht früher eingefallen ist, dachte er, das hätte ich in meiner Arbeit schreiben können. Es war ein schönes Gedicht, *Dover Beach* von Matthew Arnold, wer immer das sein mochte. Ganz am Schluß kam ein komisches Wort vor: *dämmerlich.*

Und wir sind hier wie auf einer dämmerlichen Ebene . . .

In seinem Lexikon zu Hause hatte er *dämmerlich* nicht gefunden, aber man konnte sich vorstellen, was es bedeutete. Es war jetzt *dämmerlich.* Das Rosa der Wolken war ergraut, darunter lag die See in einem dunkleren Grau. Drüben im Osten war alles schwarz bis auf die Lichter auf den beiden Piers von Brighton, die in der Ferne blinkten – und wie er noch hinsah, ging plötzlich auf dem Pier von Worthing das Licht an und löschte das letzte natürliche Abendlicht aus.

Und wir sind hier wie auf einer dämmerlichen Ebene . . .

Tatata . . . tatata . . .

. . . *Flug und Schlacht*
Wo blinde Armeen sich treffen bei Nacht.

Damals hatten sie noch kein Radar gehabt. Radar hatte die Luftschlacht um England entschieden. Die Einsatzzentrale beobachtete den Anflug der feindlichen Verbände auf den Radarschirmen und schickte ihnen Abfangjäger entgegen. Es mußte eine böse Überraschung für den Jerry gewesen sein, wenn die Spitfires und Hurricanes aus der Sonne niederstießen und ihre Bordwaffen Tod und Verderben spuckten: Rattatat, rattatatat . . .

Allein in seinem Schutzraum, geborgen in der Nacht und unbeobachtet, leistete sich Timothy einen Rückfall in heroische Kindheitsträume. Die dunkle Schutzhütte wurde zum Cockpit einer Spitfire. Er zog den Steuerknüppel nach vorn und visierte einen Heinkel-Bomber an. Er drückte den Bedienungsknopf am Steuerknüppel, und acht leuchtende Geschoßgarben trafen die feindliche Maschine, die in Flammen aufging, abkippte, auseinanderbrach und in brennend niedertaumelnden Bruchstücken ins Meer stürzte. Er lehnte sich zurück, stoppte den

Sturzflug der Spitfire, legte sich in eine steile Kurve und suchte am Himmel nach seinem nächsten Opfer. England lag hinter ihm, sein Gesicht war mit einem Ausdruck trotziger Herausforderung Europa zugewandt.

ZWEITER TEIL

Unterwegs

I

An einem Morgen Ende Juli 1951 erwachte Timothy Young sehr früh aus traumgeplagtem Schlaf. Noch etwas benommen versuchte er sich seinen Traum in Erinnerung zu rufen. Er war in einem Kloster eingesperrt gewesen, bei verrückten Nonnen, die glaubten, es sei noch Krieg und er sei ein Schüler, der in ihre Obhut gegeben war. Als er zu fliehen versuchte, jagten sie ihn durch die dunklen, hallenden Klostergänge, und eine besonders große Nonne kam plötzlich aus einem dunklen Winkel hervor und stürzte sich auf ihn wie beim Rugby. Ihr Gesicht war ihm auf unerfreuliche Weise vertraut, und unmittelbar vor dem Aufwachen begriff er, daß es Hitler gewesen war, der sich den Schnurrbart abrasiert hatte, und daß die anderen Nonnen allesamt verkleidete Nazis waren. Auch wenn es ein sehr alberner Traum war, hinterließ er bei ihm ein Gefühl dumpfer Besorgnis und böser Vorahnungen, deren eigentliche Ursache ihm sehr rasch klar wurde: Heute vormittag ging es nach Deutschland.

Er hörte im Schlafzimmer seiner Eltern kurz und gedämpft den Wecker rasseln. Wenig später tappte seine Mutter in Hausschuhen nach unten. Es war gerade erst hell geworden und konnte kaum später als sechs sein. Sein Zug ging erst um elf ab Victoria Station, und seine Sachen waren gepackt, aber seine Eltern hatten eine fast krankhafte Angst davor, irgendwann mal den Zug zu verpassen, die er inzwischen auch schon bei sich entdeckt hatte. Wenn sie nach Worthing fuhren, waren sie manchmal so zeitig auf dem Bahnhof, daß sie einen früheren Zug nehmen konnten.

Worthing ... Komisch, er wußte genau, daß ihn der Ort in den letzten beiden Jahren angeödet hatte, aber in diesem Moment konnte er dieses Gefühl der Langeweile beim besten Willen nicht nachvollziehen. Seine Phantasie stellte ihm

Worthing als einen denkbar reizvollen Urlaubsort vor Augen, heil, sauber, vertraut, sicher. Nach nur zwei Stunden Fahrt mit einem elektrischen Zug war man an Ort und Stelle, das Meer am Ende der Straße glitzerte, der bunte Pier lockte, Rasen und Rabatten der Strandpromenade waren sorgsam gepflegt. Was war dagegen schon Heidelberg? Lohnte es, sich deswegen einen ganzen Tag und eine ganze Nacht in die Bahn zu setzen? Aber an diesem Dilemma war er ganz allein selber schuld.

Er erinnerte sich lebhaft an den Tag, als – wie ein Blitz aus heiterem Himmel – die Einladung gekommen war. Er hatte seither Kaths Brief so oft gelesen (in der Hoffnung, in den unverbindlich-beiläufigen Bemerkungen einen Hinweis darauf zu entdecken, was ihn erwarten mochte), daß er ihn auswendig kannte:

Leider kann ich nun dieses Jahr doch nicht kommen, mein ganzer Urlaub ist für die Skiferien zu Weihnachten und den Trip nach Sevilla zu Ostern draufgegangen. Ich wollte eigentlich versuchen, diesen Sommer noch eine Woche rauszuschinden, aber mein Boss stellt sich stur, was ich ihm nicht mal verdenken kann. Deshalb würde ich vorschlagen, daß Ihr im Sommer Timothy herschickt. Wenn Ihr das Fahrgeld zahlt, würde ich für alles andere aufkommen. Ich möchte ihm gern eine Freude machen, wo er so fleißig war, und ich denke, es würde ihm hier gefallen. Heidelberg ist eine ganz reizende alte Stadt, in der man eine Menge ansehen und unternehmen kann. Tagsüber wird er sich bestimmt allein beschäftigen können, und abends und am Wochenende habe ich ja frei. Denkt mal ernsthaft darüber nach. Natürlich könntet Ihr auch alle drei kommen, wenn Ihr meint, daß es Euch Spaß machen würde, aber das könnte dann mit der Unterbringung ein bißchen schwierig werden. Zimmer sind hier nämlich sehr knapp und sehr teuer. Für Timothy allein findet sich immer was, ich würde auch versuchen, ihm einen P. X.-Ausweis zu besorgen, damit er in die amerikanischen Lokale und so weiter hereinkommt.

– Er ist zu jung, um allein eine so weite Reise zu machen, sagte seine Mutter, als der Brief am Frühstückstisch die Runde gemacht hatte. Timothy war ganz ihrer Meinung, äußerte sich aber nicht.

– Was meinst du, Junge? fragte sein Vater.

– Warum fahren wir nicht alle? sagte Timothy.

– Dein Vater hätte nichts davon, er verträgt das Essen im Ausland nicht.

– Was soll denn das heißen, Dorothy?

– Bitte denk an den Tagesausflug nach Boulogne, vor dem Krieg.

– Das war die Überfahrt, es hatte überhaupt nichts mit dem Essen zu tun.

– Eben! Seefest bist du auch nicht!

– Kath schreibt ja auch, daß sie Schwierigkeiten hätte, uns alle unterzubringen.

– Dich und mich will sie nicht dabeihaben, sagte Timothys Mutter. Das merkt doch der Dümmste.

Der Vater machte ein unglückliches Gesicht. Was meinst du, Junge? Hättest du denn Lust, dich allein auf die Socken zu machen?

– Und was ist mit dem Fahrgeld?

– Das kriegen wir wohl noch zusammen. Du hast ja auch Geld auf dem Postsparbuch, nicht?

– Das wollte ich zurücklegen.

– Natürlich legt er das zurück, sagte seine Mutter. Wäre ja noch schöner.

– Und wofür will er's zurücklegen?

– Jedenfalls nicht, um es für einen Europaurlaub zum Fenster rauszuwerfen. Wenn Timothy fahren will, zahlen wir ihm die Reise. Schließlich hab ich ja auch selber ein bißchen Geld.

Diesen Satz, im Ton einer düsteren Drohung ausgesprochen, hörten sie öfter einmal von der Mutter. Wie groß der Betrag war oder wo sie ihn aufbewahrte, blieb im dunkeln, und niemand hatte je erlebt, daß sie etwas davon ausgegeben hätte.

– Ich muß es mir überlegen, sagte Timothy.

– Aber nicht zu lange, mahnte seine Mutter. Ich muß Mrs. Watkins Bescheid geben, wenn du dieses Jahr nicht mitkommst.

– Ist gut, sagte er. Sein Entschluß stand schon fest: Er würde nicht fahren. Jetzt galt es nur noch, mit Anstand aus der Sache herauszukommen.

Doch am gleichen Tag ließ er sich dazu verleiten, seine Meinung zu ändern. Der erste Oberstufenjahrgang hatte eine Freistunde. Die zehn Jungen hingen in den Bänken oder hockten auf den Heizkörpern. Die Arbeit ging zäh und nur schubweise voran, unterbrochen von Fragen, Streitereien und sporadischen, nicht ganz ernstgemeinten Raufereien.

– Wie heißt das Partizip Perfekt von *carpo?*

– *Carpsum.*

– *Carptum.*

– Morrison, du Dummdödel!

Dann gerieten zwei in einer kurzen Rangelei aneinander, sie torkelten in der Klasse herum, stießen gegen Pulte und rissen Stühle um.

Timothy, der ganz hinten saß, beschwerte sich erfolglos:

– Könnt ihr nicht endlich Ruhe geben?

Er versuchte, seine englischen Texte für die Prüfung in zwei Monaten durchzuarbeiten, aber die anderen hatten in diesem Sommer keine staatliche Prüfung und folglich keine Lust zum Lernen. Die helle Frühlingssonne, die durch die Scheiben fiel und die tanzenden Sonnenstäubchen aufleuchten ließ, machte sie unruhig und aggressiv. Nach einer Weile gaben sie es ganz auf, sich mit ihren Schulaufgaben zu beschäftigen, und stellten sich ans Fenster, um zu schwätzen. Es ging um die Sommerferien. Einer wollte in ein Butlin-Ferienlager, zwei wollten wandern und in Jugendherbergen übernachten, und etliche versuchten um die betrübliche Tatsache herumzureden, daß sie überhaupt nicht verreisen würden. Er würde nach Frankreich fahren, verkündete Gerry Bovington, der sportliche, lockenköpfige Liebling der Oberstufe, von fern verehrtes Idol zahlreicher Jungen aus den unteren Klassen und einziger Sohn wohlhabender Eltern.

– Nach Frankreich?

– Dinard. Das ist in der Bretagne, da sind meine Eltern vor dem Krieg immer hingefahren.

– Mit dem Schiff, nicht?

– Natürlich mit dem Schiff, du Flasche. Weißt du nicht, daß England eine Insel ist?

– Selber Flasche. England ist verbunden mit Schottland und Wales, falls sich das bis zu dir noch nicht rumgesprochen hat.

Und wieder gab es eine Rangelei, mit der die Jungen ihren Neid auf Gerry Bovington und ihre Unwissenheit in allen Dingen, die das Ausland betrafen, zu kaschieren suchten. Als sie sich beruhigt hatten, sagte Bovington:

– Wir nehmen den Wagen mit. Er wickelte ein Bonbon aus und schnippte es sich in den Mund.

Schweigen. Dann sagte einer:

– Was wohl der Young, diese Streberleiche, im Sommer macht?

– Der? Büffelt wahrscheinlich für die nächste Prüfung.

Timothy ignorierte diese Spitzen, bis Bovington sein Bonbonpapier zusammenknüllte, sich auf den Fuß legte und zielsicher auf Timothys Pult kickte.

– Drei Punkte, sagte einer mechanisch.

Timothy faßte mit gespieltem Ekel das Bonbonpapier zwischen Daumen und Zeigefinger und ließ es zu Boden fallen.

– Wenn ihr's genau wissen wollt: Ich fahre in diesem Sommer nach Heidelberg.

Die unmittelbare Wirkung dieser Ankündigung war befriedigend.

– Heidel . . . was?

– Wo isn das?

– Deutschland.

– Und mit wem?

– Mit niemand.

– Ganz allein?

– Genau.

– Was willste denn in Deutschland?

– Meine Schwester besuchen.

– Und was macht deine Schwester in Deutschland?

– Sie arbeitet für die Amerikaner.

– Laßt euch doch von dem nicht verscheißern!

– Nein, das stimmt, deshalb hat er doch immer all das Naschzeug von den Amis.

Über seine Bücher gebeugt, tiefe Versunkenheit heuchelnd, spürte Timothy, wie die anderen ihn mit ganz neuer Achtung und Anteilnahme musterten. Doch inzwischen war ihm klargeworden, welchen Preis er für diesen bescheidenen Akt der Selbstbehauptung würde zahlen müssen, und bereute seine unbesonnene Ankündigung sehr. Seine einzige Hoffnung war, daß seiner Mutter vielleicht im Lauf des Tages ein ernsthafter Einwand gegen Kaths Vorschlag eingefallen war. Zu seiner Überraschung und Bestürzung aber reagierte sie sichtlich erfreut, als er abends verkündete, er würde wohl doch nach Heidelberg fahren.

– Fein! Ich habe mir die Sache durch den Kopf gehen lassen und finde, daß dir die Abwechslung nach dem vielen Lernen bestimmt gut tut. Du siehst in letzter Zeit ein bißchen spitz aus.

Und nun gab es für Timothy kein Zurück mehr. Er hatte Kaths Einladung aus freien Stücken angenommen, Freunde und Bekannte betrachteten ihn als ausgesprochenen Glückspilz. In seinem Bekanntenkreis war ein Urlaub auf dem Kontinent ein ausgefallenes, abenteuerliches Unternehmen, auf das sich selbst Leute, die es sich leisten konnten, wegen der Devisenbeschränkungen nicht so ohne weiteres einließen. Allerdings hatte Timothy insgeheim den Verdacht, daß es im Grunde nicht das war, was sie abschreckte, sondern daß sie sich genau wie er scheuten, die Fährnisse und Verdrießlichkeiten einer Auslandsreise – Grenzen, Pässe, Fahrkarten, Fahrpläne, fremde Sprache, fremde Kost, fremdes Geld, fremde Sitten und Gebräuche – auf sich zu nehmen.

Doch der Schein mußte gewahrt werden. Ein Rückzieher kam nicht in Frage, ja, nicht einmal über seine Bedenken konnte er offen sprechen, ohne ernsthaft das Gesicht zu verlieren.

Die Schlafzimmertür ging auf. Seine Mutter schob sich rücklings ins Zimmer, eine Tasse Tee in der einen, einen Stapel frische Unterwäsche in der anderen Hand.

– Bist du wach? Ich bring dir eine Tasse Tee.

– Danke.

Er setzte sich auf, um den süßen, heißen Tee zu schlürfen.

Der Tassenrand scheuerte gegen eine wunde Stelle am Mundwinkel, wahrscheinlich erste Ansätze eines Pickels. Seine Mutter zog die Vorhänge zurück und sah mit mißtrauisch gerunzelter Stirn aus dem Fenster.

– Sieht aus, als ob's ein schöner Tag wird, räumte sie widerwillig ein. Hier ist dein sauberes Hemd für heute früh, das hab ich gestern abend gebügelt. Und ich hab dir noch ein paar Socken und Unterhosen durchgewaschen, die tu ich in deine Tasche.

Die Reisetasche stand auf dem Boden. Beide betrachteten sie bedenklich. Die Familienkoffer wurden von den Eltern für den Urlaub in Worthing gebraucht, den sie am Wochenende antreten wollten, so daß eigentlich für Timothy ein neuer Koffer angeschafft werden sollte. Dann aber war seiner Mutter eingefallen, daß auf dem Speicher eine große Fliegertasche stand, die Onkel Jack irgendwann im Krieg bei ihnen abgestellt hatte. Sein Vater hatte sie heruntergeholt, sie war angeschimmelt und mit einer dicken Staubschicht bedeckt, aber nach gründlicher Reinigung schien sie durchaus noch gebrauchstauglich. Sie war aus blauem Leinen und hatte einen langen Reißverschluß. Timothy dachte sich, daß sie bestimmt leichter wäre als ein normaler Koffer, und beschloß, sie zu nehmen. Groß genug für seine Zwecke war sie allemal. Doch beim Packen geriet sie immer mehr aus der Form. Über ihrem geblähten Bauch kriegte man die beiden Griffe kaum mehr zusammen, und wenn man sie anhob, fielen die beiden äußeren Enden schlapp nach unten. Über Nacht hatte sie sich auf dem Boden ausgebreitet wie der gedunsene Kadaver eines gestrandeten Walbabys.

– Letzte Woche hatten sie sehr ordentliche Koffer bei Marks & Spencer, seufzte seine Mutter. Aber wahrscheinlich sind die inzwischen ausverkauft.

– Es wird schon gehen.

– Wenn du's nicht schaffst, nimmst du dir eben einen Gepäckträger.

– Wieviel soll ich ihm geben?

– Einen Shilling Sixpence, würde ich sagen, oder zwei Shilling. Ich weiß nicht, was auf dem Kontinent üblich ist.

Ich auch nicht, dachte Timothy deprimiert. Was weiß ich schon über den Kontinent?

Seine Mutter hockte sich hin, stopfte Socken und Unterwäsche umständlich in freie Ecken der Reisetasche und fragte sich laut, ob er zu viel oder zu wenig Wollsachen mitgenommen hatte. Vielleicht wird es heiß dort, sagte sie. Aber abends kann es natürlich auch kühl werden.

– Tja, dann will ich mal aufstehen, sagte er. Im Grunde hatte er noch gar keine Lust dazu, aber das mütterliche Herumgefummel machte ihn nervös. Endlich zog sie den Reißverschluß zu, erhob sich steif und nahm den Morgenrock über der schmalen Brust zusammen. Sie hatte schon eine Hand auf den Türknauf gelegt, doch dann drehte sie sich noch einmal um und musterte ihn nachdenklich.

– Hoffentlich geht alles gut.

– Warum denn nicht? fragte er, Sorglosigkeit heuchelnd.

– Es ist eine weite Reise – so ganz allein in deinem Alter ... Vielleicht hätten wir dir einen Liegewagenplatz besorgen sollen.

– Der ist aber teuer, nicht?

– Sehr teuer.

Insgeheim war Timothy froh, daß sie ihm keinen Liegewagenplatz besorgt hatten, denn dann hätte er die Schwierigkeiten eines weiteren unbekannten Rituals meistern und noch mehr Angst haben müssen, den Halt in Mannheim zu verschlafen, wo er umsteigen mußte, und immer weiter nach Südeuropa hineinzurollen, unfähig sich zu verständigen, ohne Geld, hoffnungslos verloren, mit einer Reisegeschwindigkeit von neunzig Stundenkilometern Heim, Familie, Freunde immer weiter hinter sich lassend.

Seine Mutter drückte sich noch immer an der Tür herum.

– Kath wird dich nicht wiedererkennen.

Diese Schwierigkeit hatte er nicht bedacht.

– Und wenn ich meine Schülermütze aufsetze? fragte er besorgt.

– Sie wird dich schon irgendwie finden. Ich meine nur, daß du sehr gewachsen bist, seit ihr euch zuletzt gesehen habt ... Soll ich dir die Prüfungsergebnisse nachschicken?

– Bis die kommen, bin ich bestimmt wieder zurück. Ich bleibe ja nur drei Wochen. Nein, lieber nicht, vielleicht sind sie ganz mies.

– Das glaube ich nicht. Was meinst du, warum ist Kath seit siebenundvierzig nicht mehr hier gewesen?

Die Frage traf ihn unvorbereitet.

– Keine Ahnung. Sie ist ja offenbar ganz versessen darauf, in Europa herumzugondeln. Wahrscheinlich ist ihr für einen Urlaub in England das Geld zu schade.

– Aber das ist doch unnatürlich, Timothy! Wärst du so, wenn du nicht mehr zu Hause wohnen würdest? Du würdest doch bestimmt ab und zu nach Hause kommen und deine Eltern besuchen, nicht?

– Och, na ja ... Doch, sicher.

Verlegen mied er den traurig bittenden Blick der hellgrauen Augen. Der eine Tränenkanal, der linke, war nicht in Ordnung, gewöhnlich stand Flüssigkeit im Augenwinkel. Das knitterige, ungewaschene Gesicht mit dem Turban über den Lockenwickeln erinnerte ihn an das Gesicht, das in den Bombennächten über ihm gehangen und ihn gedrängt hatte, aufzuwachen und schnell in den Schutzraum zu gehen.

– Ich mache mir Sorgen um Kath, Timothy.

– Sorgen? Wieso denn?

– Ich kann mir nicht vorstellen, daß sie glücklich ist. Irgendwas stimmt nicht mit dem Leben, das sie dort führt.

– Wie kommst du denn darauf?

– Wenn sie glücklich und zufrieden wäre, würde sie uns gern ab und zu besuchen, damit wir das mitbekommen, ist doch klar. Wenn du Erfolg in der Schule hattest, irgendwo Erster geworden bist oder so, kommst du doch auch gern nach Hause und erzählst uns davon, nicht?

– Ja, schon, aber –

– Siehst du ... Sie machte die Tür zu und setzte sich aufs Bettende.

– Timothy, ich habe eine Bitte. Versuch doch rauszubekommen, was mit Kath los ist. Warum sie uns nie besucht.

– Du meinst, ich soll sie fragen?

– Ich weiß nicht. Vielleicht. Aber wahrscheinlich sagt sie's dir nicht. Halt einfach die Augen offen. Du bist ja ein gescheiter Junge und läßt dir so leicht nichts vormachen.

Sie hörten den Vater aus dem Schlafzimmer kommen und auf die Toilette gehen.

– Dein Vater ist auf und wartet auf sein Frühstück, es ist schon spät heute. Soll ich dir deins ans Bett bringen?

– Ja, danke, Mum.

– Was möchtest du? Speck und Tomaten? Ich mach dir eine Scheibe geröstetes Brot dazu. Sie stand auf. Möchte wissen, was du morgen um diese Zeit ißt.

Während er frühstückte, dachte Timothy an das Gespräch, das er im letzten Jahr am Strand von Worthing belauscht hatte. Ohne dieses Vorwissen hätte er keine Ahnung gehabt, worauf seine Mutter hinauswollte. Mit einigem Unbehagen begriff er, warum sie ihm zugeredet hatte, nach Heidelberg zu fahren. Er würde dort genug eigene Probleme haben – auch ohne Kath nachzuspionieren. In den kommenden Wochen war er ja ganz auf ihre Begleitung und ihre Rückendeckung angewiesen.

Er ließ sich Zeit mit dem Frühstück, versuchte den Augenblick des Aufstehens und die letzten Vorbereitungen möglichst lange hinauszuzögern. Allmählich schob sich die Sonne ins Zimmer, wanderte langsam über den abgetretenen Teppich, bleichte den Fleck aus, den ein umgestoßenes Tintenfaß vor zwei Jahren hinterlassen hatte, kletterte die Wände hoch, an denen seine besten Bilder und Zeichnungen und ein Foto des Pokal-Gewinnerteams der Charltons von 1947 hingen, sein Kommunionsspruch und eine Urkunde des ›Daily Telegraph‹, die er in einem Kinderzeichenwettbewerb gewonnen hatte. Sein Blick verweilte auf diesen und anderen vertrauten Gegenständen – dem kleinen Tisch, an dem er immer seine Schularbeiten machte, dem Zeichenbrett und der Staffelei, die er letztes Jahr zu Weihnachten bekommen hatte, dem Kruzifix an der Wand, der Spitfire aus Balsaholz auf der Kommode, dem Regal mit den Büchern, für die er inzwischen eigentlich schon zu alt war, von denen er sich aber nicht trennen mochte – *Just Williams, Biggles,* alle Bände des *Großen Fußballbuchs für Jungen* von 1946 bis 1950, Comics-Jahrbücher. Daneben standen ein paar neu erworbene Penguin-Taschenbücher – Homers *Odys-*

see, Herbert Reads *Bedeutung der Kunst, Zeitgenössische Lyrik* und Voltaires *Candide* (in dem er gewisse Seiten mehrmals gelesen hatte).

Daß seine Schwester nicht mehr zu Hause wohnte, hatte insofern sein Gutes, als dieses Zimmer nun auf Dauer ihm gehörte und die schmale Kammer, in der er als Kind geschlafen hatte, als Abstellraum diente. Er mochte sein Zimmer, er hatte sich daran gewöhnt. Hin und wieder fügte er ein Möbelstück hinzu, warf aber dafür nichts weg. Er schätzte das Gefühl der Kontinuität, das ihm seine Habe vermittelte, wobei jeder Gegenstand in einer ununterbrochenen Kette das eine Jahr mit dem vorhergehenden verband bis hin zu seinen frühesten Erinnerungen. Sogar Hase Einohr war noch da und linste verstohlen vom Kleiderschrank herunter. Sein Vater wollte Timothys Zimmer streichen, wenn er in Heidelberg war, aber er hatte sich für die Wände die gleiche hellblaue Leimfarbe ausbedungen und darauf bestanden, daß alle Bilder wieder an ihren alten Platz kamen. Er würde sehr froh sein, wieder zu diesem vertrauten Raum zurückzukommen. Schon jetzt freute er sich darauf. Nichts sollte während seiner Abwesenheit daran geändert werden.

Als Timothy herunterkam, war sein Vater mit dem Frühstück fertig und rollte sich die erste Zigarette. Es war Viertel vor acht, er mußte gleich ins Büro. Die Mutter würde Timothy zum Bahnhof bringen.

– Alles klar, Junge?

– Ich denke schon, Dad.

Sein Vater fuhr mit der Zungenspitze am Rand des Zigarettenpapiers entlang, kurbelte an seinem Gerätchen aus Gummi und Metall und warf eine an der Naht noch speichelfeuchte Zigarette aus.

– Ich würde an deiner Stelle reichlich Zeit für die Fahrt zum Bahnhof einkalkulieren. Du weißt ja, wie der Sechsunddreißiger ist.

– Ich wollte so gegen zehn gehen.

– Eher noch davor. Besser zu früh als zu spät.

Die Zigarette war locker gedreht, ein paar Tabakkrümel hingen heraus. Als er ein Streichholz daranhielt, flammte das

Papier kurz auf, und glühende Aschenreste fielen auf seine Knie. Er klopfte sie mit viel Kraftaufwand ab.

– Könntest mir ein paar Schachteln Zigaretten mitbringen, wenn du Platz hast.

– Okay, Dad.

– Okay, Dad, äffte sein Vater ihn nach. Er redet schon wie ein Ami, Dorothy. Wetten, daß er richtig knautschiges Amerikanisch spricht, wenn er wiederkommt?

– Meinst du? Bei Kath war es nicht so. Ich hab noch gedacht, wie gepflegt sie redet, als sie das letzte Mal hier war.

– Bißchen etepetete, wenn du mich fragst, sagte sein Vater. Wahrscheinlich will sie damit den Amis imponieren.

Er zwinkerte Timothy zu und wechselte das Thema.

– Ich hab heute früh einen Brief von Stubbins and Gillow gekriegt, Junge.

– Von dem Architekturbüro?

– Wenn du willst, kannst du dort im September anfangen. Fünf Pfund die Woche fürs erste und Essensgutscheine. Gar nicht schlecht für einen Sechzehnjährigen. Wenn du ausgelernt hast, steigert sich das natürlich auf . . . na, jedenfalls auf ein hübsches Sümmchen.

– Ich bin dafür, daß Timothy auf der Schule bleibt und versucht, einen Studienplatz zu bekommen, erklärte seine Mutter.

– Der Junge soll selber sagen, was er will, Dorothy. Auf Weiterbildung brauchte er auch so nicht zu verzichten, er kann Zusatzprüfungen machen, zur Abendschule gehen und so weiter. Welchen Bescheid soll ich den Leuten geben, Junge?

– Ich weiß nicht, Dad, ich hab mich noch nicht entschieden. Mal sehen, wie ich in der Prüfung abgeschnitten habe.

– Ja, warte doch, bis du die Prüfungsergebnisse hast, bekräftigte seine Mutter. Es hat ja keine Eile, Stubbins and Gillow laufen dir nicht weg.

– Na schön, dann lassen wir das, bis du wieder da bist.

Der Vater nahm die Zeitung und ging nach oben.

– Sitz nicht den ganzen Vormittag da drin, rief seine Mutter die Treppe hinauf. Es ist schon nach acht.

– Jaja, grummelte er von oben. Die Toilettentür klappte zu.

– Vergiß nicht, dich bei deinem Vater zu bedanken, wenn du ihm auf Wiedersehen sagst, mahnte seine Mutter. Ganz billig ist die Reise schließlich nicht.

Fertig angezogen und abmarschbereit kam der Vater wieder herunter. Die Mutter gab ihm seine belegten Brote, die er in der Aktentasche verstaute.

– Danke, Liebes. Ja, Tim, dann gute Reise, und schreib eine Karte, damit wir wissen, daß du gut angekommen bist.

– Wird gemacht, Dad. Und schönen Dank für das Fahrgeld und alles.

– Schon in Ordnung, Junge. Schönen Gruß an Kath, sie soll uns bald mal besuchen.

– Ist gut.

– Wiedersehen, Junge.

Sie schüttelten sich förmlich die Hand. Es war ein eigenartiges Gefühl. Timothy konnte sich nicht erinnern, seinem Vater jemals die Hand geschüttelt zu haben. Als sie zum letzten Mal längere Zeit getrennt gewesen waren – damals im Krieg –, war er noch so klein gewesen, daß er seinem Vater einen Abschiedskuß gegeben hatte. Ihm war, als habe er mit diesem Händedruck eine Leine losgemacht, an der er lange ungefährdet vor Anker gelegen hatte. Aber er war doch ganz froh, als sein Vater aus dem Haus war. Es wurde immer schwieriger, angesichts der bevorstehenden Reise den Schein unerschütterlicher Zuversicht zu wahren, und je weniger Zuschauer er dabei hatte, um so lieber war es ihm. Jetzt brauchte er nur noch seiner Mutter etwas vorzuspielen.

– Ich mach dir ein paar Brote für unterwegs, sagte sie.

– Bitte reichlich, Mum, dann bleiben noch ein paar für den Abend.

– Da schmecken sie bestimmt nicht mehr so recht, meinte sie bedenklich. Auf dem Schiff müßte was Warmes zu bekommen sein. Oder drüben im Zug.

Die Vorstellung, sich in einem ausländischen Zug Essen zu bestellen, war so abenteuerlich, daß er sich jeden Kommentar schenkte.

Timothy war lange vor seiner Mutter fertig. Die Reisetasche war gepackt, er hatte sich gewaschen und angezogen und ein letztes Mal die Reiseunterlagen überprüft. Sonst gab es nichts mehr zu tun, aber zum Wegfahren war es noch zu früh. Er lief unruhig im Haus herum und versuchte erfolglos, die Zeitung zu lesen. In der Schlagzeile ging es mal wieder um Burgess und Maclean: WO SIND B & M? Der dazugehörige Artikel bot nichts Neues, und Timothy konnte sich sowieso nicht konzentrieren. Er überflog die Cricketergebnisse, legte ungeduldig das Blatt aus der Hand und ging in den Garten.

Es war ein schöner Tag. Die Sonne beschien die grauen Schieferdächer der Häuser hinter dem Gartenzaun und zeichnete die Schatten der Rosenbüsche als schwarzes Muster auf die Wand des Kohleschuppens. Ein Hartgummiball hing noch an einer schmutzigen, verwitterten Schnur von der Wäscheleine, dabei waren es bestimmt schon ein oder zwei Jahre her, seit er das letzte Mal damit gespielt hatte. Er ging wieder ins Haus und holte seinen Cricketschläger aus dem Schrank unter der Treppe. Die Unterseite war von jahrelangem Straßencricket splittrig und abgewetzt, der Gummibezug des Griffs klebrig und zerschlissen. Er ging zurück in den Garten und übte Schläge: Off-drives und On-drives, Leg glances und Forward Defensive Pushes mit einem »toten« Schlag. Hin und wieder leistete er sich einen Haken, bei dem sich unweigerlich die Schnur in den Rosen verhedderte, so daß es Blütenblätter regnete.

Sie trugen die Reisetasche gemeinsam, jeder an einem Griff, zur Bushaltestelle, so daß sie den ganzen Gehsteig sperrten. Ein paar Häuser weiter, da, wo die Bombe gefallen war, sah das Pflaster neuer aus. Die Häuser waren im gleichen Stil wieder aufgebaut worden. Wer nicht auf die noch unverwitterten Backsteine und Dächer achtete, wäre nie auf die Idee gekommen, daß fast zehn Jahre dort eine klaffende Baulücke gewesen war. Eine junge Frau mit Kopftuch öffnete das Schlafzimmerfenster in Jills früherem Haus und schüttelte einen Mop aus, und hinter dem nächsten Fenster sah ein kleines Mädchen zu ihnen herunter. Neue Leute, die sie nicht kannten.

Sie warteten fast eine Viertelstunde auf den Sechsunddreißiger. Die Unterhaltung war sprunghaft und wurde fast ausschließlich von seiner Mutter bestritten.

– Hab ich dir eigentlich dein grünes Hemd eingepackt? Hast du auch deine Zahnbürste nicht vergessen? Es wird heiß werden. Ich hätte dir mehr Äpfel mitgeben sollen, sie löschen den Durst. Es ist mir richtig unangenehm, daß ich nichts für Kath gekauft habe, aber was soll man ihr schon schenken, sie hat ja alles, und in viel besserer Qualität. Diese Busse! Ist es dir nicht zu warm in der Hose? Du hättest sie einpacken und deine gute Hose anziehen sollen, sie ist leichter. Halt dich nicht so krumm, Timothy.

Er gab, wenn überhaupt, nur kurze, knappe Antworten. Mit den Händen in den Taschen stand er da und nahm das vertraute Bild in sich auf: Die kleine Ladenzeile gegenüber der Bushaltestelle, wo er seit Jahren seine Comics und rationierten Süßigkeiten kaufte, das Eisenwarengeschäft mit dem Geruch nach Karbol und Paraffin, den seit Menschengedenken geschlossenen Uhrmacherladen mit der großen Uhr vor dem Geschäft, deren Zeiger auf zwanzig nach zwei standen. Um diese Zeit war die Bombe gefallen. An die Ladenzeile schlossen sich, knapp dreißig Zentimeter vom Gehsteig zurückgesetzt, Reihenhäuschen an, bei denen man von der Haustür direkt ins Vorderzimmer kam. Ihr Haus war zwar auch nicht viel größer, aber moderner, es war eine Doppelhaushälfte mit Waschbetonfassade und Zierbalken, denen der Vater – die Nachbarn machten es ebenso – regelmäßig einen frischen Anstrich – grün und beige – verpaßte. Die meisten dieser Reihenhäuschen, deren Dächer er von seinem Schlafzimmerfenster aus sehen konnte, waren aus grauem Stein und Ziegeln, rußverkrustet und voller Regenstreifen, die aussahen, als seien Tränen an den Wänden heruntergelaufen. Müde und überarbeitet sahen sie aus, diese Häuser, genau wie die dicken Frauen mit den Kopftüchern, die mit ihren Babys und Einkaufskörben dort ein und aus gingen.

Ganz ähnlich verlief die Fahrt nach Victoria: Vom Busfenster aus gewannen die vertrauten Straßen eine neue, bildhafte Klarheit und weckten eine Fülle von Assoziationen. Er hatte das Gefühl, daß er sie zum ersten Mal so sah, wie sie wirklich waren, daß er mit allen Sinnen auf das reagierte, was für Südost-London so typisch war: die schmutzig abgebrauchten Stein- und Ziegelmauern, die flache, unregelmäßige Skyline, der Geruch nach Bierbrauen und Gas, Gemüse und Gerbereien. Er begriff, wie alt, wie verwahrlost das alles war; wenn man an den modernen Schaufensterfassaden hochsah, erkannte man, daß sie zu allmählich verfallenden Häusern gehörten, Häusern mit schmutzigen, kaputten Fenstern, eingefallenen Dächern und angeschlagenen Schornsteinen. Die dominierenden Farben waren Schwarz, Braun und ein schmutziges Beige – Guinnessfarben. Zu diesen Farben mußte man greifen, wenn man versuchen wollte, dies hier zu malen – was er am liebsten auf der Stelle getan hätte.

Eine seltsame Erregung hatte ihn erfaßt, und es schien ihm törichter denn je, ins Ausland zu fahren, denn Sinn einer Reise war es doch eigentlich, die Heimat bei der Rückkehr mit neuen Augen zu sehen. Doch der Bus rollte unerbittlich in Richtung Victoria. Jetzt fuhr er am Oval entlang. Sie saßen auf dem Oberdeck, und er konnte über die Mauer sehen, aber die Spiele hatten noch nicht angefangen. Platzwarte nahmen gerade die Abdeckung vom Wicket, und die Anzeigetafel zeigte den Stand des Vorabends: *Surrey 247 alle ausgeschieden, Northants 21, einer ausgeschieden*. Dann lag das Oval hinter ihnen, sie rollten in Vauxhall unter der Eisenbahnbrücke durch auf die Vauxhall Bridge. Unter ihnen tuckerte ein Motorboot, das Besucher des Festival of Britain auf der South Bank zu den Festival Gardens in Battersea übersetzte. Vauxhall war nicht die eindrucksvollste Stelle für eine Themse-Überquerung, die Bauwerke waren hier – bis auf die Tate Gallery – unbeachtlich. Doch der Fluß glitzerte freundlich in der Sonne, stromabwärts sah man die Lambeth Bridge und das Parlament und dahinter weit hingebreitet die Stadt mit der im Dunst schimmernden Kuppel von St. Paul's. London. Angeblich nicht mehr die größte Stadt der Welt, Tokio hatte inzwischen mehr Einwohner, aber die bedeutendste noch allemal. Er dachte oft bei sich, daß er von Glück sagen konnte, hier geboren zu sein. Es war purer Zufall. Ebensogut hätte er in einem der Orte zur Welt kommen können, die man auf der Fahrt nach Worthing vom Zug aus sah, öde kleine Nester, bei denen man sich fragte, wozu es sie überhaupt gab. Es hätte auch sein können, daß er gar nicht in England, sondern in Frankreich oder in Deutschland geboren worden wäre, ein Franzosenkind oder ein kleiner Deutscher ... Wie das wohl gewesen wäre? In diesem unseligen Land aufzuwachsen und zu wissen, daß man in allen anderen Ländern gehaßt und verachtet wurde. Hitlers wegen, der Konzentrationslager wegen, des Krieges wegen, den der eigene Staat angezettelt und verloren hatte.

Wenn er an die Deutschen dachte, an die Menschen, die jetzt in Deutschland lebten, empfand er keinen Haß, sondern eher Befangenheit. Viel eher mußte er wohl damit rechnen, daß die ihn haßten. Und im Grunde war es dieser Gedanke, der ihm für die nächsten Wochen Angst machte. Einen alleinreisenden englischen Jungen, dachte er, werden sie im besetzten Deutschland bestimmt nicht mit offenen Armen aufnehmen. Sie werden denken, daß ich gekommen bin, um mich an ihrem Unglück zu weiden. In so einem Land machte man als normaler Mensch keine Ferien, in einem Land, das tief in Blut und Schuld und bösen Erinnerungen steckte, gegen das die eigenen Landsleute noch vor sechs Jahren gekämpft hatten. Der einzige Trost war, daß er ja nicht nach Deutschland reiste, um die Deutschen zu besuchen, sondern daß er zu Kath und zu ihren amerikanischen Freunden fuhr. Der Gedanke an die Amerikaner richtete ihn wieder auf. Er erinnerte sich an die amerikanischen Panzer und die Lasterkonvois, die in den Monaten vor der Invasion durch Blyfield gerattert waren, erinnerte sich, wie allein der Anblick dieser ausgeruhten, braungebrannten Gesichter ihre Stimmung gehoben hatte, der zweckmäßige Schick, die raffinierte Perfektion der Uniformen und der Ausrüstung und ihre allgemeine Ausstrahlung – unwiderstehlich wie ein Film in Technicolor und ein bißchen überlebensgroß.

– Du bist so still, Timothy. Ist was?

– Nein, was soll denn sein?

– Du brauchst doch wohl keine Medizin?

– Nein, nein, wehrte er gereizt ab. Mit dieser Floskel pflegte seine Mutter sich zu erkundigen, wie es um seine Verdauung stand.

– Ich kauf dir auf dem Bahnhof noch was gegen Seekrankheit, da ist eine Apotheke.

– Nicht nötig, Mum. Komm, an der nächsten Haltestelle müssen wir aussteigen.

Sie hatten die Tasche in die Nische unter der Treppe gestellt, und der Schaffner reichte sie ihnen herunter.

– Was haste denn da drin, ’ne Leiche? ulkte er.

Timothy lächelte matt.

– Frechheit, grummelte seine Mutter.

Obwohl die Reise noch kaum angefangen hatte, stand bereits jetzt fest, daß die Tasche eine Fehlentscheidung gewesen war. Sie war so breit, daß sie nicht ins Gepäcknetz paßte, und zu hoch, um sie unter den Sitz zu stellen. Schließlich brachten sie das Ungetüm auf dem Gang unter, wo es den anderen Fahrgästen im Wege stand. Timothy legte seinen Regenmantel und seine Brote auf einen Eckplatz und stieg noch einmal aus. Auf dem Bahnsteig summte und schwirrte wie ein Bienenschwarm eine Reisegruppe von Schülerinnen in braunen Blazern mit Goldborten herum. Fünf oder sechs lösten sich aus der Menge und liefen kichernd und sinnlos kreischend an ihm vorbei. An den Blazeraufschlägen steckten Namensschildchen. Eine Horde gickernder Gymnasiastinnen, dachte er, eine Herde gackernder Gänse. Leiser Stolz regte sich in ihm, weil er sich allein, ohne Lehrer und ohne Gruppe, auf die Gefahren einer Auslandsreise einließ, gleichzeitig beneidete er sie um diesen Rückhalt. Seine Mutter spekulierte über ihr Reiseziel.

– Auf dem Gepäck steht Innsbruck. Österreich.

– So weit! Stell dir das mal vor . . .

– Hoffentlich sind sie nicht in meinem Zug nach Mannheim, murrte er. Bei dem Krach, den die machen . . .

– Sie haben bestimmt Reisefieber. Und du?

Timothy zuckte die Schultern.

– Weiß nicht. Reisefieber würde ich nicht sagen.

– Ich in deinem Alter hätte bestimmt welches gehabt. Aber du hast dir ja nie viel anmerken lassen.

Bloß gut, dachte er, und sah unruhig auf die Bahnsteiguhr. Zehn vor elf. Der Zug war voll, einige Reisende mußten schon in den Gängen stehen.

– Was für ein Glück, daß du einen Sitzplatz hast, sagte seine Mutter.

– Dann will ich mal lieber einsteigen, sonst schnappt ihn mir noch jemand weg.

Sie gab ihm einen Abschiedskuß, und er setzte sich auf seinen Platz. Durch die geschlossene Scheibe sah er, wie seine Mutter noch Weisungen und Fragen in letzter Minute loszuwerden versuchte, auf die er mit Nicken oder Kopfschütteln reagierte. Nach einer Weile hatte er die blödsinnige Pantomime satt und machte das Lüftungsfenster auf.

– Geh doch schon, Mum. Ist doch sinnlos, hier noch rumzustehen.

– Nein, nein, ich warte, bis du weg bist.

– Ist die Sperre schon zu?

Sie sah mit zusammengekniffenen Augen am Bahnsteig entlang.

– Jetzt müßte ich meine Brille haben . . . Da unten ist ein Verkaufswagen, soll ich dir noch was holen?

– Nein, laß man . . .

– Sie haben diese Obsttörtchen von Lyons, ich hab's vorhin gesehen, als wir vorbeigekommen sind.

Timothy zögerte, er hatte eine Schwäche für Obsttörtchen von Lyons.

– Meinetwegen, sagte er und bereute es sofort. Genau diese Art von Hetze kurz vor Torschluß, die einen so nervte und völlig überflüssig war, hatte er sich – bislang mit Erfolg – zu ersparen versucht.

Er ließ das Fenster soweit wie möglich herunter. Wenn er sich auf die Zehen stellte und den Kopf zur Seite drehte, konnte er gerade noch seine Mutter erkennen, die über den Bahnsteig zu dem Verkaufswagen hastete. Jetzt stand sie davor und kramte in ihrer Handtasche. Ein schriller Pfiff – die Zugtüren schlugen zu. Seine Mutter setzte sich in Trab, blieb stehen, kehrte noch einmal um. Timothy stöhnte leise vor sich hin. Offenbar hatte sie ihr Wechselgeld vergessen. Jetzt kam sie über den Bahnsteig gehetzt, das Törtchen vor sich hertragend wie der Staffelläufer seinen Stab. Timothy zog den Kopf ein und steckte dafür den Arm aus dem Fenster. Als sie noch etwa zehn Meter entfernt war, fuhr der Zug an. Sekundenlang blieb die Entfernung zwischen ihnen konstant, dann vergrößerte sich der Abstand. Seine Mutter blieb taumelnd stehen, rang nach Luft, hielt sich mit der freien Hand die Seite. Er winkte und lächelte, ist nicht schlimm, sollte das heißen. Und das war nun sein letzter Blick auf die Mutter: Japsend, das Gesicht von Enttäuschung gezeichnet, stand sie auf dem Bahnsteig und streckte ihm noch immer das Obsttörtchen von Lyons hin wie eine verschmähte Gabe.

2

Zuerst ging alles glatt. In Dover verzichtete er auf die Dienste eines Gepäckträgers und schaffte, obgleich die Reisetasche ihm ständig gegen die Knie schlug und seinen Arm nach unten zog, den langen Weg über den Kai zum Schiff mit nur zweimaligem Absetzen, um seine Last von einer Hand in die andere zu nehmen. Er wuchtete die Tasche an Bord und drei Treppen hinauf zu einem offenen Deck im vorderen Teil des Schiffes mit vielen Liegestühlen, auf denen *Gratuit* stand. Schweißgebadet ließ er sich dort nieder, bis das Schiff sich vibrierend in Bewegung setzte.

In der Hafenmitte wendete es, so daß er einen schönen Blick auf Dover hatte, dessen graue Schieferdächer, unter den Zinnen des Schlosses hingebreitet, matt in der Sonne glänzten. Ein paar Urlauber standen vor dem kleinen Leuchtturm am Ende der Mole und winkten ihnen zu. Dann spürte er zum erstenmal in seinem Leben das langsam gemessene Rollen eines großen Schiffes auf hoher See. Es war ein eigentümliches, beängstigendes Gefühl, wie einem das große, breite Deck, das im Hafen so sicher gewirkt hatte wie festes Land, auf mysteriöse Weise und ohne einen Laut unter den Füßen wegkippte. Eine ganze Welt von Gefahr und Abenteuer lag in dieser Bewegung.

Eine Weile fuhr das Schiff parallel zur Küste. Ein Lied aus seiner Kindheit kam ihm in den Sinn.

There'll be bluebirds over
The white cliffs of Dover,
Tomorrow, just you wait and see.

Er hatte es sich schön gedacht, nach dem Krieg einmal hinzufahren und die Blausänger anzuschauen. Lange genug hatte er darauf warten müssen, aber Blausänger waren nicht da, nur die ewig hungrigen Möwen, die schrill kreischend das Schiff umschwebten und auf die Wasserfläche niederstießen. Außerdem war das Weiß der Klippen ziemlich angeschmuddelt, aber sie sahen friedlich und heiter aus vor dem blauen Meer, und das paßte wieder zu dem Lied.

Das Schiff änderte den Kurs, er verlor die Küste aus den Augen und blickte über den Schiffsbug, der sich sanft hob und senkte, während er durch die Wellen pflügte. Eine frische Brise von See her hatte ihm den Schlips über die Schulter geweht, der jetzt an seinem Ohr herumflatterte.

Vor dem Wind und dem gleißenden, von den Wellen reflektierten Licht mußte er die Augen halb schließen und unwillkürlich lächeln. Er fühlte sich unheimlich wohl.

– Ihre Schiffskarte, Sir?

Timothy drehte sich um. Ein Mann in Uniform stand neben ihm. Er wies seine Fahrkarte vor, und der Mann runzelte die Stirn.

– Hier ist die Erste Klasse, sagte er frostig. Passagiere der Zweiten Klasse begeben sich bitte in den hinteren Teil des Schiffes.

Gedemütigt und sich windend vor Verlegenheit unter dem Blick der Mitreisenden schleppte Timothy seine Tasche eiligst zu einem kleinen Durchgang, der zur Zweiten Klasse führte. Dort konnte man vor lauter Menschen und Gepäck kaum treten. Die meisten Passagiere saßen, standen oder lagen auf Deck herum, aßen belegte Brote und tranken Tee. Die Glücklichen, die einen der wenigen Liegestühle ergattert hatten, machten es sich mit geschlossenen Augen und halb geöffnetem Mund, alle viere von sich gestreckt, darauf bequem und wandten das Gesicht einer hinter der Rauchfahne des Schiffes trüb leuchtenden Sonne zu. Auf einer Bank saßen fünf Nonnen nebeneinander, hielten mit beiden Händen ihre wehenden Schleier fest und lächelten etwas bänglich. Man hörte Gesprächsfetzen und Gelächter, hörte Kinder kreischen und Babys brüllen. Hin und wieder wehte ein Windstoß Rauch von den Schornsteinen zu ihnen hinunter. Timothy fand für sich und seine Tasche nur noch zu Füßen der Nonnen Platz, zu denen die anderen Reisenden respektvollen Abstand gehalten hatten.

Der Nachmittag verging langsam. Timothy aß seine restlichen Brote, dann holte er die neueste Nummer von *Die Fahrradwelt* hervor, die er absichtlich noch nicht gelesen hatte. Seit zwei Jahren, als plötzlich die Radfahrleidenschaft in ihm erwacht war, hatte er die Zeitschrift abonniert. Er hatte die Eltern so lange gequält, bis sie ihm ein Sportrad gekauft hatten, das er nach und nach mit allem genehmigten Zubehör ausgerüstet hatte – Wasserflaschen, Alufelgen, Viergang-Sicherheitsschaltung und dergleichen mehr, und auf dem er zur Schule fuhr, stets bemüht, seine Bestzeit um Sekunden zu unterbieten, auch unter Zuhilfenahme riskanter Manöver wie des Mißbrauchs städtischer Busse als Schrittmacher. Mit Jonesy und Blinker hatte er hin und wieder die Radrennen in Herne Hill besucht und hatte Reg Harris zugejubelt, dem einzigen britischen Sportler, der sich gegen die ausländische Konkurrenz durchsetzen konnte. Seine Begeisterung für diesen Sport hatte sich nach und nach gelegt, allerdings noch nicht so weit, daß er sich zur Kündigung des Abonnements für *Die Fahrradwelt* hätte durchringen können. Wenn sie mittwochs auf dem Fußabstreifer lag, vermochte sie noch immer leise Regungen von Interesse in ihm zu wecken, und gerade die Kalkulierbarkeit und Monotonie der Artikel, die verwackelten Fotos, die vielen Seiten mit Kleinanzeigen waren Balsam für sein vom Lernen arg mitgenommenes Hirn. Doch an diesem Nachmittag war der Bann offenbar endgültig gebrochen. Er wußte nun, daß *Die Fahrradwelt* ihn anödete und daß er ihr keine Träne nachweinen würde.

Danach konnte er sich nur noch mit dem Beobachten seiner Mitreisenden die Zeit vertreiben. Die Schulmädchen der Reisegruppe waren nicht zu übersehen, sie zappelten nervös herum, strichen sich das Haar zurück und hielten die Röcke fest, an denen der Wind zerrte, lehnten sich über die Reling und fragten den Lehrerinnen Löcher in den Bauch. Eine der Schülerinnen fand er recht hübsch, sie hatte einen langen schwarzen Pferdeschwanz und ein blasses, ovales Gesicht, aber sie saß die meiste Zeit neben einer der Lehrerinnen und beteiligte sich nicht an dem allgemeinen Geplänkel. Dann rief jemand sie an die Reling, und sie stand auf und schob sich geschmeidig durch die Menge. Auch Timothy erhob sich, und Erregung durchfuhr ihn wie ein elektrischer Schlag, denn er sah – Land! Er drängelte sich nach vorn und blickte mit großen Augen auf den langen, flachen Küstenstreifen, der See und Himmel trennte. War das schon Belgien – oder Frankreich? Jedenfalls war es Europa, sein erster Blick auf Europa, deutlich fremdartig selbst auf diese Entfernung, flach und gelblich-braun, ganz anders als die grasbewachsenen weißen Klippen Englands.

Den letzten Teil der Überfahrt verbrachte er dort, die Ellbogen auf die Reling, das Kinn in die Hände gestützt, nachdenklich auf die fremde Küste blickend und bemüht, der verschwommenen Silhouette einen Hinweis darauf zu entlokken, was man dort wohl von ihm erwarten mochte. Als sie in den Hafen von Ostende einliefen, konnte er deutlich die Leute erkennen, die auf der Mole standen. Die schräg einfallenden Strahlen der sinkenden Sonne tauchten sie in ein warmes gelbes Licht, und die verlängerten Schatten der lächelnden, winkenden Menschen reichten bis zu ihrem Schiff herüber. Sie machten einen sehr freundlichen Eindruck; aber die Belgier waren ja auch im Krieg unsere Verbündeten, dachte er und betrachtete über ihre Köpfe hinweg die fremdländisch anmutenden Straßen und Plätze, die bunt gestreiften Schirme auf den Gehsteigen vor den Cafés, die Reklamen für Martini und belgische Zigaretten. In Belgien konnte einem nichts Schlimmes geschehen.

Das Wasser schäumte, und der gewaltige Rumpf vibrierte, als die Schrauben das Schiff zum Stehen brachten. Gleich würden sie anlegen. Eisiger Schreck durchfuhr ihn, als ihm seine Tasche wieder einfiel. Doch als er sich durch die Menge gedrängt hatte, fand er sie unberührt da, wo er sie abgestellt hatte. Im Grunde stellte sie wohl auch für einen Dieb keine große Versuchung dar. Alles wartete darauf, von Bord zu gehen, die Treppen waren hoffnungslos blockiert.

Aus dem Schiffsbauch tönte dumpfes Geschrei. Die Wartenden auf den obersten Stufen kamen ins Schwanken, als eine Meute belgischer Gepäckträger in grobem blauem Drillich sich durch die Menge drängte. *Porteur! Porteur!* riefen sie mit einem langgezogenen Vokal am Ende der zweiten Silbe, der zwischen Französisch und Englisch die Mitte hielt. Timothy hörte eine hohe, selbstsichere Stimme sagen:

– Ja, hier, diese beiden bitte.

Timothy, der gern sehen wollte, wie so eine Transaktion vor sich ging, wandte den Kopf, doch da hatte sich schon ein vierschrötiger Träger mit Stoppelkinn vor ihm aufgebaut.

– *Porteur?*

– Äh . . .

Timothy zögerte. Der Mann entriß ihm die Tasche, warf sie sich mit einer Bemerkung, die verdächtig nach einem Fluch klang, über die Schulter, hielt Timothy seine Dienstmarke unter die Nase und bellte etwas, was wie *BierundBreifisch* klang. Dann war er im Gewühl verschwunden.

– Hey . . . protestierte Timothy matt. Hilflos sah er die Tasche über den Köpfen seiner Mitreisenden verschwinden, und dann drängte ihn eine plötzliche Bewegung der Menge die Treppe hinunter. Während er sich in der langen Reihe der Passagiere langsam von Bord schob, fragte er sich kläglich, wie und wo, ja, ob er seine Reisetasche je wiederbekommen würde. Bei aller sperrigen Unhandlichkeit hatte sie doch auch etwas Tröstliches gehabt. Ihre Gepäckanhänger waren Beweis dafür, daß er einen bestimmten Ausgangspunkt und ein bestimmtes Ziel hatte; wenn er sich nur an die Tasche hielt, würde er zu guter Letzt – wie ein Paket – entweder in Heidelberg oder wieder in seinem Elternhaus landen. Der Mann hatte natürlich nicht *BierundBreifisch* gesagt, sondern *Vierunddreißig,* denn diese Zahl hatte auf seiner Dienstmarke gestanden – aber wie sollte er ihn je wiederfinden?

Der Träger war weder an der Paßkontrolle noch im Zollschuppen, wo die Passagiere rasch durchgewinkt wurden, es schien sich um eine reine Formalität zu handeln. Timothy ging weiter, sah sich um und stellte fest, daß er im Bahnhof stand. Er war sehr groß und voller Menschen und sah eigentlich mehr aus wie eine Straße, in die sich per Zufall etliche Lokomotiven verirrt hatten, eine Straße mit vielen Geschäften und Cafés, vor denen Tische standen, und einem kräftigen fremdländischen Geruch in der Luft. Hier jemanden wiederzufinden, war ein Ding der Unmöglichkeit. Vielleicht hatte der Träger die Gepäckanhänger an seiner Tasche gelesen und erwartete ihn auf dem Bahnsteig. Timothy entdeckte eine große Anzeigetafel und fand – obgleich ihn die Vierundzwanzig-Stunden-Zeitangabe etwas irritierte – tatsächlich seinen Zug. Bahnsteig 7. Stolz auf diese Leistung, eilte er zum Bahnsteig 7. Der Zug füllte sich bereits, aber sein Träger war weit und breit nicht zu sehen.

Er verspürte plötzlich einen unangenehmen Druck auf der Blase und ärgerte sich sehr, weil er nicht auf dem Schiff zur Toilette gegangen war. Wenn er jetzt ging, verfehlte er womöglich seinen Gepäckträger, aber der Zug fuhr erst in fünfundzwanzig Minuten, und bis dahin würde er kaum noch durchhalten können. In leichter Panik sah er sich nach *Herren* um; gerade noch rechtzeitig fiel ihm ein, daß das hier natürlich anders hieß. Über einem steinernen Treppchen entdeckte er ein Schild, auf dem *Hommes* stand. Er stieg die Stufen herunter, sah sich einer Frau in weißem Kittel gegenüber, die an einem Tisch saß, und trat schleunigst den Rückzug an. Er las das Schild noch einmal. *Hommes,* kein Zweifel. Er ging auf die andere Seite, wo über einem zweiten Treppchen ein Schild mit der Aufschrift *Dames* hing. War es bei den Belgiern abwegigerweise vielleicht Sitte, die Herren Damen und die Damen Herren zu nennen? Ein vorsichtiger Blick die Treppe hinunter zeigte ihm die nämliche Frau in weißem Kittel. Er gab es auf, das Geheimnis zu ergründen oder seine Blase zu erleichtern, denn die Zeit wurde knapp. In Kürze fuhr sein Zug, ohne ihn oder ohne seine Tasche oder ohne das eine wie das andere.

Das war nun der Albtraum, den er stets gefürchtet hatte, seit dem Augenblick, als feststand, daß er diese Reise antreten würde. Er holte die Schülermütze heraus und setzte sie auf, es war wie ein Notsignal. Er mußte jemanden um Hilfe bitten, jemanden, der des Englischen mächtig war, denn das noch nie sehr ausgeprägte Vertrauen zu seinen französischen Sprachkenntnissen war in dieser Krise gänzlich dahingeschwunden. Er sprach einen Mann in der Uniform von Cooks Reisebüro an.

– Entschuldigen Sie, haben Sie vielleicht irgendwo Träger Nummer Vierunddreißig gesehen? Mit einer blauen Tasche?

Der Mann betrachtete ihn sehr von oben herab.

– Gehören Sie zu einer Cooks-Reisegruppe, Sir?

– Nein, aber ich bin Engländer, sagte Timothy flehend.

In diesem Moment hörte er unmittelbar hinter sich den holden, den unbeschreiblich holden Ruf: *BierundBreifisch! BierundBreifisch!* Der Gepäckträger fuchtelte mit den Händen in der Luft herum und überschüttete ihn mit einem Schwall französischer Worte, deren Sinn Timothy nur ahnen konnte.

– *Pardon,* sagte er, *je ne sais pas.*

– *Bruxelles*? fragte der Mann.

– Mannheim.

Der Blick des Trägers signalisierte starken Zweifel daran, ob Timothy je so weit kommen würde.

– *Wagon-lit*?

– Nein. *Non.*

Der Träger schüttelte den Kopf und setzte sich grummelnd in Bewegung. Timothy trottete unterwürfig hinter ihm drein. Er gab dem Mann einen belgischen Geldschein – den kleinsten Wert, den er hatte, etwa zehn Shilling – und wartete hoffnungsfroh auf Wechselgeld. Der Mann steckte den Schein ein, ohne eine Miene zu verziehen, und machte sich davon. Sitzplätze gab es nicht mehr, und Timothy mußte im Gang stehenbleiben, aber zumindest war er erst mal drin, und in Brüssel stiegen bestimmt viele Fahrgäste aus.

In Brüssel hielt der Zug dreimal, aber niemand stieg aus. Im Gegenteil, Hunderte von Leuten stiegen ein. Der Gang füllte sich. Timothys Tasche verschwand unter Bergen von fremdem Gepäck. Die Luft war zum Schneiden, es roch nach beißendem Zigarettenrauch, Käse, Knoblauch und Schweiß, und ein Gewirr fremder Sprachen schlug an sein Ohr – Französisch, Deutsch und ein Mittelding, das er für Flämisch hielt. Das konnte ja gut werden! Bis Brüssel hatte er draußen wenigstens noch etwas sehen können – die langgestreckten, flachen Felder, auf denen im sinkenden Licht noch Leute bei der Arbeit waren, die sich aufrichteten und dem vorüberdonnernden Zug nachwinkten, und die sauberen, weißgetünchten Bauernhäuschen mit den roten Dächern. Doch als sie hinter Brüssel aus dem Tunnel kamen, war es stockfinster. Hin und wieder blinkten die Lichter einer Stadt auf, und bei Lüttich tauchten die Hochöfen den Himmel in eine dramatisch rote Glut, die ihn an die brennenden Docks im Blitz erinnerte. Meist aber sah er in der Scheibe nur sein eigenes bleiches Bild.

Am Fensterbrett war ein dreisprachiges Schildchen angebracht:

Ne pas se pencher au dehors
Nicht hinauslehnen
Do not lean out of the window

Auf dem Gang aber hörte er keine englischen Stimmen bis auf die der Schulmädchen mit den braungoldenen Blazern (so schnell sollte er sie offenbar nicht loswerden!), die immer wieder aus ihren reservierten Abteilen kamen und sich an ihm vorbei zum WC drängelten. Sie kamen meist zu zweit, staksten, nervös die Mähne zurückwerfend und dumm wiehernd, mit braun bestrumpften Beinen wie Ponies über das Gepäck hinweg. Sie schienen Stunden auf dem Klo zu verbringen.

Das Mädchen mit dem schwarzen Pferdeschwanz kam allein, eine kleine Kulturtasche aus Schottenstoff in der Hand. Als sie vorbeiging, ruckelte der Zug über eine Weiche und schleuderte sie gegen Timothy.

– Entschuldigung! stieß sie hervor, schien aber nicht besonders reuig, sondern eher ungehalten zu sein.

– Macht nichts, sagte er und bedauerte, daß ihm nichts Galanteres eingefallen war. *Du hast dir doch hoffentlich nicht weh getan?* hätte er zum Beispiel sagen, hätte sie womöglich sogar mit einer strategisch geschickt plazierten Handbewegung festhalten können. Vielleicht sagte sie auf dem Rückweg etwas zu ihm.

Er sah in die Fensterscheibe wie in einen Spiegel und strich sich die lange Stirnlocke zurück, die sofort wieder nach vorn fiel. Er rückte den Schulschlips zurecht, viel mehr ließ sich damit nicht anfangen, der Stoff war genau unter dem Knoten gestaut und verknittert. Der Hemdkragen war schmutzig, die Kragenspitzen zeigten nach oben. Er schob die rutschende Brille wieder auf die Nase – sie war seit jeher etwas zu groß – und betastete prüfend den Pickel am Mundwinkel. Selbst in diesem dürftigen Spiegelersatz sah er den dunklen Schatten auf der Oberlippe, der den Ansatz eines flaumigen Schnurrbarts ahnen ließ. Er hörte die WC-Tür klappen und richtete sich auf.

Das Mädchen ging an ihm vorbei, ohne ihn eines Blickes zu würdigen.

Timothy ging aufs WC. Ein leiser Duft nach Seife oder Parfüm hing darin, und im Waschbecken lag ein langes schwarzes Haar. Er urinierte und wusch sich die Hände. Der Behälter für die gebrauchten Papierhandtücher quoll schon über, aber an der Wand hing ein weißemaillierter Eimer. Als er den Deckel mit dem Fuß aufmachte und sein Handtuch hineinwarf, sah er ganz unten etwas, was wie ein blutiger Verband aussah. Merkwürdig war das, ja, geradezu beängstigend. Vielleicht war ein Kranker im Zug oder ein Verwundeter? Ein Verbrecher auf der Flucht, der seine Wunden pflegte und die Zähne zusammenbiß, bis er in Sicherheit war? In diesem Zug mußte man offenbar auf alles gefaßt sein.

Er setzte sich auf den Toilettensitz, um die schmerzenden Beine zu entlasten. Wie lange würde er bleiben können, bis jemand an die Tür bummerte? Da bummerte es schon.

Es war der Zugschaffner. Timothy überließ das WC einem weiteren Schulmädchenpaar und zeigte seine Fahrkarte vor. Er hatte quälenden Durst. In der Reisetasche hatte er noch einen Apfel, aber die war unter zwei dicken Koffern und einer noch dickeren Frau vergraben und gänzlich unerreichbar. Er sah auf die Uhr. Noch sechs Stunden. Schon jetzt war er total erledigt. Er lehnte sich an die Gangwand, machte die Augen zu und ließ den Kopf im Takt der Zugbewegung pendeln. Er dachte an das Mädchen mit dem schwarzen Pferdeschwanz und an den sanften Druck ihres Körpers, als der ruckelnde Zug sie gegen ihn geschleudert hatte. Hundertmal spielte er die Szene in seiner Phantasie durch, variierte und perfektionierte seine Reaktionen, bis er aus dieser Begegnung eine ganze Beziehung entwickelt hatte: Es stellte sich heraus, daß das Mädchen ein reserviertes Abteil für sich allein hatte, sie lud ihn ein, sich zu ihr zu setzen, sie redeten die ganze Nacht miteinander, dann schlief sie ein, den Kopf an seine Schulter gelegt, in Mannheim ging dann der Zug kaputt, und die Schulmädchengruppe entschloß sich, nicht nach Innsbruck, sondern nach Heidelberg zu fahren und –

Ein plötzliches Bremsmanöver brachte ihn aus dem Gleichgewicht. Offenbar hielten sie nicht auf einem Bahnhof, denn vor den Fenstern sah man kein Licht. Dann ging eine Tür auf, zwei Uniformierte betraten den Zug und riefen etwas, es klang heiser und guttural. Die Fahrgäste auf dem Gang kramten ihre Pässe aus Hand- und Hosentaschen. Demnach waren sie an der deutschen Grenze.

Beim Anblick der beiden soldatisch gekleideten Männer, die sich in der trüben Gangbeleuchtung langsam auf ihn zu bewegten und die ihnen gereichten Reisedokumente mit einem (wie Timothy fand) ungebührlich argwöhnischen Blick prüften, gingen ihm die Gespenster alter, halbvergessener Filme über die Naziherrschaft in Europa, die Gestapo und die SS, flüchtende Kriegsgefangene und die Résistance wieder durch den Kopf. Bis auf die barschen Fragen und Antworten herrschte Stille auf dem Gang. Ihm schien, daß die Fahrgäste geduckt und verängstigt waren, als rechneten sie jeden Augenblick damit, wegen irgendwelcher Unregelmäßigkeiten in ihren Papieren aus dem Zug geholt zu werden. Er dachte in plötzlicher Unruhe an sein Paßphoto, das nicht sehr ähnlich war, und besah sich noch einmal das Visum, für das er zwei lange Stunden vor der deutschen Botschaft in Kensington angestanden hatte – ein verschmierter schwarzer Stempel mit häßlichen, unaussprechlichen Worten wie *Grenzübergangsstelle* und *einschließlich* und einem ausgemergelten Adler, der drohend seine Flügel zu spreizen und bösartig zu krächzen schien, – ein ebenso passendes wie unheilschwangeres Emblem für Deutschland, dachte er. Jetzt war er an der Reihe.

Mit hämmerndem Herzen streckte er seinen Paß hin. Der eine Beamte warf einen flüchtigen Blick auf das Photo, blätterte weiter zu dem Visum und stempelte die gegenüberliegende Seite. Timothy atmete erleichtert auf. Dann sprach der andere Uniformierte ihn auf deutsch an. Timothy machte ein verständnisloses Gesicht. Stimmte mit seinem Paß doch etwas nicht? Der andere zeigte das Reisedokument seinem Kollegen.

– *Englisch?* fragte der.

– Ja, sagte Timothy entgegenkommenderweise auf deutsch – was offenkundig ein Fehler gewesen war, denn nun folgte eine weitere lange, unverständliche Frage in dieser Sprache. Seine Deutschkenntnisse beschränkten sich auf eine Handvoll Vokabeln aus Comics und Kriegsfilmen – *Achtung, Schweinehund, Dummkopf, kaputt* – , die im Moment wohl alle nicht so recht angebracht waren.

– Tut mir leid, sagte er. Ich spreche kein Deutsch.

Sein Hintermann beugte sich vor. Die wollen wissen, was Sie haben an Schmuggel.

– Ich schmuggle nichts, sagte Timothy.

Nach einigen weiteren Fragen, die der Mitreisende übersetzte, gingen die beiden Beamten wieder. Eine halbe Stunde später fuhr der Zug in einen großen, düsteren Bahnhof ein.

– *Aachen* . . . *Aachen* . . . *Aachen* . . . quäkte es aus den Lautsprechern. Die harten, kehligen Silben taten ihm in den Ohren und in der Seele weh. Auf den Schildern stand merkwürdigerweise *Bad Aachen,* und Timothy, der sich das *Bad* sofort als *schlecht* übersetzte, fand dieses Adjektiv durchaus treffend. Bad Aachen. Bad Germany.

Seine letzte Hoffnung, doch noch zu einem Sitzplatz zu kommen, zerschlug sich. Menschenmassen belagerten den Zug, drängten schiebend und stoßend hinein und behinderten die wenigen Reisenden, die aussteigen wollten. Als die Fahrgäste schon wie die Heringe in den Abteilen und Gängen standen, hielt der Zug noch eine halbe Stunde auf dem Bahnsteig.

Endlich ging es weiter. Die Lichter von Aachen verschwanden in der Dunkelheit. Die Gespräche auf dem Gang verstummten, die Reisenden richteten sich für die Nacht ein, hockten sich auf Koffer oder auf den Boden und legten den Kopf auf die Knie. Bald waren Timothy und ein junger Mann in seiner Nähe, der ein Buch in der Hand hielt und es hochhob, um das trübe Licht der Gangbeleuchtung auszunutzen, die einzigen, die noch standen und wach waren. Instinktiv sträubte sich Timothy dagegen, seine aufrechte Haltung aufzugeben. Im Stehen hatte er noch das Gefühl, den Albtraum dieser Fahrt auf Abstand zu halten, als sei er ein böser Zauber oder eine schwere Prüfung, die früher oder später überstanden sein würde, so daß er in die heile, geordnete, englisch sprechende Welt zurückkehren konnte, in die er gehörte, und in der eine Zugfahrt kein endloser Kampf ums Überleben war. Seine Mitreisenden hatten offenbar ihre Erwartungen nicht so hoch gesteckt. Ihm schien es, als sei in Europa das Leben immer so gewesen – wie eine endlose Zugfahrt durch die Nacht, über Grenzen mit quäkenden Lautsprechern auf düsteren Bahnhöfen, mit Uniformierten, die einen weckten, um Papiere zu kontrollieren, ohne ein konkretes Ziel vor Augen als die Hoffnung, sich ein kleines Stückchen Lebensraum zu erobern und ein wenig zu schlafen. Ob der junge Mann mit dem Buch auch Engländer war?

Allmählich aber untergrub die Müdigkeit seine Selbstbeherrschung. Er rutschte an der Gangwand zu Boden und legte seinen Regenmantel zu einem Kissen zusammen. Sein Kopf lag auf einer fremden Leinentasche. Dann gab er endgültig allen Widerstand auf, lockerte die Schnürsenkel an den geschwollenen Füßen und streckte die Beine aus. Er schloß die Augen und dämmerte vor sich hin.

Der Zug fuhr jetzt schneller. Das Räderrollen dröhnte ihm in den Ohren; Rhythmus und Resonanz änderten sich, wenn der Zug über Weichen schepperte und über Brücken rumpelte. Willenlos rollte und schwankte Timothy mit den Zugbewegungen hin und her. Vage wurde ihm bewußt, daß Reisende über ihn hinwegstiegen, aber er rührte sich nicht. Die Schulmädchen waren wieder mal auf dem Weg zum WC. In langer Reihe kletterten sie über ihn weg, er sah unter ihren Röcken die dunkelblauen Schlüpfer mit den Taschentüchern im Gummiband. Das Mädchen mit dem schwarzen Pferdeschwanz hatte keinen Schlüpfer an. Weil der Gang vor ihr blockiert war, blieb sie einen Augenblick breitbeinig über ihm stehen, er sah den glatten Fleischkeil mit dem muschelrosa Schlitz zwischen ihren Schenkeln. Eine köstliche Wärme stieg in ihm hoch und quoll über.

Als er aufwachte, war er um die Beine herum naß und klebrig, aber er konnte sich nicht dazu durchringen, aufs WC zu gehen, um sich zu säubern. Auf eine Widrigkeit mehr oder weniger kam es jetzt schon nicht mehr an. Nach einer Weile trocknete er wieder und schlief fest ein.

Als er erneut aufwachte, tat ihm der Rücken weh. Der Arm war ihm eingeschlafen, weil er darauf gelegen hatte, und kribbelte schmerzhaft, als er sich aufsetzte. Mühsam, taumelnd in dem schwankenden Gang, richtete er sich auf. Er gähnte, rieb sich die Augen und sah auf die Uhr. Vier Uhr fünfzehn. Alles in Ordnung, Mannheim war noch nicht vorbei.

Der Gang war jetzt leer, nur noch seine Tasche stand da, sie sah aus, als wäre eine Büffelherde darüber hingestürmt, und im nächsten Abteil waren zwei Plätze frei. Er machte die Schiebetür auf und setzte sich. Im Vergleich zu englischen Zügen war der Sitz schmal und hart, aber die Entlastung war für seine schmerzenden Glieder eine Wohltat. Ihm gegenüber saß der junge Mann von vorhin. Er las immer noch.

– Hi, sagte er über sein Buch hinweg. Ich hätte dich fast geweckt, als die Plätze frei wurden, aber du hast so schön geschlafen.

– Wann war das? fragte Timothy.

– Die meisten sind in Mainz ausgestiegen. Müde?

Timothy nickte. Der junge Mann, dem Akzent nach Amerikaner, wandte sich wieder seinem Buch zu. Auf dem Umschlag stand irgendwas mit *Europa*.

Vor dem Fenster nahm Europa mit dem ersten Hauch von Helle ein wenig Gestalt an. In vagen Umrissen zogen Häuser und Bäume vorbei. In der Ferne sah er die Lichter einer Stadt oder Fabrik. Er wandte den Kopf, um über den Gang auf die andere Seite zu blicken – und sah dem Mädchen mit dem schwarzen Pferdeschwanz direkt in die Augen. Lächelte sie ihm zu, oder bildete er sich das nur ein? Sie schlug rasch die Augen nieder und ging an seinem Abteil vorbei. Sie sah blaß und müde aus, und ihre Schuluniform war zerknittert, aber wenigstens hatte sie die Nacht über einen Sitzplatz gehabt. Es enttäuschte ihn ein bißchen, daß sie erst jetzt vorbeikam und sich so den rührenden Anblick seiner hingestreckten Duldergestalt hatte entgehen lassen. Aber vielleicht hatte sie ihn ja doch da draußen liegen sehen, vielleicht hatte sie ihn deswegen angelächelt. Es war eine reizvolle Vorstellung.

Er war benommen vor Hunger und Müdigkeit, aber seit der Abreise war seine Stimmung nicht mehr so gut gewesen. In etwas über einer Stunde war die Qual überstanden, und seine tüchtige Schwester würde sich um ihn kümmern. Noch galt es den schwierigsten Teil der Reise – das Umsteigen in Mannheim – zu bewältigen, aber dem sah er jetzt erstaunlich gefaßt entgegen. Daß er diese außergewöhnliche Nacht überlebt hatte, stärkte sein Selbstbewußtsein.

Als er in Mannheim ausstieg, konnte er auf dem Bahnsteig nur einen alten, mit Besen und Eimer bewaffneten Mann in grauem Drillich entdecken.

– Heidelberg? fragte Timothy.

Der Alte nickte über die Schulter und äußerte etwas Unverständliches.

– Da gehst du am besten mit mir, ließ sich eine Stimme hinter Timothy vernehmen. Ich fahre nämlich auch nach Heidelberg.

Es war der junge Amerikaner.

– Vielen Dank. Timothy griff nach seiner Tasche.

– Komm, laß dir helfen, das Ding scheint ganz schön schwer zu sein. Der junge Mann packte einen der Griffe. Sein Gepäck bestand aus einem kleinen Seesack, den er sich lässig über eine Schulter geworfen hatte.

Timothy wurde leichter ums Herz. Das Blatt hatte sich offenbar gewendet.

– Das war sehr nett von Ihnen, sagte er. Ich hab den Alten nicht verstanden.

– Du sprichst kein Deutsch?

– Nein, in unserer Schule ist es gerade erst eingeführt worden.

Diese Antwort hatte er sich, weil er die Frage in den kommenden Wochen häufiger erwartete, schon zu Hause zurechtgelegt. Sie entsprach der Wahrheit. Allerdings wäre ihm die Vorstellung, Deutsch zu lernen, bis vor kurzem auch abwegig und irgendwie unpatriotisch vorgekommen.

– Dann bist du wohl in der Oberschule – oder nennt man das bei euch nicht so?

Der Zug fuhr wieder an und rollte, stetig schneller werdend, an ihnen vorbei. Timothy hielt Ausschau nach dem Mädchen mit dem schwarzen Pferdeschwanz.

– Ich gehe aufs Gymnasium, sagte er. In die Oberstufe.

– Demnach bist du . . . warte mal, siebzehn, ja?

– Sechzehn.

Eine Jalousie ging hoch, als versuche jemand, nach draußen zu sehen. Timothy straffte die Schultern.

– Sechzehn. Ziemlich jung für eine so weite Reise.

– Da ist doch weiter nichts bei, sagte Timothy lässig, während sie die Treppe zum Übergang auf den anderen Bahnsteig hinuntergingen.

3

Der junge Mann hieß Don Kowalski, was zu Timothys Vorstellung von einem typischen Amerikaner ebensowenig passen wollte wie seine äußere Erscheinung. Er war groß und dünn und blaß, hatte eine lange Nase und ein Grübchen im Kinn. Sein schwarzes Krisselhaar war kurz, aber nicht zu einem Bürstenschnitt gestutzt, und lag um seinen Kopf wie eine Kappe. Die Amerikaner, die Timothy in London gesehen hatte, waren auf den ersten Blick an ihren pastellfarbenen Anzügen mit Rückenfalten und den schrillen Schlipsen zu erkennen gewesen. Don trug ein Tweedsakko, ziemlich schmuddelige Baumwollhosen und ein offenes weißes Hemd.

– Und was hat dich in unser gutes altes Heidelberg gelockt, Timothy? fragte er, als sie sich in einem Abteil des kurzen, altertümlich wirkenden Nahverkehrszuges eingerichtet hatten.

Timothy sagte es ihm.

– Das werden bestimmt schöne Ferien, sagte er. Heidelberg ist eine hochinteressante alte Stadt.

– Kennen Sie sich da gut aus?

– Leidlich. Ich bin seit über einem Jahr dort.

– Vielleicht kennen Sie dann auch meine Schwester?

Don schüttelte den Kopf.

– Das glaube ich kaum. Bis zum letzten Monat war ich GI. Deine Schwester bewegt sich bestimmt in exklusiveren Kreisen.

– Wehrdienst?

– So was Ähnliches, nur kommt bei uns nicht jeder dran. Soviel ich weiß, müssen in Großbritannien alle zum Kommiß. Das ist gerechter.

– Man kann sich zurückstellen lassen, wenn man studieren will.

– Willst du aufs College?

– Vielleicht. Oder ich mache eine Lehre. Mal sehen, wie ich beim Mittelschulabschluß abgeschnitten habe.

– Aber die College-Ausbildung in England ist doch kostenlos, nicht?

– Wenn man die Zulassung kriegt.

– Ja, ich weiß, so einfach ist das nicht. Ich exerziere das gerade an der London School of Economics durch, da war ich jetzt zu einem Zulassungsgespräch. Das überrascht dich?

Timothy war tatsächlich überrascht. Don war viel zu alt für einen Studenten, fand er, aber so was sagte man wohl nicht, das war taktlos.

– Ich habe nur überlegt, warum Sie in England studieren wollen und nicht in Amerika.

– England gefällt mir, ich habe ein paarmal dort Urlaub gemacht. Ich möchte jetzt noch nicht nach Hause. Und die L.S.E. ist eine gute Hochschule, besonders für ein Graduiertenstudium.

– Für Sie ist es sicher nicht kostenlos.

– Nein, aber wir haben eine sehr nützliche Einrichtung, die sogenannte GI Bill, fast das einzig Positive, was sich über die Wehrpflicht sagen läßt.

Während Don ihm die GI Bill erklärte und was man sich unter einem Graduiertenstudium vorzustellen hatte, rollte der Zug aus dem Mannheimer Bahnhof. Es war jetzt hell, aber dunstig, und Timothy staunte über die vielen Kriegsschäden, die man noch sah. Auf beiden Seiten der Bahngleise waren viele Trümmergrundstücke und halb zerstörte Gebäude. In dem grauen Morgenlicht, durch das die Nebelschwaden zogen wie Rauch, sah die Stadt aus, als habe dort gerade eine Schlacht getobt.

– Ist hier im Krieg viel gekämpft worden?

– Das sind hauptsächlich Bombenschäden. Mannheim war 1940 oder 1941 das erste Ziel des britischen Flächenbombardements, und wahrscheinlich sind sie später noch mal wiedergekommen. Oder wir.

– Schlimmer als London.

– Das ist noch gar nichts. Da solltest du mal Frankfurt sehen. Oder Hamburg ... Aber Heidelberg hat keinen Kratzer abgekriegt. Wahrscheinlich haben wir deshalb dort unser Hauptquartier eingerichtet. Um nicht peinlich an das erinnert zu werden, was wir verbrochen haben.

Timothy sah ihn ein bißchen erstaunt an. Eine komische Bemerkung, fand er; man brauchte doch wohl kein schlechtes Gewissen zu haben, wenn man die Deutschen bombardiert hatte? Aber Amerikaner sahen das wohl anders, überlegte er. Die wußten sicher nicht, wie das damals beim Blitz gewesen war.

– Wahrscheinlich gab es in Heidelberg keine Fabriken oder so, die das Bombardieren gelohnt hätten, vermutete er.

– Kann schon sein, aber Dresden hat das nicht gerettet. Es heißt, daß Heidelberg seine Rettung dem Prinzen Karl-Franz verdankt.

– Und wer war der Prinz Karl-Franz?

– Die Hauptfigur in der Operette *The Student Prince,* die ein deutschstämmiger Amerikaner nach dem deutschen Stück *Alt-Heidelberg* geschrieben hat. Viel Herz und Schmerz, unheimlich kitschig, aber enorm beliebt in den Staaten. Viele Amerikaner haben nur wegen dieser Operette ihre Kinder zum Studium nach Heidelberg geschickt. Wenn man Bombenangriffe auf Heidelberg befohlen hätte, heißt es, hätte die Air Force gemeutert.

Timothy lachte. So hatte er noch nie jemanden über den Krieg sprechen hören.

Der Zug rollte jetzt durch flaches, offenes Land. Auf den Feldern lag dichter Nebel.

– Sind hinter dem Nebel Berge? fragte er. Meine Schwester hat gesagt, daß hier Berge sind.

– Ja, kleine, bewaldete Höhenzüge. Sie fangen in Heidelberg an, wo der Neckar in die Rheinebene fließt. In Mannheim mündet er dann in den Rhein. Er illustrierte die Vereinigung der beiden Flüsse mit seinen langen, knochigen Händen. Das Neckartal ist landschaftlich sehr reizvoll . . . Deine Schwester holt dich sicher ab.

– Hoffentlich, sagte Timothy. Er zog seine Schülermütze heraus und setzte sie auf. Damit sie mich erkennt, erklärte er.

– Wann hast du sie zum letzten Mal gesehen?

– Vor dreieinhalb Jahren.

– Das ist eine lange Zeit.

– Sie will offenbar nicht nach Hause, sagte Timothy. Als es heraus war, fand er die Bemerkung indiskret, aber Don wunderte sich offenbar überhaupt nicht darüber.

– In Heidelberg gibt es jede Menge Leute, die nicht nach Hause wollen, sagte er.

Der Zug verlangsamte die Fahrt.

– So, da wären wir.

– Heidelberg? Schon? Timothy sprang auf und beugte sich aus dem Fenster. Milde, feuchte Luft schlug ihm entgegen. Wenn er sich anstrengte, meinte er durch den Nebel die vagen Umrisse von Bergen zu erkennen.

– Die Sonne hat den Nebel bald geschluckt, sagte Don hinter ihm. Dann kannst du alles sehen.

Undankbarerweise wäre es Timothy gar nicht unlieb gewesen, wenn Don sich jetzt davongemacht hätte und er Kath allein hätte gegenübertreten können. Ein sorglicher Erwachsener an seiner Seite schmälerte das Heldenhafte seiner Reiseleistung, fand er. Schließlich hatte er sich bis auf die letzte halbe Stunde ohne fremde Hilfe durchgeschlagen. So hätte Kath ihn sehen sollen: allein, erschöpft, aufgelöst, doch ungebeugt. Aber er konnte Dons Hilfe schlecht ablehnen, und dann, als sie, die schwere, schaukelnde Reisetasche zwischen sich, über den Bahnsteig gingen, sah er Kath.

– Da ist sie! rief er und winkte.

Sie reagierte nicht gleich, dann aber hatte sie ihn erkannt. Die großen Brüste hüpften unter dem weißen Pullover, als sie strahlend auf ihn zulief. In den ersten Minuten sah Timothy fast nichts anderes als diese Brüste. Möglich, daß sie die vorher auch schon gehabt hatte, aber damals – das lag wohl am Alter – waren sie für ihn einfach Teil ihrer allgemeinen Körperfülle gewesen. Jetzt wirkten sie auf ihn geradezu hypnotisch. Sie waren groß. Sehr groß. Fast zu groß, aber eben doch nicht ganz. Als Kath ihn umarmte, bekam er Tuchfühlung mit ihnen, das steife Material ihres Büstenhalters drückte gegen seine magere Brust.

– Timothy! Wie schön, daß du da bist. Du hast aber mächtig zugelegt!

– Du auch, sagte er gedankenlos.

– Timothy! Dabei bin ich auf Diät! Wie war die Fahrt?

– Es ging.

– Im ersten Moment habe ich dich gar nicht erkannt. Ich habe nach einem kleinen Jungen Ausschau gehalten, so groß ungefähr – sie streckte ihre Hand einen Meter über dem Boden aus –, einem alleinreisenden Jungen. Aber wie ich sehe, hattest du Gesellschaft. Sie sah Don an.

– Erst ab Mannheim, sagte Timothy.

Don streckte ihr die Hand hin.

– Don Kowalski. Sie müssen Timothys Schwester sein.

– Nett, daß Sie sich um ihn gekümmert haben.

– War mir ein Vergnügen. Schade, daß wir uns auf der Reise nicht schon früher begegnet sind.

Kath wandte sich wieder an Timothy.

– Bist du müde, mein Kleiner? Sicher doch. Und bestimmt auch halb verhungert. Sobald wir deine Tasche losgeworden sind, bekommst du dein Frühstück.

– Darf ich Ihnen behilflich sein? fragte Don.

– Sehr liebenswürdig, aber wir nehmen am besten einen Gepäckträger, erklärte Kath fest.

– Ja, dann mache ich mich auf den Weg, meinte Don zögernd.

– Haben Sie herzlichen Dank, sagte Kath – ein bißchen vom hohen Roß herunter, wie sein Vater zu sagen pflegte.

– Schöne Ferien, Timothy. Don griff sich seine Reisetasche. Vielleicht seh ich dich mal in der Stadt, so groß ist sie ja nicht. Und Sie auch . . . äh . . .

– Kate Young.

– Hat mich sehr gefreut, Sie kennenzulernen, Kate. Dich auch, Timothy.

Sie sahen ihm nach, wie er, den Seesack über der Schulter, mit langen Schritten davonging.

– Was ist das denn für einer? fragte Kath leise.

– Weiß nicht. Er kommt gerade aus der Army, sagt er.

– Daß es ein GI ist, habe ich mir schon gedacht. Scheint aber nett zu sein.

– Zu mir war er unheimlich nett. Warum sollte er dir nicht die Tasche tragen helfen? Sie ist scheußlich schwer.

– Bei diesen GIs muß man aufpassen. Bei der nächsten besten Gelegenheit hätte er versucht, sich mit mir zu verabreden. Sie lächelte und zog den Pullover über den Brüsten straff. Wenn man ihnen den kleinen Finger reicht, nehmen sie gleich die ganze Hand, sag ich immer. Paß auf, am besten geben wir den Koffer in der Gepäckaufbewahrung ab, und dann gehen wir frühstücken. Ich muß heute vormittag noch ins Büro, aber wahrscheinlich läßt du es ganz gern erst mal langsam angehen und ruhst dich ein bißchen aus.

– Am liebsten würde ich jetzt eine ganze Woche schlafen, gestand er.

– Armer Schatz, du siehst wirklich ganz erledigt aus. Wann haben sie dich denn geweckt?

– Geweckt? wiederholte er verständnislos.

Kath sah ihn scharf an.

– Du hattest doch Liegewagen?

– Nein.

– Du hast die ganze Nacht gesessen?

– Nein. Gestanden. Die meiste Zeit jedenfalls. Zum Schluß hab ich mich auf den Boden gelegt. Sitzplätze gab's nicht mehr. Er mußte lachen, als er ihr Gesicht sah.

– Mein Gott, stieß Kath hervor. Da mußt du ja halbtot sein. Wann bist du in London weggefahren?

– Gestern vormittag um elf.

Kath stöhnte.

– Nicht mal eine Platzkarte haben sie dir besorgt ... Ich hätte es mir denken können. Mum und Dad haben eben keine Ahnung. Aber das ist ja nun Schnee von gestern. Jetzt bist du hier und hast es offenbar leidlich überstanden. Träger!

Ein Mann in grauem Drillich, der mit einer Karre auf dem Bahnsteig herumfuhr, schwenkte in ihre Richtung um. Kath besah sich die Reisetasche und stieß sie versuchsweise mit der Spitze ihres weißen Stöckelschuhs an.

– Wo haben sie denn die ausgegraben?

– Sie hat Onkel Jack gehört.

– Onkel Jack?

– Jills Vater ... du weißt schon. Er hatte sie bei uns auf dem Speicher abgestellt.

– Richtig, der arme Mr. Martin. Auf was für Ideen manche Leute kommen ...

– Wieso?

– Ein bißchen makaber, findest du nicht?

Der Gepäckträger hievte die Reisetasche auf seine Karre. Kath sagte etwas zu ihm, und sie gingen weiter.

– Du sprichst deutsch, konstatierte Timothy voller Hochachtung.

– Nur ein paar Brocken. Du wirst bald merken, daß hier in der Gegend die meisten Deutschen englisch sprechen. Wegen der vielen Amerikaner. Sie leben schließlich von uns, und zwar nicht schlecht, sage ich immer.

– Fühlst du dich denn als Amerikanerin, Kath?

– Nein, warum?

– Du hast eben *von uns* gesagt.

– Das war nur so eine Redensart. Und ich arbeite immerhin für sie.

– Und zu Don hast du gesagt, daß du Kate heißt.

– So nennen mich hier alle. Seit dem Musical *Kiss Me Kate*. Hast du es gesehen? Ich glaube, es ist in London gelaufen.

– Nein. Wie soll ich dich nennen, Kath oder Kate?

– Wie du willst. Zu Hause fühle ich mich immer als Kath und hier als Kate.

– Zwei verschiedene Persönlichkeiten?

Sie streifte ihn mit einem spöttischen Blick.

– Könnte man so sagen ...

Der Träger brachte sie zur Gepäckaufbewahrung.

– Ich gebe deine Tasche hier ab, erklärte Kath, und dann gehen wir zu deiner Pension. Ich will erst mal das Zimmer sehen, ehe wir das Gepäck hinbringen. Aber ich warne dich – sehr luxuriös wird es nicht sein.

– Hauptsache, es steht ein Bett drin.

– Armer Schatz. Sie drückte ihn mitleidig an sich. Aber du, ich freu mich unheimlich, daß du da bist. Und natürlich will ich hören, was sich alles zu Hause getan hat. Wie geht es Mum und Dad?

– Gut. Sie lassen schön grüßen.

– Das freut mich. Wenn du dich ausgeruht hast, mußt du mir alles erzählen.

Sie gab dem Träger ein Trinkgeld und verließ mit Timothy das Bahnhofsgelände. Über eine Kolonnade kamen sie auf eine breite Straße mit einem Platz zur Linken und Grünanlagen zur Rechten. Blaue einstöckige Trambahnen, manche mit Anhänger, fuhren klingelnd vorbei. Überraschend nah erhob sich hinter den Dächern ein hoher, bewaldeter Berg aus dem Nebel. Timothy blieb stehen, um das alles in sich aufzunehmen.

– Toll, sagte er.

– Das ist noch gar nichts. Wenn die Sonne herauskommt, leuchten die Farben erst richtig. Die grünen Berge und der blaue Himmel und die bunten Dächer. Ich kann mich gar nicht satt daran sehen. Das ist die Rohrbacherstraße, erklärte sie, während sie die Straßenbahngleise überquerten. Da drüben, wo die Straßenbahnen sind, ist der Bismarckplatz.

– Bismarck kenne ich, sagte er. Den hatten wir dieses Jahr in Geschichte.

– Nur noch ein paar Schritte bis zu deiner Pension. Hoffentlich ist sie ordentlich. Zimmer sind in Heidelberg rar wie Goldstaub. Es ist ein typischer Touristenort, aber die meisten Hotels haben die Amerikaner für ihr Personal beschlagnahmt – auch das, in dem ich wohne –, deshalb hat man natürlich in der Hochsaison die größten Schwierigkeiten, was zu finden. Und diese Beschlagnahmen sind auch etwas, was die Deutschen uns echt übel nehmen.

Timothy ließ sie reden, war aber zu müde, um selber viel zur Unterhaltung beizutragen.

– Dieses Zimmer habe ich auch nur durch Beziehungen bekommen. Es ist preisgebunden, aber natürlich muß ich der Frau was in die Hand stecken.

– Zigaretten?

– Nein, nein, die Zeiten sind vorbei. Die Deutschen kommen allmählich wieder auf die Beine. Ganz erstaunlich ... Arbeiten können sie, das muß man ihnen lassen. Da wären wir.

Vor einem großen Haus mit Fensterläden blieben sie stehen, und Kath klingelte. Sie hörten, wie Riegel zurückgeschoben wurden, dann führte eine dicke, nicht mehr ganz junge Frau in geblümter Kittelschürze sie in eine dunkle Diele. Kath machte Timothy in einem deutsch-englischen Kauderwelsch mit Frau Himmler bekannt. Diese nickte und lächelte zwar durchaus freundlich, aber Timothy stieß sich trotzdem an dem Namen. Ein schlechtes Omen, dachte er. Seine Bedenken verstärkten sich, als er hinter ihr die vier Treppen hochstieg, die mit jedem Stockwerk dunkler und schäbiger wurden. Linoleum löste den Teppichläufer, rohes Holz das Linoleum ab. Ganz oben schloß Frau Himmler eine Tür auf und ließ sie eintreten.

Sie standen in einer Dachkammer. Sie war sauber, aber das war eigentlich auch schon alles, was man zu ihren Gunsten vorbringen konnte. Der Boden war fast so schräg wie die Decke, und die schweren Möbel sahen aus, als könnten sie jeden Augenblick ans andere Ende des Zimmers rutschen. Es gab eine eiserne Bettstelle mit hochgetürmtem Federbett und ein kleines Fenster, durch das man einen Schornstein sah. Kath ging im Zimmer herum, prüfte die Sprungfedern und warf einen Blick in die Kommode.

– Was meinst du? fragte sie leise. Ganz schön schlimm, was?

Er zuckte die Schultern.

– Es wird schon gehen.

Schließlich entschied Kath, er solle sich erst einmal in ihrem Zimmer ein bißchen erholen und dann, wenn sie nichts Besseres gefunden hatten, abends wieder zu Frau Himmler gehen, womit Timothy sehr einverstanden war. Er legte keinen gesteigerten Wert darauf, mit Frau Himmler allein zu bleiben.

Sie frühstückten im Stadtgarten, einem hübschen, von Bäumen umgebenen Restaurant in der Nähe des Bahnhofs. Es hatte Selbstbedienung, war aber etwas ganz anderes als Lyons oder das A.B.C. in London. Unter Kaths Anleitung stellte er Orangensaft, Cornflakes, Eier und Schinken, Toast und sogenannte Hot Cakes, die wie dicke Pfannkuchen aussahen, auf sein Tablett.

– Du nimmst doch zwei Eier? fragte Kath.

– Darf ich?

– Natürlich. Wie willst du sie haben, als Spiegelei, Rührei oder pochiert?

– Setzei bitte.

– Sonnenseite nach oben? fragte der Koch, während er die Eier in eine Pfanne schlug. Timothy sah Kath fragend an.

– Nur auf einer Seite gebraten oder noch einmal gewendet, dolmetschte sie.

– Sonnenseite nach oben, sagte er und mußte über diesen kindlichen, aber lustigen Ausdruck lachen.

Eine Enttäuschung erlebte er bei seinem Frühstück aber doch. Der Tee, den er verlangt hatte, entpuppte sich als ein Becher heißes Wasser, aus dem ein Stückchen Pappe an einer Schnur hing.

– Was ist denn das? Als er an der Schnur zog, kam am anderen Ende ein kleiner Beutel zum Vorschein.

– Ein Teebeutel, amüsierte sich Kate.

– Darf man soviel Zucker nehmen, wie man will? fragte er und bediente sich aus der Zuckerschale, die auf dem Tisch stand.

– Natürlich. Hier ist nichts rationiert.

– Überhaupt nichts?

– Nicht für amerikanisches Personal.

– Astrein. Er nahm noch ein Stück.

– Ich sehe schon, das Essen hier wird dir jedenfalls gefallen, sagte Kath.

Das Gespräch lief in diesem leichten, beiläufigen Ton weiter. Timothy hatte den Eindruck, daß sie beide Hemmungen hatten und sich zunächst vorsichtig abtasteten. Das lag nicht nur an der mehr als dreijährigen Trennung. In diesen drei Jahren hatte sich der Altersunterschied zwischen ihnen verschoben. Sechzehn war näher an siebenundzwanzig als dreizehn an vierundzwanzig. In seiner Kindheit hatte Kath eigentlich schon ganz zur Welt der Erwachsenen gehört, war ihm mehr wie eine Tante, nicht wie eine Schwester vorgekommen. Diese Beziehung war nun nicht mehr möglich, aber er wußte noch nicht recht, was an ihre Stelle treten würde.

Als sie fast fertig waren – Timothy aß eigentlich nur noch aus Gefräßigkeit, nicht, weil er noch Hunger gehabt hätte, und

Kath war bei ihrer zweiten Zigarette angelangt – kam eine junge Frau an ihrem Tisch vorbei, erkannte Kath und blieb stehen.

– Kate, Schätzchen! Hi!

– Dolores! Dich habe ich ja eine Ewigkeit nicht mehr gesehen. Ein todschickes Kostüm hast du an.

Dolores strich sich mit kokettem Lächeln den Rock über den Hüften glatt.

– Sag's nicht weiter, aber das hab ich aus dem Secondhand Shop.

– Nicht zu fassen. Das ist übrigens mein Bruder Timothy.

Dolores, die ihn unter ihren üppigen Wimpern verstohlen gemustert hatte, riß die Augen auf.

– Ist ja toll! Hi, Timothy! Freut mich sehr, dich kennenzulernen. Sie gab ihm eine schlappe, manikürte Hand, die ein schwerer, juwelengeschmückter Ring und ein goldenes Armband zierten. Ist das der kleine Bruder, der dir immer diese süßen Briefe schreibt, Kate?

– Ja, er ist gerade angekommen, um bei mir Ferien zu machen. Willst du dich nicht einen Augenblick setzen?

– Danke, Schätzchen, aber ich bin auch gerade auf dem Sprung in die Ferien. Na ja, eine Sekunde vielleicht. Ich fahre mit dem Zug um halb neun nach Frankfurt und fliege von dort nach Rom.

– Himmlisch. Wie lange?

– Fünf ganze Wochen, stell dir vor! Hab ich mir zusammengespart. Ihr Lächeln ging wie ein Suchscheinwerfer zwischen ihnen hin und her. Zwei Wochen Kultur – all diese alten Kirchen und Museen – und dann drei Wochen Strandurlaub auf Capri.

– Das wird bestimmt phantastisch.

– Will ich schwer hoffen. Die Hauptsache ist natürlich nette Gesellschaft. Aber wem sage ich das . . . Sie zwinkerte Timothy vielsagend zu. Wie war die Fahrt, Timothy?

– Hör bloß auf! antwortete Kath an seiner Stelle und erzählte ihr die ganze Geschichte. Dolores legte den Kopf zurück, ließ Timothy nicht aus den Augen und unterbrach von Zeit zu Zeit mit Einwürfen wie:

– Nein, so was . . . Ist ja scheußlich . . . diese vielen Stunden . . . ein Wunder, daß er noch lebt . . .

Dann ließ Kath eine anschauliche Beschreibung von Frau Himmlers Dachkammer folgen.

– Der arme Junge, das hört sich ja schaurig an. Hast du denn wirklich nichts Besseres für ihn auftreiben können?

– Ich suche seit drei Wochen. Das war meine letzte Hoffnung. Du weißt ja, was hier in der Hochsaison los ist. Wenn man ihnen nicht goldene Berge verspricht . . .

– Aber ein Jammer ist es doch . . . Mein Zimmer steht die nächsten fünf Wochen leer, Kath. Wenn euch damit geholfen wäre . . . .

– Du meinst –

– Genau. Wenn er will, kann er es gern haben . . .

– Hast du das gehört, Timothy? fragte Kath ganz aufgeregt.

– Das ist aber wirklich nett von Ihnen, sagte er verblüfft. Eben noch hatte er gedacht, daß diese Person einem ganz schön auf den Wecker gehen konnte, und da machte sie ihm plötzlich dieses erstaunlich großzügige Angebot.

– Na hör mal, warum denn nicht? Du darfst dich natürlich nicht daran stören, daß es ein Wohnheim für Frauen ist.

– Ein Wohnheim für Frauen? wiederholte Timothy matt.

– Ja. Dolores wandte sich an Kath. Du mußt dir nur überlegen, wie du ihn abends reinschmuggelst. Morgens ist es kein Problem, da bleibt er einfach auf dem Zimmer, bis die anderen zum Dienst gegangen sind.

– Ich hab's, sagte Kath. Abends gehe ich einfach mit ihm zusammen herein und tue so, als ob er mein Freund ist, der mich nach Hause bringt. Alt genug sieht er doch aus, findest du nicht?

– Doch, sicher. Dolores besah sich Timothy etwas skeptisch.

– Vielen Dank, aber das möchte ich doch lieber nicht, erklärte Timothy entschieden.

Die beiden Frauen redeten ihm noch eine Weile gut zu, aber er ließ sich nicht umstimmen.

– Ich geb dir trotzdem mal den Schlüssel, Kath, sagte Dolores und stand auf. Vielleicht überlegt er sich's ja noch. Schöne Ferien, Timothy.

Er bedankte sich noch einmal, und sie sahen ihr nach, wie sie verschiedenen Bekannten einen armbandklirrenden Gruß zuwinkte und dann tänzelnd das Lokal verließ.

– Nimm's mir nicht übel, Timothy, sagte Kath leise, aber weißt du nicht, daß man aufsteht, wenn eine Dame den Tisch verläßt?

– Entschuldige, das hatte ich vergessen, brummelte er.

– Weißt du, diese Kleinigkeiten sind einfach wichtig. Und ich möchte, daß du bei meinen Bekannten gut ankommst.

– Ich sag dir doch: Ich hab's vergessen.

– Jetzt bist du böse.

– Nein, nur müde.

– Armer Junge, das ist ja kein Wunder! Du schläfst dich jetzt erst mal schön aus, und ich muß ins Büro.

Als sie auf die Straße traten, hatte sich der Nebel gelichtet, und es war ziemlich warm, obgleich es noch nicht einmal acht war. Timothy fühlte sich schlapp und verschwitzt und hatte Mühe, mit Kaths flottem Tempo Schritt zu halten.

– Dolores ist unheimlich nett, nicht? Nur ein bißchen zu aufgedonnert, finde ich immer, das hat man aber bei den meisten Amerikanerinnen. In ihrem Zimmer wärst du wirklich besser aufgehoben. Aber schlaf ruhig erst mal drüber.

Er erinnerte sie daran, daß sein Koffer, in dem auch sein Schlafanzug war, noch am Bahnhof stand. Sie sah auf die Uhr.

– Ich glaube, den können wir jetzt nicht mehr holen, sonst komme ich zu spät. Wenn du willst, leihe ich dir einen Schlafanzug von mir. Sie kicherte. Allerdings dürfte er dir ein bißchen groß sein.

– Nein, laß nur, dann schlaf ich eben in der Unterwäsche.

– Rudolf kann den Koffer später holen. Das ist unser Portier im Fichte-Haus. Ein ganz lieber Junge, er spricht fließend Englisch.

Rudolf saß in seinem kleinen Büro gleich am Eingang und bediente die Telefonzentrale, als sie hereinkamen. Er lächelte ihnen durch die Scheibe zu und bedeutete ihnen, sie sollten warten. Er war ein gutaussehender junger Mann mit klar geschnittenen Zügen und aus der Stirn gekämmtem glattem

Haar. Als er zu ihnen herauskam, sah Timothy, daß sein linker Arm am Ellbogen amputiert und der Jackenärmel ordentlich vorn ans Jackett geheftet war.

– Das ist mein Bruder Timothy, Rudolf. Ich habe Ihnen ja erzählt, daß ich ihn erwarte.

– Ja, natürlich, Miss Young. Rudolf machte eine leichte Verbeugung, die durch den gefalteten Ärmel seltsam förmlich wirkte, und schüttelte Timothy die Hand.

– Er wird sich bei mir auf dem Zimmer ein bißchen erholen, bis ich die Quartierfrage geklärt habe.

– Ich sorge dafür, daß er nicht gestört wird.

Timothy bedankte sich, und Kath bat Rudolf, später den Koffer von der Bahn zu holen.

– Meinst du, das schafft er? flüsterte Timothy, als sie die läuferbelegte Treppe hinaufstiegen. Mit seinem Arm, meine ich.

– Aber ja, er nimmt einen Handwagen. Ich könnte auch mit dem Taxi hinfahren, aber er freut sich, wenn er ein Trinkgeld bekommt.

– Wie hat er ihn verloren?

– Den Arm? Wahrscheinlich im Krieg, aber ich mag ihn nicht danach fragen. Ich weiß nur soviel, daß er Kriegsgefangener in England war. Dort hat er englisch gelernt.

– Da muß er aber noch sehr jung gewesen sein.

– Wahrscheinlich ist er ganz zum Schluß noch eingezogen worden. Damals haben die Deutschen sogar Schuljungen an die Front geschickt.

– Man würde nie denken, daß . . . Ich meine, er sieht so nett aus.

– Ja, es ist ein Jammer, er ist viel zu intelligent für so einen Job, aber als Deutscher kann man heutzutage nicht wählerisch sein, besonders mit so einer Behinderung. Da wären wir. Willkommen *chez* Young.

Sie schloß eine der wandbündig abschließenden Türen auf und ließ ihn ein.

– Sehr schön, sagte sie und sah sich um. Das Bett ist schon gemacht.

– Bekommt ihr hier die Betten gemacht?

– Ja, sie verwöhnen uns nach Strich und Faden, ich habe die ganze Zeit noch kein Staubtuch in die Hand nehmen müssen.

– Astrein, das Zimmer, Kath!

Timothy sah sich um: eine Couch mit bunten Kissen, ein Klapptisch und zwei Stühle, Sessel und Beistelltisch, Einbauschränke aus poliertem Holz.

– Hey, da hängt ja eine von meinen Zeichnungen! sagte er plötzlich.

– Ja, ich habe sie rahmen lassen und führe sie allen Bekannten vor.

– Die hatte ich ganz vergessen. Die Perspektive stimmt nicht, inzwischen bin ich schon viel weiter.

Aber es freute ihn, sein Werk – eine kolorierte Federzeichnung der Tower Bridge nach einem Foto – hübsch gerahmt an Kaths Wand zu sehen. Es sah gar nicht übel aus.

– Mir gefällt's. Vielleicht kommst du hier auch ein bißchen zum Zeichnen, das Panorama ist ja überall so schön.

– Mal sehen. Meinen Block und Wasserfarben habe ich jedenfalls mitgebracht.

Sie zog die Tagesdecke von der Bettcouch.

– Willst du duschen? Das Bad müßte inzwischen eigentlich frei sein.

– Ach, damit halte ich mich jetzt nicht auf . . .

– Du willst dich gleich hinlegen, was? Kann ich dir nicht verdenken. Hier kannst du dich waschen. Sie öffnete eine Schranktür, hinter der ein eingebautes Waschbecken mit Spiegel zum Vorschein kam.

– Ist – äh – irgendwo auch eine Toilette?

– Auf halbem Weg den Gang herunter. Die weiße Tür.

Als er zurückkam, hatte Kath den Pullover ausgezogen und knöpfte eine weiße Bluse zu.

– Scheint warm zu werden, sagte sie. Ich zieh die Jalousien vor und laß das Fenster offen.

Sie griff nach einer Schnur, die hinter dem Vorhang herunterkam, und die hellgrüne Stabjalousie, farblich passend zur Wand, ging herunter und sperrte die Sonne aus. Timothy ließ sich in den Sessel fallen, zog die Schuhe aus und bewegte die Zehen in den Wollsocken hin und her. Kath stellte sich vor den Spiegel, fuhr mit der Zunge über die rot geschminkten Lippen, zupfte die Frisur zurecht und drehte den Kopf nach rechts und links.

– Erhol dich gut, Timothy, sagte sie, verstaute den Lippenstift in der Handtasche und ließ sie zuschnappen. Und mach dir keine Gedanken.

– Solange ich nicht in das Wohnheim für Frauen muß ...

– Du mußt überhaupt nichts, wenn du nicht willst. Sie strich ihm übers Haar. Das sind *deine* Ferien, die sollst du genießen. Ich bin dir keine besonders gute Schwester gewesen, nicht?

– Och, ich weiß nicht, sagte er verlegen.

– Vielleicht kann ich es jetzt ein bißchen wiedergutmachen. Sie gab ihm einen Kuß auf die Stirn. Da, jetzt hab ich dich überall mit Lippenstift beschmiert ... Sachlich setzte sie hinzu: Gegen halb sechs bin ich wieder da. Wir gehen heute abend mit Vince und Greg essen, das sind gute Bekannte von mir, sie sind schon sehr gespannt auf dich. Wenn du irgendwas brauchst, kannst du dich vertrauensvoll an Rudolf wenden. In der Halle ist ein Kühlschrank mit Cola und so. Jetzt muß ich aber los.

– Wiedersehen, Kath. Kate.

Lachend machte sie die Tür hinter sich zu.

Timothy schloß ab, zog sich bis auf Unterhemd und Unterhose aus und wusch sich im Waschbecken die Füße, erst den einen, dann den anderen. Sie waren rot und geschwollen, und das Rippenmuster der Socken hatte sich auf der Haut abgedrückt. Dann wusch er sich Gesicht und Hände und legte sich ins Bett. Die Bettwäsche war kühl, frisch und sauber. Er streckte sich genüßlich.

Die Erregung ließ ihn, obgleich er so müde war, nicht gleich einschlafen. Das heißt, es war im Grunde nicht so sehr Erregung als ein Gefühl des Fremdseins. Nicht nur diese Umgebung war ihm fremd, auch er war sich fremd geworden. In diesem gepflegten, behaglichen, aufgeräumten Zimmer, in diesem ungewissen grünlichen Licht kam er sich vor wie unter Wasser, wie jemand, der außerhalb von Zeit und Raum dahintreibt. Sein Zuhause schien unendlich fern und das Ich, das dort hingehörte, ebenfalls. Zwischen dieser fernen Welt und seinem Ich von hier und heute lag die Reise, die ihm im Rückblick eher unwirklich erschien, vielleicht, weil es eine Reise durch die Nacht gewesen war. Tagsüber konnte man zusehen, wie die Meilen am Fenster vorüberflogen, und die sich wandelnde Landschaft hielt Schritt mit dem Wandel, der sich in einem selbst vollzog. Nachts aber sah man nur das eigene Spiegelbild in der Scheibe. Hatte er die ganze Reise geträumt? Träumte er jetzt? Nein, er träumte nicht. Er konnte die Stärke in der frischen Bettwäsche fühlen. Er sah das Licht, das durch die Jalousie drang und in Streifen an die Decke fiel. Er hörte das Raunen des Verkehrs, in das sich Hupen und Straßenbahngeklingel mischten. Das waren reale Dinge. Und doch genügten sie nicht, um ihm Heidelberg als Realität erscheinen zu lassen. Was er bisher von der Stadt gesehen hatte, reichte nicht aus für ein zusammenhängendes Bild; und die Menschen, denen er begegnet war – Don und Dolores und Rudolf, ja, sogar Kath selbst – waren wie Gestalten in einer Traumlandschaft, wie die Figuren im *Zauberer von Oz,* exzentrisch und unvorhersehbar und ein wenig beängstigend, auch wenn sie sich offenkundig in freundlicher Absicht näherten. Und auch jetzt noch konnte er sich nicht sagen, nun bin ich endlich angekommen, für die nächsten drei Wochen ist das meine Bleibe, denn dies war nur ein Warteraum, eine Station auf dem Weg zu seinem Endziel, Frau Himmlers Pension. Oder Dolores' Wohnheim. Eine blödsinnige Idee, und doch . . . Frau Himmlers Herberge hatte nichts Verlockendes. Sie war nicht nur freudlos und abweisend, sondern auch unübersehbar *deutsch.*

Soviel hatte Timothy schon begriffen, daß es in Heidelberg zwei Gemeinwesen gab: unten die Deutschen, darüber schwebend, sie allenfalls leicht streifend wie Libellen, die Amerikaner. Von dort oben mochte sich dieses Stück Deutschland ruhig und friedlich ausnehmen wie ein Mühlteich. Aber wußte man denn, was sich an dunklen Gestalten in seiner Tiefe bewegte? Bei Frau Himmler zu wohnen bedeutete, zumindest zeitweise in diese Tiefen einzutauchen, und ganz instinktiv schreckte Timothy vor ihrer dunklen Kälte zurück. Ihm war es vorgekommen, als sei in diesem düster-bedrohlichen Haus sogar Kath weniger locker, bei ihren Verhandlungen mit Frau Himmler weniger selbstsicher gewesen.

Kate hatte sich wirklich sehr verändert. Vor ihrer Haltung, ihrer Selbstsicherheit, der Aura sauber-gesunder Frische, die sie umgab, kam er sich im Wortsinn klein und häßlich vor. Sie war jetzt fast das, was man wohl unter einer gutaussehenden Frau verstand. Immer noch war sie eher füllig, aber man merkte es nicht mehr so, das hatte wohl etwas damit zu tun, wie sie sich anzog und wie sie sich hielt. Ihr Busen war allerdings gewaltig, aber er hing nicht traurig herunter wie bei den dicken Frauen auf den Seebäder-Postkarten, sondern war eher so wie bei Jane Russell oder den unbekleideten Mädchen in *Razzle,* bei deren Anblick die Jungs in der Schule sich krümmten und stöhnten, als wenn ihnen was wehtat. Sie kam nicht nur mit hoch erhobenem Kopf, sondern gewissermaßen mit hoch erhobenem Busen daher. Und das Gesicht war eigentlich richtig hübsch; das Kinn mochte eine Idee zu groß sein, aber das Gesicht wirkte dadurch sympathisch und gutherzig. Und ihre Haare ... er hätte jetzt nicht sagen können, wie sie frisiert waren, nur daß sie nett aussahen und einen ansprechenden Rahmen für ihr Gesicht bildeten. Angesichts dieser neuen Attraktivität schien ihm der Verdacht seiner Mutter, sie habe ein Verhältnis gehabt und jetzt vielleicht ein Kind, schon glaubhafter. Warum aber hatte sie ihn dann hierher eingeladen und damit das Risiko einer Entdeckung auf sich genommen? Blitzartig kam ihm die Erkenntnis: Sie hatte es auf diese Entdeckung angelegt.

Ja, irgendwann in den nächsten drei Wochen würde Kath mit ihm, ohne sich auf weitere Erklärungen einzulassen, in ein Heim oder ein Waisenhaus fahren, er sah es vor sich, ein altes Haus auf dem Land, bei Heidelberg, gütige Nonnen mit sanfter Stimme, Kinder, die im Garten herumtappelten, in Sandkästen buddelten und auf Schaukeln spielten ... und dann kam ein kleines Mädchen (aus unerfindlichen Gründen war er ganz sicher, daß es ein Mädchen sein würde) in einem Kittelchen wie alle anderen auch, aber doch ein wenig anders, ein hübsches kleines Mädchen mit dunklen Locken, über den Rasen auf Kath zugelaufen, und Kath hob die Kleine hoch und wirbelte sie herum und fragte: *Wie findest du sie, Timothy?* und er sagte, *Sie ist süß,* und Kath sagte, *Es ist mein Kind, Timothy, es ist mein Kind* und brach in Tränen aus. Und er reagierte ganz reif und überlegen, er war nicht ein bißchen schockiert, sondern voller Anteilnahme und sehr verständnisvoll. Er würde ihr helfen, das Kind großzuziehen, versprach er, sobald er eigenes Geld verdiente, und wenn er mit den Eltern redete, würden sie es auch akzeptieren. Und Kath konnte es kaum fassen, sie war überglücklich und dankbar. *Ach Timothy,* sagte sie ...

Es war zwar ihre Stimme, die er hörte, aber sie sprach nicht den ihr zugedachten Text, ihm war, als spräche sie durch ihn hindurch.

– Sechzehn ... ein richtiger englischer Schuljunge. Bei seinem Anblick sah ich plötzlich alles wieder vor mir. Kennst du diese gräßlichen Regenmäntel, die sie in England tragen müssen? ... Nein, kannst du ja gar nicht ... Sie sind dunkelblau, zu warm im Sommer und zu dünn für den Winter, und den Regen halten sie sowieso nicht ab, in der Mitte bindet man sie zusammen wie einen Kartoffelsack. Eine dicke graue Flanellhose und schwarze Schuhe und eine Mütze, die *Mütze* mußt du sehen ... Und er war so blaß und müde, der arme Junge, er mußte die ganze Nacht stehen, weil er keinen Sitzplatz bekommen hat ... total überfüllt, sagte er ... Nein, das fanden sie wohl zu extravagant, das ist eins ihrer Lieblingsworte, *extravagant* ...

Timothy begriff jetzt, daß Kath nicht in seiner Phantasie oder in einem Traum mit ihm sprach. Sie war hier im Zimmer und sprach mit irgendeiner anderen Person. Offenbar war sie zurückgekommen, um etwas zu holen. Er schlug die Augen auf. Sie hatte es sich mit dem Rücken zu ihm in dem Sessel bequem gemacht und trug einen geblümten Morgenrock. In einer Hand hatte sie eine Zigarette, in der anderen den Telefonhörer. Das Licht im Zimmer hatte sich verändert, und es schien wärmer geworden zu sein. War es möglich, daß er die ganze Zeit geschlafen hatte, daß es schon Nachmittag und Kath vom Büro zurück war? Ihm kam es vor, als habe er sich erst vor ein paar Minuten hingelegt.

Jetzt ging es in dem Gespräch um das Zimmer, das Dolores ihm angeboten hatte.

– Leider will er davon absolut nichts hören, du weißt ja, wie Jungen in dem Alter sind, schon bei der Vorstellung, in einem Wohnheim für Frauen zu wohnen, wird ihm ganz blümerant ... Ja, *du,* das ist ja auch was anderes ... nicht jeder ist ... ja, sehr schade ... eben, und nicht nur das, ich würde auch etliche Mark dabei sparen ... Du wirst mir helfen müssen, ihn zu überreden, aber mach es taktvoll, ja? Schön, bis sieben dann. Tschüs.

Kath legte auf, und Timothy machte rasch die Augen wieder zu. Ein Klicken – sie hatte das Radio eingeschaltet, Tanzmusik stand im Raum. Dann verstummte die Musik, und eine wohltönende amerikanische Stimme sagte:

AFN Frankfurt, hier Staff Sergeant MacCabe mit den Achtzehn-Uhr-Nachrichten. Zunächst die Schlagzeilen. Korea: Die Waffenstillstandsgespräche wurden heute in Kaesong fortgeführt, aber in der Frage des Austauschs von Gefangenen wurden keine Fortschritte erzielt. Bei einem Verkehrsunfall auf der Autobahn Frankfurt-Mannheim kamen letzte Nacht zwei amerikanische Flieger ums Leben, drei weitere wurden schwer verletzt. In der Heimat wies Senator Joseph McCarthy auf einer Pressekonferenz in Washington erneut auf eine angebliche kommunistische Infiltration im Außenministerium hin ...

Timothy setzte sich im Bett auf und gähnte.

– Bist du endlich wach? sagte Kath. Ich hab extra das Radio angemacht.

– Ganz komisch, wenn man Nachrichten hört, in denen nichts von England vorkommt.

– Hast du gut geschlafen?

– Wie ein Murmeltier. Du, Kath, ich hab mir das noch mal überlegt. Vielleicht nehme ich das Zimmer doch, das deine Bekannte mir angeboten hat.

Kath strahlte.

– Das freut mich aber! Wie kommst du jetzt darauf?

– Ach, ich weiß nicht, es ist irgendwie blöd, wenn man da nicht zugreift.

– Da fühlst du dich bestimmt wohler. Wenn ich an diese triste Bude dachte, hast du mir schon richtig leid getan. Rudolf hat übrigens deinen Koffer geholt.

– Bestens. Ziemlich weit oben ist eine braune Hose. Wirfst du mir die mal rüber?

– Willst du nicht erst duschen?

– Ich glaube, das lasse ich heute ausfallen. Und als er ihr konsterniertes Gesicht sah, setzte er hinzu: Ich hab vorgestern erst gebadet.

Kath wußte offenbar nicht recht, ob sie lachen oder protestieren sollte.

– Aber inzwischen bist du Hunderte von Meilen in dreckigen Zügen gefahren . . .

– Ja, schon gut, sagte er rasch. Wo ist das Bad?

– Neben der Toilette, wo du heute früh warst.

– Laufen da auch keine Frauen rum?

– Doch, das kann natürlich sein. Kath überlegte. Ich weiß . . .

Sie gab ihm einen alten Morgenrock und setzte ihm eine mit künstlichen Blumen dekorierte Plastikduschhaube auf.

– Na bitte! Sie kicherte. Gut, daß du dich noch nicht rasieren mußt.

Sie machte die Tür auf, spähte wie ein geübter Verschwörer nach draußen und gab ihm durch Zeichen zu verstehen, die Luft sei rein.

Krampfhaft den knopflosen Morgenrock an Brust und Knien zusammenhaltend, schlich Timothy über den Gang und verschwand im Bad, riegelte ab und lehnte sich gegen die Tür. Ein Spiegel warf sein groteskes Bild zurück. Er riß sich die Duschhaube vom Kopf und schleuderte sie zu Boden. Jetzt bereute er schon wieder, daß er sich auf die Sache mit Dolores' Zimmer eingelassen hatte. So würde es da ständig zugehen. Hätte nicht Kath vorhin am Telefon etwas von Geld gesagt, hätte er es sich doch noch einmal anders überlegt.

Als er zurückkam, war das Bett gemacht, und Kath hatte ein seidigschwarzes Kleid mit einem tiefen Ausschnitt an, der viel von dem zeigte, was der ›Daily Express‹ Brustansatz nannte.

– Das Kleid ist Klasse, Kath.

– Vielen Dank, Timothy. Wenn du das sagst, ist es ein echtes Kompliment. Hat das Duschen gut getan?

– Ich habe gebadet, fürs Duschen bin ich nicht so.

– Also ich finde Duschen viel erfrischender. Und hygienischer ist es außerdem.

Kath hat offenbar einen Waschtick, dachte er bei sich, während er ihr den Rücken drehte und züchtig verhüllt durch den Morgenrock in seine braunen Gabardinehosen stieg. Er verwandte mehr Sorgfalt auf seine Kleidung als sonst, denn was sie vorhin über sein Aussehen gesagt hatte, wurmte ihn doch etwas. Er zog sein bestes weißes Hemd an und das braune Sportsakko aus Harristweed und band einen weinroten Schlips um.

– Fein hast du dich gemacht, sagte Kath, aber ihre Begeisterung schien sich in Grenzen zu halten.

– Einen Anzug habe ich nicht. Geht es so?

– Ja, natürlich, Timothy. Nur ist vielleicht das Sakko für hier ein bißchen warm. Der Stoff ist ja phantastisch. Sie strich über das Revers.

– Harristweed. Beste Nachkriegsware. Utility-Standard.

– Hast du nichts Leichteres?

– Nur meinen Blazer, aber der ist ziemlich angeschmuddelt.

– Ist das ein Nylonhemd?

– Ja, du hast es mir vor zwei Jahren zu Weihnachten geschickt.

– Ach, und das paßt dir noch?

– Am Hals ist es ein bißchen eng, räumte er ein. Mum hat den Knopf versetzt.

– Ich seh's, sagte Kath. Du brauchst ein paar Sachen für das hiesige Klima. Ein leichtes Sakko und vielleicht eine Hose.

– Du hast überhaupt keinen amerikanischen Akzent, Kath.

– Nein? Das hör ich gern. Unter uns gesagt – ein guter englischer Akzent kommt bei den Amerikanern unheimlich gut an, er ist gesellschaftlich mein größtes Plus.

Das hat Dad also echt durchschaut, dachte Timothy.

– Du hast bestimmt Hunger, aber die Jungs müssen gleich kommen. Ich hole dir eine Cola und Eis, wir machen uns inzwischen einen Drink.

Als sie aus dem Zimmer war, zog er das Sakko aus. Kath hatte natürlich recht, es war zu warm für dieses Wetter, schon jetzt brach ihm der Schweiß aus. Der Blazer war leichter, aber als er ihn vor dem Spiegel anprobierte, fand er, daß er nicht recht zu den braunen Hosen paßte, und außerdem war er verdreckt von der Reise. Er schleuderte ihn zu Boden und sah sein Spiegelbild böse an. Da hatte er fast seine ganze Garderobe mit nach Deutschland geschleppt und hatte doch schon für den ersten Abend nichts Vernünftiges anzuziehen.

Kath kredenzte die Drinks mit einiger Feierlichkeit. Sie goß die Cola aus einer beschlagenen und demnach schon gut gekühlten Flasche über Eiswürfel in ein hohes Glas, gab einige Scheiben Zitrone hinzu und steckte zwei Strohhalme hinein.

– Probier mal.

Er saugte lange und genüßlich an seinen Strohhalmen, das kühle Getränk attackierte seinen Durst wie mit Eiszapfen.

– Spitze! Und was trinkst du, Kath?

– Martini on the Rocks. Einen Fachmann würde es grausen, aber ich hab keine Lust, den Shaker herauszuholen. Willst du mal kosten? Nein? Vielleicht besser nicht, du hast schon recht. Mum und Dad sollen mir nicht nachsagen, ich hätte dich auf die schiefe Bahn gebracht.

– Woher hast du das Eis?

– Auf jedem Stockwerk ist eine Gemeinschaftsküche, den großen Kühlschrank benützen wir zusammen.

– Zu schade, daß wir zu Hause keinen Kühlschrank haben.

– Warum schafft Mum sich keinen an?

– Weiß nicht. Wahrscheinlich kriegt man keine Kühlschränke zu kaufen, weil sie alle exportiert werden. Oder sie sind zu teuer. Eins von beiden ist es bei uns meist.

Kath hatte eine Schale mit Salznüssen auf den Tisch gestellt, und er griff fleißig zu. Es waren nicht nur Erdnüsse, sondern auch Mandeln, Wal- und Paranüsse. Als wenn hier jeden Tag Weihnachten wäre.

– Ich weiß nicht, wie Mum ohne Kühlschrank auskommt, sagte Kath. Das heißt, ich weiß es nur zu gut. Butter und Milch stellt sie im Sommer unter fließendem Wasser in die Spüle, und wenn sie wissen will, ob das Fleisch in der Speisekammer schon schlecht ist, riecht sie dran. Sie stieß einen komisch gemeinten Seufzer aus und blies einen Rauchkringel zur Decke.

– Und sie wirft nie was weg. Wenn sonst niemand es will, ißt sie es selber.

– Ja, der berühmte Spruch vom Aufessenmüssen ... *Das muß noch aufgegessen werden.* Ein Wunder, daß sie sich noch nicht vergiftet hat.

– Vielleicht ist sie durch die Rationierung so geworden, sagte Timothy, dem es ein bißchen unangenehm war, der Mutter in den Rücken zu fallen.

– Manchmal habe ich ein furchtbar schlechtes Gewissen, wenn ich mir überlege, daß es zu Hause noch Lebensmittelkarten gibt. Wir essen so gut hier. Selbst die Deutschen sind besser dran, und in Frankreich oder Belgien bekommst du einfach alles, was das Herz begehrt.

– Es liegt an der Regierung.

– Ich hab neulich in ›Time‹ gelesen, daß es bald wieder Wahlen geben soll.

– Der alte Attlee will sie rausschieben, weil er weiß, daß er's nicht mehr schafft.

– Und du glaubst, daß nächstes Mal die Konservativen drankommen?

– Todsicher, erklärte Timothy.

– Das wird die Amerikaner freuen, sie schwärmen alle für Churchill. Was hältst du von dem Fall Burgess und Maclean? Die Amerikaner sind furchtbar sauer deswegen.

– Aber wer sollte denn darauf kommen, daß sie so was machen würden? Engländer, die für Rußland spionieren ... Das ist doch widersinnig.

– Vielleicht ging es ihnen um das Geld. Oder sie denken, Rußland wird den nächsten Krieg gewinnen, sagte Kath leichthin.

Im Radio näselte eine amerikanische Stimme vor dem Hintergrund schluchzender Geigen:

– *Music by Candlelight* . . . AFN präsentiert Musik bei Tisch, Musik zum Tanzen und Träumen . . .

– Ihr könnt euch hier also selber was kochen? fragte Timothy.

– Ja, aber ich warne dich: Mit meinen Kochkünsten ist es nicht weit her. Vince meint – er hat vorhin angerufen –, wir sollten heute abend zur Molkenkur fahren. Das gefällt dir bestimmt. Sie liegt auf halbem Wege zum Königstuhl, das ist der hohe Berg, den du heute früh vom Zug aus gesehen hast.

– Ein Restaurant?

– Ja, und ein Klub für Offiziere und Zivilangestellte. Wir sind oft dort. Sie haben eine Tanzkapelle. Kannst du tanzen, Timothy?

– Nein.

– Schade. Aber ich kann dir's ja beibringen.

– Ich mach mir nicht allzu viel aus der Tanzerei, sagte er zurückhaltend. Vince ist Amerikaner?

– Ja, und Greg auch. Sie sind sehr unterhaltend, du wirst sie mögen. Ich habe sie bestimmt in meinen Briefen schon erwähnt.

– Sind sie bei der Army?

– Jetzt nicht mehr. Seit der Krieg zu Ende ist, sind sie als Zivilisten im Dienst der Army tätig.

– So eine Art Angestellte im Staatsdienst wie Onkel Ted?

Kath lächelte. – Irgendwie schon, aber ganz anders als Onkel Ted. Sie haben gutbezahlte Jobs, und ich glaube, Vince hat auch eigenes Einkommen. Er stammt aus einer alten Washingtoner Familie, sein Vater war Botschafter oder Konsul oder so was. Aber was sie haben, geben sie sofort wieder aus. Als wenn ihnen das Geld Löcher in die Tasche brennt.

– Sind sie verheiratet?

Kath sah ihn betroffen an.

– Keine Spur. Wie kommst du denn darauf?

– Ich frage ja nur.

– Nein, sie sind überzeugte Junggesellen. Daß sie mal häuslich werden und heiraten, kann ich mir bei beiden nicht vorstellen, dazu leben sie zu gern.

Sie trank aus und besah sich nachdenklich die Olive am

Grund ihres Glases. Timothy lag schon eine Fangfrage auf der Zunge. *Und wie steht's mit dir, Kath?* oder so was in der Richtung, aber dann war die Chance schon verpaßt. Es klopfte.

Timothys erster Eindruck von Vince und Greg war, daß sie das Positiv und das Negativ ein und derselben Person waren. Vince hatte auffallend blondes Haar, war braungebrannt und trug einen dunkelblauen Anzug. Greg hatte schwarzes Haar, war blaß und in Beige gekleidet. Bei näherem Hinsehen aber waren sie völlig unterschiedlich. Vince sah ausgesprochen gut aus, er hatte eine sportliche Figur und einen Schnurrbart, ein regelrechter Filmstartyp. Greg war kleiner und gedrungener; mit seiner Himmelfahrtsnase, den leicht vorquellenden Augen und einem Ansatz von Doppelkinn sah er aus wie ein freundliches Baby. Timothy mußte lächeln, als er Greg sah, der mit ausgestreckten Armen das Zimmer betrat.

– Kiss me, Kate! Schätzchen, du siehst phantastisch aus!

Kath gab ihm ein züchtiges Küßchen auf die Wange und sah über seine Schulter hinweg lächelnd Vince an.

– Greg, Vince, das ist Timothy.

– Freut mich immer, einen Künstlerkollegen kennenzulernen, sagte Greg und schüttelte ihm die Hand. Lach nur, Kate, aber die Schnurrbärte, die ich den Plakaten in der New Yorker U-Bahn verpaßt habe, wurden weithin bewundert. Er ließ sich aufs Sofa fallen und schlug die kurzen dicken Beine übereinander.

– Mach dir nichts draus, sagte Vince und lächelte Timothy zu. So ist er immer.

– Einen Drink, Jungs? Möchte jemand keinen Martini on the Rocks?

– Du weißt ja, wie Vince ihn liebt, Schätzchen, sagte Greg. Nur einen Schwenk mit der Martiniflasche über den Gin bitte!

– Kath hat erzählt, daß du eine abenteuerliche Reise hinter dir hast, Timothy, sagte Vince.

– Ja, ich hatte keinen Sitzplatz.

– Keinen Sitzplatz? Wie schrecklich, sagte Greg. Hast du ihn einer Dame angeboten?

– Nein, es war einfach keiner frei, erwiderte Timothy, der zu spät merkte, daß Greg Spaß gemacht hatte.

– Wir haben dir ein kleines Bukett mitgebracht, Kate, sagte Vince und überreichte ihr einen Strauß lilafarbener Blumen in einem Cellophankästchen.

– Wie lieb von euch. Sind sie nicht wunderschön, Timothy? Sie trat vor den Spiegel und steckte das Bukett an ihr Kleid.

– Paß bloß auf, daß du deinen Gummibusen nicht anstichst, Baby, sagte Gregory.

– Auf solche Hilfsmittel bin ich zum Glück nicht angewiesen, Gregory Roche. Kath war ein bißchen rot geworden.

– Ich mach doch bloß Spaß, Schätzchen. Kennst du den? Ein Typ merkt in der Hochzeitsnacht, daß seine Braut einen Gummibusen hat, und sagt zu ihr: *Auf Knallkörper steh ich eigentlich nur zu Silvester*.

Kath lachte. Ich werde deine Witze zensieren müssen, solange Timothy hier ist.

– Komm, Kate, Timothy wird ja wohl wissen, was ein Gummibusen ist...

– Doch, natürlich, gestand er einigermaßen verlegen.

– Wo fahren wir hin? Zur Molkenkur? fragte Vince.

– Ja, sagte Kath. Die Aussicht von der Terrasse ist so wunderschön, die möchte ich Timothy zeigen.

– Wahnsinn, befand Timothy, als sie auf die Terrasse traten.

– Schön?

– Phantastisch.

Er lehnte sich über die Brüstung und blickte nach unten. Der grüne, dicht bewaldete Hang fiel steil bis zu den eigenwillig geformten, dicht an dicht stehenden roten, grauen und braunen Dächern ab, zwischen denen hier und da ein Kirchturm aufragte. Hinter den Dächern war der breit und ruhig dahinströmende Fluß, den zwei Brücken überspannten. Am anderen Ufer standen weniger Häuser, hinter ihnen erhob sich noch ein Berg steil in den Himmel. Rechts von ihnen verschwand der Fluß zwischen weiteren Berghängen, links verlor er sich im Abenddunst einer endlosen Ebene. Timothy sah unten Straßenbahnen und Autos langsam durch die Straßen fahren, aber den Verkehrslärm hörte man hier oben nur als leises Raunen.

Noch nie hatte er einen so vollständigen Überblick über eine Stadt gehabt.

– Wie aus einer Spielzeugkiste.

– Ich finde es immer wieder romantisch, sagte Kath. All diese alten Häuser, und noch nichts verbaut und verschandelt. Dort drüben sieht man gerade noch eine Ecke vom Schloß. Das da unten ist die Alte Brücke, die mit den beiden Türmen auf unserer Seite. Die andere haben die Amerikaner gebaut, nach dem Krieg. Die Deutschen hatten Befehl, beim Rückzug alle Brücken zu sprengen.

– Aber doch nicht die alte dort?

– Doch, die auch, bestätigte Vince. Aber nur den mittleren Bogen, und den haben sie kurz nach dem Krieg wieder aufgebaut. Erst neulich hat uns der Bürgermeister erzählt, daß es die erste Brücke in ganz Deutschland war, die wiederhergestellt wurde. Aus der Nähe sieht man, daß die Backsteine in der Mitte eine andere Farbe haben.

– Das ist zwar ein sehr fesselnder Vortrag, Leute, sagte Greg, aber wenn Timothy so ausgehungert ist wie ich . . .

– Ja, gehen wir Essen, sagte Kath.

Weil es so warm war, aßen sie draußen auf der Terrasse. Der Ober reichte Timothy eine riesige Speisekarte, die er ratlos betrachtete. Das einzig halbwegs Vertraute war Rührei mit Schinken, aber das fanden die anderen zu spießig. Schließlich wählte er als Hauptgericht Chicken-in-the-rough, und nachdem er sich vergewissert hatte, daß ein Crevettencocktail keinen Gin enthielt (eine in gutem Glauben gestellte Frage, die bei den anderen als guter Witz ankam), nahm er den als Vorspeise. Die Crevetten kamen ihm mehr wie eine größere Ausgabe der ihm vertrauten Nordseekrabben vor, aber die große Überraschung war das Brathuhn in einem von Pommes Frites überquellenden richtigen Korb. Einigermaßen fassungslos zählte er die Stücke.

– Wahnsinn! Das ist ja ein ganzes Huhn!

– Hoffentlich schaffst du es, lächelte Kath.

– Und das ißt man einfach mit den Fingern?

– Genau.

– Ja, wenn das so ist . . .

Er griff nach einer Keule und biß herzhaft hinein. Die drei Erwachsenen ließen ihr Essen stehen und sahen ihm zu.

– So ist das also, wenn man einen gesunden Appetit hat, sagte Vince. Ich hatte das schon völlig vergessen. Er schnitt sein Essen in kleine Stücke, die er dann mit der rechten Hand auf die Gabel spießte. Timothy stellte interessiert fest, daß auch Greg und sogar Kath so aßen.

– Ihr müßt bedenken, daß Huhn in England ein Luxus ist, sagte Kath.

– Ja, das letzte Huhn hatten wir zu Hause am Ostersonntag, bestätigte Timothy. Wir haben drei Tage daran gegessen.

– Nicht zu glauben, sagte Greg. Aber woher kriegt ihr denn eure Eier, wenn ihr keine Hühner habt?

– So was kannst auch nur du fragen, amüsierte sich Vince. Weißt du nicht, daß Legehennen nicht zum Braten taugen?

– Es heißt ja, daß die Rationierung für Eier bald aufgehoben werden soll, sagte Timothy.

– Rationierung für Eier? Das darf nicht wahr sein, sagte Greg. Da müssen ja eure Hühner alle an Verstopfung leiden.

Das Essen verging angenehm und wie im Fluge. Timothy hatte viel Spaß an dem Tischgespräch. Was gesagt wurde, war an sich nie überwältigend witzig, aber jede Flachserei schaukelte sich an der vorhergehenden hoch, so daß die Stimmung am Tisch sich ständig steigerte. Den eigentlichen Part des Komikers spielte Greg, aber alle drei betrachteten Konversation offenbar als eine Art Mannschaftssport, sie spielten sich gegenseitig geschickt den Ball zu, ohne ihn je zu verlieren. Timothy, der immer in Eile und häufig allein aß (eigentlich setzte er sich nur sonntags zusammen mit seinen Eltern zu Tisch), fand diese neue Art des geselligen Umgangs sehr spannend. Indessen hatte der Fluß im Licht der untergehenden Sonne einen stumpfen Goldton angenommen, vor dem sich die Berge am anderen Ufer dunkel abhoben. Ein beleuchteter Vergnügungsdampfer fuhr flußabwärts, mitten durch sein eigenes Spiegelbild, so daß es aussah, als zöge er eine goldene Furche durch das schwarze Wasser.

Die anderen nahmen keinen Nachtisch, aber für Timothy bestellte Vince, der es sich nicht hatte nehmen lassen, alle einzuladen, ein Dessert, das sich *Baked Alaska* nannte, eine überbackene Süßspeise, die, obwohl sie direkt aus dem Ofen kam, wunderbarerweise mit fester, kalter Eiscreme gefüllt war. Die Fenster des Restaurants standen offen, und Musik drang auf die Terrasse hinaus. Kath tanzte abwechselnd mit den beiden Männern. Sie hatte Timothy einen Schnellkurs geben wollen, aber den hatte er abgelehnt.

Wenn Kath mit Vince tanzte, geriet die Unterhaltung ins Stocken. Greg wurde reserviert und schweigsam, als habe er keine Lust, seine Bonmots an Timothy allein zu verschwenden. Er sei in der Immobilienabteilung, antwortete er, als Timothy sich nach seiner Tätigkeit erkundigte, gab aber keinen näheren Kommentar dazu. Als Timothy fragte, was Vince machte, antwortete er fast grob, da müsse er ihn schon selber fragen. Danach schwiegen sie und sahen den anderen beiden zu, die sich im Takt der Musik durch das Helldunkel der Terrasse bewegten. Timothy registrierte sehr interessiert, daß Kath und Vince Wange an Wange tanzten, aber als er durch das offene Fenster sah, stellte er fest, daß die Paare dort auf der Tanzfläche, sogar schon relativ bejahrte Herrschaften, alle genauso tanzten. Und als Greg seinen Freund bei Kath ablöste, legte auch er sein Gesicht an das seiner Partnerin.

– Du solltest wirklich Tanzstunden bei Kath nehmen, Timothy, sagte Vince. Sie hat ein angeborenes Gefühl für Rhythmus.

– Echt? Mum hat immer gesagt, daß sie ein richtiger Trampel ist.

– Nein, sie tanzt wunderbar. Überhaupt eine tolle Frau, deine Schwester.

– Sie hat sich sehr verändert, seit sie hier ist, sagte Timothy vertraulich.

– Doch hoffentlich positiv?

– O ja. Ich finde Heidelberg bisher ganz große Klasse. Sind Sie gern hier?

– Eigentlich ja. Manchmal kommt es einem schon ein bißchen kleinkariert vor, aber es liegt eben sehr günstig. Doch, alles in allem gefällt es mir gut hier.

Vince saß mit dem Rücken zu den beleuchteten Fenstern,

sein Gesicht war eine dunkle, unergründliche Maske. Nur wenn er einen Zug aus seiner Zigarette nahm, ging kurz ein matter roter Schein über seine gutgeschnittenen Züge, und der Schnurrbart leuchtete feuerfarben auf.

– Was sind eigentlich Immobilien? wollte Timothy wissen. Greg hat gesagt, daß er was damit zu tun hat.

– Häuser und Grundstücke. Die Army kauft Land für Bauvorhaben, beschlagnahmt Unterkünfte, zahlt Entschädigungen – es ist ein Riesenunternehmen, und Greg ist ein richtiger Künstler in seinem Fach.

– Heißt *immobil* nicht unwirklich? fragte Timothy etwas unsicher.

Vince lachte im Dunkeln in sich hinein. Was du meinst, ist *irreal,* Timothy. Kein schlechtes Schlagwort für eine Werbeanzeige. *Vincent Vernon, Makler für Irrealien, Luftschlösser, Elfenbeintürme, himmlische Wohnungen. Überdurchschnittliche Provisionen. Kredite auf Wunsch.*

– Haben Sie einen interessanten Job? fragte Timothy.

– Doch, ja.

Es gab eine lange Pause, und Timothy hatte sich schon damit abgefunden, daß Vince offenbar so wenig auskunftsfreudig war wie Greg, doch da fügte Vince hinzu:

– Offiziell arbeite ich als Verbindungsoffizier zur deutschen Regierung. Inoffiziell bin ich verantwortlich für die Entnazifizierung in dieser Region. Kannst du dir darunter etwas vorstellen?

– Es bedeutet wohl, daß man die Nazis raussetzt. Kommen die dann alle ins Gefängnis?

– Wenn einer sich gegen die Gesetze vergangen hat, wird ihm der Prozeß gemacht, und er kommt in Haft, aber von dieser Sorte gibt's hier nicht mehr viele. Hauptsächlich geht es bei meinem Job darum, Regierungsbeamte auf ihre politische Zuverlässigkeit zu überprüfen und Umerziehungsprogramme in Schulen und Hochschulen zu überwachen. Eigentlich macht das jetzt alles die Bundesregierung, aber wir legen doch Wert darauf, diese Dinge wohlwollend im Auge zu behalten, und von daher ist mein Job eben etwas zwiespältig.

– Ist er gefährlich?

Vince lachte.

– Nicht die Spur.

Die Band spielte jetzt südamerikanische Rhythmen. Kath und Greg hopsten mit viel Kraftaufwand herum und feuerten sich lachend gegenseitig an.

– Nach dem Krieg war es gar nicht so einfach, für die Verwaltung deutsche Mitarbeiter zu finden, die eine weiße Weste hatten. Meist bekam man nur Kommunisten, die irgendwie und irgendwo überlebt hatten. Inzwischen hat Uncle Sam allerdings gegen Kommunisten noch heftigere Vorbehalte als gegen Ex-Nazis.

– Gab es denn sonst keine Deutschen, die gegen Hitler waren?

– Doch, aber von denen sind die meisten nach dem Juli-Attentat liquidiert worden.

– Und worum ging es da? Geschichte ging bei uns nur bis 1914, setzte er entschuldigend hinzu.

– In Deutschland hat man mehrmals versucht, Hitler zu beseitigen, aber dem Erfolg am nächsten kam das Attentat vom Juli 1944. Eine Gruppe deutscher Offiziere wollte Hitler bei einer Besprechung in die Luft sprengen. Ein gewisser Stauffenberg schmuggelte die Bombe in einer Aktentasche ein, aber als er draußen war, stellte jemand sie rein zufällig an eine andere Stelle, und Hitler kam mit dem Schrecken davon.

– Nicht zu fassen, sagte Timothy fasziniert.

– Hitler raste vor Wut und befahl eine Säuberung, der alle zum Opfer fielen, die auch nur entfernt im Verdacht des Landesverrats standen. Es heißt, daß damals fünftausend Menschen verhaftet und hingerichtet wurden. Und eben jene fünftausend hätten die besten Voraussetzungen dafür mitgebracht, nach dem Krieg das Land zu führen. Stauffenberg wurde unmittelbar nach dem Attentatsversuch vor ein Kriegsgericht gestellt und erschossen. Der Mann hat Glück gehabt . . .

– Wieso?

– Die anderen Rädelsführer haben sie mit Klavierdrähten an Fleischerhaken aufgehängt. Kein sehr schneller Tod. Hitler hatte einen Film davon drehen lassen, den er bei Privatvorstellungen in seinem Bunker zeigte. Es heißt, daß sich sogar Goebbels die Augen zuhalten mußte, weil er sich sonst übergeben hätte.

Vince zog an seiner Zigarette, ein matter Glanz ging über sein hübsches, unbewegtes Gesicht und verlosch wieder.

– Wow, flüsterte Timothy.

Kath und Greg kamen in ausgelassener Stimmung an ihren Tisch zurück.

– Ich wette, daß der Samba mich zwei Zentimeter Taillenweite gekostet hat, sagte Greg und sank auf seinen Stuhl. Und ein Jahr meines Lebens.

– Ihr habt euch ja sehr angeregt unterhalten, bemerkte Kath.

– Ich habe Timothy eine kleine Nachhilfestunde in Geschichte gegeben. Über den zwanzigsten Juli.

– Also wirklich, Vince . . .

– Es war unheimlich interessant, sagte Timothy.

– Da hast du ja sehr schnell sein Steckenpferd entdeckt, Timothy. Kath schob sich eine Zigarette zwischen die Lippen. Er liest ständig Sachen über Hitler und die Nazis.

– Das ist mein Job, Baby. Vince lehnte sich über den Tisch und knipste an seinem Ronson-Feuerzeug.

– Ja, ich weiß, aber für den Anfang hättest du dir ruhig ein harmloseres Thema aussuchen können. Wer mag denn an einem solchen Abend über all diese scheußlichen Sachen nachdenken? Sie warf den Kopf zurück und blies Rauch zu den Sternen hoch.

Sie waren in Gregs großem schwarzem Buick gekommen. Vince hatte auch ein Auto, aber das sei ein bißchen eng für vier Leute, sagte er.

– Ein weißer Vorkriegs-Mercedes, sagte Kath, du wirst Augen machen, Timothy.

Der Buick war so geräumig, daß sie alle vier vorn sitzen konnten. Mit diskret in den Kurven quietschenden Reifen schnurrte er die gewundenen Bergstraßen hinunter. Die Scheinwerfer schnitten eine Schneise durch den Wald. Eine

Kurve war so scharf und der Wagen so lang, daß Greg anhalten, zurückstoßen und einen neuen Anlauf nehmen mußte. Er drückte einen Knopf am Armaturenbrett, und jaulender Jazz hämmerte ihnen um die Ohren.

– Stan Kenton! sagte er. *Peanuts Vendor*. Macht mich unheimlich an. Er nahm einen Bleistift aus der Tasche und klopfte auf dem Rand des Lenkrads den Takt mit.

– Schau lieber auf die Straße, Maestro, sagte Vince.

– Ja, sieh dich vor, Greg, bat Kath.

– Ach was, der Wagen fährt doch von allein. Servobremsen, Servolenkung, Automatik-Schaltung . . .

– Warum nicht gleich ein Autopilot, sagte Vince. Dann brauchst du gar nichts mehr zu machen und kannst nur noch Radio hören.

– Früher oder später kommt das auch noch, meinte Greg. Der Fortschritt läßt sich nicht aufhalten.

Er fuhr zum Fichte-Haus, wo sie Timothys Koffer abholten, und dann die kurze Strecke zu Dolores' Wohnheim.

– Irgendwann komm ich mal vorbei, Timothy, sagte er, als sie ausstiegen, und dann organisieren wir einen Schlüpferraub. Habt ihr so was in England auch?

– Du machst mir Spaß, sagte Kath. Auf so was kämen englische Jungen überhaupt nicht. Und Utility-Schlüpfer lohnen auch den Aufwand nicht.

Vince erbot sich, Timothys Koffer ins Haus zu tragen, aber Kath meinte, das sei vielleicht zu auffällig.

– Nett, deine Freunde, sagte Timothy, als sie, den Koffer zwischen sich, dem davonbrausenden Buick nachsahen.

– Lustige Typen, nicht? Das Schöne an ihnen ist, daß sie sich wirklich ins Zeug legen, um was vom Leben zu haben. Irgendwas lassen sie sich immer einfallen.

– Das glaub ich gern.

– So, und jetzt wollen wir mal sehen, wie das Zimmer von Dolores aussieht. Halt dich gerade und versuch so zu tun, als wärst du mein Freund. Ich nehme einen Griff und du den anderen.

Das Wohnheim war größer und unpersönlicher als das Fichte-Haus, es hatte Steinböden und lange, ziemlich kahle

Gänge. Kath meinte, es sei möglicherweise früher eine Kaserne gewesen. Während sie auf den Lift warteten, gingen drei Frauen an ihnen vorbei, ohne sie zu beachten.

– Du wirkst sehr überzeugend, Timothy, flüsterte Kath.

– Dürfen denn Männer hier rein?

– Aber ja. Wahrscheinlich gibt es eine Vorschrift, daß sie bis Mitternacht das Haus verlassen müssen, aber so ernst wird das sicher nicht genommen.

Ein ächzender Aufzug brachte sie in den zweiten Stock.

– Wer wohnt denn hier?

– Zivilangestellte. Sekretärinnen, Krankenschwestern vielleicht . . .

– Amerikanerinnen?

– In der Mehrzahl ja, aber für die Amerikaner arbeiten Leute aus den verschiedensten Ländern: Briten, Kanadier, Australier, Franzosen, Holländer . . . Sie haben, wie ich, im oder unmittelbar nach dem Krieg bei den Amerikanern angefangen und sind geblieben, weil es einfach eine gute Sache war. So, da wären wir.

Der Raum sah mehr nach Schlafzimmer – einem allerdings sehr behaglichen Schlafzimmer – aus als das Zimmer von Kath. Das Bett war gemacht und frisch bezogen, aber hier und da lagen Frauensachen herum, was auf einen recht eiligen Aufbruch schließen ließ. Kath räumte ein bißchen auf und tat die Sachen in Schränke und Schubläden, wobei sie hin und wieder innehielt, um neugierig oder mit leichtem Neid Kleidung oder Schmuckstücke zu inspizieren.

– Hier müßtest du dich eigentlich wohl fühlen.

– Große Klasse, sagte er. Aber was passiert, wenn jemand mich findet?

– Hier findet dich schon keiner, Timothy. Und was sollte dann schon passieren? Mach dir keine Gedanken.

– Mach ich auch nicht, schwindelte er. Was meinst du, wann ich mich morgen früh raustrauen kann?

– Die Mädchen müssen wahrscheinlich um halb neun im Dienst sein, um viertel nach acht ist bestimmt alles ausgeflogen. Hier habe ich dir was mitgebracht, das brauchst du zum Frühstücken und Mittagessen.

Sie holte einen länglichen Umschlag aus der Handtasche. Er enthielt eine Art Kennkarte mit seinem Foto, das er ihr vorher hatte schicken müssen.

– Das ist dein P.X.-Ausweis. Damit kommst du in den Stadtgarten und die anderen Restaurants und Kantinen für amerikanisches Personal. Und in den P.X. selbst, das ist so eine Art großes Warenhaus, und ins Schwimmbad. Am Wochenende zeige ich dir das alles. Du kannst mit dem Ausweis auch die Army-Busse benutzen. Verlier ihn nicht, hörst du?

– Ich paß schon auf.

– Und ein bißchen Geld brauchst du auch. Sie griff nach ihrem Portemonnaie.

– Ich habe Reiseschecks. . .

– Die behalt nur. Oder tausch sie in Mark um, wenn du willst. Da, wo die Amerikaner hingehen, brauchst du SCRIP-Dollars, spezielles Geld für die Besatzungsmächte. Ab und zu drucken sie neues in einer anderen Farbe, wegen der Währungsschiebereien. Hier sind erst mal fünfzehn Dollar, sag mir einfach Bescheid, wenn du Nachschub brauchst.

– Dank dir schön. Timothy besah sich interessiert die Geldscheine. Sie kamen ihm vor wie Spielgeld.

– Und hier ist ein Schlüssel zu meinem Zimmer. Am besten läßt du dich wohl tagsüber hier nicht blicken. Wenn du dich ein bißchen ausruhen oder mal duschen möchtest, kannst du zu mir kommen. Rudolf weiß Bescheid. Das wär dann wohl alles, oder fällt dir noch was ein?

Ein wichtiger Punkt war die Toilettenfrage, aber für die gab es wohl nur eine Lösung, und über die mochte er mit Kath nicht sprechen.

– Was willst du morgen unternehmen? fragte sie.

Der kommende Tag lag plötzlich bedrohlich lang und öde vor ihm.

– Weiß ich noch nicht. Einen Stadtbummel vielleicht.

– Ja, damit bekommst du am schnellsten ein Gespür für die Stadt, du mußt dich ja erst zurechtfinden. Sie kramte in ihrer Tasche. Hier ist ein Stadtplan von Heidelberg, mit Sehenswürdigkeiten und so weiter. Du könntest dir das Schloß ansehen.

– Gute Idee.

– Ich komme etwa so wie heute nach Hause. So, mein Kleiner, und jetzt überlasse ich dich deinem Schicksal.

Sie gab ihm einen Kuß auf die Wange.

– Nacht, Kath. Und vielen Dank für den schönen Abend.

– Freut mich, daß es dir gefallen hat. Du hast deine Sache sehr gut gemacht.

– Wie meinst du das?

Kath wirkte ein bißchen verlegen.

– Das ist doch alles ganz fremd für dich. Viele Kinder in deinem Alter und aus deinen Verh-... Du hast dich richtig erwachsen benommen, schloß sie etwas konfus.

Timothy machte die Tür zu, schloß ab und lauschte dem Klicken ihrer Stöckelschuhe. Die Aufzugtür schlug mit einem metallischen Laut zu, sirrend beförderte das Räderwerk die Kabine nach unten. Stille. Er war allein.

Seine erste Tat war es, bei aufgedrehten Wasserhähnen ins Waschbecken zu urinieren; in seiner Not wußte er sich nicht anders zu helfen. Auf der Suche nach einer Toilette durch die Gänge zu geistern wäre sträflicher Leichtsinn gewesen. Ansonsten aber hatte er, wenn Kath ihn abends aufs Zimmer brachte, nicht viel zu befürchten. Den morgendlichen Gang durchs Haus ohne Geleitschutz würde er auch noch überstehen.

Das Gefühl, völlig allein und dennoch gänzlich ungefährdet zu sein, war neu und aufregend. Er konnte machen, was er wollte – ins Waschbecken pinkeln zum Beispiel –, ohne daß jemand es merkte oder je davon erfahren würde. Er kam sich geradezu ausschweifend vor. Als er sich ausgezogen hatte, stieg er nicht gleich in seinen Pyjama, sondern ging unbekleidet im Zimmer herum und genoß die Freiheit seiner nackten Haut. Als er sich in dem hohen Wandspiegel sah, versteifte und verdickte sich sein Glied, es stieg ohne sein Zutun in die Höhe, bis es zur Decke zeigte wie ein Flakgeschütz.

Er wandte sich zur Seite, um dieses Phänomen, das ihn immer wieder in Erstaunen versetzte, im Profil zu betrachten. Er war sich über seine Gefühle nicht recht im klaren. Diese machtvoll-spontane Regung des Fleisches war sehr eindrucksvoll, aber irgendwie auch leicht widerwärtig. Häßlich und brutal sah es aus mit den dick vortretenden Adern und den drahtig schwarzen Haaren drumherum.

Die Größe und Häßlichkeit bereiteten ihm einige Sorgen. Todsicher passierte ihm das, wenn er es irgendwann mit einer Frau machte, wenn er heiratete oder wann auch immer. Wenn er mit ihr allein war, in einem Schlafzimmer, wenn sie sich auszogen, passierte es ihm bestimmt, denn es passierte ihm ja schon, wenn er es sich nur vorstellte. Sie würde Angst haben und sich ekeln, und es würde ihr weh tun.

Er dachte sich das so, daß man sein Ding in die Frau hineinsteckte, solange es klein und schlaff war, und daß es dann in ihr anschwoll, sonst mußte es ihr ja weh tun. Bei der Frau war da unten alles so viel hübscher, muschelrosa und glatt und haarlos.

Spontan nahm er die Nagelschere vom Ankleidetisch und schnitt sich die Haare ab, die sein Glied umstanden. Die schwarzen Borsten warf er ins Waschbecken. Ein- oder zweimal zwickte er sich schmerzhaft in die Haut, aber er ließ nicht locker, bis nur noch ein paar dürftige bartstoppelartige Reste übrig waren. Viel schöner sah es jetzt auch nicht aus. Er versuchte, die Haare herunterzuspülen, und als das nicht ging, klaubte er das nasse Knäuel heraus und versteckte es ganz unten im Papierkorb unter lippenstiftverschmierten Zellstofftüchern.

Jetzt zog er den Pyjama über, aber er hatte immer noch eine starke Unruhe in sich und keine Lust zum Schlafen. Er lief im Zimmer herum, inspizierte keck, aber mit der gebotenen Vorsicht Dolores' Habe, zog Schubladen mit Schals, Pullovern und Unterwäsche auf, ohne sich an dem Inhalt zu vergreifen, schnupperte an Parfümflaschen, nahm Proben aus Cremetöpfchen und machte hinterher die Deckel sorgfältig wieder zu. In einer Schublade war eine weiße Schachtel mit der rätselhaften Aufschrift *Contessa Comfort Extra,* die seine Neugier weckte. Als er sie aufmachte, fand er darin mehrere weiße, wurstähnliche Bandagen, wie er sie im Zug auf dem WC gesehen hatte. An jedem Ende hatten sie eine kleine Schlaufe. Durch blitzschnelle Verknüpfung einer Reihe bislang unzusammenhängender Beobachtungen und rätselhafter Erscheinungen – in der Schule aufgeschnappte Bemerkungen, unverständliche Anzeigen in den Illustrierten seiner Mutter – gelangte er zu ersten Ansätzen einer Theorie, stockte, machte einen neuen Anlauf – und mußte schließlich doch das Handtuch werfen. Er machte die Schachtel und die Schublade zu.

Erneut betrachtete er sein Spiegelbild, trank ein Glas ziemlich lauwarmes Wasser, zog zerstreut Schubfächer auf und machte sie wieder zu. Dann warf er einen Blick in den großen begehbaren Kleiderschrank. Das war ein regelrechtes Zimmer im Zimmer, ein Schutzraum im Schutzraum. Er ging hinein und zog die Tür bis auf einen kleinen Spalt hinter sich zu. Es war dunkel und roch nach Mottenkugeln. Als er noch ein paar Schritte weitergegangen war, hörte er das leise Klirren von Kleiderbügeln, die auf einer Stange aneinanderschlugen. Eine Männerstimme fragte deutlich vernehmbar:

– Ist das deine Nachbarin?

Timothy blieb fast das Herz stehen. Sein Glied schnurrte ein und schlaffte ab. Eine träge Frauenstimme erwiderte:

– Wie meinst du, Darling?

– Ich dachte, drüben hätte sich was gerührt.

– Nein, ich hab dir doch erzählt, daß sie Urlaub hat und daß du deshalb mit raufkommen kannst. Oh.

Das *Oh* schien nichts mit dem vorher Gesagten zu tun zu haben. Es war ein jäher Aufschrei, gemischt aus Überraschung, Wollust und Schmerz. Timothys Fleisch regte sich erneut. Er hörte das rhythmische Knarren von Sprungfedern, hörte den Mann grunzen, die Frau stöhnen.

– Warte, Baby, ich komme, sagte der Mann heiser.

– Nein, nicht, noch nicht. . . Oh!

– Ich komme.

– Nein. Oh! Oh!

– Jetzt!

– Oh. Ja. Jetzt. Fick mich jetzt. Oh oh oh oh *Oh!*

Und nun gab es kein Halten mehr: Timothy ejakulierte in die muffig-mottenduftende Dunkelheit des Schranks hinein. Die Tat brachte ihm weder Genuß noch Erleichterung. Sein Pyjama war schweißklamm. Er empfand Angst und Übelkeit.

Langsam, unendlich vorsichtig, beugte er die Knie, bis er auf dem Boden hockte. Dort blieb er – eine kleine Ewigkeit, wie ihm schien –, bis jenseits der Schrankwand alles ruhig geworden war. Dann schlich er zurück ins Zimmer und kroch ins Bett. Er knipste die Nachttischlampe aus, zog sich die Decke über den Kopf und wünschte, er wäre zu Hause.

DRITTER TEIL

Ins Freie

I

Die Postkarte war in sechs kleine Rechtecke unterteilt, auf denen Ansichten vom Strand, von der Promenade, vom Bowlingplatz, dem Pier, den Anlagen und dem Kriegerdenkmal zu sehen waren. In der Mitte stand in Großbuchstaben WORTHING. Die unscharfen Schwarzweißphotos waren offenbar vor dem Krieg entstanden, denn bei genauer Betrachtung erkannte man, daß die badenden Männer einteilige Schwimmanzüge trugen und die Autos altertümliche Modelle mit seitlich angebrachten Reservereifen waren. Es war eine häßliche, unansehnliche Karte – die armseligen Bildschnipsel wirkten auf das Auge ablenkend und abstoßend zugleich –, aber er konnte mit traumwandlerischer Sicherheit die Motive hinter ihrem Erwerb nachvollziehen, denn genau diese Art von Karten hatte auch er in früheren Jahren für Freunde oder Verwandte gekauft. Sechs Ansichten für den Preis von einer – das war ein gutes Geschäft und ersparte einem überdies die Qual der Wahl.

Er drehte die Karte um und las noch einmal den krakelig mit Bleistift geschriebenen Text:

Lieber Timothy,

schön, daß du gut angekommen bist. Wie ist das Wetter?

Hier war es regnerisch, aber heute früh scheint die Sonne, und wir können nicht klagen. Mrs. Watkins hat nach Dir gefragt. Wie geht es Kath? Grüße sie herzlich von uns. Kümmert sie sich um Deine Wäsche? Es ist sicher alles sehr interessant dort. Dad läßt herzlich grüßen. Alles Liebe, Mutter.

Als Nachschrift stand noch darunter: *Zu dumm, das mit dem Törtchen.*

Es hatte lange gedauert, bis er aus dieser Bemerkung schlau geworden war. Ihm war, als käme sie aus einer anderen Welt.

Er zog die bunte Postkarte aus der Tasche, die er vorhin auf dem Marktplatz gekauft hatte, an einem der Souvenirstände, die sich an die Mauern der Heiliggeistkirche schmiegten. Er saß jetzt fast genau an der Stelle, von der aus die Postkarte aufgenommen worden war, am Nordufer des Neckars, ein Stück hinter der Alten Brücke flußabwärts, mit dem Blick über die rosabraunen Brückenbögen und die hellen, helmbewehrten Türme des Brückentors auf die weitläufige Schloßruine, die so selbstverständlich wie die Bäume aus dem grünen Hang zu wachsen schien. Die Farben auf der Karte waren nicht ganz naturgetreu – das Grün war zu knallig, es unterschlug dem Betrachter den bläulichen Dunst, der sich den ganzen Tag wie Rauch über den Bäumen zu erheben schien und die Umrisse des Schlosses weicher machte. Alle Linien waren zu scharf konturiert. Ob es an den Wetterverhältnissen lag oder an jahrhundertelangen Verwitterungsprozessen – in der Altstadt von Heidelberg sah man nicht eine einzige scharfe Kante. Trotzdem war er davon überzeugt, daß seine Postkarte dem kläglich sechsgeteilten, schwarzweißen Worthing die Schau stehlen würde.

Er drehte sie um und holte den Kugelschreiber heraus, den er im P.X. gekauft hatte, um ein paar Zeilen an seine Eltern zu schreiben. Aber der Stift blieb über der leeren Fläche in der Schwebe. Auch wenn er sehr viel mehr Platz als auf dieser Postkarte zur Verfügung gehabt hätte, wäre es ihm nicht möglich gewesen, all das, was er in den vergangenen zehn Tagen erlebt hatte, in Worte zu fassen. Er legte die Karte aus der Hand und griff nach seinem Zeichenblock mit der halbfertigen Skizze der Alten Brücke. Vielleicht wäre es besser, ihnen nur diese Zeichnung zu schicken und auf die Rückseite schlicht und ergreifend »Liebe Grüße Timothy« zu schreiben. Aber eine reine Bilderbotschaft hätte dann doch so etwas wie die Karte aus Worthing sein müssen, eine ganze Serie von Ansichten: Nicht nur die Alte Brücke und das Schloß, sondern auch das Freibad am Fluß, ein weißes Mercedescoupé, das in halsbrecherischem Tempo eine gewundene Bergstraße herunterrast, der vergoldete Spiegelsaal des Kasinos von Baden-Baden, die glitzernde Warenwelt des P.X. und ein Korb mit Brathuhnstücken und einem Berg goldener Pommes frites.

Zuerst war es das Essen, das den nachhaltigsten Eindruck auf ihn gemacht hatte. Noch nie im Leben hatte er so viel und so gut gegessen. Zunächst hielt er sich an handfeste amerikanische Kost – Hähnchen, Steaks, Hamburger, Banana-Split und Apple Pie mit Vanilleeis. Nachdem seine erste, schier fassungslose Gier gestillt war, wagte er sich an Ausgefalleneres, probierte Sachen, die er noch nie gegessen hatte – Forelle, Hummer, Wild, ja, sogar deutsche Gerichte wie *Wiener Schnitzel,* die meist lange nicht so schrecklich schmeckten, wie sie sich anhörten. Bei den Desserts erreichte nichts die schiere Magie des *Baked Alaska,* aber auch an Crêpes Suzettes, frischer Ananas mit viel Kirsch, Mousse au Chocolat und *baba au rhum* fand er Gefallen.

Morgens frühstückte er ausgiebig im Stadtgarten, danach hielt er es mit der einen oder anderen kleinen Stärkung zwischendurch bis zum Abendessen aus, das Kates Hauptmahlzeit war. Meist gingen sie auswärts essen, einmal aber blieben sie in ihrem Zimmer, und sie machte Steak und Salat. So mit das einzige, was ich zustande bringe, sagte sie halb im Scherz, aber er fand es ganz toll. Sie sprach viel vom Essen an jenem Abend und machte für ihre Fülle die schlechte Ernährung in der Kindheit und Jugend verantwortlich.

– Natürlich lag es auch am Krieg, man bekam nicht genug nahrhaftes Essen, wir haben uns mit mampfigem Zeug vollgestopft, Kartoffeln und Marmeladebroten. In der Schule war es ganz schlimm. Als ich zu den Amerikanern nach Cheltenham kam, traute ich meinen Augen kaum. Ich kam in die Kantine, und da saßen sie und aßen Steaks, große, dicke, saftige Steaks, als wäre es das Selbstverständlichste von der Welt. Und als ich sah, daß manche aufstanden und die Hälfte liegenließen, wurde ich richtig wütend. In Cheltenham hab ich Essen gestohlen . . . Nur Kleinigkeiten natürlich, Zuckerwürfel und Butterportionen und Kekse. Manchmal ein Hühnerbein. Hab einfach meine Serviette drübergelegt und die Sachen in meiner Handtasche verschwinden lassen, um sie Freunden in der Stadt mitzubringen. Im Grunde lohnte es sich kaum, aber es beruhigte mein Gewissen.

– Aber bist du nicht von dem vielen Essen noch dicker geworden?

– Dünner jedenfalls nicht. Ich lebte buchstäblich von einer Mahlzeit zur anderen. Dann mußte ich zur ärztlichen Untersuchung. Der Doktor sagte, ich hätte schweres Übergewicht. Das war ein richtiger Schreckschuß. Ich hatte eine Heidenangst, aus gesundheitlichen Gründen meinen Job zu verlieren. Der Arzt verschrieb mir eine Blitzdiät, und ich habe dann innerhalb von drei Wochen zehn Pfund abgenommen. Auch jetzt faste ich noch hin und wieder, aber nicht fanatisch. Die Amerikanerinnen essen entweder viel zuviel oder leben von Salzkeksen und Zitronensaft. Immer fallen sie von einem Extrem ins andere. Aber nett sind sie trotzdem.

Ganz komisch ging es beim Essen im sogenannten Headquarters Club zu (der war in einer Kaserne, und sie mußten einem bewaffneten Wachposten ihre P.X.-Karte vorweisen, ehe er sie passieren ließ). Das Komische daran war nicht das Essen selbst, sondern daß man dabei einen Film sah. Zwischen den Sitzreihen standen kleine runde Tische, und während der Film lief, gingen die Ober geräuschlos im Halbdunkel herum und nahmen die Bestellungen auf. Kate bestellte Sandwiches, weil man die angeblich im Dunkeln besser essen konnte, obgleich auch das leichter gesagt als getan war, denn sie waren dreistöckig, und bei dem Versuch, seine Zähne hineinzuschlagen, hätte Timothy sich fast den Kiefer ausgerenkt.

Sie sahen einen amerikanischen Film, der wie die meisten amerikanischen Kriegsfilme, die Timothy kannte, im Pazifik spielte. Ihm waren sie lieber als britische Kriegsfilme, die meist von Bombereinsätzen handelten. Sie waren in Schwarzweiß, man sah freudlose Flugplätze und Lancaster-Maschinen, die in der Abenddämmerung zum Start rollten, und dann sah man sie im Morgengrauen zurückkommen, einzeln oder zu zweit, von Einschüssen durchlöchert oder mit weggeschossenem Fahrgestell, und eine Maschine fehlte immer. Bei dieser Art von

Filmen war ihm meist zum Heulen, vielleicht weil er dabei an Onkel Jack denken mußte. Die amerikanischen Filme gingen ihm viel weniger unter die Haut, obgleich sie weit blutiger und brutaler waren und das Blut in Technicolor floß.

Der Film, den er mit Kate im Headquarters Club sah, hieß *The Halls of Montezuma,* das war die erste Zeile eines Marschliedes, er endete mit einer rasanten Schlachtszene, bei der die Marines über eine grasbewachsene Ebene vorrückten, die Mustangs über ihren Köpfen Raketen in die japanischen Stellungen donnerten und die Marschmusik immer lauter und lauter wurde. Herzklopfend und mit Mayonnaisespuren am Kinn verfolgte er die Handlung. Später fiel ihm ein, daß Freitag war und er ein Sandwich mit Huhn und Schinken gegessen hatte. Er solle sich keine Sorgen machen, sagte Kate, die Fasten- und Abstinenzvorschriften seien für die Army aufgehoben, weil sie ja gewissermaßen im aktiven Dienst waren. Er zog leicht spöttisch die Nase hoch.

Oft aß er mittags im P.X., einem riesigen Warenhaus im amerikanischen Viertel der Stadt. Kate war am ersten Samstag mit ihm hingegangen, um ihm leichtere Sachen zu kaufen. Sie nahmen einen der gelben Army-Busse, die für die Beförderung des US-Personals eingesetzt waren. Der Busfahrer und die Soldaten am Tor des P.X. wollten seine P.X.-Karte sehen. Zuerst kam es Timothy komisch vor, daß vor einem Warenhaus Soldaten Wache schoben, aber als er drin war, wunderte ihn das überhaupt nicht mehr. Er konnte sich gut den Ansturm der Bevölkerung vorstellen, wenn sie erst entdeckt hatten, was es dort alles gab. Noch nie im Leben hatte er eine so berauschende Fülle von Waren gesehen: Lebensmittel und Bekleidung und Süßigkeiten und Plattenspieler und Fotoapparate und Spielsachen und Sportgeräte und Koffer und technische Geräte aller Art, die ihm gänzlich unbekannt waren und deren Funktion er nur raten konnte. In der ersten Woche ging er fast täglich in den P.X., nur um in einem Rausch der Neugier und Begehrlichkeit an den gefüllten Regalen und Ladentischen entlangzustreichen, wobei er seine Kauflust durch den Erwerb irgendeiner Kleinigkeit, eines Kugelschreibers etwa oder eines Paars Nylonsocken, zu befriedigen versuchte.

An jenem ersten Tag hatte Kate ihm eine leichte Sportjacke aus Mohair gekauft, passend dazu eine seidig-kühle lange Hose und bügelfreie Hemden, ein weißes, ein hellblaues und ein gelbbraun kariertes, das man unter dem Kragen mit einer kleinen Schlinge zuknöpfen konnte, so daß es auch ohne Schlips ordentlich aussah. Die Hemden hatten die langen, spitzen Kragen, die zu Hause der letzte Schrei waren. Es war ihm peinlich, daß Kate ihm so viel schenkte, aber er hatte auch nicht die Kraft, nein zu sagen. Nicht nur, daß die Sachen teuer waren, beunruhigte und erregte ihn wie eine Sünde, sondern die Vorstellung, so viele auf einmal zu kaufen. Dann begann Kate mit ihren eigenen Einkäufen, griff sich hier lässig sechs Paar Nylonstrümpfe, da vierhundert Zigaretten, ohne auch nur das Gespräch zu unterbrechen, und er begriff, daß er in eine ganz neue Welt geraten war, eine Welt des Kaufens und Verkaufens. Vor dem Warenhaus war eine Rampe, dort fuhr der Kunde mit seinem Wagen vor, und ein junger Mann half beim Einladen, weil man das viele Zeug nicht über den Parkplatz schleppen konnte. Der Kofferraum öffnete sich gierig wie das Maul eines Wals, ließ sich mit Tüten und Kartons vollstopfen und klappte wieder zu, und dann rollte der Wagen über den großen asphaltierten Platz, auf dem in vielen bunten Farben die Dächer amerikanischer Autos aller nur denkbaren Fabrikate in der Sonne glitzerten.

Sie gingen noch kurz in die Snackbar, wo Kate einen Kaffee und Timothy einen Schoko-Milchshake trank.

– Ist das nicht der GI, den du im Zug kennengelernt hast? fragte Kate.

Tatsächlich: Auf der anderen Seite der hufeisenförmigen Theke saß Don und las ein Buch. Er lächelte, als er sie erkannte, und kam zu ihnen herüber.

– Hi, Timothy. Wie gefällt dir dieser kapitalistische Konsumtempel?

– Das Warenhaus? Einfach Spitze!

– Hast du schon viel von der Stadt gesehen?

– Ein bißchen was. Ich war im Schloß.

– Wohnen Sie noch in Heidelberg, Don? fragte Kate.

Timothy hat mir erzählt, daß Sie gerade erst entlassen worden sind.

– Stimmt. Im Augenblick verdiene ich mir mein Geld mit Unterricht an der Army School.

– Don will an die London School of Economics, warf Timothy ein.

– Wirklich? fragte Kate interessiert.

– Ich hoffe jedenfalls, daß es klappt, sagte Don. Bis jetzt habe ich noch keinen Bescheid. Was ist mit deinen Prüfungsergebnissen, Timothy?

– Die hatte ich total vergessen, sagte er ehrlich. Aber sind jetzt nicht Ferien?

– Ich habe eine Sonderklasse für Langsamlerner – im Klartext also Faulenzer. Wenn sie während des Schuljahrs nicht die Noten schaffen, die sie zum Weiterkommen brauchen, haben sie Gelegenheit, das Pensum in den Ferien nachzuholen. Der Unterricht ist nur vormittags. Wenn du Lust hast, könnte ich dir nachmittags ein bißchen was von Heidelberg zeigen.

Kate griff diesen Vorschlag begeistert auf, und sie verabredeten einen Tag.

– Netter Typ, sagte sie, als er mit seinem Buch in der Hand davonging. Ich hatte neulich schon den Eindruck, daß er was auf dem Kasten hat. Manche GIs sind ganz schön primitiv. Ein nützlicher Bekannter, Timothy. Natürlich ist er mir im Alter näher als dir, nur habe ich leider überhaupt keine Teenager in meinem Bekanntenkreis. Aber ich kenne ein oder zwei Offiziere, die verheiratet sind und Kinder haben, vielleicht kann ich dir auf diesem Weg zu ein paar Freunden verhelfen.

– Laß nur, sagte Timothy. Ich bin gern für mich.

Die amerikanischen Mädchen und Jungen in seinem Alter, die er vor allem im Freibad am Fluß beobachten konnte, schienen einer anderen Rasse anzugehören. Die Jungen tummelten sich wie Seehunde im Wasser, glatt und geschmeidig, mit kurzgeschorenen Rundschädeln und gutgepolsterten, gebräunten Körpern. Auch die Mädchen waren eher mollig und trugen merkwürdig altmodische Badeanzüge mit Röckchen, die bis zum halben Schenkel reichten und sich bauschten, wenn sie schwerfällig, mit den Füßen voran, ins Wasser sprangen. Sie zogen in großen Gruppen herum, Mädchen und Jungen zusammen, trugen bunte Hemden über den Jeans und redeten laut und ohne Hemmungen. Das meiste von dem, was sie sagten, blieb ihm total unverständlich. Er hatte das Gefühl, daß er sich mit ihnen fast ebenso schwer würde verständigen können wie mit den deutschen Jungen, die er im Fluß baden sah.

– Eigentlich dürfen sie das nicht, sagte Kate, als sie nach ihrem Einkaufstrip zum Freibad gingen, aber bei diesem Wetter kann man es ihnen nicht verdenken.

– Warum nicht?

– Das Flußwasser ist verunreinigt, es besteht Typhusgefahr. Die Amerikaner haben das einzige Freibad Heidelbergs beschlagnahmt, und darüber sind die Deutschen ganz schön sauer. Es heißt, daß sie ein neues am Stadtrand bekommen sollen.

Für den Einlaß ins Freibad brauchte man natürlich die P.X.-Karte. In wenigen Tagen hatte Timothy eine abergläubische Anhänglichkeit diesem kleinen Stück Pappe gegenüber entwikkelt. Es war wie ein Talisman mit magischen Kräften, der ihm Zugang zu einer Welt der Vorrechte und Vergnügungen verschaffte. Ständig lebte er in der Angst, sie zu verlieren und dadurch Schutz und Geborgenheit der amerikanischen Enklave einzubüßen. Das Freibad, der Stadtgarten, der P.X., Kates Zimmer – das waren seine Stützpunkte, sichere verbarrikadierte Stellungen, zwischen denen er seine täglichen Gänge sorgfältig so plante, daß immer einer in der Nähe war, wenn er sich erholen oder erfrischen wollte. Denn wenn auch die Schönheit und der Zauber von Heidelberg und seiner Umgebung ihre Wirkung auf ihn nicht verfehlten, blieb immer ein Rest von Unbehagen, ein undefinierbares Gefühl der Gefährdung, wenn er durch die deutschen Straßen streifte. Es war nicht so, daß die Leute feindselig oder verärgert ausgesehen hätten. Nicht mal besonders besiegt sahen sie aus, sondern eigentlich völlig normal. Anständig angezogen und gut genährt gingen sie in der Stadt ihren Geschäften nach, vielleicht nicht übermäßig fröhlich, aber ruhig und gelassen. Nur einmal hatte Timothy eine kurze Begegnung mit dem Deutschland seiner Phantasie, aber dieses Erlebnis berührte ihn tief.

Er ging durch eine der kopfsteingepflasterten Straßen hinter der Universität, die zum Schloß führten. Auf halber Höhe war rechter Hand eine Nische, in der Wasser aus einem Rohr in ein kleines steinernes Becken sprudelte. Ein Mann, der vor Timothy ging, blieb stehen, bückte sich und drehte den Kopf zur Seite, um sich das Wasser in den Mund laufen zu lassen. Es war ein heißer Tag, und die Steigung kostete Kraft. Timothy blieb ebenfalls stehen, weil er sich, auch wenn er es nicht riskieren mochte, das Wasser zu trinken, Gesicht und Hände kühlen wollte. Als er nähertrat, richtete der Mann sich auf und wandte Timothy sein Gesicht zu, wobei er sich mit dem Handrücken den Mund wischte. Es war ein von so viel brutaler Gemeinheit gezeichnetes Gesicht, daß es Timothy trotz der Wärme eiskalt überlief. Ein gebuckelter, kahlrasierter eisengrauer Schädel, kleine, blutunterlaufene Augen, geweitete Nüstern, dicke Lippen, die durch eine Narbe bis zum Kinn zu einem starren Grinsen verzerrt waren – soviel erfaßte er, während er seitlich auswich und seinen Aufstieg so schnell wie möglich fortsetzte.

Oben angekommen, sah er keuchend und angsterfüllt über die Schulter, aber der Mann war weg, war wohl in eine der stillen Seitengassen abgeschwenkt. Timothy betrat den schattigen Schloßgarten, machte aber erst halt, als er in der sonnigen Brüstung der Westmauer stand. Dort setzte er sich und spürte durch den Stoff der Hose die gespeicherte Wärme des Steins. Unter ihm flimmerten die Dächer und Türme der Stadt; lange, flache Frachtkähne zogen flußauf und flußab und schoben sich durch die Bögen der Alten Brücke. Von irgendwoher kam der Schlag einer Uhr oder einer Kirchturmglocke. Doch es dauerte lange, bis das friedliche Bild ihn wieder einigermaßen zur Ruhe gebracht hatte. Ihm war, als habe er in einem Sommergarten einen Stein losgetreten, unter dem sich ein Gewimmel von eklem Gewürm versteckt hatte; dem schönen Schein war eben nicht zu trauen. Dieser häßliche Deutsche war für ihn die Verkörperung des KZ-Kommandanten, des Untiers von Belsen nebst anderen Buhmännern, die mit finsterer Fratze durch die Zeitungen und Albträume seiner Kindheit gegeistert waren.

Wir haben eine richtige Hitzewelle, sagte Kate. Schon früh am Morgen, wenn der Dunst sich gerade erst über dem Fluß hob, spürte man die Wärme des kommenden Tages. Mittags brannte die Sonne unbarmherzig vom wolkenlosen Himmel, und man tat gut daran, sich nur im Schatten zu bewegen. Bei dieser Hitze war das Freibad nicht ein Ort sportlicher Betätigung, sondern eine Oase der Ruhe und Erholung. Kein Zweifel, es lebte sich gefährlich in diesem heißen Wetter, und das hatte für Timothy einen seltsam prickelnden Reiz: Erst ließ man sich von der Sonne halb betäuben und ausdörren, dann schnitt man ihr ein Schnippchen, indem man sich ins Wasser stürzte oder unter schattigen Bäumen eiskalte Getränke in sich hineinschüttete. Kate hatte gesagt, er solle sich zuerst nur ganz kurz in die pralle Sonne legen, aber er wollte schnell so braun werden wie ihre Freunde, gegen die er mit seiner hellen Haut abstach wie eine weiße Wurzel, die man gerade aus der Erde gezogen hat. An jenem ersten Samstag waren sie gleich ins Wasser gegangen, und danach rieb ihm Kate Rücken und Schultern mit einem angenehm duftenden Sonnenöl ein. Er lag bäuchlings auf seinem Handtuch, die Augen geschlossen, weil die grelle Sonne ihn blendete, und überließ sich genüßlich den widerstreitenden Empfindungen von Wärme und Kälte. Sein Blut war noch kühl vom Schwimmen, seine Haut aber schon von der Sonne aufgeheizt; als die duftende Lotion seine Haut berührte, überlief ihn eine Gänsehaut, aber Kates zupackende Hände waren warm.

Hinterher erwies er ihr den gleichen Dienst: Sie legte sich auf den Bauch, und er kniete neben ihr und salbte ihr Rücken und Schultern. Ihr Fleisch war warm und schmiegsam, es schwappte unter seinen Händen wie Wasser, das an einen Felsen schlägt. In peinliche Verlegenheit geriet er, als sie ihn bat, ihre hintere Schenkelpartie einzureiben, denn mit den gewaltigen Fleischmassen, die eigentlich noch zu der alten dicken Kath gehörten und die sie gewöhnlich unter Röcken versteckte, war nun wirklich kein Staat zu machen.

An diesem Nachmittag war praktisch der ganze Freundeskreis von Kate im Freibad versammelt. Sie saßen in einer großen Runde beieinander: Vince und Greg, das amerikanische Ehepaar Mel und Ruth Fallert und zwei Kolleginnen von Kate, die Australierin Dorothy, kurz Dot genannt, und Maria, eine Holländerin. Mel und Ruth waren ein seltsames Paar. Er war ein eher schweigsamer, vierschrötiger Mann, graumeliert und durchaus gut aussehend. Seine Frau war klein, dick, häßlich und unmöglich angezogen. Sie steckte in einem viel zu kleinen Badeanzug aus Goldlamé und hatte sich dazu passend die Zehennägel goldfarben lackiert. Ihre Sonnenbrille war mit glitzernden Straßsteinen besetzt, und auf der Nase hatte sie ein schnabelartiges weißes Plastikding zum Schutz gegen Sonnenbrand. Sie sah aus wie ein aufgeplusterter kleiner Rabenvogel, der sich mit geklauten Klunkern geschmückt hat, und dazu paßte auch ihre unermüdlich heiser krächzende Stimme.

– Eine typische New Yorkerin, flüsterte Kath ihm zu. Natürlich Jüdin, aber mit Ruth kannst du Pferde stehlen. Es ist ihre dritte Ehe und bei ihm die zweite . . .

Ruth hatte ja wirklich viel Humor und war sehr unterhaltsam, aber wie Mel so eine Frau hatte heiraten können, war Timothy ein Rätsel. Hin und wieder fing er einen Blick auf, den Mel ihr zuwarf, und dachte sich, daß wohl auch Mel darauf keine rechte Antwort hätte geben können.

Dot war groß und braungebrannt und hatte eine blendende Figur, leider aber ein enttäuschendes Gesicht: kleine, eng zusammenstehende Augen, eine lange Nase und vorstehende Zähne. Maria war eine adrette kleine Person mit glattem, kurzgeschnittenem Haar und einer Himmelfahrtsnase. Sie lächelte unentwegt, aber ihre Augen waren voller Trauer und Unruhe, als wüßte sie nicht recht, ob man sie akzeptierte, ob sie wirklich dazugehörte.

Ruth saß auf einem Handtuch, die dünnen Beine unter dem feisten Oberkörper versteckt wie eine Gluckhenne, und spielte eine Art Patience. Sie deckte eine Karte auf und schnitt ein Gesicht.

– Oioioi, das kann ich brauchen wie ein Loch im Kopf.

Timothy lachte.

– Was gibt's da zu lachen, Timothy? Hast du das noch nie gehört?

– Nein.

– Du hörst es nicht zum letztenmal, versicherte Mel säuerlich.

– Klugscheißer, sagte Ruth.

– Sag mal, hab ich das richtig mitgekriegt, daß du einen neuen Wagen hast, Mel? fragte Greg.

– Ja, deshalb ist er doch so sauer, sagte Ruth. So ein Blechmonster von Autofahrer hat ihm heute in der Hauptstraße den Kotflügel verbeult.

Vince mußte lachen.

– Ausdrücke hast du, Ruth! Blechmonster von Autofahrer . . .

– Doch, Ehrenwort. So ein armes deutsches Schwein, dem sie die Beine weggeschossen haben oder die Arme oder was weiß ich. Er hatte einen dieser Wagen mit Spezialsteuerung. Mel hat das überhaupt nicht mitgekriegt, er stürzt raus, um den Kraut wegen des Kotflügels zur Sau zu machen – und da sieht er, daß der Typ hauptsächlich aus Blech besteht, Stahlkrallen und so. Mel ist zusammengeschnurrt wie ein Luftballon. Psss . . . genau wie ein Luftballon. Ruth lachte heiser in sich hinein.

– Ich find's ja nach wie vor nicht richtig, wenn man solche Leute auf die Straße läßt, sagte Mel.

– Ein Neuwagen, Mel? fragte Kate.

– Ja, ein neuer Olds. Hab ihn letzte Woche in Antwerpen abgeholt.

– Wir haben in einem duften Hotel in Brüssel übernachtet, sagte Ruth. Wie hieß es noch gleich, *honey*?

– Das Metropole.

– Ja, richtig, das Metropole. Warst du da schon mal, Maria?

– Nein. Maria lächelte. War es nett?

– Sagenhaft.

– Die Rechnung war sagenhaft, sagte Mel.

– War aber sein Geld wert, der Kasten, sagte Ruth.

– Wieviel, Mel? wollte Greg wissen.

– Dreißig Dollar die Nacht.

– Wow! ließ sich Dot unter ihrem Strohhut vernehmen.

– Pro Person, ergänzte Mel.

– Wow hoch zwei! Dot nahm den Hut ab und machte große Augen. Habt ihr die Bank in Baden-Baden gesprengt?

– Apropos Baden-Baden, sagte Vince. Greg und ich wollten am Wochenende hin. Hättest du Lust, Kate? Wäre mal ganz interessant für Timothy.

In ein paar Minuten hatten sie eine größere Gruppe für das kommende Wochenende zusammen. Nur Maria konnte nicht mit. Sie wollte von Ruth wissen, wie ihr Brüssel gefallen hatte, und dann gab es eine Diskussion über die Frage, welche europäische Hauptstadt am schönsten sei. Kath und Ruth stimmten für Paris, Vince und Greg für Rom. Marias Favorit war Wien, und Mel entschied sich für Stockholm. Dot wählte Lissabon, und damit war das Thema beendet, weil dort sonst noch niemand gewesen war.

In einer Ecke des Freibads war ein Erfrischungsstand. Timothy nahm Bestellungen für Cola, Eis und Kaffee auf und machte sich mit einem Fünf-Dollar-Schein von Vince auf den Weg, um das Gewünschte zu holen. Als er mit seinem Tablett zurückkam, sah er zu seiner Überraschung Don im Gespräch mit Kate. Die anderen musterten Don neugierig. Er war offenbar gerade erst aus dem Becken gekommen, denn an seinem Gesicht und seinem Körper lief noch das Wasser herunter, zog Streifen durch die schwarzen Haare an seinen Beinen und sammelte sich in einem feuchten Fleck auf dem Rasen. Als Timothy zu ihnen trat, machte Kath ihn gerade mit den anderen bekannt. Dons Haut war hell, fast so weiß wie die von Timothy, und daß er so troff, schien ihm etwas peinlich zu sein, denn er wischte sich erfolglos die Hand an der Badehose ab.

– Tut mir leid, wenn ich alle naß mache, entschuldigte er sich, aber mein Handtuch ist drüben auf der anderen Seite.

– Hier! Vince warf ihm ein gefaltetes Handtuch zu, das Don beim zweiten Versuch fing, wobei er fast in Timothy und sein Tablett hineingerannt wäre.

– Danke. Hi, Timothy, man sieht sich hier wirklich immer wieder.

– Kommen Sie oft her? fragte Greg. Blöde Frage, ich weiß, aber irgendwo hab ich Sie schon mal gesehen, ich weiß nur nicht, wo.

– Wahrscheinlich im Hauptquartier. Ich habe in der Schreibstube gearbeitet.

– GI?

– Gewesen.

Kate schaltete sich ein.

– Don hat seinen Wehrdienst hinter sich, er unterrichtet jetzt an der Army School.

Mel wurde plötzlich lebendig.

– Frisch entlassen?

– Ganz recht.

– Dann haben Sie die besten Jahre Ihres Lebens hinter sich, mein Junge.

– So sehe ich das nicht. Don lächelte.

– Natürlich sieht er das nicht so, sagte Ruth verächtlich. Das ist ein gebildeter Mann, ein Lehrer, hast du das nicht mitgekriegt?

– Klar hab ich das mitgekriegt.

– Was soll denn so einem die Army bringen?

– Immerhin eine kostenlose Europareise, warf Vince trocken ein.

– Allerdings mit einigen störenden Randbedingungen, meinte Don.

– Also ich hab verdammt viel in der Army gelernt, sagte Mel. Aber das war im Krieg, jetzt ist das vielleicht anders.

– Ja, erzähl uns mal, was du im Krieg gemacht hast, Daddy, sagte Ruth. Erzähl uns, wie du ganz allein Paris befreit hast.

– Hast du echt gekämpft, Mel? fragte Maria.

– Na und ob, sagte Ruth. Vor allem mit den Blitzmädchen.

– Ich war bei General Patton, sagte Mel.

– Ich wär auch gern zu den Blitzmädchen gegangen, sagte Greg, aber es ist dann an der ärztlichen Untersuchung gescheitert.

– Ich wäre gern Luftwaffenhelferin geworden, aber bei mir ist es echt an der ärztlichen Untersuchung gescheitert, sagte

Kate. Jetzt bin ich froh darüber. Sie setzte eine Colaflasche an die Lippen und hob sie der Sonne entgegen.

– Wieso? fragte Don.

– Weil ich sonst nicht hier wäre, sondern in England meine Strümpfe stopfen und Kleidermarken zusammensparen und einer Woche Urlaub in Butlins Ferienlager als dem Höhepunkt des ganzen Jahres entgegenfiebern würde.

– Das hört sich ja richtig schlimm an, sagte Don.

– Ist es auch. Sie sind doch gerade erst in England gewesen.

– Ach, ich weiß nicht. London hat mir eigentlich sehr gut gefallen.

– Wenigstens einer, sagte Timothy. Bis jetzt ist London nämlich ausgesprochen schlecht weggekommen.

– Jetzt haben wir Timothy auf den Schlips getreten, das tut mir leid, sagte Ruth. Ich hab ja auch nichts gegen London, ehrlich nicht, wenn bloß das Essen nicht so schauderhaft wäre, und das Eis haben sie offenbar dort noch gar nicht erfunden.

– Taugt eigentlich dieses Festival of Britain was? fragte Greg.

– Doch, das ist eine tolle Sache.

– Würde sich's lohnen, deswegen mal rüberzufahren?

– Ja, warum nicht, gab Timothy zurück, aber es klang ziemlich zurückhaltend.

Timothy betrachtete das Festival mit gemischten Gefühlen. Für seine Eltern, brave, konservative ›Daily Express‹-Leser, zeigte sich an dieser großen Jubiläumsveranstaltung mal wieder, wie unfähig die Regierung war, und sie weideten sich an der Serie von Skandalen und Pannen, die es bei der Vorbereitung gegeben hatte. Als er dann aber mit der Schule in der Ausstellung auf der South Bank gewesen war, hatten seine Skepsis und seine Geringschätzung dem Ansturm entzückten Staunens nicht standgehalten, und er war noch mehrmals allein hingegangen. Hier, in diesem so exotischen Rahmen, fern der Heimat, unter geistreichen, weitgereisten Menschen, kam ihm das Festival wieder nicht mehr so überwältigend vor. Er überlegte, wie er es seinen neuen Freunden schmackhaft machen sollte.

– Abends gibt es Tanz im Freien, sagte er.

– Stimmt, sagte Dot. Eine Bekannte war vor ein paar Wochen in London, sie hat erzählt, daß sie im Regen getanzt haben.

– Wie aufregend, sagte Vince.

– Nicht in Ekstase oder so, nein, da waren nur so fünf, sechs Figuren, die sind in den Pfützen rumgepatscht, einszwei, Wechselschritt, und haben so getan, als ob es nicht regnet.

– Das eben macht Englands Größe aus, sagte Vince.

Kate lachte.

– Wie recht du hast! Tanzen im Regen – das ist typisch.

– Ich fand das Festival eigentlich ganz gut, sagte Don. Wenn man die begrenzten Mittel bedenkt, die sie zur Verfügung hatten, haben sie erstaunlich viel auf die Beine gestellt.

– Warst du auf dem Rummelplatz in Battersea? fragte Timothy.

Don nickte ohne große Begeisterung.

– So was machen wir in den Staaten allerdings entschieden besser. In Coney Island zum Beispiel . . .

– Coney Island, Mann, da krieg ich ja richtig Heimweh, rief Ruth dazwischen. Bist du aus New York City, Don?

– Nein, aber ich habe dort studiert. Columbia.

– Verdammt gute Uni, sagte Ruth beeindruckt.

– Vince war in Yale, nicht, Vince? sagte Kate.

– Ja, aber ich bin ausgestiegen, um zur Army zu gehen, und hab hinterher die Kurve nicht mehr gekriegt.

– Schade, sagte Don.

Vince wandte sich Don zu, die Sonne fing sich in den Gläsern seiner Sonnenbrille.

– Mir tut's nicht leid.

– Um so besser, sagte Don.

– Wo kommst du denn ursprünglich her, Don? wollte Mel wissen.

– Meine Familie ist viel umgezogen: Chicago, Columbus, Philadelphia. Jetzt sind sie in Kalifornien.

Ruth hob die Hände.

– Kalifornien! Alle Leute, die ich kenne, ziehen nach Kalifornien. In New York gibt's bald nur noch Neger und Puertorikaner.

– Deine Eltern freuen sich bestimmt schon auf dich, Don, sagte Maria lächelnd.

– Da werden sie sich leider noch ein bißchen gedulden müssen. Ich will in England ein Graduiertenstudium machen.

– Warum nicht in den Staaten? fragte Mel.

– Das ist eine lange Geschichte. Auf meinem Gebiet, der Politikwissenschaft, dreht sich bei uns heutzutage alles um Computer und Konsensuspolitik. Irgendwie reizt mich in England die exzentrische, amateurhafte Art, diese Dinge anzugehen.

Er erzählte noch das eine oder andere von seinem Studienfach, aber Timothy hatte den Eindruck, daß niemand – vielleicht mit Ausnahme von Vince – ihm folgen konnte. Dann legte er das Handtuch zusammen, gab es Vince zurück und ging mit leicht gebeugten Schultern davon. Von der anderen Seite des Beckens winkte er ihnen noch einmal zu.

– Netter Junge, sagte Dot. Wo hast du ihn aufgegabelt, Kate?

– Er hat Timothy die Reisetasche tragen helfen, als er ankam. Erst hab ich ihn abgewimmelt, ich dachte, er wäre einer von diesen GIs, die sich sofort an einen ranschmeißen.

– Stille Wasser sind tief, Schätzchen, sagte Ruth. Er hat so was Gewisses im Blick . . . Wenn du ihn nicht schaffst, kannst du ihn an mich weitergeben.

Kate lachte.

– Er ist eigentlich mehr Timothys Freund.

Sie blieben bis zum späten Nachmittag im Freibad. Abends zwängten sie sich alle in Mels chromblitzenden neuen Wagen und fuhren zu einem kleinen Gasthof im Neckartal. Hinterher brachte Kate ihn in sein Zimmer zurück.

– Morgen früh hole ich dich ab, sagte sie. Hoffentlich hast du nichts gegen ein spätes Frühstück, am Sonntag schlafe ich mich nämlich gern richtig aus.

– Zu welcher Messe gehst du immer?

– Richtig, du willst ja zur Messe.

– Du nicht?

– Doch, ich komme natürlich mit. Bei mir um die Ecke ist eine Kirche, da ist vormittags eine Messe nach der anderen.

Das ist es also, dachte er, als die Tür sich hinter ihr geschlossen hatte. Er horchte dem Klickklack ihrer Absätze nach. Sie ist vom Glauben abgefallen. Deshalb ist sie nicht nach Hause gekommen. Sie hat ihren Glauben verloren, und sie will nicht, daß Mum und Dad dahinterkommen.

In der Schule hatte man Timothy immer wieder erzählt, der große Vorteil der lateinischen Liturgie läge darin, daß sie auf der ganzen Welt gleich sei. An jedem beliebigen Fleck der Erde, so hieß es, könne man sich, wenn man eine katholische Kirche betrat, sogleich im Gottesdienst heimisch fühlen – eine Annehmlichkeit, auf die Protestanten verzichten mußten. Die katholische Kirche als die allumfassende Kirche: *Katholisch* hieß ja allumfassend. Als er mit Kate zur Messe ging, tat er das in der angenehmen Erwartung, diese Theorie in der Praxis bestätigt zu finden. Statt dessen empfand er den Gottesdienst als fremd und verwirrend.

Kate hatte sich in der Zeit vertan, und sie kamen zu spät. Die Kirche war überfüllt, und sie mußten in einer großen Menschenmenge eingezwängt hinten stehen. Es war ein altes Gemäuer, das voll war von vergoldeten Figuren und riesigen dunklen Ölbildern wie in einer Kunstausstellung – ein himmelweiter Unterschied zu den schlichten, primitiv bemalten Devotionalien, mit denen die Backsteinkirche in seiner Gemeinde zu Hause ausgeschmückt war. Obwohl es kein Hochamt war, standen oben auf der Empore ein Bariton und ein Sopran, die von Zeit zu Zeit allein oder im Duett sangen. Ob es ein lateinischer oder ein deutscher Text war, konnte er nicht unterscheiden, das ihm vertraute Kyrie, Gloria und Agnus Dei war es jedenfalls nicht. Die ganze Veranstaltung kam ihm eher vor wie ein Konzert im dritten Programm als eine Messe, zumal nun noch jemand ein langes virtuoses Stück auf der Geige spielte, einem Instrument, das er noch nie in einer Kirche gehört hatte. Kate ging vor der Kommunion, und Timothy folgte ihr.

– Puh! stieß sie hervor, als sie auf die Straße traten. Furchtbar, wie stickig das war! Ich hätte es keine Sekunde länger ausgehalten.

Streng genommen waren sie, da sie vor dem Meßopfer

gegangen waren, gar nicht richtig zur Messe gewesen, aber das mochte er Kate nicht sagen.

– Ich brauche Luft zum Atmen, sagte sie. Fahren wir auf den Königstuhl, da ist es immer kühler. Wir können vom Kornmarkt aus die Zahnradbahn nehmen.

Sie saßen im hintersten Abteil der drolligen kleinen Bahn mit den wie Treppenstufen ansteigenden Abteilen und sahen an den Gleisen entlang auf die in schwindelnder Tiefe unter ihnen zurückbleibende Talstation. Die Bahn keuchte und stöhnte. Timothy spürte die gewaltige Bremswirkung der Schwerkraft in allen Knochen. Wenn nun das Drahtseil riß? Er wandte den Kopf, sah auf die Wildblumen an der Böschung neben den Gleisen und überlegte, ob er sich im Zustand der Todsünde befand, weil er vorzeitig die Kirche verlassen hatte.

Nachdem sie ein paar Schritte den kleinen Weg auf dem Königstuhl entlanggelaufen waren, fragte er Kate geradeheraus nach ihrem Glauben.

– Abgefallen würde ich nicht direkt sagen, meinte sie. Ab und zu gehe ich schon noch zur Kirche, aber nur, wenn mir danach ist. Anders hat es gar keinen Sinn, finde ich. Das mußten wir lange genug im Kloster machen.

– Hältst du dich vor Ostern an die Fastengebote und das alles?

– Nein.

– Dann bist du vom Glauben abgefallen, erklärte er mit Entschiedenheit.

Kate biß sich auf die Lippen, sah aber nicht besonders bekümmert drein. Sie standen auf einer Terrasse an der Bergstation der Zahnradbahn. Das Neckartal lag ihnen zu Füßen wie eine Reliefkarte aus dem Geographieunterricht.

– Das ist ja schlimm. Meinst du, daß ich eine verlorene Seele bin, Timothy?

– Ach was, sagte er verlegen.

– Glaubst du an die Hölle?

– Das wird nicht von uns verlangt, wich er aus. Nicht mit Flammen und so.

– Ich weiß. Eigentlich ist es wohl der Verlust, der weh tut. Wahrscheinlich würde es mir gar nicht so viel ausmachen, habe ich mir in der Schule immer gedacht, wenn ich genau wüßte, daß das wirklich alles ist. Das packe ich schon, habe ich mir immer gesagt.

Timothy gluckste, weil er ähnliche Überlegungen auch schon angestellt hatte.

– Du möchtest sicher nicht, daß Mum und Dad es erfahren, sagte er.

Überrascht stellte er fest, daß sie sich darüber offenbar überhaupt noch keine Gedanken gemacht hatte.

– Du hast schon recht. Sie würden es nicht verstehen und sich nur unnötig aufregen.

Das war es also auch nicht.

Don erwies sich als guter Stadtführer, und als Timothy abends mit Kate zusammen war, mußte er seine neuerworbenen Kenntnisse sofort anbringen.

– Ich hatte ganz vergessen, daß ja Heidelberg eine große Rolle im Dreißigjährigen Krieg gespielt hat, erzählte er beim Essen. Das haben wir nämlich mal in Geschichte durchgenommen, in der Mittelstufe.

Sie aßen im Headquarters Club und wollten hinterher zum Bingo.

– Welcher Krieg war das?

– Im siebzehnten Jahrhundert, es ging darum, wer das Heilige Römische Reich beerben sollte. Katholiken gegen Protestanten.

– Und wer hat gewonnen?

Timothy überlegte.

– Eigentlich keiner.

– Das ist offenbar in allen Kriegen gleich, sagte Kate.

– Aber den letzten haben wir doch gewonnen.

– Manchmal habe ich da so meine Zweifel . . . Jetzt, sechs Jahre später, stellen wir uns an der Seite Deutschlands gegen Rußland. Was willst du als Nachtisch? Eis? Das Maple Walnut ist gut.

– Friedrich V. von der Pfalz, zu der auch Heidelberg gehörte, war nämlich Protestant, und die böhmischen Protestanten wollten ihn zum Kaiser machen. Damit fing der Krieg an. Friedrich war der Schwiegersohn von unserem Jakob VI., er hat dessen Tochter Elizabeth geheiratet. Deshalb heißt ein Teil vom Schloß der Englische Bau, den hat er für sie errichten lassen.

– Himmel, was du alles weißt, Timothy . . .

– Das hab ich alles von Don.

– Nett, daß er sich die Zeit genommen hat.

– Weißt du, Kate, sagte Timothy zögernd, ich glaube, Don ist ein bißchen in dich verknallt.

Sie lächelte. Wie kommst du denn darauf?

– Er hat gesagt, daß er uns mal abends einladen will. Uns beide. Ich habe ihm versprochen, daß ich mit dir drüber rede.

Kate runzelte leicht die Stirn.

– Das ist eine etwas dumme Situation . . .

– Wieso?

– Ja, weißt du, ich habe hier meinen eigenen Kreis, und in den paßt Don nicht so recht hinein.

– Und warum nicht?

– Ja, wie soll ich dir das erklären . . . Also zunächst mal ist er gewissermaßen nach wie vor ein GI. Ich weiß, er ist entlassen, aber in Heidelberg hängt ihm das noch an. Wenn ich ihn in unseren Kreis einführe, trifft er bestimmt alle möglichen Leute, Offiziere und so, die früher mal Vorgesetzte von ihm waren, das ist für keinen der Beteiligten sehr angenehm. Heidelberg ist in dieser Beziehung eine richtige Kleinstadt. Und dann glaube ich auch, daß er nicht viele Gemeinsamkeiten mit uns hat. Wir sind keine Intellektuellen, bis auf Vince vielleicht, und er ist nicht das, was man . . . Jedenfalls würde ich es mir zweimal überlegen, ehe ich mit Don ausgehe. Ich würde mich ja kaum trauen, den Mund aufzumachen aus lauter Angst, den Dreißigjährigen Krieg ins falsche Jahrhundert zu packen. Jetzt iß dein Eis, sonst kommen wir zu spät zum Bingo.

– Bingo . . . Was ist das überhaupt?

Es stellte sich heraus, daß Bingo ein Spiel war, das er unter dem Namen *Housey Housey* kannte, aber aufregender und raffinierter, der andere Name war durchaus passend. Die Teilnehmer saßen an Tischen, an denen Essen und Getränke serviert wurden, und auf der Bühne türmte sich ein glitzernder Berg teurer Preise: Kühlschränke und Radios und elektrische Toaster und Spielsachen und Schnapsflaschen. Sie gewannen beide nichts, und Kate war enttäuscht.

– Vielleicht haben wir am Samstag in Baden-Baden mehr Glück. Was ist deine Glücksnummer?

– Ich hab keine.

Als sie in dem ruckelnden gelben Bus heimfuhren, sagte Kate unvermittelt:

– Es wäre einfacher, wenn er Offizier gewesen wäre ... Don, meine ich. Aber Mannschaftsgrade befördern sie selten ...

– Ich glaube, das hätte er auch nicht gewollt. Er war Kriegsdienstverweigerer.

Kate sah ihn betroffen an.

– Er hat's mir heute nachmittag erzählt.

– Und was haben sie mit ihm gemacht?

– Sie haben ihn in den Knast gesteckt.

– In den *Knast*?

– Nur ein paar Tage. Sie haben ihn nicht als Kriegsdienstverweigerer anerkannt, weil er keine Religion hat, die muß man aber offenbar haben, wenn man verweigern will, in Amerika jedenfalls.

– Hat er es sich dann anders überlegt?

– Ja, gewissermaßen. Sie waren gar nicht scharf darauf, ihn im Knast zu behalten, und haben ihm angeboten, er könnte zu einem ... wie heißt das noch ...

– Zu einem nicht kämpfenden Truppenteil?

– Genau. Und da hat er sich breitschlagen lassen.

– Das ist ja interessant. Warum hat er denn überhaupt verweigert?

Timothy zuckte die Schultern.

– Danach hab ich ihn nicht gefragt. Er hat wohl gedacht, daß der Krieg ein Unrecht ist oder so.

– Vielleicht wollte er nur nicht nach Korea, sagte Kate ein bißchen spitz.

– Das kannst du ihm nicht verdenken. Du hast selber gesagt, daß der letzte Krieg nichts gebracht hat.

– So hab ich das nicht gesagt. Ich habe ... ach, ich weiß nicht mehr, was ich gesagt habe, schloß sie gereizt. Aber ich finde, wenn man eingezogen wird, hat man die Pflicht und Schuldigkeit, das Beste daraus zu machen.

Eine Weile sagten sie beide nichts. Timothy fragte sich vergeblich, warum er versucht hatte, Don zu verteidigen, denn eigentlich neigte er eher Kates Ansichten über Kriegsdienstverweigerer zu.

– Was hast du morgen vor? fragte sie schließlich.

– Don will mit mir spazierengehen. Auf dem Philosophieweg oder so.

– Ach, dem Philosophenweg. Von dort hat man einen wunderbaren Blick auf die Stadt.

Im Wohnheim hatte er sich recht gut eingewöhnt. Am heikelsten war morgens das Herauskommen. Meist wartete er bis neun, trotzdem bestand immer die Gefahr, daß ihn jemand aus Dolores' Zimmer kommen sah. Wenn er aus dem Fahrstuhl stieg, waren unten in der Halle meist zwei oder drei Putzfrauen damit beschäftigt, den gefliesten Boden zu wischen. Wenn sie sich halb aufrichteten, um ihre Scheuerlappen auszuwringen, spürte er ihre neugierig-verstohlenen Blicke. Vielleicht dachten sie, er habe die Nacht bei einer Freundin verbracht. Er wußte nicht recht, ob er sich über diese Unterstellung amüsieren, genieren oder ärgern sollte. Zwar hatte sich sein Erfahrungsschatz neuerdings beträchtlich erweitert, aber in Fragen des Geschlechtlichen hatten sich eher noch tiefere Abgründe aufgetan. So mit das Erstaunlichste, was er an seinem ersten Abend erfahren hatte, war die Tatsache, daß eine Frau in Augenblicken der Liebe oder der Lust das verbotene Wort laut aussprechen durfte.

An den folgenden beiden Abenden faßte er die Schranktür nicht an. Am dritten machte er sie wieder auf. Als er keinen Laut vernahm, wurde er kühner, betrat den Schrankraum und zog die Tür zu. Jetzt hörte er ein Radio laufen. Ganz oben in der Schrankwand fiel Licht durch eine Ritze. An dieser Stelle führten Rohre durch die Wand, und der Putz drumherum war zum Teil abgefallen. Durch diese Ritze kamen offenbar die

Geräusche von nebenan, und der Schrank wirkte bei geschlossener Tür wie ein Verstärker.

Am nächsten und übernächsten Abend vor dem Schlafengehen bezog er wieder seinen Lauscherposten, aber er hörte nur die Frau im Nebenzimmer herumgehen. Sie machte Schubläden auf und zu, ließ Wasser laufen, stellte das Radio an, zog eine Uhr auf. Am Abend darauf herrschte zunächst tiefe Stille, und er wollte gerade den Schrankraum wieder verlassen, als er die Frau ins Zimmer kommen hörte. Sie war in Begleitung eines Mannes, es schien ein anderer zu sein. Beide waren offenbar sehr aufgekratzt und leicht angesäuselt. Die Frau sagte andauernd *Psst!* und kicherte dabei. Timothy hörte scheppernd eine Flasche an ein Glas stoßen. Die Stimmen senkten sich zu einem Flüstern, hin und wieder schwappte ein Kichern oder ein prustendes Lachen hoch. Jenseits der Ritze wurde es dunkel. Er hielt den Atem an und wartete. Jetzt mußte es gleich wieder losgehen: Das lustvoll-schmerzliche Stöhnen der Frau, ihr Neinneinneinnein und dann das Ja, das krude Wort der Preisgabe. Aber er hörte nur den Mann keuchen und sagen: Ogottogottogott . . . immer wieder, wie einer, der im Gebet mit seinem Schöpfer ringt. Dann wieder eine Weile Stille. Danach die Stimme der Frau: *Gibst du mir mal die Zigaretten rüber?* Und der Mann: *Tut mir wahnsinnig leid, Schätzchen, ehrlich,* und sie sagte: *Schwamm drüber!* und er: *Dieser verdammte Bourbon!,* und sie gähnte, und er: *Ich versteh's einfach nicht* und sie: *Ich bin müde, Schatz, ich glaub, du gehst jetzt besser,* und der Mann sagte: *Vielleicht, wenn wir noch ein bißchen warten* . . . und die Frau vergrätzt: *Jetzt laß das doch endlich! Kann jedem mal passieren.* Dann stand wieder Licht in der Ritze, Timothy hörte Wasser laufen, der Mann redete ernst und leise auf die Frau ein, sie antwortete schroff und kalt. Eine Tür ging auf und wieder zu, nebenan wurde es still, nur einmal fiel etwas mit dumpfem Laut ins Waschbecken, und die Frau fluchte. Ratlos und frustriert trat Timothy den Rückweg an. Er versuchte Bilder für das zu finden, was er eben gehört hatte, aber seine Spekulationen endeten in Pünktchen – wie gewisse Stellen in den Taschenbüchern auf Dolores' Bücherbord.

Im Lauf der Zeit stattete er in seiner Phantasie die Frau

nebenan mit ganz bestimmten körperlichen Merkmalen aus. Er schuf sich ein Bild von ihr aus Worten und Redensarten, die er mit sinnlicher Liebe assoziierte. Wollüstig war sie, ihre Brüste waren wie reife Früchte, ihr Haar schwarzblau schimmernd und hochgetürmt. Sie bewegte sich träge und hatte aufgeworfene, sinnliche Lippen. Es war ein gehöriger Schock, als er sie dann eines Tages leibhaftig zu Gesicht bekam. Er und Kate standen schon im Aufzug – sie hatte ihn zu dem Ausflug nach Baden-Baden abgeholt –, als die Frau aus ihrem Zimmer kam, und der Lift begann in dem Augenblick, als sie in Sicht kam, seine Fahrt nach unten. Fast schon im Erdgeschoß nach oben blickend, registrierte er zaundürre Beine auf hohen Plateausohlen, eine lange hagere Figur in knallgrünem, tailliertem Kostüm, ein blasses, dreieckiges Gesicht und eine strohige, karottenrote Haarsträhne, die ihr über ein Auge fiel. Dann war sie verschwunden. Es war nicht gerade – um im Stil von Dolores' Bücherschatz zu bleiben – ein Leib, der zur Liebe geschaffen war, aber auf ihre Art wirkte sie durchaus vital und provokativ. Timothy sah Kate verstohlen von der Seite an, die aber hatte nicht weiter auf die Frau geachtet.

– Hoffentlich hast du dich gut ausgeschlafen, sagte sie. Das wird ein langer Tag heute.

– Ich schlafe immer gut.

– Dann ist es wohl nachts bei dir schön ruhig.

– O ja, sehr, versicherte er.

Vor dem Wohnheim warteten das milchweiße Mercedescoupé von Vince mit heruntergeklapptem Verdeck und Mel Fallerts großer grauer Oldsmobile, sein *neuer Olds,* wie er witzelte. Mel hatte sich vorgebeugt, das Kinn aufs Lenkrad gelegt und jagte ohne einen Gedanken an sparsamen Benzinverbrauch den Motor hoch. Ruth sprang heraus, um sie zu begrüßen.

– Hi, Kate! Hi, Timothy! Was sagt ihr zu meiner Freizeitkluft?

Sie war ganz in Stahlblau: Freizeithosen, Pulli, hochhackige Sandalen und eine Baseballmütze mit langem Schirm. Als Ohrringe trug sie zwei große blaue Scheiben, auf die goldene Nummern geprägt waren.

– Toll, sagte Kate höflich. Wo hast du denn die Ohrringe her?

– Hast du sie erkannt? Ruth legte den Kopf schief wie ein Sittich. Irre, was?

– Das sind ja Jetons. Aus dem Spielkasino!

– Genau. Hundert-Mark-Jetons. Die hab ich mitgebracht, als wir das letzte Mal in Baden-Baden eine Glückssträhne hatten. Mel ist fast ausgeflippt. *Das bringt auch nur meine Frau fertig, zweihundert Mark für Plastikohrringe auszugeben,* hat er gesagt. Sie ließ ihr harsches, krächzendes Gelächter hören.

Es gab eine kleine Diskussion darüber, wer bei wem mitfahren sollte. Schließlich durfte Timothy sich zu Vince setzen, die anderen stiegen in den Oldsmobile.

– Fahr nicht zu schnell, mahnte Kate.

– Okay, Baby.

Bei amerikanischen Autofahrern wurden wegen der hohen Unfallquote Tempoverstöße streng geahndet, erläuterte Vince. Manchmal fuhr er über die Grenze nach Frankreich, um mal so richtig Gas geben zu können. Aber selbst jetzt, als er sich an die erlaubte Höchstgeschwindigkeit hielt, wirkte der offene, niedrige Wagen unheimlich schnell, zumal Vince auch auf den Serpentinen der Schwarzwaldhochstraße mit dem Tempo nicht herunterging. Die lange weiße Kühlerhaube schien ständig auf einen dichten Wall von Bäumen gerichtet zu sein, die bald auf der einen, bald auf der anderen Seite wie dunkle Schatten vorüberhuschten. Manchmal machte Timothy die Augen zu, aber nicht eine Sekunde lang kamen ihm Zweifel an den Fahrkünsten von Vince. In den tiefen, weichen Sitz geschmiegt kam er sich vor wie ein Teil des Wagens, der seinerseits eine Verlängerung der kräftigen braunen Hände am Steuer war. Auf dem Gesicht von Vince war keine Spur von Anspannung zu erkennen, nur hin und wieder blitzten die weißen Zähne unter dem Schnurrbart hervor und verrieten sein Hochgefühl.

Nach einer Weile nahm Vince Gas weg, damit die anderen aufholen konnten. Der Motorenlärm und das Windesbrausen legten sich so weit, daß man sich unterhalten konnte. Wieder kamen sie auf Hitler und die Nazis zu sprechen.

– Soweit mir bekannt ist, hat niemand uns Hitler hinreichend verständlich machen können, sagte Vince. Er ist ein Geheimnis, ein Rätsel. Woran denkst du, wenn ich *Hitler* sage?

– Tja, ich weiß nicht, sagte Timothy. Vielleicht an sein Gesicht ... diese Rotzbremse unter der Nase und die schlappe Stirnlocke.

– Richtig, lobte Vince, als habe er einen Prüfling vor sich. Sehr gut. Und das Gesicht ... kommt dir das vor wie ein ganz normales Menschengesicht?

– Nein, eigentlich mehr wie eine dieser Gruselmasken, die man am Guy-Fawkes-Tag hat.

– Eine Maske, sehr richtig. Auf allen Fotos wird einem das Maskenhafte dieser Züge bewußt. Keine menschliche Regung ist darin. Immer dieser starre, eisige Blick, sogar beim Lächeln, und er hat nicht oft gelächelt. Bei keinem anderen Kriegsherrn findet man das – nicht bei Churchill, nicht bei Roosevelt, nicht bei Stalin. Bei denen meint man doch immer noch Menschen vor sich zu sehen und nicht nur sogenannte Große Männer. Hitler wirkt auf Bildern immer lächerlich.

– Früher hatte ich Angst vor ihm, sagte Timothy. Ich habe von ihm geträumt.

– Und auch beängstigend, das stimmt. Lächerlich und beängstigend zugleich. In einem Maße lächerlich, daß es schon nicht mehr komisch war. Für die Karikaturisten hätte er mit diesem blödsinnigen Schnurrbärtchen und so weiter doch eigentlich ein Geschenk des Himmels sein müssen, aber keiner hat eine richtige Karikatur von ihm hingekriegt. Weil er schon von Natur aus eine Karikatur war.

– Aber warum sind ihm dann die Deutschen gefolgt? fragte Timothy.

Vince lächelte.

– Das ist die Vierundsechzigtausend-Dollar-Frage. Bis 1942 hatte er nicht nur Deutschland wieder auf die Beine gebracht, sondern fast ganz Europa kassiert. Ein Genie, denkt man, wenn man das so liest, ein Großer der Weltgeschichte wie Napoleon oder Alexander. Aber wenn man dann näher hinsieht und sich fragt, wie der Mann das eigentlich geschafft hat, wird alles merkwürdig unscharf. Da ist ein schäbiger kleiner Typ, primitiv und ungebildet, aus ganz kleinen Verhältnissen, hohl und ohne eigene Ideen, der verrückte Phrasen über Blut und Eisen und das deutsche Volk und die Weltverschwörung der Juden und Kommunisten absondert ... Nicht mal Laster hatte der Mann, er hat weder geraucht noch getrunken. Weißt du, was ihn angemacht hat?

– Nein.

– Sahnetorte. *Sahnetorte,* das muß man sich mal vorstellen. Wenn wieder ein Land erobert war, haben die Nazis mit Kaffee und Sahnetorte gefeiert.

– Und was war mit Eva Braun? fragte Timothy.

– Ja, Eva Braun ... Ich frage mich oft, ob Hitler die überhaupt gebumst hat. Wußtest du, daß er nur einen Hoden hatte?

Hinter ihnen ertönte eine Hupe, die sich wie eine ganze Orgel anhörte. Vince warf einen Blick in den Rückspiegel.

– Sie haben uns eingeholt.

Timothy drehte sich um. Der große graue Wagen federte sacht wie ein Floß auf den Wellen. Kate, die vorn zwischen Mel und Ruth saß, winkte ihnen lächelnd zu. Er mußte an das denken, was er zusammen mit seinem Harristweed-Sakko und viermal Unterwäsche zum Wechseln im Reisegepäck mit nach Deutschland geschleppt, an die Frage, die ihm seine Mutter mit auf den Weg gegeben hatte. Da Kate keine praktizierende Katholikin mehr war, erschien ihm die Vorstellung, daß sie ein verbotenes Verhältnis hatte, nicht mehr so abwegig. Aber mit wem? Vince war der naheliegendste Kandidat, selbst Timothy spürte den Sog seines blonden Charmes, seiner lässigen Art, das Leben zu meistern. Aber eben das war der Haken: Kate sah zwar jetzt sehr viel besser aus als früher, aber eine Schönheit war sie noch immer nicht und würde sie auch nie sein. Warum sollte Vince, der, wie man so schön sagte, bestimmt an jedem Finger zehn haben konnte, ausgerechnet auf die arme Kate mit ihrem fast zu üppigen Busen und ihren entschieden zu üppigen Schenkeln verfallen? Gewiß, Konkurrenz hatte Kate zur Zeit offenbar nicht, und Vince war in seiner Freizeit sehr viel mit ihr zusammen, aber immer in Gesellschaft von Greg, und meist waren auch noch andere Leute dabei. Müßten sie, wenn sie etwas miteinander hatten, nicht mehr Wert darauf legen, für sich zu bleiben? Timothy selbst hatte bisher nie das Gefühl gehabt, daß seine Anwesenheit ihnen peinlich oder lästig war, allenfalls dachte er manchmal, daß die Erwachsenen ihn alle drei nicht dabeihaben wollten. Nichts wies auf eine Beziehung zwischen Kate und Vince hin, die Greg ausschloß. Waren die beiden Männer vielleicht beide in eine Frau verliebt, die sich nicht entscheiden konnte oder wollte? Dann aber gingen sie als Rivalen bemerkenswert locker miteinander um. Ein ganz neuer Gedanke schoß ihm plötzlich durch den Kopf: Waren womöglich *beide* ihre Liebhaber, teilten sie sich in Kate? Er überlegte, wie so was wohl in der Praxis funktionieren mochte, und staunte, wie wenig die Vorstellung ihn schockierte. Alles war hier so neu und fremd, und alle schienen nach so ganz anderen Grundsätzen zu leben als denen, die man ihm zu Hause mitgegeben hatte, daß fast nichts unvorstellbar schien.

– Warum heißt es Philosophenweg? fragte er Don.

– Wahrscheinlich war er bei dieser Fakultät immer besonders beliebt. Ein guter Platz, um über ewige Wahrheiten nachzudenken.

– Ganz schön steil.

– Gleich geschafft.

Schweigend bewältigten sie die letzte Kehre. Vor Jahren hatte in der Schule ein Junge mal wissen wollen, was ein Philosoph sei, und der Lehrer hatte gesagt: Ein Philosoph ist ein Mann, der zu erklären versucht, was wahr und was wirklich ist. In den Augen mancher Philosophen ist nichts wirklich, auch sie selber sind es nicht. Die Klasse hatte sich ausschütten wollen vor Lachen.

– So, da wären wir, sagte Don, als der aufsteigende Pfad in einen ebenen Weg einmündete. Sie lehnten sich an ein steinernes Mäuerchen, um wieder zu Atem zu kommen, und sahen über den Fluß hinweg auf das Schloß. Heidelberg fügte sich praktisch von jeder Stelle aus mühelos zu einem Bild zusammen. Don zeigte ihm, wo die Universität lag.

– Wo wirst du studieren, Timothy?

– Weiß noch nicht. Vielleicht gehe ich auch gar nicht zur Uni. Mein Dad möchte, daß ich eine Lehre mache.

– Was für eine?

– Architekturzeichnen.

– Architektur kann man auch studieren.

– Ja, aber man muß unheimlich gut sein, um zugelassen zu werden.

– Vielleicht *bist* du ja unheimlich gut.

Als Timothy nicht antwortete, fuhr Don fort:

– Wenn du Architekt wärst, was würdest du gern bauen?

– Weiß nicht. Kirchen vielleicht.

– Kirchen? wiederholte Don belustigt.

– Was spricht gegen Kirchen? wehrte sich Timothy.

– Nichts, gar nichts. Ich überlege nur, ob wir eigentlich noch mehr Kirchen brauchen.

– In England schon. Katholische jedenfalls, unsere sind immer überfüllt.

– Wenn ich Architekt wäre, würde ich Schulen und Universitäten bauen, das sind die Kirchen und Dome unserer Zeit. Du bist bestimmt heilfroh, daß du jetzt zur Schule gehst, wo das Bildungssystem in England so viel mehr Möglichkeiten bietet.

– Froh? Ich weiß nicht ... Die haben mich den Mittelschulabschluß nicht machen lassen, als ich soweit war.

– Wer sind *die*?

– Unsere blöde Regierung natürlich.

Also irgendwie, sagte Vince und manövrierte den Mercedes um eine Haarnadelkurve, muß man Hitler ja bewundern. Er war ein echter Nihilist. Nur auf Tod und Zerstörung aus. Und folgerichtig bis zum bitteren Ende. Weißt du, was er gesagt hat? *Man mag uns vernichten, aber wenn man uns vernichtet, dann werden wir die Welt mitnehmen in einem beispiellosen Weltenbrand.* Und das hat er wahr gemacht. Du hättest Berlin 1945 sehen sollen. Ein Weltenbrand. *Götterdämmerung.*

– Was heißt das? fragte Timothy.

– Es ist eine Oper von Wagner. Hitler schwärmte für Wagner.

– *Götterdämmerung,* wiederholte Timothy langsam. Die Worte klangen seltsam aufwühlend.

– Sie endet damit, daß diese ... wie heißt sie gleich ... diese Brünhilde sich auf Siegfrieds Scheiterhaufen wirft.

– Ist nicht Hitlers Leiche zusammen mit der von Eva Braun verbrannt worden?

– Richtig. Im Garten der Reichskanzlei, die Russen waren nur noch eine halbe Meile weg. Brennende Häuser und Granateinschläge von allen Seiten. Fehlte nur noch die Musik. Und weißt du was? Der Typ, der sie getraut hat, hieß Wagner. Nicht zu fassen, was?

– Aber die Leichen hat man doch nie gefunden . . .

– Sagen die Russen. Vince lächelte und sah Timothy von der Seite an. Glaubst du, er lebt vielleicht noch und ist irgendwo untergetaucht?

– Nein. Timothy sah auf die endlosen Wellen dichter, undurchdringlicher Bäume. Wo hatte er gelesen oder gehört, Hitler und sein Stab hätten sich, als Nonnen verkleidet, in einem Kloster versteckt? Es wollte ihm nicht mehr einfallen. Eine Wolke zog über die Sonne und tauchte die Bäume in tiefes Dunkel. Schwarzwald war schon ein passender Name für diese Gegend.

Don lachte.

– Du bist ein richtiger kleiner Tory, Timothy.

– Das hat damit überhaupt nichts zu tun. Aber Attlee ist so eine trübe Tasse. Churchill als Premierminister wär doch ganz was anderes.

– Du bewunderst Churchill?

– Er hat den Krieg gewonnen, sagte Timothy schlicht. Es war ein gemeiner Trick, ihn rauszuwerfen.

– Kein anderes Land der Welt hätte so etwas fertiggebracht. Es war im Grunde eine großartige Sache.

– Großartig? Ich nenne das gemein.

– Aber ist dir auch klar, was das heißt, Timothy? Kein anderes Volk der Welt hätte einem Mann, der es gerade in einem großen Krieg zum Sieg geführt hat, eine Wahlniederlage bereitet. Kannst du dir das bei den Deutschen vorstellen? Oder den Franzosen? Oder den Amerikanern? Das heißt doch, daß bei euch die Politik einen höheren Stellenwert hat als der Patriotismus. Und deshalb könnte es in England auch nie einen Diktator geben.

– Und in Amerika?

– Einen Kandidaten haben wir schon, sagte Don. Er heißt McCarthy.

Baden-Baden war ein Ferienort mit bunten Häuserfassaden, grünen Rasenflächen, Blumenbeeten, Springbrunnen und Fahnen. Ein schmales Flüßchen strudelte in einem stufenförmig angelegten Bett durch die Stadtmitte, und allenthalben hörte man das Raunen von fließendem Wasser. Die Stadt lag in der französischen Zone, und blasse, schmale französische Soldaten mit scharlachfarbenen Besätzen an den knapp geschnittenen Uniformen mischten sich unter die Zivilisten, die in der Sonne saßen und am Fluß entlangschlenderten.

Das Hotel, in dem sie sich einquartierten, lag auf halber Höhe einer der drei kopfsteingepflasterten Straßen in der Stadtmitte und atmete altmodische Eleganz. Dicke Teppiche und hohe Decken dämpften das aufgekratzte Geplapper ihrer Gruppe, und es lag fast etwas Vorwurfsvolles in der Art, wie die Spiegel in den schweren Goldrahmen das Bild ihrer knalligen Sportklamotten zurückwarfen. Timothy hatte ein eigenes Zimmer mit Bad. Im Badezimmer waren drei verschiedene Wasserhähne, an denen *Brause, Süßwasser* und *Thermalwasser* stand, und an der Wand hingen ein langes Thermometer mit Holzgriff und ein Stundenglas, mit dem er selbstvergessen spielte, als Kate ihn abholen kam. Sie wollten zum Golfplatz. Unterwegs zeigte sie ihm das Kasino, einen großen, weißen, klassizistischen Bau mit korinthischen Säulen, überraschend dezent und edel. Er hatte es sich kitschiger vorgestellt.

Der Golfplatz lag am Hang, etwa zwei Meilen vor der Stadt. Sie aßen auf der Klubhaus-Terrasse mit Blick auf das letzte Grün. Die Tische unter den bunt gestreiften Sonnenschirmen waren weiß gedeckt. Deutsche, französische und amerikanische Laute mischten sich unter das leise Klirren von Besteck und das Klingen der Gläser. Unter ihnen erstreckten sich die langen grünen Fairways, zu ihrer Linken lag ein kleines, bis zur Regenrinne in Bäumen verstecktes Hotel mit Fachwerkfassade, neben dem ein kleiner Swimmingpool in der Sonne glitzerte.

– So läßt sich's leben, was, Timothy? fragte Kate.

Sie bestellten Forelle mit Salat und Salzkartoffeln. Dazu, meinte Vince, sollte man Wein trinken.

– Für mich ein Bier, sagte Mel. Denk dran, daß wir heute nachmittag Golf spielen.

– Was soll's, sagte Ruth, den Ball treff ich auch nüchtern nicht, da kommt's schon nicht mehr drauf an.

Mel und Vince waren seriöse Golfer und spielten gegeneinander. Die anderen bildeten eine Vierergruppe, Kate und Greg spielten gegen Dot und Ruth. Dot schien ein bißchen Ahnung von Golf zu haben, die anderen waren Anfänger, wobei, wie Timothy schnell feststellte, Kate noch am vielversprechendsten war, dann kam Greg, das Schlußlicht machte Ruth. Sie mieteten sich Golfwagen, und Timothy zog den von Kate.

Vince und Mel schlugen ihre Bälle hoch und gerade den Fairway herunter und gingen zielstrebig los. Die anderen brauchten viel länger, um vom ersten Tee abzuschlagen, und kamen nur langsam und sprunghaft voran. Sie machten wilde Schwünge und Fehlschläge, hackten große Soden aus dem Rasen, verloren unzählige Bälle im Rough oder schlugen sie auf einen falschen Fairway und kamen dabei anderen Spielern ins Gehege. Sie lachten und schimpften und versuchten zu schummeln.

Timothy fand die ganze Unternehmung ziemlich langweilig, bis er für Kate putten durfte. Darin hatte er von dem buckligen Stadtpark in Worthing her reichlich Übung, und dank seines Könnens holten Kate und Greg allmählich Dot und Ruth auf.

– Toll, Timothy, sagte Kate, als er aus fünf Metern Entfernung den Ball ins Loch befördert hatte. Du solltest wirklich anfangen, Golf zu spielen.

Greg hatte sich auf der begrünten Böschung ausgestreckt, die eine Hälfte des Stadtparks umschloß, und klatschte Beifall.

– Der Rasen ist wie Samt, da kann man einfach nicht vorbeischlagen, sagte Timothy bescheiden.

– Ja, es ist einer der schönsten Golfplätze Europas, sagte Kate. Die Golfer kommen aus aller Welt hierher. Achtung!

Timothy duckte sich, als ein Ball an seinem Kopf vorbeipfiff und im Rough auf der anderen Seite des Grüns verschwand.

Ruth kam, eine Zigarette zwischen den Lippen und mit schiefgerutschter Baseballkappe, aus einem Bunker gehinkt.

– Hey, habt ihr das gesehen? Ich hab ihn tatsächlich getroffen. Puh! Sie stemmte die Hände in die Hüften und sah sich stirnrunzelnd um. Wo zum Geier ist der verdammte Ball? Erzählt mir nicht, daß er geradewegs ins Loch gehüpft ist.

– Vielleicht doch, Ruth, sagte Greg. Aber nicht in dieses. Versuch's doch mal mit einem anderen Loch.

– Okay, mein Junge, du hast's nötig! Herrgott, ist das heiß. Sie setzte sich auf das Grün, zog den rechten Schuh aus und krümmte die Zehen. Diese neuen Schuhe bringen mich noch um.

– Der Pool sieht verlockend aus, nicht? Dot sah zu dem Hotel hinüber, das Timothy vorhin schon aufgefallen war. Und es scheint keiner drin zu sein.

– Pool? Hat jemand *Pool* gesagt? krächzte Ruth. Man führe mich hin. Man *trage* mich hin . . .

– Wasser, Wasser, hechelte Greg und kroch auf allen vieren die Böschung hoch.

– Wie steht's, Leute? fragte Ruth. Machen wir hier Schluß und stürzen uns in die Fluten?

– Aber wir haben keine Badeanzüge, wandte Kate ein.

– Wer wird denn so prüde sein, sagte Greg. Ich hab schon immer mal Ruth in Originalverpackung sehen wollen.

– Du, da gehen dir die Augen drunter und drüber, krähte Ruth entzückt.

– Vielleicht leihen sie uns welche, sagte Dot. Ich hätte nichts gegen eine Abkühlung.

– Ob sie uns überhaupt reinlassen? zweifelte Kate. Es ist schließlich kein öffentliches Schwimmbad.

Der Geschäftsführer schüttelte zunächst ratlos den Kopf, aber nachdem ein paar Geldscheine den Besitzer gewechselt hatten, war er einverstanden, und auch Badeanzüge fanden sich, Uraltmodelle, die nicht richtig paßten und deren Anblick stürmische Heiterkeit hervorrief, als einer nach dem anderen aus der Umkleidekabine kam.

– Hoffentlich habt ihr die BHs anbehalten, Mädels, sagte

Ruth. Es war der Schock meines Lebens, als ich das Ding hier ohne BH anprobiert hab, ich hab gedacht, meine Möpse sind weg. Sie tastete auf ihrer Brust herum wie ein Mann, der nach seiner Brieftasche sucht.

Zum Trocknen legten sie sich in die Sonne und ließen Eistee kommen. Die Schatten wurden schon länger, als schwitzend Mel und Vince eintrafen.

– Was zum Teufel macht ihr denn hier? fragte Mel seine Frau. Ich hab auf dem verdammten Golfplatz jeden Winkel nach dir abgesucht.

– Er hat verloren, konstatierte Ruth. Du hast verloren, stimmt's, Schnuckiputz? Das sagt mir der weibliche Instinkt.

Vince bestätigte ihre Vermutung.

– Drei und zwei. Ich hab ihm vor Spielbeginn ein paar Schläge angeboten, aber er war zu stolz.

– Ich hab dasselbe Handicap wie du, knurrte Mel. Hatte eben einen schlechten Tag. Besonders beim Putten.

– Du solltest dir mal von Timothy zeigen lassen, wie man sowas macht, sagte Ruth. Der ist der Größte.

– Wo habt ihr die Badeanzüge her?

– Hat uns der nette Mann vom Hotel gegeben.

– Die sind wohl aus dem Museum.

– Nur kein Neid, Alter. Hol dir auch eine Badehose und setz dich zu uns.

– Kommt jetzt, Leute, es ist schon spät.

– Ja, ich bin eigentlich auch dafür, daß wir gehen, sagte Vince. Sonst kommen wir heute nie mehr ins Kasino.

– Na schön, ich laß mich überreden, sagte Ruth und sprang auf.

– Kates Freunde gefallen dir wohl nicht? fragte Timothy.

Don sah ihn etwas betreten an.

– Das dürfte auf Gegenseitigkeit beruhen.

– Und warum nicht?

Don machte den Mund auf, zögerte und machte ihn wieder zu. Schweigend gingen sie weiter. Im Gras rechts und links vom Philosophenweg summten die Insekten, unten in der Stadt hörte man das Rauschen des Verkehrs.

– Lassen wir das Thema, sagte er schließlich. Es sind die Freunde deiner Schwester.

– Ich sag's ihr nicht weiter, versicherte Timothy.

Don lächelte.

– Deine Schwester gefällt mir jedenfalls. Was meinst du, ob das wohl auf Gegenseitigkeit beruht?

– Weiß nicht ... Doch, ich denke schon. Und du findest nicht, daß sie zu dick ist?

– Nein, ich finde nicht, daß sie zu dick ist. Und das kannst du ihr gern weitersagen. Don lachte.

Sie fuhren zum Duschen und Umziehen zurück ins Hotel, dann ging es zu einem kleinen Restaurant in den Bergen, das Vince und Greg entdeckt hatten. Es war ein alter Gasthof mit einem schiefen Dach, in dem nur zwanzig Gäste gleichzeitig Platz fanden, man mußte mehrere Tage im voraus reservieren, sagte Greg. Das Essen dauerte entsetzlich lange, es gab Wild aus dem Schwarzwald – mit Pfeil und Bogen erlegt, wie Vince behauptete – und Rum-Omelettes, von denen Dot einen Schluckauf bekam. Entschuldigung, sagte sie immer wieder, und Greg wollte wissen, ob sie die Geschichte von dem Amerikaner kannten, der in Paris bei einem großen Diner saß, als eine Dame plötzlich pupste.

– Ein Franzose, der neben dem Amerikaner saß, stand auf und entschuldigte sich. *Was soll denn das, es war doch nicht Ihr Pups,* flüsterte der Amerikaner ihm zu. *Ah, M'sieur,* sagte der Franzose, *wir stehen eben in dem Ruf, ein besonders galantes Volk zu sein.* Wenig später pupste dieselbe Dame nochmal. Der Amerikaner sprang auf und verkündete: *Alle mal herhören, Leute – den übernehme ich!*

Timothy, der das Wort *pupsen* noch nie von einem Erwachsenen gehört und zwei Glas Wein getrunken hatte, fand die Geschichte urkomisch und lachte sehr. Jetzt fingen auch die anderen an, Witze zu erzählen, und Kate streifte ihn hin und wieder mit einem etwas bedenklichen Blick. Er sah sie nicht an und bemühte sich um ein leicht zerstreutes Lächeln, das die Frage, wie weit er die Pointen verstanden hatte, wohlweislich offenließ.

Als sie gingen, war es elf. Im Tal unter ihnen glitzerten die Lichter von Baden-Baden. Ihm war, als zeige man ihm hier – wie in der Geschichte von Jesus in der Bibel – ständig von irgendwelchen Höhen aus alle Reiche der Welt und ihre Herrlichkeit. In der frischen Nachtluft verging ihm das Gähnen, und sein überhitzter Körper kühlte sich ab. Er wäre gern mit Vince in dem offenen Mercedes gefahren, aber Kate hatte sich schon ein Tuch umgebunden und den Beifahrersitz mit Beschlag belegt. Die anderen stiegen in Mels Oldsmobile. Sie folgten dem Mercedes über die gewundene Bergstraße und sahen seine Bremslichter aufglühen und wieder verlöschen wie Zigaretten in der Dunkelheit, wenn Vince vor den scharfen Kurven Tempo wegnahm. Greg drehte an den Radioknöpfen und jagte den Zeiger der Skala durch ein ganzes Spektrum von Sprach- und Musikfetzen – Symphonien, Märsche, Opern –, bis er einen Sender gefunden hatte, der Jazz brachte. Wieder einmal mußte Timothy sich wundern über die unersättliche Vergnügungssucht, die Kates Freunde umtrieb. Ihr Ziel war es offenbar, sich möglichst viele angenehme Empfindungen zu verschaffen, und zwar möglichst mehr als eine gleichzeitig. Er stellte sie sich wie jene fremdartigen indischen Götter und Göttinnen vor, die er aus Kunstbüchern kannte: einen Martini in der einen, eine Zigarette in der anderen Hand, mit einer weiteren Hand die Gabel schwingend, mit der anderen am Radio spielend, indes das dritte Händepaar die Taille eines Tanzpartners oder einer Tanzpartnerin umfaßt hielt.

Die Umstellung auf diese Lebensweise fiel ihm nicht leicht, denn sie verletzte seine tiefsten Gefühle und Grundsätze. Das System besonnener Regeln und Rückversicherungen, das sie sich in der Schule der Kargheit mühsam angeeignet hatten – Haushalten, Sachen »für gut« aufheben, einen Genuß hinausschieben oder in ganz kleinen Häppchen konsumieren, in der Vorfreude oder in der Erinnerung leben, nie spontan reagieren –, dieses System war in einer Überflußgesellschaft nicht zu halten. Was brachte es, die Hälfte von der Tafel Schokolade aufzuheben, die er am Montag bekommen hatte, wenn Kate ihm am Dienstag schon eine neue schenkte? Was war so verdienstvoll daran, sich bewußt auf eine Cola zu beschränken, wenn man Geld genug für zwei in der Tasche hatte? Wozu sich auf etwas Schönes in der kommenden Woche freuen, wenn das Heute vielleicht etwas noch viel Aufregenderes versprach? Allein dieser eine Tag hatte ihm soviel Neues, soviel Genuß gebracht, daß er damit zu Hause ein ganzes Jahr lang seine heimlichen Wünsche hätte erfüllen können, und der Tag war noch nicht vorbei. Schon rasten sie über die kurvenreiche Straße neuen Freuden entgegen. Vor einer halben Stunde hätte er sich hinlegen und schlafen können. Die Nachtluft hatte ihn wieder wach gemacht, seinen Unternehmungsgeist und die Lust in ihm geweckt, mit auf der Welle des Überflußdenkens zu schwimmen, den Abend weiter zu genießen. Er staunte über sich selbst und sah mit leiser Verachtung auf sein früheres Dasein zurück. Ihm schien, als habe er jahrelang Dinge getan, die er eigentlich gar nicht hatte tun wollen – aus Furchtsamkeit und weil er es nicht besser gewußt hatte. Jetzt aber hatte er entdeckt, daß es auch eine andere Welt gab, eine Welt, die eine Fülle von Vergnüglichkeiten bot.

– Du weißt, was man geschichtlich unter einem Troß versteht? fragte Don. Es war eine Art zweites Heer, das im Kielwasser der eigentlichen Streitkräfte mitschwamm. Ein Haufen, der vom Heer lebte, von ihm beschützt wurde und auflas, was die Soldateska nicht geplündert oder zerstört hatte. An diesen Begriff muß ich oft denken, wenn ich die amerikanischen Zivilisten hier sehe. Der Troß. Nur gehen sie nicht in Lumpen und haben keine Bündel auf dem Rücken. Sie tragen Anzüge von Brooks Brothers, haben schicke Koffersets und fahren große, chromblitzende Buicks.

Timothy sah verstohlen auf Dons ausgefranste Manschetten und seine schmuddeligen Baumwollhosen.

– Aber sie können doch nichts dafür, wenn es ihnen gutgeht, sagte er friedlich.

– Mag sein, aber verdient haben sie es auch nicht. Warum sollen *sie* der Welt Erben sein?

– Wie meinst du das?

– Sie leben so, wie früher der Adel gelebt hat. Trotzdem – lieber als der Dollaradel ist mir der Blutadel noch allemal. Zu

Hause würde sich nach diesen Typen kein Mensch auch nur umdrehen, und das wissen sie auch. Wohlgemerkt, damit meine ich nicht deine Schwester . . .

– Nein, sagte Timothy und dachte: Warum eigentlich nicht?

– . . . sondern meine Landsleute. Zu Hause sitzt so ein kleiner Niemand in seinem Gärtchen, überlegt, ob er es sich leisten kann, sich einen neuen Wagen zu kaufen, wenn er den alten in Zahlung gibt, und schwingt sich allenfalls zu einem Urlaubstrip nach Atlantic City auf. Hier sind das alles kleine Könige. Ganz Europa ist ihr Tummelplatz. Sie haben einfach Glück gehabt.

– Daß sie hier gelandet sind?

– Daß sie zur richtigen Zeit hier gelandet sind. Als die Deutschen – und nicht nur sie – aus ihren Kellerlöchern krochen, den Schutt wegräumten, ihre Städte wieder aufbauten, die Hotels und Restaurants, die Sehenswürdigkeiten und Spielbanken wieder aufmachten, hat es sich eben so ergeben, daß sie die einzigen waren, die genug Geld für das alles hatten. Die einzigen ohne Währungsprobleme, Paßprobleme, Visumprobleme. Nur in den Osten können sie nicht, aber darauf legen sie auch gar keinen Wert, da geht's ihnen nicht lustig genug zu. Dort liegt nämlich noch alles in Schutt und Asche.

– Hinter dem Eisernen Vorhang, meinst du? Warst du da?

– Ich hatte schon alle Papiere für Warschau zusammen, mein Visum und alles, was dazugehört.

– Und warum ist nichts draus geworden?

Don zuckte die Schultern.

– Von Kommunisten organisierte Veranstaltungen zu besuchen gilt als unamerikanisch. Es war eine Jugendkonferenz in Warschau. *Fahr hin, wenn du willst, Freundchen,* haben sie gesagt, *aber zurück kannst du dann nicht mehr.* Sie hätten meinen Paß eingezogen.

Don hob den Kopf und legte die Hand über die Augen. Timothy folgte seinem Blick flußaufwärts, in Richtung Osten, zu einem kleinen Damm oder Wasserfall mit schäumendem Wasser und einer Schleuse. Dahinter verlor sich der Fluß rasch zwischen den steilen grünen Hängen des Neckartals.

– Kaum zu glauben, sagte Don, aber ein paar hundert Meilen

weiter östlich merkt man nichts davon, daß der Krieg zu Ende ist. Schutt. Schlangen vor den Lebensmittelgeschäften. Geheimpolizei.

– Weshalb wolltest du dann hin?

– Schwer zu sagen . . . Wenn man bedenkt, was sich noch vor wenigen Jahren in Europa abgespielt hat, kommt einem Sack und Asche irgendwie passender vor als ein Hawaii-Hemd.

Timothy überlegte einen Augenblick.

– Ist dir deshalb England so sympathisch? fragte er.

Als er in seinem Hotelzimmer in Baden-Baden aufwachte, merkte er, daß er sich in der Nacht ganz in seine Daunendecke eingerollt hatte – eine andere Bettdecke gab es dummerweise nicht –, so daß er in Schweiß gebadet war. Außerdem hatte er quälenden Durst und Kopfschmerzen. Konnte das ein Kater sein? Er hatte nur zwei Glas Wein getrunken. Und in der Spielbank einen Tom Collins.

Die Erinnerung an diesen Drink setzte eine Flut weiterer Erinnerungen an die Spielbank frei. Die schwülstige Pracht des Dekors: Spiegel, Kandelaber, Wandgemälde. An der Decke Bilder von gigantischen nackten Frauen – *Richesse, Noblesse, Industrie* und *Agriculture* stand unter den Figuren –, deren Geschlechtsteile unter duftigen Schleiern verborgen waren. Das schwirrende Rattern der Rouletteräder, das Klickern über den Spieltisch geschobener und sortierter Jetons als unablässiges Hintergrundgeräusch, wie Grillengezirp. Kate an der Schwelle der *Grande Salle,* mit geblähten Nüstern und glitzernden Augen: *Ist das nicht sagenhaft, Timothy?* Und Stunden später, als sie sich mit müden Beinen zum Parkplatz schleppten: *Frag bloß nicht Vince, wie er abgeschnitten hat. Er hatte eine Pechsträhne.*

Seine Uhr war zwanzig nach sieben stehengeblieben, aber es mußte viel später sein, denn durch die Ritzen der Fensterläden fiel helle Sonne. Er ging zum Waschbecken, trank mit einem Anflug von Leichtsinn direkt aus dem Hahn und spritzte sich kaltes Wasser ins Gesicht. Als er die Läden aufmachte, drängten Sonne und frische Luft ins Zimmer. Ein unwiderstehliches Glücksgefühl erfaßte ihn, als er über die Dächer und ummauerten Gärten der Stadt auf die grünen Hänge und den strahlendblauen Himmel sah.

Kate war auf der Hotelterrasse. Sie saß allein am Tisch, hatte die Sonnenbrille auf, rauchte und las in einer Zeitschrift.

– Gut geschlafen? Ich mochte dich nicht wecken.

– Wie spät ist es denn?

– Fast eins.

– Du liebe Güte! Und die Messe?

Kate schnitt ein Gesicht. Vielleicht ist es dafür schon zu spät. Ich frage mal den Ober. Und dann bestelle ich dir Brunch.

– Was ist Brunch?

– Rate mal.

– Breakfast plus Lunch vermute ich. Ist das ein richtiges Wort?

– Ein amerikanisches Wort.

– Typisch!

Von der Bedienung erfuhren sie, daß die letzte Messe in der Stadt um zwölf gewesen war.

– Schlimm, Timothy?

– Nein, nein. Es war meine Schuld, daß ich verschlafen habe. Was ißt man denn zum Brunch?

– Was man will, das ist ja das Schöne daran.

Er bestellte frische Grapefruit, Rührei mit Schinken und Würstchen, Apfelstrudel und Kaffee. Die anderen waren wieder zum Golfplatz gefahren.

– Hoffentlich bist du nicht meinetwegen dageblieben.

– Nein, ich habe heute nachmittag noch etwas vor. Etwas, was ich immer mache, wenn ich nach Baden-Baden komme. Du kannst mich begleiten, wenn du willst.

– Wohin?

– In ein Waisenhaus, das ich letzten Sommer entdeckt habe.

In diesem Moment kam zum Glück der Ober mit der Grapefruit, so daß es Timothy leidlich gelang, sich seine Aufregung nicht anmerken zu lassen. Er löffelte eins der sauber ausgelösten Segmente aus der Schale und schluckte es herunter.

– Waisenhaus? wiederholte er leichthin.

– Einmal habe ich sonntags einen langen Zug netter Kinder aus der Kirche kommen sehen und eine der Nonnen angesprochen, die dabei waren. Ich hatte am Vorabend in der Spielbank Glück gehabt und habe ihr spontan hundert Mark für das Heim in die Hand gedrückt. Gewissensgeld, wie Greg sagt, aber sie war unheimlich dankbar. Sie hat geweint, Timothy. Mir war es richtig peinlich. Was sind schon hundert Mark für mich?

Kate schneuzte sich zierlich in ein Papiertaschentuch.

– Um es kurz zu machen, die Nonne hat mich gefragt, ob ich nicht das Heim besichtigen will, und seither gehe ich immer hin, wenn ich in Baden-Baden bin. Ich bringe Süßigkeiten für die Kinder mit und manchmal eine kleine Geldspende. Die Jungs geben meist etwas dazu, sie sind sehr großzügig in diesen Dingen, auch wenn sie mich damit aufziehen. Unsere gute Fee, sagt Greg. Möchtest du mitkommen?

Die Frage war wie beiläufig gestellt, aber ihm war, als sähe Kate ihn bittend an.

– Ja, natürlich. Ich komme gern mit, versicherte er.

– Osteuropa ist wohl so etwas wie eine fixe Idee für mich, sagte Don leise. So leise, daß Timothy ihn kaum verstand. Ich war nie dort, aber mir ist, als ob ich es kenne, als ob es meine Heimat ist. Polen meine ich, Ostpreußen, diese Ecke. Das Gebiet, um das so oft gekämpft worden ist, daß der Boden wie Knochenmehl sein muß. Manchmal haben die Städte polnische und manchmal deutsche und dann wieder russische Namen. Aber es sind immer dieselben Orte. Ein Fluch liegt auf diesem Land. Die schlimmsten Dinge passieren immer dort.

Er machte eine Pause, aber Timothy hatte nichts zu sagen.

– Es ist sehr grau. Und kalt. In meiner Vorstellung ist dort immer Winter. Mit bleiernem Himmel und einer dünnen, schmutzigen Schneedecke auf dem Boden. Flach und sumpfig. Rauch ist in der Luft und eine dünne nasse Asche, die wie Nieselregen vom Himmel fällt . . . aber das lassen wir lieber. Und irgendwo rangiert eine Lokomotive, du siehst sie nicht, du hörst sie nur, hörst die Güterwagen scheppern, und die Güterwagen . . . aber auch das lassen wir lieber.

Erneut legte er eine Pause ein, und wieder wußte Timothy nicht, was er sagen sollte.

– Als ich damals versuchte, nach Warschau zu kommen,

ging es mir eigentlich gar nicht um Warschau oder um die Konferenz. Ich wollte nach Auschwitz.

Hier war offenbar eine Reaktion gefragt.

– Den Namen hab ich schon mal gehört, sagte Timothy. War das nicht eine von Napoleons –

– Himmelherrgott, das war Austerlitz! Don drehte sich langsam zu ihm um. Soll das heißen, daß du nicht weißt, was Auschwitz ist?

– Ein ... ein Konzentrationslager? Wie Belsen ...

Don nickte.

– Ein Vernichtungslager. Der kleine, aber feine Unterschied.

– Eben, das hab ich zuerst auch gedacht, aber ich konnte mir nicht vorstellen, was du da willst, wehrte sich Timothy. Don konnte manchmal wirklich sehr anstrengend sein, man hatte ständig das Gefühl, in einer Prüfung zu sitzen.

– Ich wollte sehen, ob die Träume aufhören, wenn ich mal da war.

– Du träumst vom Konzentrationslager?

– Ja, immer wieder. Ich bin in diesem Lager, und die Frage ist: Bin ich Pole, oder bin ich Jude? Eigentlich bin ich beides. Meine Großeltern stammen aus Krakau, das ist nicht weit von Auschwitz. Sie haben sich in den Staaten kennengelernt, in Polen hätten sie nicht heiraten können. Er war Christ oder zumindest mal Christ gewesen, und sie war Jüdin. Den Polen sind die Juden ebenso verhaßt wie allen anderen auch. Die Polen hassen auch die Deutschen und die Russen, und die Deutschen und die Russen hassen die Polen und hassen sich untereinander. *The Jew is underneath the lot.* Kennst du das Gedicht? Nein? Na, egal ... In meinem Traum streite ich immer ab, daß ich Jude bin. *Nein, nein, Herr Kommandant, ich bin kein Jude. Ich bin arisch. Rein arisch. Ja, gut, wenn Sie mich unbedingt ins Lager stecken wollen ... ich kann das ja verstehen ... es ist Krieg ... gewisse Maßnahmen sind erforderlich ... aber bitte nicht zu diesen dreckigen Juden ...* Natürlich könnte ich mich selbst anspucken, aber ich will schließlich überleben, da muß man sehen, wo man bleibt. Ich will nicht in den Ofen, kein einziges Menschenleben könnte ich damit retten. Außerdem bin ich ja wirklich kein Jude, jüdisch war nur meine Großmutter väterlicherseits. Und weil sie ihrer Sache nicht sicher sind, lassen sie mich leben. Ich werde eine Art Original im Lager, wie manche Hausmeister in der Schule. Ein alter Knabe im Arbeitsanzug, der sich im Hintergrund herumdrückt. Immer mit einem Besen in der Hand. Da hast du etwas, woran du dich festhalten kannst, und du kannst immer anfangen, kräftig zu fegen, wenn sie die Frauen und die Kinder in die Desinfektionsbaracke treiben. Fege tüchtig, fege nur ... Ich sehe nichts, ich muß fegen. *Damit es hier ordentlich aussieht, Herr Kommandant. Wäre es wohl möglich, irgendwann mal einen neuen Besen zu bekommen, Herr Kommandant? Die Borsten sind schon ganz abgenutzt.* Die Offiziere haben rausgekriegt, daß es mich auf die Palme bringt, wenn sie mich was auf Jiddisch fragen, aber im Grunde liegt ihnen gar nichts daran, mich zu entlarven, dazu bin ich ihnen zu nützlich, ich kenne den ganzen Lagerklatsch. Trotzdem krieg ich es mächtig mit der Angst zu tun, wenn sie damit anfangen.

Nach einer Weile fragte Timothy:

– Und wie endet der Traum?

– Überhaupt nicht. Deshalb will ich ja nach Auschwitz.

Alles war genau so, wie er es sich vorgestellt hatte: Das alte Haus am Rand von Baden-Baden, in dem es nach Bohnerwachs roch, der Garten mit Sandkästen und Schaukeln, die Kinder in ihren Kittelchen, die Kate umdrängten, als sie Süßigkeiten verteilte, die liebevoll lächelnden Nonnen und das kleine Mädchen mit dem Lockenschopf, das über den Rasen gelaufen kam, als die anderen abgezogen waren, von Kate aufgefangen und durch die Luft gewirbelt wurde. Und Kates Frage: *Wie findest du sie? Ist sie nicht süß?* Und seine Antwort, genau aufs Stichwort:

– Ist sie dein Kind, Kate?

Sie hätte die Kleine um ein Haar fallen lassen.

– Was? fragte sie verdutzt.

Er krümmte sich innerlich vor Verlegenheit, brachte aber mit einiger Mühe ein Lächeln zustande.

– Ich hab doch nur Spaß gemacht ...

– Ach so. Sie warf ihm einen befremdeten Blick zu.

– Wo kommen diese Kinder eigentlich her? fragte er ernsthaft, um so das Spaßhafte der vorhergehenden Frage noch zu unterstreichen.

– Die Älteren haben meist ihre Eltern bei Kriegsende verloren, bei den Angriffen. Oder sie sind einfach verlorengegangen. Damals herrschte in Deutschland ein unvorstellbares Chaos durch die Trecks, die auf der Flucht vor den Russen waren. Unsere Kleine hier ist allerdings erst nach dem Krieg zur Welt gekommen, nicht wahr, meine Süße?

Kate stellte sie wieder auf die Beine, streckte ihr einen Schokoladenriegel hin und reichte ihr die Wange zum Kuß, aber das Kind lief davon, um die Beute einer der Nonnen zu zeigen. Kate zuckte lachend die Schultern, während die Ordensschwester ihr durch Zeichensprache zu verstehen gab, daß sie die Reaktion der Kleinen zwar lustig, aber nicht ganz in Ordnung fand.

– Würde mich gar nicht wundern, wenn der Vater ein GI wäre, sagte Kate. Oder ein französischer Besatzungssoldat.

– Oder ein Tommy, sagte Ruth. Warum kein britischer Soldat? Wieso sollen nur die Franzmänner und die GIs all die Bankerts gemacht haben?

Kate hatte auf der Rückfahrt nach Heidelberg von der Kleinen erzählt. Draußen flirrten im Zwielicht die Bäume vorbei, aber in dem riesigen Oldsmobile war es fast so ruhig wie in einem Zimmer.

– Der britische Soldat ist ein Mann von Ehre, ließ sich Timothy vom Rücksitz her vernehmen. Wenn er sich für die Klischees britischer Vaterlandsliebe stark machte, brachte er seine amerikanischen Freunde unweigerlich zum Lachen, das wußte er inzwischen, und darin sah er die einzige Möglichkeit, sich für ihre Großzügigkeit zu revanchieren. Prompt hörte er auch jetzt Ruths heiseres Gelächter.

– Das hab ich von meinen Freundinnen in Hamburg aber anders gehört, sagte Dot. Auf der Reeperbahn soll's ja zugehen wie auf der Old Kent Road.

– Was ist die Reeperbahn? fragte Timothy.

– Nichts für dich, sagte Kate.

Ruth lachte in sich hinein.

– Kate ist sehr besorgt um deine Unschuld, Timothy. Aber ich schätze, dir braucht man nichts mehr zu erzählen, was?

Er konterte mit einer Gegenfrage.

– Macht es den deutschen Frauen nichts aus, mit . . . mit der Besatzungsmacht zu gehen?

Mel, der mit runden Schultern am Steuer saß, schnaubte verächtlich.

– Die meisten würden ihren rechten Arm dafür geben, wenn sie sich einen GI angeln könnten.

– Nur haben die GIs überhaupt kein Interesse an ihrem rechten Arm, *honey,* kicherte Ruth.

– Inzwischen sind die deutschen Mädchen allerdings auch schon wählerischer geworden, sagte Dot.

– Stimmt, bestätigte Mel. Früher konntest du jedes Fräulein für einen Hershey-Riegel haben.

– Ja, sagte Ruth, und jetzt sind es zwei Hershey-Riegel und ein Milky Way. Inflation, wo man hinsieht . . . Aber Timothy kann man mit den Fräulein nicht reizen, stimmt's Timothy?

– Nein.

– Schon eher mit einem knackigen amerikanischen High School-Girl.

– Auch nicht. Ich fühle mich solo sehr wohl.

– Keine Bange, Timothy, ich besorg dir was Passendes, versprach Ruth.

– Laß den Jungen in Ruhe, Ruth, sagte Mel. Für die Weiber hat er später noch Zeit genug. Viel bringen sie dir sowieso nicht, Timothy, laß dir das gesagt sein. Und vor allem mach einen großen Bogen um die Ehe.

– Moment mal . . . protestierte Ruth.

– Man braucht sich ja bloß anzusehen, wie's Hitler gegangen ist. Als Junggeselle lebt er herrlich und in Freuden, und kaum heiratet er Eva Braun, verliert er den Krieg.

Jetzt mußte Ruth doch lachen. Sie gab ihrem Mann einen Rippenstoß, und der Wagen schleuderte leicht.

– Bist du verrückt geworden? schnauzte Mel, aber er grinste dabei. Daß sein Witz so gut angekommen war, tat ihm wohl. Er schaltete die Scheinwerfer ein, die sich durch die tiefer werdende Dämmerung bohrten.

– Wo stecken denn die Jungs? fragte Kate.

– Die sind inzwischen bestimmt schon in Heidelberg, sagte Mel. Wenn Vince im Kasino die Hosen runtergelassen hat, muß hinterher immer sein Schlitten zum Abreagieren herhalten.

Aber warum hatte Gott zugelassen, daß Hitler bis zum bitteren Ende am Leben geblieben war? Bis so viele Menschen gestorben waren – im Kampf für oder gegen ihn? Und die Flüchtlinge, die zwischen die Fronten geraten waren... Und die in den Lagern, zehntausend täglich allein in Auschwitz, hatte Don gesagt. Wäre das Attentat vom 20. Juli gelungen, hätte das vielleicht einer Million Menschen oder mehr das Leben gerettet. Und es hatte noch mehr Attentatsversuche gegeben, hatte Vince gesagt. Aber die Bomben waren nicht hochgegangen, oder Hitler hatte in letzter Sekunde seine Pläne geändert. Und einmal hatte eine V 1 kehrtgemacht und Hitlers Bunker getroffen, aber er war unverletzt geblieben. *Kein Wunder, daß er sich eingebildet hat, unter dem besonderen Schutz der Vorsehung zu stehen,* hatte Vince gesagt. Aber warum hätte Gott denn Hitler schützen sollen?

– Das ist dein Problem, Timothy, sagte Don. Ich bin kein Christ. Ich bin überhaupt nichts. Aber wenn ich Christ wäre, würde ich mich nicht fragen, was Gott damals gemacht hat. Ich würde fragen, was andere Christen gemacht haben. Der Papst zum Beispiel.

– Der war neutral. Der Papst muß immer neutral sein.

– Ich rede nicht vom Krieg. Ich rede von den Lagern. Wie kann man in der Frage der Lager neutral sein?

– Vielleicht hat er es nicht gewußt. Das ist doch erst nach dem Krieg rausgekommen.

– Er hat es gewußt. Viele Leute haben es gewußt. Möglich, daß sie es nicht geglaubt haben – aber das ist auch schon alles, was mir zu ihrer Entschuldigung einfällt. Es ist ja weiß Gott auch heute noch schwer genug zu glauben.

– Aber was hätte er denn machen sollen? Er saß doch im Vatikan.

– Er hätte klar Stellung beziehen, er hätte sich zum Märtyrer machen lassen können.

– Das ist nicht fair.

Timothy war gekränkt und ratlos. Dem Papst konnte man doch keinen Vorwurf machen. Der Papst war ein guter Mensch. Ein Heiliger, sagten manche sogar.

– Nein, es ist nicht fair. Aber nur, weil ich es gesagt habe. Ich habe kein Recht, so etwas zu sagen. Ich mit meinem Besen . . .

Gegen neun setzte Mel sie im Fichte-Haus ab.

– Also spätestens bis nächsten Freitag, ihr beiden, sagte Ruth.

– Das weiß Timothy noch gar nicht, erwiderte Kate.

– Du wirst staunen, Timothy, sagte Ruth.

– Worüber denn? fragte er, als der Olds abgerauscht war.

– Am nächsten Wochenende fahren wir nach Garmisch in den Bayerischen Alpen.

– Toll. Wie weit ist das?

– Weiß ich nicht genau, ein paar hundert Kilometer werden es schon sein. Wir nehmen am Freitagabend den Schlafwagen und sind Montagfrüh wieder da. Die Army hat dort ein Erholungsheim. Einfach sagenhaft: Berge, ein See . . .

– Und wovon wollen wir uns da erholen? Von *diesem* Wochenende?

Kate lachte.

– Was du so alles rausbringst, Timothy . . . Eigentlich ist es für die Soldaten gedacht, sie können dort Urlaub machen und alles mögliche unternehmen: Schwimmen, Ausflugsfahrten, im Winter Skisport und im Sommer Wasserski. Hast du das schon mal probiert?

– Nein.

– Vince ist ganz groß darin. Ich komme meist erst gar nicht richtig hoch. Mal sehen, ob Post da ist.

Rudolfs kleines Büro war leer, aber nicht abgeschlossen, und Kate holte ihre Post aus einem der Fächer an der Wand.

– Eine Karte von Mum. Sie reichte ihm eine Postkarte von Worthing, sechs Ansichten in Schwarzweiß. Er drehte sie um und überflog den Text. Irgendwas von einem Törtchen.

– Übrigens, sagte Kate auf dem Weg zu ihrem Zimmer, Rudolf hat gefragt, ob er diese Woche mal was mit dir unternehmen soll, an seinem freien Tag. Er denkt an eine Fahrradtour aufs Land. Da machst du sicher gern mit, habe ich gesagt. Stimmt doch, oder?

– Ich weiß nicht. Wo krieg ich ein Fahrrad her?

– Er will eins für dich leihen. Er ist so ein netter Junge. Du hast dich doch schon mit ihm unterhalten, nicht?

– Nur kurz. Ich weiß nie so recht, worüber ich mit ihm reden soll.

– Über England zum Beispiel. Rudolf ist ganz verrückt auf England.

– Das ist mir peinlich. Wo er doch Kriegsgefangener war.

– Du brauchst ja nicht über den Krieg zu sprechen. Ich rede mit Deutschen nie über den Krieg, den wollen sie nur noch vergessen, wie alle anderen auch. Puh, ist das stickig hier!

Kate zog die Jalousie hoch und machte das Fenster auf.

– Was Neues von zu Hause? fragte sie über die Schulter.

– Nicht viel. Sie lassen herzlich grüßen. Willst du's lesen?

– Später. Ich mache uns Kaffee und ein paar Brote.

– Kann ich dir helfen?

– Lieb von dir, Timothy.

Er war gern in der Gemeinschaftsküche mit den strahlendweißen Arbeitsflächen und dem vielen blinkenden Edelstahl, den technischen Spielereien, dem riesigen summenden Kühlschrank, dessen Innenraum wie der Traum eines Schaufensters aus der Vorkriegszeit erstrahlte, wenn man ihn aufmachte. Kate ließ ihn eine Thunfischkonserve aufmachen. Der Wanddosenöffner hatte einen kleinen Magneten, der den abgetrennten Dosendeckel festhielt.

– Kann man so was hier kaufen?

– Im P.X.? Bestimmt. Warum?

– Ich hab überlegt, ob ich Mum einen mitbringe.

– Gute Idee. Was meinst du, ob sie ihn auch benützt?

Er überlegte einen Augenblick.

– Nein, sagte er, und sie lachten beide.

Kate holte eine Packung Schnittbrot aus dem Kühlschrank und nahm ein paar Scheiben heraus.

– Ist die Küche zu Hause noch so wie früher?
– Wie meinst du das?
– Stößt die Schranktür immer noch an den Knauf der Hintertür?
– Ich denke schon.
– Und die Schublade in dem grünen Tisch klemmt wohl auch immer noch?
– Ja.
– Den grünen Tisch habt ihr also nach wie vor . . . Und die karierte Wachstuchdecke auch?
– Inzwischen ist sie mehr weißlich, das Muster hat sich abgerieben.
Kate seufzte.
– Viel hat sich demnach nicht verändert. Läuft das kalte Wasser immer noch so langsam, wenn jemand auf dem Klo spült?
– Ja, aber wenn man an die Rohre bummert, geht es wieder. Bloß kommt dann manchmal der Ruß aus dem Boilerkamin.
Kate schüttelte lachend den Kopf.
Wie gewöhnlich aß er noch, als Kate mit ihrem Imbiß schon fertig war. Sie zündete sich eine ihrer langen Pall-Mall-Zigaretten an und lehnte sich im Sessel zurück.
– Hat dir das Wochenende Spaß gemacht, Timothy?
– Es war super.
– Hoffentlich hast du dich im Waisenhaus nicht gelangweilt.
– Nein, es war sehr interessant.
Kate schwieg einen Augenblick. Er ahnte, was jetzt kommen würde und biß herzhaft in sein Sandwich.
– Was hast du mit deiner Frage gemeint: *Ist das dein Kind?*
– Och, das war bloß so hingesagt, brummelte er.
– Komm, Timothy, du wirst dir doch etwas dabei gedacht haben.
Sie wartete. Geduldig, aber unerbittlich. Er rutschte unbehaglich auf seinem Sessel herum.
– Na ja . . . Warum bist du die ganze Zeit nicht zu Hause gewesen? sagte er schließlich.
Kate lachte hell auf.

– *Das* ist es also! Ihr habt gedacht, daß ich eine ledige Mutter bin? O Gott, du weißt ja gar nicht, wie komisch das ist. Sie schüttelte den Kopf und lachte erneut, aber es klang ein bißchen gezwungen. Mich würd's nicht wundern, wenn ich die einzige Jungfrau in ganz Heidelberg wäre.

Sie klopfte ihre Zigarette am Aschenbecher ab, obgleich kaum Asche dran war.

– Es war nicht meine Idee, sagte er.

– Das glaube ich dir aufs Wort. Es war Mums Idee, nicht?

– Ich hab mal gehört, wie sie mit Dad darüber geredet hat, sie wußte nicht, daß ich es mitkriege.

– Und was hat Dad gesagt?

– So richtig geglaubt hat er es wohl nicht, aber beschäftigt hat es ihn schon. Ich hab es eigentlich auch nicht geglaubt, aber als du mich in das Waisenhaus mitgenommen hast, war das irgendwie . . . Und du mußt doch zugeben . . .

– Was?

– Daß du so lange nicht zu Hause warst, ist schon ein bißchen komisch.

Kate drückte die Zigarette aus und zündete sich die nächste an.

– Ich will dir sagen, warum ich nicht zu Hause war. Erstens, weil ich es dort nicht mehr aushalte, und zweitens, weil ich Angst hatte, sie würden mich zum Bleiben zwingen.

– Zwingen?

Kate machte eine ungeduldige Handbewegung und zog dabei eine Rauchspur durch die Luft.

– Natürlich nicht gegen meinen Willen. Aber ich hätte mir einfach nicht zugetraut, das alles durchzustehen – die Diskussionen, die Vorwürfe, die Beschuldigungen. Ich wollte ihnen nicht wehtun, und das hätte ich tun müssen, wenn ich bei der Wahrheit geblieben wäre.

Sie mochte ihnen nicht sagen, erklärte Kate, wie schrecklich ihr das dürftige, enge Haus war, wo man bei jeder Bewegung an irgendein Möbelstück stieß, wo man praktisch das halbe Jahr im Hinterzimmer zusammenhockte, weil die übrigen Räume feucht und grabeskalt waren.

– Bei meinem letzten Besuch sind mir oben in meinem

Zimmer die Schuhe angeschimmelt. Das muß man sich mal vorstellen! Ich kann dir gar nicht sagen, wie parterre ich damals war.

Sie konnte es kaum erwarten, wieder nach Heidelberg zu kommen, sie zählte die Tage bis zum Ende ihres Urlaubs und griff in ihrer Verzweiflung schließlich zu einem Vorwand, um vorzeitig abreisen zu können. Schon wenn sie morgens die Vorhänge im Schlafzimmer zurückzog, packte sie würgende Beklemmung, ein Gefühl, als müsse sie ertrinken. Diese armseligen, schäbigen kleinen Gärten mit ihren Schuppen, dem Kohleschuppen und dem Werkzeugschuppen und dem Fahrradschuppen, die dort naß und eingesunken vor sich hinmoderten! Und die Frauen in alten Strickjacken und ausgebeulten Röcken, ein Kopftuch über den Lockenwicklern, die frierend die Arme übereinanderschlugen und am Zaun die Kartoffelpreise beredeten oder triefende Wäsche aufhängten, während sich aus tausend Schornsteinen der Ruß zu Boden senkte, so daß man schwarze Finger bekam, wenn man eine Stunde nach dem Putzen über ein Fensterbrett wischte. Die Kälte, die Nässe, der Schmutz.

– Ich habe das einfach nicht mehr gepackt. Zu Hause wußte ich doch überhaupt nicht, was richtige Wärme, richtige Sauberkeit ist, und als ich dann zurückkam, fand ich das alles noch viel schlimmer.

Diese krampfhaften Versuche, die Zugluft draußenzuhalten, vor einem Feuer hockend, das einem die Beine brät, während man hinten Frostbeulen kriegt . . . Und wenn jemand die Tür auf- oder zumachte, rülpste das Feuer eine kleine Rauchwolke ins Zimmer, und die Weihnachtskarten fielen vom Kaminsims.

– Die Arbeit, die so ein elender Kamin macht! Und die ständigen Streitereien deswegen! Dabei wärmt er nicht mal. Ständig mußte ich an meine behagliche Bleibe in Heidelberg denken und wie ich mich in einem warmen Badezimmer unter die heiße Dusche stellen würde, und habe überlegt, wie lange ich es zu Hause aushalten würde. In der ganzen Zeit habe ich nur einmal gebadet. Das hat mir gereicht. Aber wie sollte ich das Mum und Dad klarmachen?

Wie sollte sie ihnen klarmachen, daß es nicht persönlich gemeint war, sie wußte ja, daß wegen des Krieges und der Nachkriegsbeschränkungen die meisten Leute so lebten. Aber sie war inzwischen ein anderes Niveau gewöhnt und konnte sich nicht mehr umstellen.

– Einmal bin ich damals ins West End zum Einkaufen gefahren – nur um mal rauszukommen, nicht daß man in den Geschäften irgendwas Vernünftiges hätte kaufen können. Auf der Rückfahrt war ich ziemlich spät dran und kam in die Rush Hour. Ich hatte total vergessen, wie das ist.

Sie hatte echt Angst gehabt, ohnmächtig zu werden in diesem Abteil, wo zehn, zwölf Leute sich in den schmalen Zwischenraum zwischen den beiden Bänken zwängten, sich haltsuchend ans Gepäcknetz klammerten und dabei noch versuchten, Zeitung zu lesen. Der Gestank nach kaltem Zigarettenrauch und Menschenleibern. Die kondenswassertriefenden Fenster. Viel hätte nicht gefehlt, und auch sie wäre eins dieser elenden, abgerackerten Geschöpfe gewesen, die ihr ganzes Arbeitsleben hindurch dazu verdammt waren, zweimal am Tag diese Höllenfahrt zu machen. Da hatte sie sich geschworen, nie zurückzukommen.

– Nie?

– Du bist lange genug hier, um mir das nachfühlen zu können, Timothy. Denk bloß an dieses Wochenende. Könnte ich in England jemals auch nur annähernd so ein Leben führen?

– Ich weiß ja. Aber – nie?

– Um auf Dauer dort zu leben, meine ich. Nicht für einen Besuch, obgleich ich auch den immer wieder auf die lange Bank schiebe. Insgeheim war ich sehr froh, als ich wegen der Koreageschichte im letzten Jahr nicht kommen konnte. Hört sich ganz schön schlimm an, was? Aber es hat keinen Sinn, sich was vorzumachen. Angeblich sehnt man sich doch immer nach dem Elternhaus, nach der Familie, aber ich habe das nie so empfunden, nicht mal während der Evakuierung. Als Kind habe ich mir oft überlegt, ob ich vielleicht nur adoptiert war, weil ich meine Eltern nicht so lieben konnte, wie man das von einer Tochter wohl erwartet.

– Im Ernst?

– Im Ernst. Natürlich kam noch hinzu, daß du zu Hause das Schoßkind warst.

– Das Schoßkind?

– Aber sicher! Und der Altersunterschied zwischen uns war so groß, daß ich bestimmt glaubte, sie hätten mich adoptiert, weil sie dachten, sie könnten keine eigenen Kinder bekommen, und daß du dann ganz überraschend gekommen bist. Was auch stimmte.

– Wirklich?

– Ja. Sie hatten Mum abgeraten, sich nach mir noch weitere Kinder anzuschaffen, es war wohl eine schwere Geburt. Aber als du dann kamst, ging alles glatt, und seither bist du ihr Liebling.

Kate nahm die nächste Zigarette aus der Packung und bot auch Timothy eine an.

– Ach, entschuldige, du rauchst ja nicht . . .

– Ich probier mal eine, sagte er.

– Himmel, ich bringe dich wirklich auf Abwege. Hast du's schon mal versucht?

– Ein- oder zweimal.

Verstohlene Züge an gemeinschaftlichen Woodbine-Zigaretten im Fahrradschuppen hinter der Schule, bittere Tabakkrümel auf der Zunge. Das hier war etwas anderes. Ein wolkig-wattiges Gefühl im Mund. Er hustete.

– Ich überlegte, warum ich dick war – im Gegensatz zu euch –, und irgendwie paßte eins zum anderen. Eines Tages stellte ich dann fest, daß ich wirklich Mums Tochter war. Aber es war trotzdem ein ziemlicher Schock.

– Warum?

– Als ich mich als Luftwaffenhelferin meldete, mußte ich meine Geburtsurkunde mitbringen, die ich vorher noch nie gesehen hatte. Da hatte ich es ja dann schwarz auf weiß. Aber in dem Umschlag war auch der Trauschein der Eltern. Und als ich mir die Daten ansah, stellte ich fest, daß ich ein halbes Jahr nach der Hochzeit zur Welt gekommen war.

Sie sah ihn vielsagend an.

– Na und? fragte er.

– Ach, Timothy! Und ich dachte, du wärst ein bißchen

aufgeklärter als ich in deinem Alter. Das bedeutet, daß ich außerehelich gezeugt wurde, wie es so schön heißt.

– Herrje ... Er wurde rot.

– Interessant, was? Und eigentlich auch ziemlich komisch. Die Eltern werden dadurch irgendwie menschlicher. Aber damals war ich richtig schockiert. Diese Scheinheiligen, dachte ich, ständig meckern sie an mir rum, weil ich mir die Lippen anmale und abends zu lange wegbleibe. Natürlich war das der Grund, daß sie so streng waren. Die klassische Reaktion. Was ist mit deiner Zigarette?

– Sie ist ausgegangen.

– Zigaretten gehen nicht aus, lachte Kate und hielt ihm ihr Feuerzeug hin. Wenn du fertig bist, muß ich dich nach Hause bringen, es wird spät.

Es dauerte dann noch lange, bis sie ihn in Dolores' Zimmer zurückbrachte. Zu viele Schranken waren gefallen, zu viele Türen hatten sich geöffnet, es war unmöglich, danach so ohne weiteres zur Tagesordnung überzugehen. Zusammen gingen sie auf Entdeckungsreise. Er meinte fast zu spüren, wie er während des Gesprächs erwachsener wurde, wie sich sein Gehirn ausdehnte unter dem Ansturm so vieler neuer Informationen – vergleichbar jenem abendlichen Ziehen in den Gliedern, das seine Mutter Wachstumsschmerzen nannte. Und als er dann endlich im Bett lag, konnte er, obgleich es schon sehr spät und er todmüde war, lange nicht einschlafen, weil das Gespräch ihm nachging. Er hörte Kate sagen:

– Wie ich es geschafft habe, das Jahr in Paris unberührt durchzustehen, weiß ich bis heute nicht. Für die Männer muß meine Naivität schon etwas Atemberaubendes gehabt haben. Das Kunststück, ein derart ahnungsloses Mädchen zu verführen, hat wohl einfach keiner fertiggebracht. Man muß sich das mal vorstellen: Ich ließ mich von einem Mann ausführen, zum Essen, in einen Nachtklub einladen (alles zu horrenden Schwarzmarktpreisen), und wenn der Abend zu Ende war, schüttelte ich ihm die Hand. Was müssen sie von mir gedacht haben ... Nur einer ist mal richtig eklig geworden, der rief mich im Büro an und nannte mich eine miese Pißnelke. Ich hatte keine Ahnung, was er meinte. Als gute Sekretärin habe ich auch noch gesagt: *Können Sie das bitte buchstabieren?* ... und habe es aufgeschrieben und mir das Wort angesehen und wohl in etwa geahnt, was es bedeuten mochte, und dann habe ich den Hörer auf die Gabel geknallt. Ein Lustmolch, habe ich damals nur gedacht. Aber im Grunde hatte er natürlich recht. Damals war ich noch eine gute Katholikin; wenn es nur mal zu einer kleinen Knutscherei auf dem Rücksitz kam, bin ich schon zur Beichte gerannt. Ich wäre nie auf die Idee gekommen, mit einem Mann ins Bett zu gehen.

– Und dann hat es mich erwischt. Mit Pauken und Trompeten. Die ganz große Liebe. Ein Hauptmann aus der Army. Einen Mann wie ihn hatte ich noch nie kennengelernt. Kein Draufgängertyp. Sanft und weltgewandt und altmodisch höflich. Älter als die meisten meiner Bekannten. Kurz und schlecht: Der Mann meiner Träume. Irgendwie war mal davon die Rede gewesen, daß wir später, wenn der Krieg zu Ende war, heiraten würden, aber daran wagte ich damals gar nicht zu denken – man lebte von einem Tag zum anderen, die Kampfhandlungen waren noch nicht vorbei, es konnte noch Gott weiß was passieren. Als er eines Tages sagte, er sei an die Front versetzt worden, und mich fragte, ob ich das letzte Wochenende mit ihm in einem Hotel bei Paris verbringen würde, sagte ich ja. Die Folgen waren mir wohl gar nicht so bewußt. Ich wußte nur, daß wir *es* tun würden – was immer *es* auch bedeutete. Mir war alles gleich. Ich kam mir vor wie seine Braut, scheu und feierlich, als der Tag näherrückte. Und dann bekam ich ganz zufällig im Büro seine Akte auf den Tisch und sah, daß er in den Staaten eine Frau und vier Kinder hatte. Und er war auch nicht an die Front versetzt worden, sondern nach Brüssel, und das war schon seit Wochen befreit.

– Lange habe ich mich mit Bitterkeit und Groll gequält, auch noch, als ich nach Deutschland versetzt wurde. Der Umschwung kam, als ich zum erstenmal nach dem Krieg wieder zu Hause war. Ich sah das triste Leben in England und begriff, wie glücklich ich mich schätzen konnte, dem entkommen zu sein. Ich war ein dickes Mädchen, das keiner heiraten wollte – na und? Ich konnte es mir trotzdem schön machen, ein komfortables Leben führen, mir die Welt ansehen. Die Ehe war schließlich auch nicht immer das Gelbe vom Ei, Mum zum Beispiel hatte ja wirklich nicht viel davon gehabt. Und in der Army hatte ich genug kaputte Ehen gesehen, Untreue, Scheidung und so weiter (in der Militärseelsorge hatten wir häufig mit diesen Dingen zu tun). Als ich nach Heidelberg versetzt wurde, fing ich ein neues Leben an, suchte mir einen neuen Freundeskreis mit Leuten wie Vince und Greg, Dot und Maria. Ich denke mir, daß uns alle das Schicksal irgendwann mal bös erwischt hat. Wir sprechen nie über die Vergangenheit oder über unsere Familien, es ist nur so ein Gefühl. Aber wir haben irgendwie alle eine Gemeinsamkeit. Wir wollen vergessen – vielleicht ist es das. Wir wollen in der Gegenwart leben. Wir wollen Spaß haben und nette Gesellschaft, ohne uns gefühlsmäßig zu engagieren, ohne Angst haben zu müssen, daß uns wieder jemand weh tut. Und Spaß haben wir wirklich jede Menge, das hast du ja gemerkt. Aber ewig kann das so nicht weitergehen.

– Vor einem Jahr habe ich beschlossen, nicht zu warten, bis sie mir den Laufpaß geben. Ich wandere aus, Timothy, nach Amerika. Ich kann jederzeit hin. Der Antrag ist gestellt, die Bürgen habe ich auch. Zu Hause habe ich vor allem deshalb nichts gesagt, weil die Eltern es bestimmt nicht verstehen. Sie werden denken, daß ich sie im Stich lasse. Du mußt mir helfen, es ihnen begreiflich zu machen, Timothy. Auf Dauer kann ich hier nicht bleiben, und nach England kann ich nicht zurück, das siehst du doch ein, nicht? Ich muß an meine Zukunft denken, und die liegt nun mal in den Staaten. Natürlich kann es sein, daß es mir überhaupt nicht gefällt und ich wieder zurück will, aber das kann ich mir eigentlich nicht vorstellen. Findest du das sehr egoistisch? Was hätte ich denn schon in England? Einen Job als Stenotypistin mit zehn Pfund in der Woche. Bestenfalls. Bei dir ist das was anderes, du hast einen guten Kopf und wirst später mal viele Chancen haben. Vielleicht sieht in England bis dahin ja auch alles ganz anders aus. Aber für mich glaube ich nicht an solche Chancen. In den Staaten verdient eine gute Sekretärin bis zu fünftausend Dollar im Jahr. Ich kann hin und wieder nach England fliegen und euch besuchen. Oder du fliegst nach Amerika und machst Urlaub bei mir, wie jetzt, wäre das nicht toll? Du begreifst doch, daß es das einzig Richtige für mich ist, Timothy, nicht wahr, das begreifst du doch . . .

Er gab noch ein wenig Schatten unter die Brückenbögen, verwischte ihn kurz mit dem Radiergummi, blies die Gummikrümel weg und hielt den Block hoch. Fertig. Alles in allem war er mit der Zeichnung recht zufrieden. Die Brückenfigur sah ein bißchen komisch aus, aber Figuren waren noch nie seine Stärke gewesen. Alles andere stimmte. Kate und ihren Freunden würde sein Werk imponieren. Nur ein bißchen grau und leblos sah es als Bleistiftzeichnung aus.

Er holte seinen kleinen Tuschkasten heraus, kletterte die Böschung herunter und füllte den Wasserbehälter. Sehr passend, den Fluß mit Flußwasser bunt anzumalen. Er setzte sich wieder an seinen früheren Platz und begann sorgfältig die Zeichnung zu kolorieren, wobei er die Farben auf der Rückseite der Worthing-Postkarte ausprobierte, bis die Worte seiner Mutter kaum mehr zu erkennen waren.

Er sah auf die Uhr. So langsam mußte er gehen. Er wollte im Fichte-Haus noch duschen, ehe Kate aus dem Büro kam. Don hatte gesagt, daß er sie um sieben abholen würde. Ein ausgefülltes Leben führte er hier – so reich und ausgefüllt, dachte er manchmal, wie wohl sonst kein Junge auf der ganzen weiten Welt es hatte.

2

Don wollte Timothy und Kate ein paar typische alte Heidelberger Studentenkneipen zeigen. Sie hatten sich für den Montag nach dem Baden-Badener Wochenende verabredet. Aber als Kate nach Hause kam, sagte sie:

– Fändest du es sehr schlimm, heute abend mit Don allein wegzugehen? Ich bin nach Baden-Baden ziemlich fertig. Und dann noch unser langes Gespräch. . .

– Ohne dich wird es bestimmt nicht sehr lustig, wandte er ein.

– Mit mir aber auch nicht. Ich habe rasende Kopfschmerzen.

– Wenn du dich unter die Dusche stellst, geht's dir bestimmt gleich besser.

Sie lächelte matt.

– Du hast dich erstaunlich schnell zum Duschen bekehrt. Was hast du denn heute so gemacht?

Timothy zeigte ihr die Zeichnung von der Alten Brücke.

– Die ist aber hübsch geworden, Timothy. Ist sie für meine Sammlung?

– Eigentlich wollte ich sie Mum und Dad schicken. Ich mache dir eine neue. Don leiht sich heute abend extra einen Wagen, Kate.

– Ach ja? Von wem?

– Von irgendeinem Freund in der Army. Er ist bestimmt enttäuscht, wenn du nicht kommst.

Sie überlegte einen Augenblick, dann gab sie seufzend nach.

– Also meinetwegen . . .

Der geliehene Wagen war ein klappriger VW. Im Vergleich zu den Luxuskarossen, in denen Timothy in den letzten Tagen gefahren war, kam er ihm eng und laut vor. Bei laufendem Motor war eine Unterhaltung so gut wie unmöglich. Zum Glück hatten sie nicht weit zu fahren. Don ging mit ihnen erst auf ein Schiff, das an der Neuen Brücke lag und zum Restaurant umfunktioniert worden war. Timothy hatte die Lichter oft abends von der Terrasse der Molkenkur aus gesehen und Kate darauf angesprochen. *Hübsch, nicht?* hatte sie gesagt. *Aber das Essen soll nicht besonders sein. Eher was für Deutsche.*

– Wie nett, sagte sie, als sie hielten und Don rasch ausstieg, um ihr die Beifahrertür aufzumachen. Die Lichter und das Wasser. Hier wollte ich schon immer mal hin.

Timothy hoffte, daß Don den falschen Ton nicht herausgehört hatte und nicht merkte, daß sie mißtrauisch schnüffelte, als sie sich an einen der Tische auf Deck setzten. Die trüben Fluten müffelten tatsächlich etwas. *Bestes Neckarwasser,* scherzte Don, als er die Gläser füllte, aber so recht konnten sie nicht darüber lachen, und Kate rührte ihr Glas nicht an.

Timothy hatte keine große Freude an dem schwimmenden Restaurant; das Essen war tatsächlich nicht besonders, vor allem aber fühlte er sich irgendwie verantwortlich für einen erfolgreichen Verlauf des Abends. Zuerst kam die Unterhaltung nur schwer in Gang. Nachdem sie mit zwei Themen Schiffbruch erlitten hatten – für Glücksspiele konnte Don sich nicht begeistern, und für Politik interessierte Kate sich nicht –, sprachen sie über die Vor- und Nachteile des Lebens in Europa und Amerika.

– Wie ist denn Kalifornien, Don? fragte Kate. Sagtest du nicht, daß deine Familie jetzt dort wohnt?

– Ja, aber ich war nie da. Es scheint ihnen zu gefallen, besonders das Klima.

– Ich stelle es mir so ähnlich vor wie das Mittelmeer, nur mit allem modernen Komfort, sagte Kate. Wenn ich nach Amerika gehe, möchte ich am liebsten nach Kalifornien.

– Hast du vor, nach Amerika zu gehen? fragte Don.

– Nur so eine Idee, sagte Kate leichthin. Wer weiß denn, was uns die Zukunft noch bringt . . .

– Was würden deine Eltern dazu sagen?

– Und was sagen deine? konterte sie.

– *Touché*. Wollen wir jetzt ein paar Kneipen erkunden?

– Sei mir nicht böse, Don, aber eine genügt für heute.

Timothy und ich haben ein ziemlich anstrengendes Wochenende hinter uns.

– Ganz wie du willst.

Es gab ein peinliches Hickhack um die Rechnung. Kate wollte ihren und Timothys Anteil zahlen, aber Don setzte sich durch. Er holte die Scheine und Münzen aus einem Lederportemonnaie und zählte sie gewissenhaft ab.

Die deutschen Gäste sahen alle auf, als sie das Lokal betraten. Ein paar junge Frauen in Rock und Bluse waren da, aber Kate in ihrem beigefarbenen Leinenkostüm und Stöckelschuhen fiel auf wie königlicher Besuch. Der junge Kellner, der ihnen Platz an einem der langen Holztische schaffte, staubte eigens für sie die Bank fürsorglich mit seiner Schürze ab.

Die Kneipe bestand aus zwei Räumen, von denen einer höher lag als der andere. In die langen rohen Holztische waren dicht an dicht Initialen und Sprüche eingeschnitzt. Die Decke war rauchgeschwärzt und hatte schwere Balken, die schmutzigen Wände waren mit Plakaten, Fahnen und altmodischen Fotos junger Männer in fremdartiger Kleidung und komischen Kopfbedeckungen bepflastert. Schwere Humpen standen vor den Männern an den langen Tischen, die meist offene Hemden mit aufgekrempelten Ärmeln trugen. Ein paar hatten auch graue Lederkniehosen an.

– Das ist also eine Studentenkneipe, sagte Kate. Sie streifte die Handschuhe ab und sah sich neugierig um.

– Hast du so was noch nie gesehen? fragte Don. Dabei bist du doch schon so lange in Heidelberg.

– Allein kann man ja als Frau hier kaum hin. Und meine Freunde sind nicht sehr für so was.

– Und du?

– Das kann ich doch jetzt noch nicht sagen, lachte sie. Ein bißchen Zeit mußt du mir schon lassen!

Dann fingen die Männer an zu singen. Der am Kopfende schlug mit dem Bierkrug auf die Tischplatte und sang ein paar Takte, die übrigen nahmen das Lied in donnerndem Chor auf. Dabei saßen sie kerzengerade da und sahen ernst und konzentriert vor sich hin. Als sie fertig waren, klatschten die anderen Gäste Beifall und setzten ihre Unterhaltung fort. Die Sänger lächelten sich bescheiden zu und nahmen einen tiefen Schluck aus ihren Humpen. Nach ein paar Minuten klopfte der Anführer wieder auf den Tisch und stimmte ein neues Lied an.

– Es ist wohl irgendein Verein, erläuterte Don, der sich hier an bestimmten Tagen trifft, und die anderen Gäste kommen her, um sie singen zu hören. Meist geht es viel lockerer zu, dann singen alle mit.

– Wenn sie in einer englischen Kneipe die Sau rauslassen, läuft das aber wesentlich anders, stimmt's, Timothy?

– Die Sau rauslassen? wiederholte Don amüsiert, aber als Kate gerade zu einer Erklärung ansetzte, kam die nächste Gesangseinlage. Wovon das Lied gehandelt habe, wollte Timothy wissen, als sie fertig waren.

– Von den Burgen am Rhein. Eigentlich müßte Timothy doch den Rhein sehen, wenn er schon in Deutschland ist, findest du nicht, Kate?

– Ja, schon, aber bis zu dem schönsten Abschnitt muß man ziemlich weit fahren.

– Wir könnten das am Wochenende machen. Mit dem Dampfer ab Mainz rheinaufwärts, mit einer Übernachtung. Es lohnt sich wirklich.

– Ja, ich weiß. Aber leider haben wir am Wochenende schon was vor, Don. Ich fahre mit ein paar Freunden in das Rest Centre nach Garmisch und nehme Timothy mit. Und das ist dann leider schon sein letztes Wochenende.

– Da kann man nichts machen, sagte Don.

– Mein letztes Wochenende, sagte Timothy, um die peinliche Pause zu überbrücken. Das hatte ich ganz vergessen.

– Nur Mut, sagte Kate, noch bist du ja hier. Wobei mir einfällt, daß ich dir für morgen nette Gesellschaft besorgt habe. Zur Abwechslung mal ein paar Jungs in deinem Alter.

– Wen denn? fragte er mißtrauisch.

– Die Söhne von einem Hauptmann, Ralph Mercer, der öfter mal zu mir ins Büro kommt. Er hat eine reizende Frau und drei Kinder, sie leben hier in der Garnison. Ich habe ihm von dir erzählt, und heute hat mich Mrs. Mercer im Büro angerufen und dich für morgen eingeladen. Du kannst mit ihnen essen, und nachmittags unternehmen die Jungs dann irgendwas mit dir.

– Muß das sein?

– Nein, natürlich *muß* es nicht sein, sagte Kate und machte schmale Lippen wie seine Mutter, wenn ihr etwas nicht paßte.

– Na schön. Wie alt sind denn die Kinder?

– Larry ist fünfzehn, glaube ich, der andere Sohn ist etwas jünger. Es wird dir bestimmt nicht leid tun. Du warst in letzter Zeit ein bißchen viel mit Erwachsenen zusammen.

– Du könntest auch die Kinder in meiner Klasse kennenlernen und ihnen einen kleinen Vortrag über England halten, meinte Don.

– Ich?

– Ja, warum nicht, Timothy, sagte Kate. Das machst du bestimmt sehr gut.

– Ich überleg's mir mal, versprach er, insgeheim geschmeichelt.

Während des nächsten Liedes flüsterte Kate ihm zu: *Hast du was dagegen, wenn wir danach gehen?* Er war sehr einverstanden. Die Bank war scheußlich hart, und die langatmigen Lieder in einer unverständlichen Sprache gingen ihm allmählich auf die Nerven. Alles in allem waren ihm Kates abendliche Vergnügungen lieber. Trotzdem verteidigte er tapfer Dons gutgemeinte Einladung. Als sie mit dem Aufzug zu Dolores' Zimmer fuhren, sagte er:

– Starke Atmosphäre in dem Bierkeller, nicht?

– Wenn du die Luft meinst – die konnte man tatsächlich mit dem Messer schneiden. Und der Gestank beim Essen ... pfui Deibel!

– Ist mir gar nicht aufgefallen, schwindelte er. Hat es dir denn sonst gefallen?

– Es war mal was anderes. Hast du deinen Schlüssel? Don ist ein lieber Junge, aber nicht gerade besonders spritzig, nicht?

– Zu ernsthaft, meinst du?

– Er sitzt bloß da und läßt die Dinge laufen. Und wenn nichts läuft, ist ihm das auch recht. Während Vince und Greg eben ständig dafür sorgen, daß irgendwas los ist.

– Ich habe mich aber sehr interessant mit Don unterhalten, sagte Timothy.

– Worüber?

– Och . . . über den Krieg. Konzentrationslager und so.

Kate hob die Hände.

– Danke bestens! Nichts könnte mich mehr reizen als ein fesselndes Gespräch über Konzentrationslager.

– Vince redet ja auch die ganze Zeit über Hitler.

– Nicht mit mir. Ich hab nichts gegen Don, aber er ist einfach nicht mein Typ. Ein Mann mit Portemonnaie ist bei mir von vornherein unten durch.

– Ich glaube, das mit dem Wochenende hat ihn ein bißchen enttäuscht.

– Enttäuscht? Ich fand den Vorschlag eigentlich ganz schön unverschämt. Seh ich so aus, als ob ich mich von jedem Hinz und Kunz zu einem Wochenendtrip einladen lasse?

– Ich sollte doch mitkommen.

– Als Anstandswauwau, was? Sie legte die Hände an die breiten Hüften und lachte ihn an. Glaubst du denn, du könntest notfalls meine Unschuld verteidigen?

– Ich denke, die willst du eigentlich gern loswerden? sagte er keck und duckte sich vor ihrer erhobenen Hand.

– Ich warne dich, Brüderchen! Wenn du je ein Wort von dem verrätst, was ich dir gestern abend erzählt habe, dreh ich dir den Hals um.

– Könnte nicht Don mit nach Garmisch kommen, Kate?

Sie sah ihn betroffen an.

– Wieso denn das?

– Ich glaube, er wäre gern am Wochenende – an meinem letzten Wochenende – mit uns zusammen. Ich spreche mit ihm, wenn du willst. Er würde sich bestimmt wahnsinnig freuen.

– Kann ich mir vorstellen. Aber ich weiß nicht, wie Vince und Greg dazu stehen . . .

– Du kannst sie ja fragen.

Kate überlegte.

– Mal sehen, Timothy. Und vergiß nicht, daß du morgen bei den Mercers eingeladen bist.

Die Mercers wohnten in einem der großen Häuserblocks, die von den Amerikanern für ihr Personal im Süden Heidelbergs errichtet worden waren, in einem Viertel, das Kates Freunde mit leiser Herablassung America Town nannten. Tatsächlich erinnerte einen auf diesen sauberen, wie mit dem Lineal gezogenen Straßen mit den gesichtslosen, gleichförmigen Häusern nichts an Deutschland. Die Gehsteige wirkten seltsam verlassen, während auf den breiten, glatten Fahrbahnen lebhafter Verkehr herrschte. Hauptsächlich waren es große Fords, Pontiacs und Chryslers, die mit flüsternden Reifen an Timothy vorbeirollten. Er hatte, nachdem er aus seinem gelben Bus gestiegen war, einige Mühe, den richtigen Block zu finden. Zwei, drei amerikanische Jungen, die am Fuß der Treppe herumlagen, verstummten und glotzten ihn an, als er näher kam.

– Ist das der Lincoln-Block? fragte er.

– Yep, sagte einer. Ein anderer blies eine große Bubblegumblase und ließ sie knallend zerplatzen. Da sie keine Anstalten machten beiseite zu rücken, stieg er über sie hinweg und ging die Treppe hinauf.

Mrs. Mercers machte die Tür auf und sah ihn zunächst verständnislos an. Sie war eine dünne, abgearbeitete Frau in geblümter Kittelschürze, die das Haar zu Zöpfen geflochten trug. Ein kleines Mädchen von etwa drei Jahren hing, den Daumen im Mund und eine ausgefranste, schmutzige Decke hinter sich her ziehend, an ihrem Schürzenzipfel.

– Timothy *wer*? Ach so, ja, Kates Bruder. Komm rein! Lulu, lauf mir nicht vor die Füße. Das ist Timothy, er ist aus England.

– Hallo, sagte Timothy. Lulu lutschte weiter Daumen.

– Im Sprechen ist sie ein bißchen zurück, erläuterte Mrs. Mercer. Aber der Kinderarzt sagt, wir sollen immer fleißig mit ihr reden. Nur nicht in Babysprache.

– Ich kann gar keine Babysprache.

Mrs. Mercer lachte.

– Du sprichst echt gepflegt.

– Da ist meine Schwester aber anderer Meinung.

– Na ja, deine Schwester ... die ist eine Klasse für sich! So was von schönem englischem Akzent!

Sie führte ihn in einen Raum, der das Wohnzimmer zu sein schien; genau war es nicht zu erkennen, weil auf den meisten

Möbelstücken Stöße von teils sauberer, teils schmutziger Wäsche lagen. Er folgte Mrs. Mercer auf der Suche nach ihren Söhnen durch die ganze Wohnung, und auch den anderen Räumen ließen sich keine eindeutig bestimmbaren Funktionen zuordnen. Im Schlafzimmer stand schmutziges Geschirr, in der Küche lagen Spielsachen und Sportgeräte, in dem leeren Badezimmer lief ein Radio.

– Die Jungs sind offenbar weggegangen, sagte Mrs. Mercer und ging zur Wohnungstür. *Larry! Con!* rief sie ins Treppenhaus hinunter.

Wenig später kamen der Junge, der unten Timothys Frage beantwortet hatte, und der Junge mit dem Bubblegum angeschlurft. Con war fast so groß wie Timothy, und Larry überragte ihn um einen Kopf, obgleich beide jünger waren als er.

– Larry, Con, das ist Timothy, sagte ihre Mutter.

– Wir kennen uns schon, sagte Larry.

– Du, Mom, ich hab wahnsinnigen Kohldampf, sagte Con und ließ eine weitere Bubblegumblase zerplatzen.

– Okay, ich mach euch ein Brot mit Erdnußbutter und Gelee. Möchtest du auch ein Brot, Timothy?

So kurz vor dem Mittagessen mochte er sich nicht den Appetit verderben und lehnte höflich dankend ab. Nach einem etwas konfusen Hin und Her dämmerte ihm, daß das Brot als Mittagessen gedacht war, und er revidierte rasch seine Entscheidung. Sie aßen in der Küche, auf hohen Hockern an einem schmalen hohen Tisch, der aussah wie der Tresen einer Snackbar. Das Gespräch schleppte sich ziemlich mühsam dahin.

– Was machst du denn in Heidelberg? fragte Larry mit vollem Mund.

– Ich habe Ferien, sagte er.

– Echt Scheiße, hier Ferien zu machen, sagte Con.

– Con! Wie oft habe ich dir dieses Wort schon verboten, sagte seine Mutter.

– Gefällt es dir hier nicht? fragte Timothy.

– Nee. Nischt los hier.

– Was wollt ihr denn heute nachmittag mit Timothy unternehmen? fragte Mrs. Mercer.

– In der Stadt läuft ’n neuer Film, sagte Larry.

– Ihr wart gestern erst im Kino.

– Was solln wir denn sonst machen?

– Ihr könntet schwimmen gehen. Warst du schon im Freibad, Timothy?

– Ja.

– Siehste, im Freibad war er schon. Larry drehte sich auf seinem Hocker herum und sprang herunter. Krieg ich Geld fürs Kino?

– Meinetwegen. Mrs. Mercer griff seufzend in ihr Portemonnaie.

– Komm, Mom, sei nicht so knickerig.

– Das Kino kostet doch bloß fünfzig Cents für jeden.

– Ja, aber ohne Popcorn, und vielleicht möchte er hinterher einen Milkshake. Larry deutete mit einer Kopfbewegung zu Timothy hin.

– Na schön. Und zieht euch saubere Hemden an, ihr zwei, ehe ihr aus dem Haus geht.

Sie wühlten in den Wäschehaufen im Wohnzimmer herum, bis sie zwei saubere T-Shirts gefunden hatten. Daß jeder seine eigenen Sachen hatte, schien in dieser Familie nicht üblich zu sein, was Timothy sehr verwunderte. Zu den T-Shirts trugen sie Jeans und schmuddelige Basketballstiefel, und ehe sie die Wohnung verließen, zogen sie noch leichte Anoraks mit Reißverschluß über. Timothy kam sich in seinem neuen Sakko und der Hose etwas zu feingemacht vor.

– Aus was für ’nem Shire kommst du? fragte Larry, als sie mit einem der gelben Busse in die Stadt zurückruckelten.

– Shire? wiederholte Timothy verständnislos.

– Na ja, nennt ihr das nicht Shire in England, was bei uns die Staaten sind? York*shire* und Lanca*shire*.

– Ach so. Ich bin aus London, das ist eigentlich kein Shire. Und wo wohnt ihr in Amerika?

– Neuerdings in Kentucky.

– Wo das Kentucky Derby ist?

– Davon haste also schon gehört? freute sich Larry und taute merklich auf.

Je näher sie dem Kino kamen, desto dichter wurde das

Gewusel amerikanischer Kinder und Halbwüchsiger. Von allen Seiten strömten sie herbei in ihrem typisch lässigen Schlenkergang, in bunten Hemden über geflickten Jeans, nie allein, immer im Rudel, laute Gespräche in ihrem unbekümmert knautschenden Amerikanisch führend. Offenbar hatten sie nicht wie Timothy das Bedürfnis, sich auf den Straßen Heidelbergs gleichsam zu tarnen, damit man nicht erkannte, daß sie zu den Besatzern gehörten. Sie benahmen sich vielmehr so, als gäbe es die Deutschen überhaupt nicht, als seien sie, die Amerikaner, mit dem ganzen Rüstzeug ihrer Zivilisation geradewegs auf dem Mond gelandet. In dem abgewetzten Foyer des beschlagnahmten Kinos fielen die glitzernd modernen Verkaufsstände für Popcorn, Hotdogs und alkoholfreie Getränke ins Auge. Im Zuschauerraum weckte eine rätselhafte Neuerung Timothys Neugier: In den hinteren Reihen fehlte zwischen jedem zweiten Sitz die Armlehne.

– Schmusesitze, erläuterte Larry gleichmütig, während seine Hand sich rhythmisch von der Popcorntüte zum Mund und wieder zurück bewegte.

Schmusesitze! Die Idee und ihre überall um ihn herum zu beobachtende praktische Nutzanwendung lenkten Timothy nachhaltig von dem Wildwestfilm ab, der über die Leinwand flimmerte. Schmusesitze: Ein unverfrorenes Eingeständnis, daß man *deshalb* ins Kino ging. Man lud die Freundin ein, und an der Kasse sagte man: Zweimal Schmusesitz bitte, und kein Mensch regte sich darüber auf. Sagenhaft.

Einerseits machte er sich über diese legalisierte Libertinage lustig, andererseits empfand er sie als etwas durchaus Begehrenswertes. Sie war kindisch, ja, das war der richtige Ausdruck, alle diese jungen Amerikaner waren kindisch, er kam sich – so lang aufgeschossen sie auch waren – unendlich viel älter vor als sie. Aber er hatte nie so Kind sein dürfen, wie sie es waren, und trauerte diesem Zustand ein wenig nach.

Und so blieb er, obgleich er sich in der Gesellschaft von Con und Larry ein bißchen gelangweilt und unwohl fühlte, mit den beiden zusammen, als sie aus dem Kino kamen und in die Sonne blinzelten (eine Sünde und Schande, hätte seine Mutter gesagt, diesen herrlichen Nachmittag im Kino zu verplempern), und ging mit ihnen in die nahegelegene Milchbar, eine amerikanische Einrichtung, die er noch nicht kannte. Hier verkehrten hauptsächlich GIs und Teenager, die jetzt, nach Schluß der Vorstellung, lärmend hineindrängten. Hinter der schmalen, unauffälligen Fassade in der Bergheimerstraße tat sich ein komplettes Klein-Amerika mit rosa Neonlicht und blitzendem Chrom auf. Große, breitschultrige Soldaten saßen am Tresen und nuckelten hingegeben an Strohhalmen, oder sie blätterten in den auf einem langen Ständer an der Tür ausgelegten Zeitschriften und Comics. Aus einer riesigen klotzartigen Jukebox, die wie ein Altar an der hinteren Wand stand, hämmerte und dröhnte es.

– Hier gibt's die besten Eiskremsodas in der ganzen Stadt, sagte Larry. Zwölf Sorten.

– Bei Howard Johnson sind es neununddreißig, sagte Con.

– Doof, daß sie in Heidelberg noch kein Howard Johnson haben, seufzte Larry. Los, wir schmeißen unseren Kram zusammen. Ich hab einen Dollar fünfzig. Er legte seine Scrip-Dollars auf den Tisch.

– Ich hab nur einen Dime, sagte Con. Mom gibt immer dir das ganze Geld. Und du? fragte er Timothy.

Unvorsichtigerweise zog Timothy einen Fünf-Dollar-Schein hervor.

Con machte runde Augen. Klasse! Macht drei für jeden.

– Vier, sagte Larry. Mindestens.

Timothy hütete sich, Zweifel an der Fairness dieser Regelung anzumelden. Sie fingen mit Schokolade an, gingen zu Ananas und dann zu Erdbeer über. Die Eiskremsodas waren wirklich super, aber schon den Erdbeersoda hatte Timothy nur mit Mühe geschafft. Als Larry sich schwankend erhob, um eine vierte Runde zu bestellen, mochte Timothy nicht nein sagen, die anderen hätten ihn sonst womöglich für einen Schlappschwanz gehalten.

– Was nehmen wir diesmal? fragte Larry und lehnte sich schwer an die Lehne seines Sessels.

Con kippte in gefährlichem Winkel nach hinten, um das Verzeichnis an der Wand zu studieren.

– Pistazie?

Larry nickte einverstanden, ohne das Kinn von der Brust zu heben.

– Dreimal Pistazie also, lallte er und schlurfte mit hängendem Kopf zur Theke.

– Wofür ist eigentlich Con die Abkürzung? fragte Timothy, nur um etwas zu sagen.

Con sah geistesabwesend vor sich hin, als habe er die Frage nicht gehört oder die Antwort vergessen. Dann rülpste er, und ein Ausdruck beseligter Erleichterung ging über das runde, sommersprossige Gesicht.

– Constantine.

– Nach dem römischen Kaiser?

– Willste mich verarschen? Nach meinem Opa.

Timothy wechselte das Thema und fragte nach dem Sinn der mit Knöpfen und Tasten versehenen Blechkästchen, die über jedem Tisch an der Wand angebracht waren.

– Für die Jukebox, erläuterte Con. Fernbedienung. Brauchst nicht hinzugehen.

Wie die Schmusesitze. Diese Amerikaner!

Larry kam mit den giftgrünen Eiskremsodas zurück. Genüßlich nuckelnd, die Ellbogen auf die Tischplatte gestützt, erzählte er zutraulich, ja weinerlich von den Soda Fountains zu Hause, von Hot Rod-Rennen, Footballspielen und Fernsehsendungen.

– Habt ihr in England Fernsehen?

– Ja.

– Ihr Glücklichen! Hier sind die noch nicht soweit. Wie viele Kanäle?

– Kanäle?

– Ja, wieviele Programme kriegt ihr rein?

– Nur eins, die BBC.

– Nur eins? Mitleidig und verächtlich zugleich sahen sie ihn an.

– Ihr habt Werbung im Fernsehen, nicht? sagte Timothy. In England gibt es das nicht.

– Und was habt ihr zwischen den Sendungen?

– Nichts. Nur so was wie ein Intermezzo.

– Inter . . . was?

– Sie blenden das Bild von einem Feld ein oder einen Wasserfall oder so was. Bis die nächste Sendung anfängt.

Larry musterte ihn argwöhnisch.

– Willste uns verscheißern?

– Die Werbung hab ich immer gut gefunden, sagte Con. Manche Spots waren echt Spitze.

An dem Tisch gegenüber stand eine Gruppe junger Mädchen auf. Sie blieben noch einen Augenblick stehen, scharrten im Takt der Jukebox mit den Füßen und nahmen die Jungs auf die Schippe, die am Tisch sitzengeblieben waren. Sie trugen alle enge Bluejeans, die auf halber Schenkelhöhe abgeschnitten und ausgefranst waren. Larry rückte dicht an Timothy heran.

– Siehste die mit dem gelben Pullover? Er hatte eine widerlich-süßliche Pistazienfahne.

– Ja, sagte Timothy, dem sie auch schon aufgefallen war.

– Das ist Gloria Rose. Sie zeigt ihre Titten für einen Dollar. In den Garagen hinter dem Lincoln-Block.

Con prustete und schob sich die Hände zwischen die Schenkel.

– Nicht ganz billig, sagte Timothy. Was sie kostenlos zeigt, ist schließlich auch nicht ohne.

Es war ein instinktiver Reflex, eine dieser kühl-herablassenden Bemerkungen, mit denen er Anspielungen auf seine sexuellen Erfahrungen, seine sexuelle Neugier abzublocken pflegte und die stets den Nachteil hatten, daß damit das angefangene Gespräch ein für allemal beendet war. Unter gesenkten Lidern betrachtete er hoffnungsvoll die vorkragenden Brüste von Gloria Rose. Ein Dollar, um sie zu besichtigen, rosafarben und nackt. Und wieviel würde sie für fünf Dollar zeigen? Doch sicher alles. Zerstreut nahm er einen tiefen Zug von seinem Eiskremsoda, was sein Magen sehr übel vermerkte.

– Entschuldigung, sagte er, stand ziemlich unvermittelt auf und stolperte zur Toilette, das heißt, er hoffte, daß es tatsächlich die Toilette war, denn sonst drohte eine ganz gräßliche Katastrophe.

Es traf sich unglücklich, daß die Jungs Kate und ihn an diesem Abend zum Essen zu sich nach Hause eingeladen hatten. Sie wohnten im Obergeschoß einer der klotzigen alten

Villen, die wie düstere Burgen am Nordufer des Neckars standen. Die Jungs kochten und servierten selbst – mit Schwung und erheblichem Können. Der Tisch war wunderschön gedeckt, mit blinkendem Silber und Kristall, gestärkter weißer Tischwäsche und Blumen. An beiden Enden der Tafel standen Armleuchter mit roten Kerzen. Das Essen sah köstlich aus, aber Timothy, der noch mit den Nachwirkungen der Eiskremsodas kämpfte, hatte keinen Appetit. Er fühle sich nicht recht wohl, sagte er, und durfte aufstehen, ehe die anderen fertig waren. Im Nebenzimmer stand ein erstaunliches Grammophon, das die Platten automatisch wechselte, sogenannte Langspielplatten, die er hier zum ersten Mal sah. Greg hatte, als sie kamen, einen Stapel Platten aufgelegt, und Timothy verfolgte stillvergnügt die roboterhaften Bewegungen des Plattenwechslers.

Kate kam erhitzt und wohlig-satt mit ihrem Kaffee herein und ließ sich in das tiefe Sofa sinken.

– Die Jungs haben mir verboten, beim Abräumen zu helfen, und auf einen Streit wollte ich es nicht ankommen lassen, sagte sie. Hör mal, ich habe wegen Don und Garmisch mal vorgefühlt, aber sie sind nicht sehr dafür.

– Ach so.

– Es macht dir doch nichts, wenn wir ihn nicht einladen?

– Nein.

– Greg hat schon recht, bei so einem Trip macht es die Stimmung kaputt, wenn einer nicht in die Gruppe paßt.

– Glaubst du, daß das der wahre Grund ist?

– Wieso?

– Es könnte doch auch sein, daß sie . . . eine Spur eifersüchtig sind.

Kate lachte ein bißchen.

– Da ist vielleicht was dran. Was machst du morgen?

– Meine Radtour mit Rudolf, sagte er lustlos.

– Ja, richtig. Na, dann viel Spaß.

Die Fahrräder, die Rudolf besorgt hatte, waren plumpe, schwerfällige Drahtesel ohne Gangschaltung, mit breitem Damensattel und weichen, dicken Reifen aus einem komisch weißlichen Gummi. Ein Abonnent der *Fahrradwelt* hätte sich eigentlich auf so was in Grund und Boden schämen müssen, allerdings wußte Timothy auf dem holprigen Kopfsteinpflaster von Heidelberg und beim Überqueren der Straßenbahnschienen die Vorteile der dicken Reifen bald zu schätzen. Rudolf kam mit seinem einen Arm erstaunlich gut zurecht, nur beim Aufsteigen hatte er gewisse Schwierigkeiten. Sie ließen die Berge hinter sich und fuhren in die dunstige Ebene hinein, die sich bis zum Rhein erstreckte. Hier, mitten auf dem Land, gab es überraschenderweise Straßenbahnen, sie sahen sehr komisch aus, wenn sie an den Kuhweiden vorbeifuhren. Die Erde war durch die Hitzewelle ausgetrocknet und krustig. Staub hing in der Luft, und Auspuffgase mischten sich unter den Geruch nach Dung und Heu. Gegen die spektakuläre Landschaft des Neckartals fiel diese Gegend entschieden ab. Plattes Land, wohin man sah.

Rudolf lobte die englische Landschaft in den höchsten Tönen, besonders Cornwall, wo er als Kriegsgefangener gewesen war. Sich in diesem Zusammenhang feinsinnig über englische Landschaften auszulassen fand Timothy recht befremdlich. Im Krieg, auf einem Abstellgleis in Blyfield, hatte er hinter den Scheiben des Zuges einmal deutsche Kriegsgefangene gesehen: fahle, schlecht rasierte Gesichter, Schirmmützen, triste Arbeitskluft. Britische Soldaten mit übergehängtem Gewehr gingen an den Waggons auf und ab. Von der sicheren Warte einer Fußgängerbrücke aus hatte er die Gefangenen halb mitleidig, halb haßerfüllt betrachtet. Der Zug mußte fast den ganzen Tag dort warten, und als er weg war, roch es ungut von den Gleisen. Die Leute im Dorf waren aufgebracht, und in einem Laden sagte jemand, man hätte sie zwingen sollen, ihren Dreck selber wegzuputzen, zu mehr taugten sie ja doch nicht. Und jetzt, wenige Jahre später, radelte er neben einem her, der in Kriegsgefangenschaft gewesen war wie jene Männer damals, und führte ein gepflegtes Gespräch über englische Hecken. Eine wunderliche Welt war das.

Nach einer Weile nahm er all seinen Mut zusammen und fragte:

– Hast du mal einen Fluchtversuch gemacht?

Rudolf lachte.

– Fluchtversuch? Das ist gut! Du kannst dir gar nicht vorstellen, wie selig wir waren, in Gefangenschaft zu sein.

– Selig?

– Natürlich. Wir waren in Sicherheit, wurden gut ernährt und notfalls auch ärztlich versorgt. Es war wie Urlaub. Sie haben uns in – wie sagt man – in einem Urlaubslager untergebracht.

– Ferienlager.

– Jawohl. Kleine Hütten am Meer. Saubere Decken. Sogar Tischtennis. Für mich war es das Beste am ganzen Krieg.

Eine wunderliche Welt.

Sie machten zum Picknicken an einer Badestelle halt. Es war kein richtiges Freibad, nur ein mit Seilen abgeteiltes Stück Fluß mit Zelten zum Umkleiden und Picknicktischen. Timothy fand die trüben Fluten und den glitschigen Morast, durch den man waten mußte, bis es tief genug zum Schwimmen war, nicht sehr verlockend. Aber er setzte sich gern zum Ausruhen und Abkühlen in den Schatten der Bäume, während Rudolf ins Wasser ging.

Hier waren nur Deutsche, das sah man an der Kleidung, dem Essen, das sie mitgebracht hatten, den Weinflaschen. Und den Fliegen. Dort, wo in Heidelberg Amerikaner waren, gab es keine Fliegen, nicht mal im Freibad am Fluß. Rudolf blieb lange aus. Timothy konnte ihn in der planschenden Menge im Wasser nicht erkennen. Plötzlich kam er sich sehr verlassen vor. Wenn ihn nun Rudolf hier hatte sitzenlassen, nur so aus Spaß? Oder wenn er ertrunken war ... Timothy sah sich, zur Sprach- und Hilflosigkeit verdammt, neben den beiden Fahrrädern warten, indes die Schatten immer länger wurden. Nie im Leben würde er allein nach Heidelberg zurückfinden.

Zwei junge Mädchen in Badekleidung setzten sich ganz in seiner Nähe auf ihre Handtücher. Sie hatten bäurisch-breite, sommersprossige Gesichter und dicke blonde Zöpfe. Sie mochten etwa fünfzehn sein, hatten aber schon gut entwickelte Brüste, die unter den offenbar handgestrickten Badeanzügen auf und ab hüpften. Nach einer Weile merkte er bestürzt, daß sie ihn beobachteten. Er spürte ihre raschen, verstohlenen

Blicke, sah, wie sie den Kopf abwandten, wenn er zu ihnen hinschaute, sah sie eine geballte Faust an den Mund drücken, um ein prustendes Kichern zu ersticken. Sie hatten offenbar gemerkt, daß er nicht von hier war, und machten sich über ihn lustig. Jeden Augenblick konnten sie ihn ansprechen. Und dann? Unruhig hielt er nach Rudolf Ausschau.

Da kam er endlich, die nasse Badehose und eine Flasche Mineralwasser in der Hand. Timothy überlegte, wie der Stumpf aussehen mochte, war aber ganz froh, daß er schon wieder die Jacke darüber trug. Eine feuchte Zigarette hing an Rudolfs Lippen und wippte, wenn er sprach.

– Tut mir leid, daß es so lange gedauert hat, aber es war einfach herrlich im Wasser. Du mußt Hunger haben.

Wie verabredet hatte Rudolf Brötchen und Butter und Timothy ein paar gute Sachen aus dem P.X. mitgebracht, Dosenschinken und Würstchen und Senf in einer Art Zahnpastatube, über die ihre beiden Nachbarinnen sich ausschütten wollten vor Lachen.

– Du hast eine Eroberung gemacht, stellte Rudolf fest.

– Was ist denn los mit denen? Ich sitze doch hier nur ganz harmlos.

– Sie finden dich sexy, sagte Rudolf zu seiner Überraschung. Dein blasses Gesicht, die dunklen Haare und Augen – das hat man hier normalerweise nicht.

– Großer Gott, sagte Timothy verblüfft, aber nicht unangenehm berührt.

Rudolf rief den beiden etwas zu. Sie nahmen ihre Handtücher und flohen gackernd. Der Babyspeck wabbelte.

– Alberne Gänse. Du bist sicher auch froh, daß wir sie los sind, nicht?

– Ja, sagte Timothy, obschon er neben Erleichterung fast so etwas wie Bedauern empfand.

Nach dem Essen legte Rudolf sich ins Gras. Timothy blieb sitzen und stützte sich auf die verschränkten Arme.

– Wie war das denn in Deutschland so mit dem Krieg, Rudolf, fragte er und fügte rasch hinzu: Du brauchst nicht darüber zu sprechen, wenn du nicht willst.

– Ich war ja erst zehn, als der Krieg anfing, sagte Rudolf.

Damals wohnten wir in München, weit vom Schuß im wahrsten Sinne des Wortes. Lange waren wir außerhalb der Reichweite eurer Bomber. Natürlich fand ich die vielen deutschen Siege sehr aufregend. Mein Vater war Parteigenosse, er war nicht ganz gesund und bekam deshalb einen Druckposten zu Hause. In der Schule erzählten sie uns von dem glorreichen deutschen Auftrag: die Führung in Europa zu übernehmen, der Drohung des Bolschewismus Widerstand zu leisten. Natürlich ging ich ins Jungvolk und schwor, als ich zehn war, mein Leben für Ihn zu geben. In jeder Klasse hing ein Bild von Ihm.

Timothy fiel auf, daß Rudolf den Führer nie beim Namen nannte.

– Dann wurde es langsam ernst mit dem Krieg. Die versprochenen Siege wollten sich nicht einstellen. Immer mehr junge Männer wurden eingezogen, und jeder kannte mindestens einen, der irgendwo gefallen oder verwundet worden war. Besonders in Rußland. Ich erinnere mich an den Fall von Stalingrad. Den konnte selbst Er nicht zu einem Sieg ummünzen. Vier Tage herrschte Nationaltrauer, Kinos und Theater waren geschlossen, alle Fahnen standen auf halbmast, das Radio brachte nur ernste Musik. Ich glaube, damals habe ich mir zum erstenmal überlegt, warum wir den Krieg angefangen hatten. Man hatte uns nämlich erzählt, das russische Volk würde unsere Truppen als Befreier mit offenen Armen aufnehmen.

– Und dann kam die Affäre Scholl, hast du davon schon mal gehört? An der Münchner Universität gab es ein Geschwisterpaar, Hans und Sophie Scholl, die beiden organisierten den Widerstand unter den Studenten – den wenigen Studenten, die noch übriggeblieben waren. Einmal fand ich eins ihrer Flugblätter in einer Mülltonne und brachte es mit nach Hause. Mein Vater bekam einen Heidenschrecken und prügelte mich windelweich. Dann denunzierte jemand die Geschwister Scholl bei der Gestapo, und natürlich wurden sie aufgehängt.

– Mit vierzehn mußte man eigentlich in die Hitlerjugend. Ich wollte nicht hin und bekam einen Riesenkrach mit meinem Vater. Natürlich ging ich schließlich doch, eine Weigerung wäre viel zu gefährlich gewesen. Aber viele hatten dieselbe

Einstellung wie ich. Natürlich gab es auch Fanatiker, die es gar nicht erwarten konnten, bis sie in einer Uniform steckten. Man mußte jedes Wort auf die Goldwaage legen. Aber die meisten von uns hofften, der Krieg wäre aus, ehe wir eingezogen werden konnten. Doch daraus wurde nichts. Unsere letzte Chance war der 20. Juli, ist dir das ein Begriff?

– Ja, sagte Timothy. Vince – Mr. Vernon – hat mir davon erzählt.

– Mich holten sie mit sechzehn. Zum Glück schickten sie uns an die Westfront und nicht in den Osten. Wir waren an sich Reservetruppen und weit hinter der Front eingesetzt, aber dann kam völlig überraschend der Durchbruch der Amerikaner bei Avranche.

– Wie bist du in Gefangenschaft geraten?

– Das weiß ich nicht. Ich hatte nach dem Treffer das Bewußtsein verloren. Als ich wieder zu mir kam, dachte ich erst, ich wäre in einem deutschen Lazarett, und dann hörte ich einen Arzt englisch sprechen, und mir fiel ein Stein vom Herzen. Jetzt wußte ich, daß ich den Krieg überleben würde.

– Ist es nicht ein komisches Gefühl, jetzt daran zurückzudenken?

– Ja. Was hast du in dem Sommer gemacht, Timothy?

– Ich war auf dem Land, Blyfield hieß das Dorf.

– Klingt hübsch.

– Viel war nicht los dort. Ich bin auf Schmetterlingsjagd gegangen.

Rudolf prustete belustigt.

– Aber ich habe den Blitz miterlebt, sagte Timothy, der das unbestimmte Gefühl hatte, sich rechtfertigen zu müssen. Ich war in einem Schutzraum, das Haus daneben wurde von einer Bombe getroffen. Ein kleines Mädchen, mit dem ich immer gespielt hatte, und ihre Mutter sind dabei umgekommen.

Plötzlich war das alles wieder ganz nah, und ihm war, als sei eine Wolke über die Sonne gezogen. Jill und Tante Nora tot im Garten. Onkel Jack über Deutschland abgeschossen. Leiser Groll regte sich in ihm. Nicht daß Rudolf persönlich eine Schuld traf, aber es schien ihm wie ein Verrat an den Toten, zu . . . ja, zu locker und freundschaftlich mit einem Deutschen umzugehen. Müßten nicht eigentlich zwei Völker, die sich so sehr haßten, daß sie sich zu Hunderttausenden abschlachten konnten, ihren Haß länger als nur sechs kurze Jahre lebendig halten?

Sobald er die Frage formuliert hatte, begriff er, daß es darauf auch noch eine andere Antwort gab. Wenn der Haß so kurzlebig war, hatte vielleicht der Krieg selbst keinen Sinn gehabt. Gewiß, Hitler mußte das Handwerk gelegt werden, das hatte sogar Rudolf eingeräumt. Andererseits konnte man, wenn man ihn so reden hörte, doch wirklich meinen, den Deutschen sei Hitler ebenso verhaßt gewesen wie den Engländern. Aber das konnte so nicht stimmen. Es konnte nicht nur einer gewesen sein, der an allem schuld war, er mußte jede Menge williger Befehlsempfänger gehabt haben. Die KZ-Kommandanten zum Beispiel. Schon für diese Dinge hatte Hitler eine Menge Leute gebraucht, die ebenso schlechte Menschen gewesen waren wie er selber.

– Hast du das mit den Juden gewußt? fragte er kühn.

Rudolf lächelte leicht gequält.

– Das ist . . . wie sagen die Amerikaner. . . die Vierundsechzigtausend-Dollar-Frage, die alle Deutschen ab einem gewissen Alter fürchten.

– Weil sie es wußten?

– Was wußten? Denn das ist der springende Punkt. Natürlich wußten wir, daß etwas Schlimmes mit den Juden passierte, laß dir nichts anderes einreden. Aber wie schlimm es war, das haben die meisten nicht gewußt. Und Fragen zu stellen war gefährlich.

– Aber wenn nun jemand gefragt hätte . . .

Rudolf zuckte die Schultern.

– Das soll keine Entschuldigung sein, nur ein Erklärungsversuch. Wir lebten in Furcht. Sei froh, wenn du das nicht nachvollziehen kannst.

Timothy mußte an einen Ausspruch von Don denken: *Geschichte ist das Urteil der Glücklichen über die, die Pech gehabt haben, derer, die nicht dabei waren, über die anderen, die das alles mitgemacht haben. Eine verdammt selbstgerechte Bande, diese Historiker.*

Rudolf stand auf und reckte sich.

– Es wird Zeit. Hast du dich ausgeruht?

– Ja. Timothy rappelte sich hoch. Und deine Eltern . . . was ist aus denen geworden?

– Sie haben es überlebt. Du wirst sie heute nachmittag kennenlernen.

– Heute nachmittag? wiederholte er in plötzlicher Panik.

– Ja, sie wohnen hier ganz in der Nähe. Sie haben uns zum Kaffee eingeladen.

Rudolfs Eltern wohnten in einem Weiler, zu dem ein unbefestigter Fahrweg mit verkrusteten Rillen und Schlaglöchern führte. Es war schwül und sehr ruhig, in der tiefen Stille hörte man nur das Summen von Fliegen und das Scharren von Hühnern im Staub des Dorfplatzes, einer zur Hälfte mit Kopfsteinen gepflasterten, unregelmäßig geformten Fläche, auf der eine Pumpe stand. Ein barfüßiger kleiner Junge stellte seinen Eimer aus der Hand und sah sie mit großen Augen an, als sie von ihren Rädern stiegen. Auch hinter Fensterscheiben und in dunklen Hauseingängen spürte Timothy neugierige Blicke. Er fühlte sich deprimiert und unbehaglich und wünschte sich weit weg.

In diesem Moment schoß von irgendwoher eine wie besessen kläffende Mischlingshündin auf sie zu und schnappte nach ihnen. Aus einem der kleinen Häuser kam eine alte Frau gerannt, die mit der flachen Hand wütend auf das Tier einschlug. Es jaulte und winselte und rutschte mit dem Bauch auf dem Boden herum. Rudolf sagte etwas zu der Frau, die dem Hund noch einen letzten Tritt versetzte und dann von ihm abließ. Timothy hörte das Wort *englisch* und sah, wie die Alte ihm verstohlen einen neugierigen Blick zuwarf. Der kleine Junge stand da wie angewurzelt. Timothy hatte sich noch nie so fremd gefühlt.

Durch eine schmale Gasse, in der es nach Jelängerjelieber und Dung roch, schoben sie ihre Räder bis zu dem Häuschen, in dem Rudolfs Eltern wohnten. Es war klein und dunkel und mit schweren Möbeln vollgestellt, aber nach der Hitze, die draußen herrschte, war es angenehm kühl. Rudolfs Mutter begrüßte sie herzlich, sie küßte ihren Sohn auf beide Wangen, schüttelte Timothy die Hand und bat sie ins Wohnzimmer. Sie war eine rundliche, grauhaarige Frau mit rosigen Wangen und schlecht sitzendem Gebiß. Während des Gesprächs nickte sie ständig mit dem Kopf wie eine dieser Puppen, die in manchen Autos im Rückfenster saßen.

– Mein Vater arbeitet im Garten, sagte Rudolf. Wir gehen am besten gleich mal hin.

Timothy folgte ihm mit einigem Bangen. Nach Rudolfs Schilderung hatte er von dessen Vater einen recht bedrohlichen Eindruck gewonnen. Als sie den Garten hinter dem Haus betraten, wo er sich in Unterhemd und Hose hingehockt hatte und mit dem Rücken zu ihnen irgendwelche Pflanzen versorgte, blieb Timothy schier das Herz stehen: Die breiten, muskelbepackten Schultern, der kahlgeschorene, eisengraue Höckerschädel – all das erinnerte ihn an den Mann mit dem brutalen Gesicht, dem er beim Aufstieg zum Heidelberger Schloß an dem Trinkbrunnen begegnet war.

– Vater! rief Rudolf.

Timothy zuckte ein wenig, als der Mann aufstand und sich umwandte. Aber es war nicht das Gesicht, das er gefürchtet hatte. Es war ein sanftes, leicht melancholisches, ein gealtertes und geschrumpftes Rudolf-Gesicht, runzlig und sonnverbrannt. Immerhin war dies ein Ex-Nazi, das erste beglaubigte Exemplar der Spezies, dem Timothy je begegnet war, und er hatte ein flaues Gefühl in der Magengegend, als sie sich die Hand schüttelten, wobei der Alte die seine zunächst an einem Taschentuch abputzte und sich offenbar dafür entschuldigte, daß sie voller Erde war. Er versuchte sich an einigen englischen Brocken – eine Bemerkung über die Hitze, über Heidelberg – und zeigte ihnen den Garten, wobei Rudolf sich in wortreichen Erklärungen erging und sie für Timothy übersetzte, der vage Laute der Bewunderung von sich gab. Dann gingen sie zurück ins Haus. Dort hatte Rudolfs Mutter den Kaffeetisch gedeckt. Der Vater ging kurz weg; als er wiederkam, hatte er ein Hemd an und eine Flasche mit einer wasserhellen Flüssigkeit in der Hand, von der er Timothy ein Gläschen einschenkte. Timothy nahm einen Schluck, der ihm im Hals brannte, so daß er würgen mußte. Rudolf und sein Vater lachten, aber die Mutter brachte ihm fürsorglich ein Glas Wasser. Timothy dachte an die Pumpe auf dem Dorfplatz und lehnte höflich dankend ab.

Nach einer halben Stunde hatte er eigentlich genug. Er konnte dem Gespräch nicht folgen und wollte es im Grunde auch gar nicht. Witze wurden auf deutsch gemacht, belacht und ihm in Übersetzung wie ein Stück Kuchen präsentiert, damit auch er sie mit einem verspäteten Lächeln quittieren konnte. Rudolfs Vater, der vielleicht gemerkt hatte, daß er sich langweilte, winkte ihn zu einer großen Musiktruhe, die in einer Ecke stand.

– Mein Vater fragt, ob du BBC hören willst, sagte Rudolf. Es ist ein sehr leistungsfähiges Gerät, zehn Röhren. Mein Vater ist sehr stolz darauf.

Summend wärmte das Gerät sich auf. Dann drang durch das Knistern der Statik leise, aber unverkennbar eine sehr englische Stimme:

... wirft und Edrich lenkt den Ball zur Legside, Stewart läuft von Midwicket herein, und es gibt keinen Punkt. Das ist das Ende von Bedsers siebentem Wurfdurchgang seiner ersten Wurfperiode, und der dritte Wurfdurchgang, in dem die Schlagmänner keinen Punkt machen konnten.

– Cricket, erläuterte Timothy.

Rudolfs Vater machte ein erstauntes Gesicht.

– Krick? fragte er.

Rudolf lachte.

– Er denkt, du hast *Krieg* gesagt. Nein, Vater, nicht Krieg. Cricket. Eine Sportart. Ich kenne sie von Cornwall her.

Rudolf erklärte das Spiel seinem Vater, der lächelnd nickte. Auch die Mutter nickte energischer denn je, es sah aus, als könne ihr jeden Augenblick der Kopf herunterfallen. Timothy hatte plötzlich das Gefühl, in einem Zimmer voll beweglicher Figuren zu sitzen – ähnlich den geschnitzten Holzfiguren auf deutschen Uhren –, die alle wie besessen mit dem Kopf nickten.

– Möchtest du das hören? fragte Rudolf.

– Ja, bitte. Surrey gegen Middlesex. Ich bin für Surrey.

Und damit war er zu seiner großen Freude von allen weiteren gesellschaftlichen Verpflichtungen befreit. Er saß am

Radio, in einem deutschen Zimmer, in dem eine unverständliche deutsche Unterhaltung an ihm vorbeirauschte, und war durch einen dünnen Klangfaden mit der Heimat verbunden, die er vor ... war es tatsächlich erst vor zwei Wochen? ... verlassen hatte. Er erinnerte sich, wie er mit dem Bus am Stadion vorbeigefahren war und den Spielstand des Vorabends gelesen hatte. Es war, als habe man ihn in tiefem Wasser ausgesetzt, wo gefährliche Strömungen ihn fortgerissen hatten und er um sein Leben geschwommen war. Jetzt, an diesem so besonders fernen, besonders fremden Ort spürte er unerwartet den tröstlichen Ruck des Rettungsseils. Wie normal, wie sicher und vertraut die Stimme des Sprechers klang. Entspannt, launig, kenntnisreich, noch die belangloseste Kleinigkeit mit Bedeutung befrachtend

... und ich glaube, daß Laker, ja, Laker wird jetzt seine Wurfposition ändern, er wird von round the wicket werfen. Er markiert den Anfang seines Anlaufes, und Compton bereitet sich auf den nächsten Ball vor. Und diese Konfrontation dürfte sehr interessant sein. Ich würde sagen, Laker wird versuchen, den Ball auf jener Stelle aufkommen zu lassen, von der er gerade einen Ball zum Aufsteigen und abruptem Wegdrehen gebracht hat ... ja, Compton wird zu jener Stelle gehen, um sie zu begutachten ...

Timothy beugte sich tiefer über den Apparat, als die Stimme aus dem Äther kurz erstarb. Rudolf, der aufmerksam seinem Vater zuhörte, fing seinen Blick auf und lächelte ihm zu.

– Hoffentlich hast du dich nicht zu sehr gelangweilt, sagte Rudolf, als sie auf ihren Rädern das Dorf verließen. Der kleine Junge stand noch immer da und sah ihnen nach.

– Nein, gar nicht. Toll, die Cricketübertragung.

– Es war schön für dich, auch mal bei Deutschen zu Hause zu sein, nicht? Du darfst doch in Deutschland nicht nur mit Amerikanern zusammenkommen.

– Ja, klar, beteuerte Timothy und meinte es ganz ehrlich. Jetzt, da der Besuch hinter ihm lag und sie wieder zivilisierten Gegenden zustrebten, war er ausgesprochen stolz darauf, daß er sich in die deutsche Wildnis und unter die Eingeborenen gewagt hatte.

– Deine Eltern sind nett, sagte er höflich.

– Danke. Sie sind sehr bedrückt.

Und während sie nebeneinander her radelten, erzählte Rudolf, wie es seinen Eltern ergangen war. Sein Vater war ein kleiner Beamter in der Münchner Stadtverwaltung gewesen. Bei Kriegsende hatte er wegen seiner Parteizugehörigkeit seinen Posten und seine Pension verloren. Sie waren hierhergezogen, um in der Nähe von Rudolf, ihrer einzigen finanziellen Stütze, zu sein. Die beiden älteren Söhne waren beide tot. Der eine war mit seinem U-Boot im Atlantik untergegangen, der andere in Rußland in Gefangenschaft geraten und seither verschollen.

– Es ist ein sehr tristes, armseliges Leben hier, sagte Rudolf. Aber das Häuschen ist billig.

Nach Rudolfs Bemerkungen über seine Kriegsjugend hatte Timothy ihm eigentlich die Rolle des freisinnigen Rebellen zugedacht, der sich gegen einen kompromittierten und korrupten Vater stellt, und war einigermaßen überrascht, daß Rudolf seinen Vater jetzt heftig verteidigte.

– Es ist so ungerecht! Die Kleinen hängt man, und die Großen läßt man laufen. Heute sitzen schon wieder viele dicke Nazis in hohen Positionen im Staatsdienst, in der Wirtschaft und an den Hochschulen, Leute, die viel Schlimmeres angestellt haben als mein Vater. Manche wurden in Nürnberg zu Gefängnisstrafen verurteilt, aber jetzt werden sie von den Amerikanern massenweise entlassen, und es geht ihnen besser als meinem Vater, der kein Kriegsverbrecher war.

– Was hat er denn angestellt? Timothy war sich bewußt, daß er ein heikles Thema berührte, aber die Neugier ließ ihn nicht ruhen.

– Er arbeitete im Münchner Rathaus, bei der Steuerbehörde. 1943 wurde er in die Kartenstelle versetzt, dort mußte er die Lebensmittelkarten für die Häftlinge in Dachau abstempeln. Nach dem Krieg hieß es, daß die meisten Lebensmittelkarten auf Tote ausgestellt waren. Mein Vater mag dies und jenes gewußt haben, aber davon hatte er bestimmt keine Ahnung. Wegen der Lebensmittelschiebereien auf dem Schwarzen Markt machte er sich große Sorgen. *Wissen möchte ich, wo das ganze Zeug herkommt,* sagte er immer. Er war ein ehrlicher Mann. Aber nach dem Krieg hat ihm niemand geglaubt.

– Kann er nicht Einspruch einlegen oder so?

– Dazu ist er zu stolz. Manchmal überlege ich, ob ich an die Behörden schreiben soll. Inzwischen sind sie nicht mehr so streng in diesen Dingen. Aber dann müßte er Fragen beantworten und so weiter, das würde bedrückende Erinnerungen wieder aufleben lassen, und vielleicht käme hinterher trotzdem nichts heraus.

– Warum sprichst du nicht mal Vince – Mr. Vernon – darauf an?

– Miss Youngs Freund?

– Er hat von Berufs wegen mit so was zu tun.

– Ach ja? Das wußte ich nicht.

– Vielleicht kann er was machen.

– Ja, sagte Rudolf nachdenklich. Er scheint ja wirklich sehr nett zu sein. Wenn er an meinem Büro im Fichte-Haus vorbeikommt, lächelt er mir immer zu.

– Natürlich weiß ich nicht, ob er wirklich was machen kann, es war nur so eine Idee, sagte Timothy, dem nun doch Bedenken kamen. Was bedeutete Vince – oder auch ihm – Rudolfs Vater? Was um Himmels willen dachte er sich eigentlich dabei, einem Ex-Nazi zu seiner Pension zu verhelfen? Wunderliche Welt. Eine Weile radelte er weiter, ohne etwas zu sagen.

– Die Tour war wohl ein bißchen weit für dich, meinte Rudolf.

– Nein, nein, ich bin in England viel mit dem Rad unterwegs. Aber für dich muß es anstrengend sein mit der einen Hand.

– Ich bin dran gewöhnt. Aber ein Auto wäre natürlich noch schöner. Wie der Mercedes von Mr. Vernon. Ein toller Schlitten.

– Einfach Spitze. Ich bin letztes Wochenende damit nach Baden-Baden gefahren.

– Schnell?

– Wahnsinnig. Kannst du denn Auto fahren, Rudolf?

– Ich hab's als Soldat gelernt.

– Ich meine ... Timothy sah Rudolfs Armstumpf an.

– O ja. Damit lenke ich (er hob den Stumpf), und mit der anderen Hand schalte ich.

Timothy hatte wohl ein etwas skeptisches Gesicht gemacht, denn Rudolf lachte.

– Es kann überhaupt nichts passieren, versicherte er.

– Hier stelle ich euch einen Freund aus England vor, Kinder, sagte Don. Timothy Young.

Die Schüler, die sich lässig auf Pulten, Stühlen und Fensterbänken lümmelten, musterten ihn mit mäßiger Anteilnahme. Ein Junge mit dicker Brille, der ganz vorn saß, sagte sehr laut: *Hi!* Timothy, der neben Don stand, lächelte schüchtern. Ganz so hatte er sich das hier nicht vorgestellt. In dem Klassenzimmer saßen Mädchen und Jungen im Alter von zwölf bis sechzehn Jahren beieinander. Die Atmosphäre war locker-undiszipliniert. Die Schüler redeten Don mit seinem Vornamen an. Besonders verunsicherte Timothy, daß in Dons Klasse auch Gloria Rose war. Sie rekelte sich ganz hinten auf ihrem Stuhl und feilte sich die Nägel. Ein Buch lag aufgeschlagen vor ihr auf dem Pult. Während der ganzen Stunde sagte sie kein Wort, verzog nur hin und wieder über die Bemerkungen und Fragen der anderen ungehalten das Gesicht.

– Timothy hat sich freundlicherweise bereit erklärt, uns etwas über sein Land zu erzählen, sagte Don. So, Timothy, jetzt bist du am Zuge.

Don ließ ihn allein vor der Klasse stehen und setzte sich nach hinten. Timothy rückte den Schlips zurecht (seinen Schulschlips, den er heute zur Feier des Tages umgebunden hatte) und räusperte sich.

– Ich ... äh ... ich weiß ja nicht, was sie interessiert, sagte er zu Don.

– Was wollt ihr wissen, Kinder?

Es gab eine kleine Pause, dann fragte ein Mädchen mit Zahnspange:

– Trägt der König von England seine Krone die ganze Zeit?

– Nein, erwiderte Timothy entschieden.

Jetzt war der Bann gebrochen, und es hagelte Fragen.

– Gibt es bei euch Demokraten und Republikaner?
– Spielt ihr Baseball?
– Machen die britischen Kids Petting?
Bei dieser Frage wurde gekichert, und Timothy sah Don an, weil er einen Verweis erwartete, aber es kam keiner.
– Das weiß ich nicht, sagte er. Ich gehe in eine Jungenschule.
Seine Zuhörer lachten wie über einen gelungenen Witz.
Schwierig wurde es, als er sich leichtsinnigerweise an einer geographischen Darstellung der Britischen Inseln versuchte. Er zeichnete eine stilisierte Landkarte an die Tafel: eine Art Dreieck für England, seitlich einen Wulst für Wales, ein auf der Spitze stehendes Dreieck für Schottland, links ein Parallelogramm für Irland. Die Lage Londons konnte er noch mit einiger Sicherheit bestimmen, aber danach kam er ins Schleudern. Englische Geographie war noch nie seine Stärke gewesen, er hatte das Fach in der Mittelstufe abgewählt und war selbst noch nie nördlich von London gewesen. Bei Manchester stockte er schon, dann setzte er seinen Punkt entschlossen in die Mitte knapp unterhalb von Schottland. Die Schüler riefen ihm verschiedene Städtenamen zu, Birmingham, Oxford und York, die er irgendwie um Manchester herum anordnete. Die nördliche Hälfte von England schraffierte er mit dem Hinweis, dies sei das Black Country.
– Das ist da, wo die ganzen Bergwerke und Fabriken sind. Die Luft ist so voller Rauch und Ruß, daß die Felder ganz schwarz sind, deshalb heißt es das Black Country, das Schwarze Land.
Davon war er jedenfalls bisher ausgegangen. Wenn er den Namen hörte oder las, hatte er immer ein anschauliches Bild von Rußflocken vor Augen, die wie Schnee vom Himmel fielen und sich auf die Felder legten, von schwarzem Getreide, das unter einem Rußschleier im Wind wogte. In seiner Vorstellung sah es überall im Norden so aus. Aber als er das jetzt ausführte, klang es doch recht unwahrscheinlich, und aus dem Augenwinkel sah er, daß es um Dons Mundwinkel verdächtig zuckte.
Don dankte ihm herzlich für sein Referat, erst vor der Klasse und noch einmal draußen auf dem Gang. Es sei sehr interessant

gewesen und habe den Kids offenbar Spaß gemacht, sagte er. Auf der Suche nach dem Ausgang verirrte Timothy sich, mußte kehrtmachen und kam noch einmal an Dons Klasse vorbei. Hinter der geschlossenen Tür hörte er ihn sagen: *Manchester zum Beispiel liegt nicht ganz so weit nördlich und weiter im Westen ...* Man hörte einen Schwamm hin- und herfahren und Kreide auf der Wandtafel quietschen. Timothy war zwischen Scham und Groll hin- und hergerissen. Es war gemein von Don, ihn in eine Situation zu bringen, in der er sich zwangsläufig vor Gloria und den anderen hatte blamieren müssen. Das war nun der Lohn für seine Bemühungen, Don eine Einladung zu dem Trip nach Garmisch zu verschaffen! Jetzt war er ganz froh, daß daraus nichts geworden war.

Natürlich geschah es ihm recht. Er hatte ja von Anfang an gewußt, daß es eine Sünde und ein Unrecht war, die Frau nebenan zu belauschen. Immer wieder hatte er sich tagsüber, wenn gute Absichten wohlfeil sind, fest vorgenommen, damit Schluß zu machen, aber abends zog es ihn dann doch unwiderstehlich zu dem Schrank und der Verheißung geflüsterter, verbotener Geheimnisse. Und das war nun die Strafe. Gott ließ seiner nicht spotten.

Wenn er hier heil herauskam, versprach er, würde er den Schrank nie mehr aufmachen. Und würde, wenn er wieder zu Hause war, jeden Abend einen kompletten Rosenkranz beten und einen Monat täglich zur Frühmesse gehen. Nach diesem Angebot wartete er einen Augenblick, dann rüttelte er hoffnungsvoll an der Schranktür, aber sie rückte und rührte sich nicht. Bisher hatte er sie noch nie ganz hinter sich geschlossen, immer hatte er sie einen Spalt breit offen stehenlassen, damit Luft hereinkam; heute aber hatte er sie mit etwas zuviel Schwung zugemacht, das Schloß war zugeschnappt, und die Tür hatte an der Innenseite keinen Griff. Solche Schränke zu bauen war sträflicher Leichtsinn, da konnte sich doch ganz leicht mal einer einsperren und ersticken. Bei diesem Gedanken wurde ihm die Brust eng, und er mußte nach Luft ringen. Dann kämpfte er die Panik nieder und versuchte in aller Ruhe nachzudenken. In der Dunkelheit tastete er sorgfältig das Schloß ab. Nein, ohne Schraubenzieher war da nichts zu machen.

Jetzt hatte er zwei – oder eigentlich sogar drei – Möglichkeiten. Er konnte um Hilfe rufen, aber das kam natürlich nicht in Frage. Die Vorstellung, von neugierigen Frauen im Morgenrock, von Militärpolizei und Feuerwehr befreit zu werden, war unerträglich. Er konnte die ziemlich leicht gebaute Schranktür aufbrechen, aber das würde die Frau nebenan alarmieren und seine Entdeckung nach sich ziehen. Oder er konnte die Nacht im Schrank verbringen und seinen Ausbruchsversuch auf morgen früh verschieben, wenn das Haus leer war. Natürlich war das die vernünftigste Lösung – aber würde er genug Stehvermögen haben, um eine ganze Nacht in dem Schrank auszuharren? Und wie war es um die Luftzufuhr bestellt? Da war die Ritze in der Trennwand, und die Tür schloß nicht ganz dicht, aber schon jetzt fand er es ziemlich stickig.

Er entschied sich für einen Kompromiß. Er würde warten, bis seine Nachbarin schlief (im Augenblick hörte er drüben noch das Radio laufen), dann würde er die Tür aufbrechen in der Hoffnung, daß sie, selbst wenn sie von dem Lärm aufwachte, das Geräusch und seine Herkunft nicht würde orten können.

Die Zeit schlich dahin. Es schien Stunden zu dauern, bis das Radio verstummte und das Licht hinter der Ritze in der Wand erlosch. Mit ungeheurer Willensanstrengung hielt er sich noch eine Weile – nach seiner Schätzung eine Dreiviertelstunde – zurück. Inzwischen taten ihm alle Glieder weh, er war schweißgebadet und nah daran, durchzudrehen. Keine Sekunde länger hielt er das aus . . .

Voraussetzung für das Gelingen seines Plans war, daß er mit einem gezielten Schlag ausbrach. Ein lautes Krachen, dann Stille – das war seine Strategie. Er holte tief Luft und warf sich gegen die Tür.

Sie gab nicht nach, aber der Schrank dröhnte wie eine Trommel, und hundert Drahtbügel fielen von der Stange. Verzweifelt, alle Vorsicht in den Wind schlagend, rannte er erneut gegen die Tür. Und noch einmal. Ein Türblatt knackte und riß, aber das Schloß, dieses elende, vermaledeite, dreimal verfluchte Schloß, hielt stand.

Hinter der Ritze in der Wand wurde es hell, und eine weibliche Stimme sagte scharf:

– Was ist das? Wer ist da?

Timothy, der sich schwer atmend die geprellte Schulter rieb, sagte nichts.

– Dolores? Bist du schon wieder zurück? Bist du das, Dolores? Hören Sie, ich weiß nicht, wer zum Teufel Sie sind oder was Sie in Dolores' Zimmer treiben, aber ich melde das jetzt.

– Nein, bitte nicht, sagte Timothy.

Eine verblüffte Pause. Dann:

– Wer ist das? Wer sind Sie?

– Äh . . . ich heiße Timothy Young.

Ogottogottogott . . .

– Ja? Weiter im Text.

– Ich bin in dem Schrank eingeschlossen.

Nebenan ertönte ein hohes, herzhaftes Lachen.

– Ich werd verrückt. Und wer hat dich da eingeschlossen?

– Ich mich selber. Aus Versehen.

– Bist du ein Einbrecher?

– Nein. Ich . . . ich bin ein Freund von Dolores. Sie hat mir ihr Zimmer überlassen, solange sie verreist ist.

– Aber du bist kein Amerikaner, Timothy.

– Ich bin Engländer.

– Engländer! Wie lange steckst du schon in dem Schrank?

– So an die drei Stunden, schätze ich.

– Herrje, da bist du ja am Ersticken. Ich schick dir jemand, der dich rausläßt.

– Bitte nicht.

– Warum nicht?

– Ich darf hier eigentlich gar nicht wohnen. Das heißt, Dolores hat es mir erlaubt, aber es ist nicht amtlich. Sie könnte Schwierigkeiten bekommen, weil ich keine Frau bin.

– Ja, das ist mir schon klar. Aber du kannst doch nicht in dem Schrank sitzenbleiben, bis Dolores aus dem Urlaub kommt.

Timothy überlegte einen Augenblick. Dann sagte er vorsichtig:

– Könnten Sie mich nicht rauslassen? Man braucht bloß von außen den Knauf zu drehen.

– Ist die Zimmertür abgeschlossen?

– Leider ja, gestand er unglücklich.

– Okay, ich hol mir einen Passepartout.

– Sagen Sie nicht, daß ich hier bin.

Sie lachte in sich hinein.

– Und wer garantiert mir, daß du mich nicht überfällst, sobald ich die Tür aufgemacht habe?

– Das mach ich bestimmt nicht. Ehrenwort.

Wieder das hohe, herzhafte Lachen.

– Okay, Timothy, ich riskier's. Hoffentlich muß ich dafür nicht büßen. Wie alt bist du übrigens?

– Sechzehn.

– So jung? Nur Mut, ich bin gleich zurück.

Während sie weg war, konnte er nicht denken. Sein Kopf war völlig leer und so finster wie der Schrank. Teilnahmslos, ganz auf sich selbst zurückgeworfen, wartete er auf die Rückkehr der Frau wie ein Verwundeter auf den Sanka. Dann hörte er es schließen, hörte Schritte. Die Schranktür ging auf. Er blinzelte in die plötzliche Lichtfülle und fiel der Frau beim Herausstolpern fast in die Arme.

– Immer mit der Ruhe. Sie packte energisch zu und hielt ihn fest. Setz dich erst mal.

– Danke. Er ließ sich in den Sessel fallen.

– Keine Ursache. Zigarette?

Sie holte eine Packung aus der Morgenrocktasche.

– Nein, danke.

Sie zündete sich eine an und setzte sich ihm gegenüber auf das Couchbett.

– Tut mir wirklich leid, sagte er. Daß ich Sie geweckt habe und so.

– Halb so schlimm. Ich schlafe sowieso nicht sehr gut. Unvermittelt lächelte sie ihn an. Erzähl ein bißchen von dir.

Er berichtete kurz. Sie kannte Kate vom Sehen.

– Aber das von heute nacht sagen Sie ihr nicht, nein? bat er.

– Geheimnisse sind bei mir gut aufgehoben, beteuerte sie. Aber bei dir offenbar auch. Wie hast du es bloß geschafft, zwei Wochen hier zu wohnen, ohne daß jemand was gemerkt hat? Entschuldige übrigens meinen Aufzug, ich war nicht auf Besuch eingerichtet.

Sie deutete auf die dicken Plastiklockenwickel unter dem Chiffontuch. Selbst wenn sie sich herrichtete, dachte Timothy, würde man sie nie richtig hübsch nennen können. Das ganze Gesicht, der ganze Körper war irgendwie in den Proportionen verrutscht. Das Gesicht war zu klein oder der Mund zu groß, die Brust flach, die langen Arme und Beine abgewinkelt wie bei einem Grashüpfer. Aber etwas in ihrer Haltung, ihrem Gesichtsausdruck signalisierte, daß sie ihren Körper trotzig so akzeptierte, wie er war, und dadurch wirkte er erstaunlich attraktiv. Als sie die Beine übereinanderschlug, fiel der Morgenrock auseinander. Sie kümmerte sich nicht darum. Augenscheinlich trug sie kein Nachthemd. Was er über die Frau wußte oder sich zusammenphantasiert hatte, überflutete ihn wie eine heiße Welle. Sein Glied versteifte sich, und er legte rasch die gefalteten Hände darüber.

– Alles okay? Möchtest du vielleicht ein Aspirin? Ich hab bei mir im Zimmer so viel Zeug, daß ich eine ganze Armee verarzten könnte.

– Nein, nein, es geht schon wieder. Er stand auf, um anzudeuten, daß sie jetzt gehen könne.

– Ich hol dir doch ein Aspirin. Du siehst blaß aus. Übrigens – ich heiße Jinx Dobell.

– Angenehm, sagte er und kam sich albern vor in seinem Schlafanzug. Die grünen Augen über dem lächelnden Mund funkelten.

– Du bist ein großer Junge für dein Alter, Timothy.

Darauf wußte er keine Antwort. Er fand sich nicht besonders groß – vor allem nicht im Vergleich mit den amerikanischen Jungen, die so alt waren wie er.

Als sie weg war, stellte er fest, daß der Schlitz seiner Schlafanzughose sperrte. Er zog seinen Morgenrock über, setzte sich wieder in den Sessel und wartete unruhig auf die

Rückkehr der Frau. Zum Glück ahnte sie offenbar nicht, daß er ihr nachspioniert hatte.

Als sie wiederkam, glänzte ihr Gesicht nicht mehr so stark, und sie hatte die Lockenwickler herausgenommen, das Haar fiel ihr jetzt bis auf die Schultern. Sie brachte ein Tablett mit zwei Gläsern, einer Flasche Cognac und einem Röhrchen Aspirin mit.

– Ich hab mir gedacht, daß dir ein richtiger Drink vielleicht lieber ist.

– Nein, danke.

– Du rauchst nicht, du trinkst nicht ... Ein Laster muß der Mensch doch haben. Laß mich raten. Frauen?

– Wenn Sie eine übrig haben, nehme ich doch gern eine Zigarette.

– Klar doch.

Sie gab ihm eine Zigarette, lang wie eine Fahnenstange, und er schaffte es, sie zu paffen, ohne einen Hustenanfall zu bekommen. Sie goß sich einen großzügigen Schluck Cognac ein und gab Leitungswasser dazu. Dann setzte sie sich aufs Bett, zog die Knie an und lehnte sich gegen die Wand. Sie legte das spitze Kinn auf die Knie und sah ihn an.

– Du bist mir schon einer, sagte sie lächelnd.

Er rutschte unbehaglich hin und her.

– Sag mal, wie machst du das eigentlich hier mit Tante Meier?

– Mit wem?

– Mit dem Badezimmer, dem Lokus, der –

– Ach so. Ich ... äh ... da warte ich, bis niemand da ist.

– Ich komm noch gar nicht drüber weg. Wie Don Juan im Harem. Kennst du das Gedicht? Lord Byron.

– Nein, Byron haben wir in der Schule nicht gehabt.

– Solltest du mal lesen. Hinreißend. Ich kenne ihn aus einem Collegekurs im Junior-Jahr. Dichter der Romantik.

Sie erzählte eine lange Geschichte von einem jungen Mann, der sich in Frauenkleidung in einen türkischen Harem geschmuggelt hatte. Er hörte nicht recht zu, denn der Morgenrock war ihr von den Knien gerutscht, und das lenkte ihn erheblich ab. Sie hatte die Knie aneinandergelegt, er sah nur zwei lange Schienbeine und die weiße Unterseite eines Schenkels. Aber wenn sie die Knie öffnete ... In diesem Moment gingen die Knie einen Zentimeter auseinander. Sein Glied versteifte sich wieder; er sah rasch zur Wand und zu Boden. Als er wieder hinsah, konnte er nur dunkle Schatten zwischen den Beinen erkennen. Ihrer unzüchtigen Haltung offenbar nicht bewußt, redete sie immer noch von Gedichten.

– Ich schwärme für die englischen Romantiker. Du auch?

– Ja, krächzte er mit trockenem Mund.

– Welchen hast du am liebsten?

– In der Schule haben wir Wordsworth durchgenommen, sagte er. Bildete er sich das ein, oder klafften die Knie jetzt einen Zentimeter weiter auseinander?

– In den war ich früher mal ganz vernarrt. Sie legte den Kopf zurück und rezitierte:

... und dabei spüre ich
den Geist, der meine Sinne mir verstört
mit höchster Lust erhabener Gedanken,
ich fühl sublim, was tiefer sich vermischt ...

Bei jeder Zeile entspannten sich ihre Glieder etwas mehr, die weißen Schenkel teilten sich wie Selleriestangen, und er begriff herzklopfend, daß das kein Zufall, sondern eine bewußte Zurschaustellung war.

– Wie es weitergeht, weiß ich nicht mehr, aber es ist wunderschön, sagte sie leise, mit halb geschlossenen Augen, halb geöffneten Beinen.

Weil er Angst hatte, diese Gedächtnislücke könne den Bann brechen, begann er heiser die *Narzissen* herzusagen, das einzige Wordsworth-Gedicht, das ihm einfiel:

Ich wanderte der Wolke gleich,
Die einsam treibt auf Tal und Hügel ...

– Ja, genau. Sie nahm den Faden auf:

Und sah, vom Blütengolde reich,
Narzissenheere, deren Flügel ...

Und nun ließ sie schamlos-wollüstig die Beine zur Seite fallen, und er sah. Aber was sah er? Nicht den glatten, muschelrosafarbenen, zierlichen Grübchenspalt seiner Phantasie, sondern Haare, einen Bart feuerroter Haare, dicht und drahtig wie ein Fuchsschwanz, die zwei schlaffe, bräunliche Hautwülste umstanden. Er senkte den Blick.

Mein Herz, beglückt von ihrem Schein,
Reiht freudig in den Tanz sich ein.

schloß sie und fügte wie beiläufig an:

– Schon mal eine Frau gebumst, Timothy?

Er schüttelte den Kopf, ohne sie anzusehen.

– Hab ich mir gedacht. Willst du mal?

Er schüttelte erneut den Kopf. Lange blieb es still. Dann stand sie auf. Die Sprungfedern knarrten.

– Niemand soll mir nachsagen, ich hätte einen unschuldigen Jungen zu seinem Glück gezwungen. Aber das mit den Gedichten war doch hübsch, nicht? Ein andermal könnten wir es mit Whitman versuchen. Kennst du Walt Whitman?

Wer geht da? Sehnsüchtig, robust, rätselhaft, nackt?
Wie kommt es, daß ich Kraft ziehe aus dem Rindfleisch,
das ich esse?

– Nein, flüsterte er und schüttelte den Kopf.

– Dachte ich mir. Gute Nacht, Timothy.

Noch lange, nachdem sie gegangen war, saß er in seinem Sessel und rührte sich nicht.

3

Timothy erwachte von einer ungewohnten Schaukelbewegung und dem gedämpften metallischen Scheppern und Rattern des Zuges. In dem Bett unter ihm schnarchte Mel, gegenüber schliefen friedlich Vince und Greg; vom matten Licht der Nachtbeleuchtung waren die Gesichter bläulich überhaucht. Er drehte sich um und zog das Rouleau des kleinen Fensters neben sich hoch. Die Schönheit, die er draußen sah, nahm ihm fast den Atem.

Der Zug schlängelte sich durch einen Tannenwald, den hohe Berge überragten. Richtige Berge, nicht die bewaldeten Kuppen des Neckartals und des Schwarzwalds, sondern hoch aufgetürmte graue Felsmassen, schartig, zerklüftet, mit zum Teil noch schneebedeckten Gipfeln. Berge, wie er sie bisher nur auf Bildern gesehen hatte. Die Morgendämmerung hatte sie mit einem reflektierten rosigen Glanz überhaucht, der, während er, auf einen Ellbogen gestützt, bezaubert hinsah, langsam verblaßte. Dies war die Erfüllung eines immer wiederkehrenden Kindheitstraums, eines Traums von mühelosem Reisen oder Forschen unter idealen Bedingungen. Wie oft hatte er vor dem Einschlafen in seiner Vorstellung das Bett in ein phantastisches, bisher noch nicht erfundenes Gefährt verwandelt – flach, stromlinienförmig, mit Raupenantrieb, unzerstörbar, nicht aufzuhalten, gefeit gegen Klimaeinflüsse jeder Art – und war darin durch weite Wüsten und eisige Steppen gefahren, lässig ans Armaturenbrett gelehnt, durch eine Windschutzscheibe die feindliche Umgebung betrachtend, die ihm nichts anhaben konnte, Meile auf Meile verschlingend auf einer endlosen Fahrt, die ebenso heldenhaft wie superbequem war.

Es klopfte; ein Schlafwagenschaffner kam mit dampfendem Kaffee und machte Licht.

– Dreißig Minuten bis Garmisch-Partenkirchen.

Die Männer gähnten und reckten sich.

– Wir fahren durch ganz tolle Berge, sagte Timothy. Seht doch bloß . . .

– Das sind die Alpen, sagte Greg.

Mitten in den Alpen lag das *Rest Centre,* ein großes Fachwerkhotel mit vielen Balkons am Ufer eines großen Sees, der Eibsee hieß, etwa eine halbe Autostunde hinter Garmisch. Timothy hatte ein eigenes Zimmer neben dem von Kate mit einem gemeinsamen Balkon, von dem aus sie ihm die Zugspitze, den höchsten Berg Deutschlands, zeigte. In diesem Moment kam die stille Wasserfläche in Bewegung. Ein Motorboot erschien, das einen Mann auf Skiern hinter sich her zog.

– Ist das Wasserski? fragte Timothy begierig. Das hab ich bisher nur im Kino gesehen. Ist es schwierig?

– Wenn man erst steht, soll es angeblich ganz einfach sein. Ich hab's noch nie so richtig geschafft, hochzukommen.

– Wie ist das Wasser?

– Eiskalt. Gletscherwasser. Aber sehr belebend.

Das konnte er später selbst überprüfen. Nach dem Frühstück gingen sie am Ufer entlang zu der kleinen Badestelle. Ein paar Meter vom Ufer entfernt war ein Floß mit einem Sprungbrett festgemacht, auf dem ein Bademeister saß. Timothy und Kate waren die ersten im Wasser. Er mußte nach Luft schnappen, so kalt war es, aber als er sich hinterher zum Trocknen in die Sonne legte, durchflutete ihn ein herrliches Wohlgefühl.

– Super ist das hier, Kate, sagte er halblaut.

Beim Mittagessen fragte Ruth plötzlich:

– Kate, ist das nicht dein GI da drüben?

– Mein GI?

– An dem Tisch dort am Fenster. Der jüdische Typ, den wir neulich im Schwimmbad getroffen haben.

– Don! rief Timothy. Was macht der denn hier?

Kate wurde rot und runzelte die Stirn.

– Na, der hat Nerven.

– Wieso? fragte Ruth. Hat er denn gewußt, daß du hier bist?

Kate nickte.

– Am liebsten wäre er wohl mit auf unseren Trip gekommen.

– Wie aufregend. Den Jungen hat's offenbar schwer erwischt.

– Reg dich nicht auf, Kate, sagte Vince. Du brauchst ihn ja nicht zu beachten.

– Ignorieren kann ich ihn aber auch nicht gut.

– Warum eigentlich nicht?

Kate wandte sich an Timothy.

– Hast du gewußt, daß er herkommen will, Timothy?

– Nein, antwortete er ehrlich. Trotzdem hatte er das unbestimmte Gefühl, an der Störung schuld zu sein.

– Er hat uns gesehen, sagte Ruth und winkte.

– Herrgott, Ruth, laß das doch, tadelte Kate, aber da kam Don schon beherzt herüber, um sie zu begrüßen.

– Hi, alle miteinander, sagte er ein bißchen zu beiläufig.

– Hallo, sagte Kate frostig.

– Gefällt's dir hier, Timothy?

– Es ist sehr nett, brachte er mühsam heraus und lächelte verlegen.

Ruth brach das eisige Schweigen.

– Bist du mit dem Nachtzug gekommen, Don?

– Nein. Gestern per Anhalter. Bis München haben mich zwei Bekannte mitgenommen.

– Und wie willst du zurückkommen?

– Erst mal bleibe ich eine Weile hier. Aus der Schule haben sie mich nämlich gefeuert.

– Gefeuert? wiederholte Kate. Warum?

– So haben sie es nicht genannt, aber ein Rausschmiß ist es natürlich trotzdem. Irgend jemand hat ihnen gesteckt, daß ich mal den Kriegsdienst verweigert hatte, und da haben sie wohl Angst gehabt, ich könnte die lieben Kleinen verderben. Mit den Roten kann man ja heutzutage gar nicht vorsichtig genug sein . . .

Er streifte die Gruppe mit einem spöttischen Blick, dann sah er auf die Uhr.

– Heute nachmittag geht eine Busfahrt nach Schloß Linderhof. Will jemand mit? Nein? Na, dann bis später.

Als er weg war, wandte Kate sich zornig an Vince.

– Vince, hast du jemandem was gesagt?

– Gesagt? Was denn, Schätzchen?

– Wegen Don. Ich habe es nur Greg und dir erzählt.

– Unschuldig, Euer Ehren! Greg hob abwehrend die Hände.

– Worum geht's denn überhaupt? wollte Ruth wissen.

– Frag Vince. Kate sah Don stirnrunzelnd nach.

– Unser Freund hat Timothy erzählt, daß er mal den Kriegsdienst verweigert hat, erläuterte Vince. Timothy hat es Kate erzählt und Kate uns. Jetzt denkt er, wir hätten ihn beim Erziehungsminister angeschwärzt. Aber für so was gibt's doch schließlich Personalakten.

Kate stand unvermittelt auf und folgte Don in die Hotelhalle. Sie war ziemlich schnell wieder da.

– Ich habe ihm gesagt, daß wir mit dieser Kündigung nichts zu tun haben. Und ich habe ihn eingeladen, heute abend mit uns zu essen, damit nichts zurückbleibt.

Sie sah Vince herausfordernd an, und der hob die Schultern.

– Wenn du willst, Schätzchen . . .

Timothy sah dem Abend mit einigem Bangen entgegen. Er kam sich vor wie ein neutrales Land zwischen zwei verfeindeten Nationen, das seine Gründe hat, beiden gegenüber Wohlverhalten zu üben, sich aber früher oder später für das eine oder andere entscheiden muß. Alles lief dann viel besser, als er zu hoffen gewagt hatte, und es war nicht Vince, sondern Mel, der mit Don aneinandergeriet. Zu Timothys Überraschung versuchten weder Vince noch Greg, frühere Rechte bei Kate geltend zu machen. Kate, der offenbar sehr viel daran lag, eine wirkliche oder eingebildete Scharte auszuwetzen, kümmerte sich hauptsächlich um Don und tanzte häufig mit ihm, während Vince sich Maria widmete, die unter der Wirkung seines Charmes förmlich aufblühte. Greg flirtete halb im Spaß mit Ruth, und Mel, der ungern tanzte, ließ sich langsam, aber sicher vollaufen.

Timothy blieb deshalb oft mit Mel allein am Tisch. Mel erzählte pausenlos Kriegsgeschichten, was ganz interessant gewesen wäre, wenn er nicht zu Timothys Ärger ständig die Überlegenheit der amerikanischen Streitkräfte herausgestrichen hätte. Bei Timothy hatte sich von der Kindheit her die Überzeugung festgesetzt, daß die Briten die härteren Kämpfer waren, weil die Amerikaner auch an der Front nicht auf ihren Komfort verzichten mochten und andauernd Ruhepausen brauchten. Als die anderen von der Tanzfläche kamen, verbreitete sich Mel gerade wortreich über Montgomerys übervorsichtiges Taktieren nach der Invasion, und Don brachte ihn mit der Bemerkung aus dem Konzept, es sei ja klar, daß der Krieg in Rußland gewonnen und verloren worden war.

– Vielleicht gar nicht so dumm von der Schule, dich rauszuschmeißen, mein Freund, sagte Mel rüde.

– Benimm dich, Mel, mahnte Ruth.

– Don hat recht, sagte Vince unerwartet. Man braucht sich nur die Verluste an der Ostfront anzusehen. Eine Schlacht wie Stalingrad hat es im Westen nie gegeben.

– Ich war bei der Dritten Armee, ich weiß, wovon ich rede! Mel brüllte es fast.

– Du warst Verwalter in einem Proviantlager, Schätzchen, sagte Ruth, da hast du mehr Kondensmilchdosen als Patronenhülsen gesehen. Jetzt hör schon auf zu labern.

Einen Augenblick sah es aus, als wollte Mel ihr eine schmieren. Kate wechselte schleunigst das Thema.

– Was ist eigentlich aus der Sache mit Burgess und Maclean geworden? Weiß jemand was Neues?

Der Gegenstand war nicht sehr glücklich gewählt, denn Don verteidigte hartnäckig die Unfähigkeit der britischen Abwehr.

– Die Länder mit den tüchtigsten Geheimdiensten sind immer auch die repressivsten. Rußland ist das beste Beispiel. Amerika ist sicherheitsbewußter als Großbritannien, und dafür zahlen wir mit McCarthy und J. Edgar Hoover.

– Joe McCarthy ist ein großer Amerikaner, knurrte Mel.

– McCarthy ist ein großes Arschloch, erklärte Vince ungerührt, und das wird man früher oder später auch laut sagen dürfen.

– Sag mal, auf wessen Seite stehst du eigentlich, Vince? beschwerte sich Mel.

– Immer auf deiner natürlich, gab Vince mit seinem unerschütterlichen Lächeln zurück. Aber machen wir uns doch nichts vor: McCarthy ist eine Katastrophe für Amerika. Er erreicht nur, daß Liberale wie Don zunehmend an Verfolgungswahn leiden.

– Mir tut nur *sie* leid, sagte Ruth.

– Verdammt, wovon redest du eigentlich? fuhr Mel sie an.

– Von Mrs. Maclean.

– Wir reden nicht von Maclean, sondern von McCarthy.

– Du vielleicht. Ich nicht. Läßt eine Frau sitzen, die im achten Monat schwanger ist.

– Ob sie es gewußt hat? fragte Kate.

– Natürlich hat sie es gewußt. Denkt ihr denn, ich würde es nicht merken, wenn Mel Geheimnisse an die Russen weitergibt?

Damit bekam die Unterhaltung wieder einen leichteren Ton, eine neue Runde Drinks wurde bestellt, und Mel schmollte stumm. Erst als sie wieder allein waren, schüttete er Timothy sein Herz aus.

– Was meine Frau mit ihrem Schandmaul da gesagt hat, stimmt natürlich, ich war nie direkt an der Front, aber ich war verdammt viel näher dran als dein Kumpel Kowalski und war stolz – jawohl, stolz! – darauf, bei der Dritten Armee zu sein. Patton war in mancher Hinsicht ein Aas, aber irgendwie auch ein Genie, er hat seine Männer dazu gebracht, Unmögliches zu leisten. Wie er seine Panzer vorwärtsgejagt hat, das hat's in der ganzen Kriegsgeschichte nicht gegeben. Diese Jungs sind mit ihren Shermans durch die Gegend gebrettert wie mit Hot Rods auf der Rennstrecke. Allein schon das Tempo hat die Krauts gelähmt. Die sind ja noch mit Pferd und Wagen in den Krieg gezogen, die Krauts, und die Russen auch. Unsere Jungs waren die einzigen Soldaten in Europa, die mit dem Auto aufgewachsen waren. Für die war das Auto eine Selbstverständlichkeit, sie wußten, wie man damit umgeht. Sie benahmen sich wie ... ich kann das nicht so erklären, es war, als wenn sie in einem gottverdammten Kriegsfilm mitspielten, in dem zum Schluß alles gut ausgeht und in dem das viele Blut gar nicht echt ist. Aber natürlich war es echt . . .

Mit feuchten, blutunterlaufenen Augen starrte er in sein Glas und ließ es langsam kreisen, so daß die Eiswürfel leise klirrten. Und dann sagte er noch:

– Aber das gab ihnen einen Mut, der etwas ganz Besonderes war.

Timothy verhielt sich achtungsvoll still. Er war seltsam ergriffen.

Am nächsten Morgen gingen alle bis auf Timothy zu der Waserskirampe am See. Er würde später nachkommen, hatte er gesagt, erst wollte er zu der Messe, die laut Anschlag um 10 Uhr im *Rest Centre* stattfand. Sie wurde in der Hotelhalle abgehalten, statt der Kirchenbänke gab es Reihen mit bequemen Sesseln, in denen sich die Gläubigen mit ausgestreckten Beinen lümmelten, während der Priester in knautschigem Amerikanisch eine mit vielen Witzchen garnierte Predigt hielt. Eine heilige Handlung konnte man es kaum nennen, aber wie fast alles Amerikanische war es ein großer Spaß.

Timothy hatte es nicht besonders eilig, einen ersten Versuch auf Wasserskiern zu machen, aber wenn Kate sich traute, konnte er sich wohl kaum mit Anstand drücken. Doch dann löste sich das Problem ganz von selbst. Als er blinzelnd auf die besonnte Terrasse heraustrat, kamen ihm Vince und Don entgegen, die Kate zwischen sich trugen. Alle drei hatten nasse Badesachen an. Kate lächelte ihm mühsam zu, aber ihr Gesicht war schmerzverzerrt. Besorgt glucksend folgte ihnen Ruth, Maria und Mel kamen hinterher.

– Mach dir keine Sorgen, ich hab mir nur den Knöchel verrenkt, sagte Kate.

– Du brauchst einen Arzt, sagte Don, es schwillt schon an.

– Ich kümmere mich drum, versprach Ruth, während die Männer Kate ins Haus trugen.

– Sie hat irgendwie die Bretter ineinander verhakt, sagte Mel, so was hab ich noch nie gesehen.

– Ein Jammer. Hoffentlich ist nichts gebrochen, sorgte sich

Maria. Gib's doch auf, hab ich gesagt, aber sie mußte es unbedingt noch mal probieren.

– Wir dachten, sie lacht, weil sie wieder mal einen Bauchklatscher gemacht hat, ergänzte Mel. Erst da haben wir gemerkt, daß sie in Not war. Vince und Kowalski sind ins Wasser gesprungen und haben sie festgehalten, bis das Boot sie aus dem Wasser gezogen hat. Sie hat geschrien wie am Spieß, ich hab bestimmt gedacht, sie hat sich ein Bein gebrochen. Aber es scheint nur eine Verstauchung zu sein.

Der Arzt bestätigte diese Diagnose. Kate sollte den Knöchel völlig ruhig halten, er riet ihr, frühestens Ende der Woche zurückzufahren.

– Tja, das bedeutet wohl eine Urlaubsverlängerung für mich, sagte Kate mit mattem Lächeln, als sie hinterher alle um ihr Bett herumstanden. Und für dich auch, Timothy, wenn du nicht mit den anderen nach Heidelberg zurückfahren willst.

– Ich würde lieber bei dir bleiben, sagte er. Nur – Mum und Dad erwarten mich doch am Mittwoch.

– Wir können telegraphieren.

– Ich würde bleiben, wenn ich könnte, Schätzchen, sagte Vince. Aber Greg und ich haben morgen eine Besprechung in Frankfurt.

– Das geht schon in Ordnung, sagte Kate, Timothy wird sich um mich kümmern.

– Und Don bleibt ja auch noch, nicht? fügte Ruth hinzu.

In diesem Moment kam Don mit einem altmodischen Kamingitter wieder ins Zimmer.

– Das ist vielleicht ganz nützlich, sagte er zu Kate.

– Um ihr die Fliegen vom Leib zu halten? krähte Ruth belustigt.

– Nein, um ihrem Fuß die Bettdecke vom Leib zu halten.

Don lüpfte die Bettdecke am Fußende und schob das Kamingitter darunter, so daß über dem verletzten Fuß eine Art Zelt entstand.

– Da bist du ja in guten Händen, sagte Ruth und lachte schrill. Sie gab Don einen Rippenstoß. Bestimmt kannst du auch gut massieren, wie?

Es folgten idyllische Tage. Viele Gäste reisten am Wochenende ab. Das große Hotel war nur halb belegt, und am Ufer war kaum Betrieb. Das Wetter blieb schön. Nach zwei Tagen durfte Kate auf Krücken herumhumpeln, und die Hotelleitung stellte einen Rollstuhl zur Verfügung, in dem Don und Timothy sie spazierenfuhren. Abends spielten sie Karten oder hörten im Musikzimmer Platten, klassische Platten, die Don aussuchte. Zu einer, der *Tapiola* von Sibelius, ließ es sich besonders schön am Fenster sitzen, wenn das Licht über den Bergen verlosch und Nebel vom See hochstieg.

Am Mittwoch machte Timothy den Ausflug nach Linderhof, den Don schon hinter sich hatte. Dort gab es ein von dem verrückten König Ludwig von Bayern erbautes erstaunliches Schloß, es hatte ein Spiegelkabinett und riesige Springbrunnen und eine Grotte aus Pappmaché. Die Expedition gefiel ihm so gut, daß er sich am nächsten Tag gleich noch ein Königsschloß ansehen wollte. Nach Neuschwanstein war es weiter als nach Linderhof, und deshalb war der Ausflug als Ganztagsfahrt geplant. Auf halbem Wege aber geriet der Bus in ein schweres Gewitter. Der Fahrer blieb auf der Höhe stehen, und die Fahrgäste zogen unter dem Prasseln des Hagels, der das Tal verdunkelte, die Köpfe ein. Eine Viertelstunde später war der Spuk vorbei, und die Sonne schien wieder, aber ein Erdrutsch hatte die Straße blockiert, so daß sie umkehren mußten. Zwei Meilen mußten sie über Serpentinen mit steil abfallenden Hängen an einer Seite im Rückwärtsgang rollen, bis der Fahrer eine Stelle zum Wenden gefunden hatte.

Ganz erfüllt von diesem Abenteuer hastete Timothy ins Haus, warf seine Sachen aufs Bett und trat auf den Balkon, wo Kate und Don oft saßen und auf den See hinaussahen. Der Balkon war leer, aber die Tür zu Kates Zimmer stand offen. Er sah hinein.

Kate und Don lagen auf ihrem Bett, nackt bis auf die Bandage um Kates Knöchel und das Kamingitter, das darüber lag. Don hatte den Kopf an eine üppige milchweiße Brust und eine Hand um die andere Brust gelegt. Zwischen den gespreizten Fingern sah die rosige Brustwarze hervor. Kate lag mit geschlossenen Augen auf dem Rücken und umfaßte mit einem Arm Dons Hals und Schultern. Sie lächelte im Schlaf, als träumte sie etwas Schönes. Beim Atemholen hob und senkte sich ihr Bauch. Zwischen ihren Beinen sah ein dichter schwarzlockiger Haarbusch hervor.

Leise ging er über den Balkon in sein Zimmer, die Treppe hinunter durch die Halle, über die Terrasse und die Straße hinunter zum See. In diesem Moment hatte er nur den einen Wunsch, eine möglichst große Entfernung zwischen sich und Kate zu legen.

An der Wasserskirampe lag ein Motorboot, das eine Seerundfahrt anbot. Wie ein Schlafwandler stellte Timothy sich in die Warteschlange, zahlte und suchte sich einen Platz. Der Andrang war nicht groß, und er fragte sich etwas irritiert, warum ein dicker GI mit fuchsigem Haar sich ausgerechnet neben ihm niederließ. Der junge Mann war mit unterschiedlich großen und unterschiedlich geformten Lederfutteralen behängt. Aus dem größten holte er eine Filmkamera hervor. Während das Motorboot sich knatternd auf die andere Seeseite zu bewegte, machte er Aufnahmen von dem sich langsam entfernenden Ufer.

– Echt schön hier, bemerkte er. Tolle Landschaft. Nur verdammt wenig Fotzen. Du weißt, wovon ich rede?

Timothy glaubte es zu wissen, aber eine vernünftige Antwort fiel ihm nicht ein.

– Haste hier Fotzen gefunden?

Timothy versicherte, daß dies nicht der Fall gewesen war.

– Vielleicht biste zu jung, um dich für Fotzen zu interessieren.

Timothys Antwort war ein vieldeutiges Grinsen.

– Ich meine, was is'n Urlaub ohne Fotze?

Timothy murmelte, das verstünde sich ja von selbst.

– Nur in dem blöden Boot hier kommste wenigstens 'n Stück an sie ran.

Timothy sah ihn fragend an.

– Siehste den Strand an der anderen Seeseite? Da baden die Krauts ohne alles. Wenn man Glück hat.

Er ließ ein weiteres Lederfutteral aufschnappen, holte ein Fernglas heraus und richtete es auf das Ufer. Dann pfiff er durch die Zähne.

– Echter Dusel heute! Da, sieh dir das an.

Er streckte Timothy das Fernglas hin, aber der lehnte höflich ab. Der Anblick reizte ihn jetzt nicht mehr so, wie das noch vor kurzer Zeit der Fall gewesen wäre. Als das Boot näher ans Ufer kam, zeichneten sich vor dem dunklen Hintergrund der Bäume helle Gestalten ab. Der GI fummelte an dem Objektiv seiner Filmkamera herum und richtete sie dann wie eine Kanone auf das Ufer. Der Motor sirrte. Die Leute am Strand waren eindeutig nackt, ließen sich aber von dem Motorboot nicht weiter stören. Meist waren es Familien mit Kindern. Einige standen auf und winkten. Timothy winkte zurück.

Demnach hatten alle Frauen da unten Haare. Wie die Männer, nur waren sie bei den Frauen schärfer abgegrenzt, wie ein gepflegter Bart. Er sah ulkig aus, dieser kleine Bart, aber eigentlich ganz nett, wenn man sich dran gewöhnt hatte. Bei Jinx Dobell hatte ihn das geschockt, aber bei Kate war er schon nicht mehr besonders erschüttert gewesen. Irgendwie wurden die Frauen dadurch den Männern ähnlicher. Vielleicht fanden sie das Ding von dem Mann gar nicht so häßlich, weil sie ja selber da unten auch nicht so besonders schön waren. Schön hatte es ausgesehen, wie Kate und Don auf dem Bett gelegen hatten, schön wie ein Bild, aber eigentlich nur, wenn man die beiden Körper zusammen betrachtete. Die Bilder – und auch die Fotos –, die er bisher von nackten Frauen gesehen hatte, waren im Vergleich dazu ausgesprochen irreführend gewesen . . .

Das Ufer entzog sich ihrem Blick. Der GI steckte seufzend seine Ausrüstung weg.

– Wieder 'ne Rolle fürs Archiv, sagte er. Die Kumpel zu Hause werden Augen machen.

Wo er denn zu Hause sei, wollte Timothy wissen.

– Friend, Nebraska.

– Friend? Ist das ein Ort? Timothy mußte ein Lächeln unterdrücken.

– Genau. Ein sehr freundlicher Ort sogar.

Jetzt mußte Timothy laut lachen. Der GI nahm es offenbar nicht übel. Er lächelte wie einer, der einen guten Witz gemacht hat.

Als er vom See her die Straße zum Rest Centre hochkam, sah Timothy Kate und Don angekleidet auf dem Balkon vor ihrem Zimmer sitzen. Sie winkten ihm zu, und er winkte zurück. Wieder sah er die ineinander verschlungenen nackten Körper vor sich und überlegte, ob heute das erste Mal gewesen war oder ob sie es vorher schon gemacht hatten. Das, was seine Mutter geargwöhnt hatte, was er hier hatte herausfinden sollen, hatte er in gewisser Weise erst auf den Weg gebracht. Ohne ihn hätten Kate und Don sich nie kennengelernt. Was würden sie jetzt machen? Heiraten? Es fiel ihm schwer, sich die beiden als Ehepaar vorzustellen, es sei denn natürlich, daß Kate schwanger war . . . Er rief seine schweifenden Gedanken zur Ordnung. Schon einmal hatten sie ihn schwer in die Irre geführt. Kate mußte selber wissen, was sie tat, er würde sich da nicht noch mal einmischen. Trotzdem freute er sich für Kate – auch wenn es eine Sünde gewesen war.

Als er auf die Terrasse kam, lehnten sie sich über die Balkonbrüstung und riefen zu ihm herunter:

– Wie war das Schloß?

– Weiß nicht. Wir mußten zurück, es gab einen Erdrutsch.

– Wie schade, sagte Kate, als er sich zu ihr auf den Balkon setzte. Wann bist du denn zurückgekommen?

– Vor zwei Stunden. Ich hab noch eine Seerundfahrt gemacht. Weil du wahrscheinlich ruhst, habe ich mir gedacht.

– Ja. Wir . . . ich . . . habe geruht.

Sie wurde dunkelrot und konnte Timothy nicht in die Augen sehen. Er war belustigt und befangen, aber auch gerührt.

– Findest du nicht, daß deine Schwester großartig aussieht? fragte Don.

Ja, sagte Timothy, das fände er auch.

– Der Arzt meint, ich kann morgen nach Heidelberg zurück, sagte Kate.

– Und wann soll ich dann heimfahren? fragte Timothy. Am Montag?

– Vince hat mir heute geschrieben. Am nächsten Samstag ist in Heidelberg Feuerwerk, wir sind alle in die Wohnung der beiden eingeladen, weil man es von da aus so schön sieht. Was meinst du?

– Dann müßte ich ja noch eine Woche bleiben.

– Das Feuerwerk solltest du dir nicht entgehen lassen, das ist immer eine große Schau. Wir könnten den Eltern noch ein Telegramm schicken.

– Ist gut, sagte er und fügte grinsend hinzu: Die werden denken, ich bin total verrückt geworden.

– Findest du nicht auch, daß Timothy bis zum Feuerwerk bleiben sollte, Don? fragte Kate.

– Ja, sicher. Aber auf mich brauchst du dabei nicht zu zählen. Wir sehen uns dann hinterher zum Essen.

– Zu schade, daß Don sich nicht mit den Jungs versteht, seufzte Kate, als er weg war. Das wird schwierig, wenn wir wieder in Heidelberg sind.

– Aber er wird ja nicht mehr lange da sein. Don, meine ich . . .

– Warum nicht? fragte Kate schnell.

– Er hat doch den Studienplatz an der L.S.E.

– Ja, aber ich weiß nicht, ob er schon endgültig angenommen hat. Sie seufzte. Immer diese Entscheidungen. Die letzte Woche war so schön friedlich. Über nichts brauchte ich mir Gedanken zu machen, nur über meinen Knöchel.

– Du kannst dir ja zur Abwechslung schnell noch den anderen verrenken, sagte Timothy und duckte sich, als sie ihm mit ihrem Gehstock drohte.

Es regnete, als der Zug am nächsten Abend in Heidelberg einfuhr, ein feines Nieseln aus tiefhängenden Wolken, in dem die Bergkuppen verschwanden. Die Stadt wirkte trist und blind, von Bergen und Nebel eingeschlossen, ihrer Farbe beraubt, wie eine Schnecke, die sich in ihrem Haus verkrochen hat. Daß er bei der Rückkehr nach Heidelberg fast den Eindruck hatte, als käme er heim, ließ ihn ermessen, wie fern ihm England gerückt war.

Das Taxi hielt vor dem Fichte-Haus hinter einem wohlbekannten weißen Sportwagen mit aufgeklappter Haube. Auf dem Lack perlte Wasser.

– Was macht denn Vince hier? wunderte sich Kate. Vielleicht haben er und Greg uns zur Begrüßung was Schönes gekocht . . .

– Dann trage ich dir nur die Koffer aufs Zimmer und verschwinde, sagte Don.

In der Halle kam Rudolf aus seinem kleinen Büro. Er hatte einen Umschlag in der Hand. Kate fragte, ob Vince da sei.

– Nein, Miss Young. Er und Mr. Roche sind übers Wochenende nach Berlin gefahren. Sie kommen morgen zurück.

– Aber sein Wagen steht draußen.

– Ja, Miss Young, den hat er mir freundlicherweise verborgt.

– Vince hat Ihnen seinen Wagen geliehen?

Rudolf machte eine ärgerliche Handbewegung. Geliehen meine ich natürlich.

Kate machte kein Hehl aus ihrer Verblüffung.

– Hat er gesagt, daß Sie ihn fahren können?

– Ja. Heute abend fahre ich zu meinen Eltern. Schneller als mit dem Fahrrad, wie? Er lächelte Timothy zu. Hier ist ein Telegramm für dich. Es ist heute früh gekommen. Aus England.

– Mum und Dad sind bestimmt in heller Aufregung, sagte Timothy.

– O Himmel, vielleicht haben sie mein Telegramm nicht bekommen, sagte Kate. Was steht denn drin?

Er las vor:

– MITTLERE REIFE BESTANDEN. FÜNFMAL SEHR GUT DREIMAL GUT STUBBINS GILLOW BIETEN FÜNF ZEHN DIE WOCHE BESTE AUFSTIEGSCHANCEN EINSTELLUNG SOFORT DIREKTOR MEINT DU SOLLST AUF DER SCHULE BLEIBEN HERZLICHEN GLÜCKWUNSCH LIEBE GRÜSSE DAD.

Kate fiel ihm um den Hals und küßte ihn auf beide Wangen.

– Tolle Leistung, Timothy!

Don schüttelte ihm herzlich die Hand.

– Meinen Glückwunsch, Timothy. Jede Menge Sehr gut, wirklich sehr eindrucksvoll!

– Schade, daß er nicht telegraphiert hat, welche Fächer es sind, sagte Timothy und sah nachdenklich auf das Telegramm herunter.

– Die Einzelheiten sind doch jetzt unwichtig, sagte Kate. Rudolf, Timothy hat seine Prüfung bestanden. Mit Glanz und Gloria.

– Glanz und Gloria? Na, ich weiß nicht . . . bremste Timothy, während auch Rudolf ihm die Hand schüttelte.

– Jetzt wirst du doch studieren, nicht? fragte Don.

Er sah in den Gesichtern, die ihm zugewandt waren, die selbstlose Freude über seinen Erfolg und dachte sich zum erstenmal in seinem Leben, daß er vielleicht doch nicht so ganz und gar ein Durchschnittsmensch war. Es war ein wunderbares, aber durchaus uneitles Gefühl. Er akzeptierte es voller Demut – wie eine Segnung, die ihm zuteil geworden war. Es war nun keine Frage mehr, wie er sich entscheiden würde: Solche Glücksmomente wünschte er sich noch öfter.

– Ja, sagte er. Ich bleibe auf der Schule. Heute abend telegraphiere ich Dad.

– Recht so, Timothy. Don schlug ihm herzhaft auf den Rücken.

– Wir können das Telegramm telefonisch von meinem Zimmer aus durchgeben, sagte Kate. Kommt!

Wegen dieser aufregenden Nachricht dauerte es eine Weile, ehe Kate auf das Rätsel um Rudolf und Vinces Wagen zurückkam.

– Ich bin einfach sprachlos. Daß Vince den Wagen hin und wieder mal Freunden leiht, weiß ich, aber Rudolf kennt er doch praktisch nur vom Sehen.

– Vielleicht hat sich hier während unserer Abwesenheit eine wunderbare Freundschaft entwickelt, sagte Don trocken.

Timothy hatte da seine eigenen Theorien, aber er sprach nicht darüber. Als er später eine Cola aus dem Kühlschrank holte, war Rudolf gerade im Aufbruch. Er sah sehr flott aus in seiner neuen Windjacke. Timothy hatte diese Art von Jacken im P.X. gesehen.

– Ich habe mich an deinen Vorschlag gehalten und mit Mr. Vernon gesprochen, sagte Rudolf. Er meint, daß er in der Sache von Vaters Pension vielleicht etwas tun kann. Ich bin dir sehr dankbar für den Hinweis.

Timothy folgte Rudolf auf die Straße. Er sah überhaupt

nicht wie ein Portier aus, wie er da stolz und aufrecht in seiner schicken Jacke neben dem Auto stand.

– Wunderschön, nicht? sagte er und ließ den Blick fast lüstern über die Karosserie gehen. Möchtest du ein Stück mitfahren? Nein? Ja, dann auf Wiedersehen, und nochmals schönen Dank.

Rudolf setzte sich ans Steuer, ließ den Motor an, und die Scheibenwischer mähten die Regentropfen ab, die sich an der Windschutzscheibe angesammelt hatten. Langsam fuhr der Wagen an. Timothy sah, wie Rudolf sich vorbeugte, um das Lenkrad mit dem Stumpf festzuhalten, während er mit der heilen Hand schaltete. Dann heulte der Motor auf, und der Mercedes verschwand um eine Ecke.

Nachdem er wußte, daß er die Prüfung erfolgreich bestanden hatte, drängte es Timothy plötzlich, wieder nach Hause zu kommen, wieder Anschluß an die Realität zu finden. Er hatte das Gefühl, daß es falsch gewesen war, nur wegen eines Feuerwerks noch eine Woche in Heidelberg zu bleiben. Das Wochenende nach Garmisch war trüb und regnerisch. Da Kate noch immer nicht weiter als ein paar Schritte gehen durfte und Don kein Auto hatte, waren sie darauf angewiesen, in Kates Zimmer Canasta und Scrabble zu spielen. Er mußte an die rituellen Monopoly- und Cribbage-Spiele seiner Kindheit denken, die ihm im Rückblick so trist und leer vorkam.

Am Montag ließ Kate im Militärkrankenhaus ihren Knöchel untersuchen, und Timothy machte mit einem Reiseführer, den Don ihm geliehen hatte, einen Stadtrundgang, um sich die Sehenswürdigkeiten noch einmal gründlicher anzusehen. Der Schloßgarten war melancholisch verhangen, von den Bäumen tropfte der Regen auf die Kieswege. Wenn man auf der östlichen Terrasse stand, sah man die Spuren eines Labyrinths, das in der Zeit Elisabeths der Ersten von England nach dem Muster von Hampton Court angelegt worden war. Laut Reiseführer galt es *bei durchreisenden Botschaftern als Wunderwerk, und in Berichten an ihre Gebieter mußte es als Allegorie für die Politik jener Zeit herhalten.* Es hieß, ein Fluch habe auf dem Schloß gelegen. Ein protestantischer Pfarrer war dort bei lebendigem Leib als Ketzer verbrannt worden, und eine Hexe hatte den herrschenden Fürsten wegen seiner Grausamkeit verflucht und Gott ersucht, er möge das Schloß niederbrennen. Später waren die Gebäude mehrmals durch Brände in Mitleidenschaft gezogen worden, und am Ende des 18. Jahrhunderts hatten die Franzosen das Schloß endgültig zerstört. An dieses Ereignis erinnerte das Feuerwerk.

Timothy hatte immer ein ungutes Gefühl, wenn er von Katholiken las, die Protestanten verbrannt hatten. Mary Tudor zum Beispiel ... Irgendwie sah man die katholischen Märtyrer unter Elisabeth anders, wenn man wußte, daß Mary genausoviele – wenn nicht mehr – Protestanten umgebracht hatte. Es war, als ob man entdeckt hätte, daß im Krieg nicht nur die Nazis, sondern auch die Alliierten Greueltaten begangen hatten.

Er ging zurück in die Stadt und aß eine Kleinigkeit in der Milchbar, in der er mit den Mercer-Jungen gewesen war. Sie waren nicht da, aber an der Jukebox stand Gloria und unterhielt sich mit einer Gruppe von Freunden. Sie trug ein weißes Sweatshirt, das vorn mit den Buchstaben U.S. bedruckt war. Zwei 50 Cent-Symbole wären angemessener, dachte er, eins über jeder Brust. Der primitive Witz konnte nicht darüber hinwegtäuschen, daß er sich einfach nicht traute, sie anzusprechen. Sie schien ihn von seinem Vortrag in Dons Klasse her wiederzuerkennen, denn sie lächelte ihm schüchtern, aber freundschaftlich zu, als sie mit ihren Freunden hinausging. Feige wie er war, reagierte er nicht. Hinterher zog er im Regen durch die Stadt in der uneingestandenen und unerfüllten Hoffnung, ihr zufällig in die Arme zu laufen.

Abends aß er mit Kate und Don auf ihrem Zimmer. Die Untersuchung hatte ergeben, daß der Knöchel wieder in Ordnung war und sie zum Dienst gehen konnte, wenn sie ihn möglichst wenig belastete.

– Als ich das meinem Boss erzählt habe, hat er gesagt, daß er mir jeden Tag seinen Fahrer mit einem Wagen schickt. Ist das nicht lieb von ihm? Ich wollte eigentlich einen der Jungs bitten, mich ins Büro zu bringen, aber ich konnte sie nicht erreichen.

Später rief dann Mel an, der sich offenbar nach Vince und

Greg erkundigte. Kate legte die Hand über die Muschel und sagte zu Timothy und Don:

– Etwas ganz Rätselhaftes. Vince und Greg sollten heute vormittag zurückkommen, aber keiner hat was von ihnen gehört oder sie gesehen. Moment, Ruth will dich noch sprechen, Timothy.

Die Tochter einer ihrer Freundinnen feiere am Freitag eine Geburtstagsparty, sagte Ruth, und Timothy sei herzlich eingeladen. Höflich, aber entschieden lehnte er ab.

– Du hättest zusagen sollen, sagte Kate etwas unzufrieden. So was kann sehr nett sein.

– Ich kenne doch keinen dort. Für das Mädel bin ich ein Wildfremder. Bestimmt hat Ruth sie so lange gepiesackt, bis sie nicht anders konnte, als mich einzuladen.

– Sei nicht albern, Timothy, du weißt doch, wie freundlich die Amerikaner sind. Außerdem hat Ruth gesagt, daß eine Freundin des Mädchens dich kennt.

– Wer? Aber schon regte sich die Reue: Er ahnte, was jetzt kam.

– Ruth hat es mir gesagt, aber ich hab's wieder vergessen. Jemand aus deiner Klasse, Don. Rose Sowieso.

– Gloria Rose vielleicht? Eine Brünette in der letzten Reihe mit viel Holz vor der Hütte. Erinnerst du dich, Timothy?

– Nein. Außerdem mach ich mir nichts aus Partys.

– Na schön, wenn du nicht willst ... Kate zuckte die Schultern. Aber wird es dir nicht ein bißchen langweilig, den ganzen Tag so allein in Heidelberg?

– Ich komm schon zurecht, sagte er störrisch.

Don griff vermittelnd ein.

– Am Mittwoch muß ich nach Frankfurt. Willst du mitkommen, Timothy?

Timothy nahm, dankbar für den Themenwechsel, das Angebot an und ging dann allein in das Wohnheim zurück. Durch Kates Unfall entfiel die Komödie, die sie sonst aufgeführt hatten. Außerdem war er jetzt, da seine Zeit in Heidelberg fast abgelaufen war, leichtsinnig geworden. Er betrat ganz unbekümmert das Haus, und wenn er zufällig jemanden traf, sah er rasch auf die Uhr, als sei er verabredet.

Seit seiner Rückkehr aus Garmisch hatte er nichts mehr von Jinx Dobell gehört oder gesehen und hatte angenommen, sie sei verreist, vielleicht auf Urlaub gefahren. Er wußte nicht, ob er sich darüber freuen oder es bedauern sollte. Nach jener Nacht, in der sie ihm angeboten hatte, es mit ihm zu machen, und die ihm im Rückblick wie ein Traum vorkam, wäre es ihm sehr peinlich gewesen, ihr wieder zu begegnen. Aber manchmal, wie heute abend, spielte er mit dem Gedanken, wie es wäre, wenn er eine zweite Chance bekäme. Er schlug die Tür von Dolores' Zimmer geräuschvoll zu und machte sich weithin hörbar für die Nacht fertig. Nach einer Weile ging er zum Schrank und machte zum ersten Mal, seit er sich eingeschlossen hatte, die Tür auf. Durch die Ritze in der Wand kam kein Licht und kein Laut, aber auf dem Schrankboden lag ein Buch. Es war eine Taschenbuchausgabe der *Grashalme* von Walt Whitman. Ein paar Minuten blieb er regungslos stehen und hielt das Buch in der Hand wie eine Bombe, die jeden Augenblick hochgehen konnte. Dann schlug er es auf und las die Widmung auf dem Vorsatzblatt: Für Don Juan in Liebe J. D. Er blätterte aufs Geratewohl und las:

Ich gedenke, wie einst wir lagen an solch einem
durchsichtigen Sommermorgen,
Wie du dein Haupt quer über meine Lenden legtest und
dich leise über mich kehrtest
Und das Hemd streiftest von meinem Brustbein und
tauchtest deine Zunge in mein entblößtes Herz
Und hinaufreichtest, bis du meinen Bart fühltest und
hinabreichtest, bis du meine Füße hieltest.

Er machte die Schranktür zu, stieg ins Bett und blätterte zurück an den Anfang. Es war sehr lang, und er fand es ziemlich schwierig. Im Gegensatz zu anderen langen Gedichten, die er kannte, schien es keine Handlung zu haben. Nach zehn Seiten fielen ihm die Augen zu. Er legte das Buch aus der Hand und machte das Licht aus. Aber er konnte nicht schlafen. Er dachte an das Buch, das – wie lange wohl? – in dem finsteren Schrank getickt hatte gleich einer Zeitbombe. Und was hatte das zu bedeuten? Warum hatte sie es da hingelegt? Als so was wie ein Abschiedsgeschenk? Das konnte ihm nur recht sein. Irgendwie tickte die Frau nicht ganz richtig.

Er drehte sich auf die andere Seite und dachte an Gloria in der Milchbar. Sehr nett hatte sie ausgesehen in ihrem U.S. Sweatshirt. Sie hatte nicht nur diesen tollen Busen, sondern auch ein nettes Gesicht. Reine Haut, einen schönen brünetten Teint, glänzend braunes Haar mit Mittelscheitel. Gloria Rose. Er drehte sich wieder um.

Nach einer Viertelstunde setzte er sich unvermittelt auf, knipste die Nachttischlampe an und griff zum Telefon. Er hatte es noch nie benutzt, weil alle Gespräche über die Zentrale gingen. Aber der Mann war schläfrig und uninteressiert und stellte ihn ohne weiteres ins Fichte-Haus durch, wo Rudolf ihn mit Kate verband.

– Timothy! Ist was passiert?

– Nein. Ich wollte dir nur sagen, daß ich mir das mit der Party noch mal überlegt habe. Ich möchte doch hin.

Sie lachte vor Erleichterung.

– Und wieso hast du es dir noch mal überlegt?

– Och, ich weiß nicht . . . Ich wollte wohl Ruth nicht vor den Kopf stoßen.

– Wie rücksichtsvoll, Timothy! Ich ruf sie gleich morgen früh an, jetzt ist es schon ein bißchen spät.

– Du hast hoffentlich noch nicht geschlafen?

– Äh . . . nein, geschlafen noch nicht . . .

Es hörte sich an, als unterdrücke sie krampfhaft ein Glucksen, und im Hintergrund meinte er Dons Stimme zu hören.

– Na dann gute Nacht.

– Gute Nacht, Timothy. Träum was Schönes.

Am nächsten Morgen war er im P.X. und kaufte Mitbringsel für zu Hause, als er Ruth in die Arme lief. Sie trug knielange Shorts, einen Kuli-Hut und Sandalen mit Holzsohlen und war noch aufgedrehter als sonst.

– Timothy! Sie streckte die langen gelackten Krallen nach ihm aus. Hast du das von Vince und Greg schon gehört? Ich habe gleich Kate angerufen.

– Gehört? Was denn?

– Im AFN haben sie heute früh durchgegeben, daß zwei Amerikaner in Berlin vermißt werden. Man vermutet, daß sie aus Versehen in die Sowjetzone geraten sind und verhaftet wurden, aber der Iwan behauptet, er weiß nichts davon.

– Vince und Greg?

– Namen haben sie nicht genannt, aber es paßt alles zusammen. Wir machen uns große Sorgen, Mel und ich. Stell dir vor, hinter dem Eisernen Vorhang eingesperrt zu sein. Herrgott, manchmal verschwinden da die Leute auf Nimmerwiedersehen.

– Vielleicht sind sie es nicht.

– Aber wo stecken sie dann? Sie sah auf die Uhr. Ich muß mich beeilen.

– Hat Kate dir das mit der Party ausgerichtet? fragte er besorgt.

– Mit der Feuerwerksparty? Na, die ist wohl erst mal gestorben.

– Nein. Die Geburtstagsparty meine ich. Du hattest Kate gestern abend deswegen angerufen . . .

– Ja, richtig. Kate hat mir gesagt, daß du doch hingehen willst.

– Ja, bitte.

– Bestens. Ich sag's Lola Eastman, der Mutter deiner Gastgeberin Cherry. Ein süßes Girl, sie wird dir gefallen.

– Warum hat sie mich eingeladen? Ich meine, es ist unheimlich nett von ihr, aber . . .

Ruth grinste durchtrieben.

– Also um ehrlich zu sein – Lola hat dich eingeladen. Sie hat gestern abend bei uns Bridge gespielt, da hab ich ihr von dir erzählt. Jetzt muß ich aber schleunigst los.

Sie humpelte zum Ausgang.

Er trottete neben ihr her.

– Aber weiß diese Cherry das?

– Keine Sorge, Timothy, auf dieser Party wimmeln tausend Kids herum. Hoffentlich geht das verdammte Boot nicht unter.

– Boot?

– Ach, hab ich dir das gar nicht gesagt? Sie haben einen

dieser Neckardampfer für eine Mondscheinfahrt gemietet. Necking auf dem Neckar, sagt Mel. Nicht undumm für Mel, was?

Anzüglich zwinkernd winkte sie ihm noch einmal zu.

Timothy hatte sich darauf eingestellt, von Kate und Don ausgefragt und aufgezogen zu werden, weil er seine Meinung wegen der Party geändert hatte, aber bei ihrer nächsten Begegnung drehte sich das Gespräch ausschließlich um das Verschwinden von Vince und Greg. Kate fand die ganze Geschichte zwar besorgniserregend, aber auch sehr aufregend. Sie hinkte im Zimmer herum, rauchte eine Zigarette nach der anderen und hing pausenlos am Telefon. Don, der in aller Ruhe auf dem Sofa saß, fragte, ob sie gewußt hätte, daß die beiden nach Berlin wollten.

– Nein, aber sie sind ja ständig unterwegs, geschäftlich oder zum Vergnügen.

– Und in welche Kategorie fiel deiner Meinung nach dieser Trip?

– Vergnügungsreise, möchte ich denken, es war ja ein Wochenende. Aber so dumm, daß sie aus Versehen in die Sowjetzone geraten, können sie doch eigentlich nicht sein.

– Vielleicht war es kein Versehen.

– Wie meinst du das?

– Vielleicht sind sie absichtlich über die Grenze gegangen.

– Absichtlich?

– Es würde mich gar nicht wundern, wenn die beiden bei der CIA wären. Vielleicht haben die Russen sie als Spione hoppgenommen.

– Spione, wiederholte Kate verächtlich.

– Du kennst sie natürlich besser als ich . . .

– Allerdings. Kate zündete sich die nächste Zigarette an. So was Verrücktes hab ich in meinem ganzen Leben noch nicht gehört.

– Bist du ganz sicher, daß sie keine Geheimnisse vor dir haben?

– Nein, aber bei wem ist man das schon? Nicht mal bei Timothy.

– Hast du ein geheimes Doppelleben, Timothy?
– Nicht daß ich wüßte.
– Was hältst du denn von der Sache? fragte Kate.
– Ich denke mir, daß sie bald wieder auftauchen und sich sehr über das ganze Theater wundern werden. Wahrscheinlich sind sie irgendwo hängengeblieben und haben ein Telegramm geschickt, das nicht angekommen ist oder so.
Kate lachte.
– Realistisch wie immer. Und bestimmt hast du recht. Vielleicht sind sie sogar schon wieder da. Ich hab's heute noch gar nicht probiert.
Sie griff erneut zum Telefon und wählte die Nummer der Wohnung.
– Vince? fragte sie erwartungsvoll.
Timothy und Don richteten sich auf und wechselten einen Blick. Aber nicht Vince war am Apparat, sondern ein Staff Sergeant der Militärpolizei, der Auftrag hatte, alle ankommenden Gespräche zu notieren. Kate mußte ihren Namen und ihre Dienstnummer angeben.
– Sieh mal einer an, sagte Don.
– Die Army sorgt sich eben um ihre Leute, meinte Kate.

Am nächsten Morgen fuhren Timothy und Don nach Frankfurt. Abgesehen von einem flüchtigen Blick auf Mannheim im Morgengrauen am Tag seiner Ankunft hatte Timothy noch keine zerstörte deutsche Stadt gesehen. Die einzigen Ruinen in Heidelberg waren die malerischen Reste längst historisch gewordener Kriege, und in Baden-Baden und Garmisch gab es noch nicht mal die. Frankfurt brachte ihn brutal in die Wirklichkeit zurück. Es sah aus wie London – oder so, wie London womöglich nach einem für England verlorenen Krieg ausgesehen hätte. Ein Straßenzug nach dem anderen war einfach ausgelöscht. Die Fahrbahnen waren da, und die Gehsteige waren da, auf den Gehsteigen liefen Leute herum, und auf den Fahrbahnen rollten Autos, aber rechts und links davon war das Nichts. Ebene, rechteckige, mit verkrusteter Erde bedeckte Flächen, hier und da ein Backstein, ein paar Büschel struppiges Gras. Hin und wieder sah man die geschwärzten

Außenmauern einer Kirche oder eines anderen öffentlichen Gebäudes oder – wie verloren zwischen den Trümmergrundstücken – die nackten, kahlen Umrisse eines Neubaus. Gebaut wurde allenthalben. Drillbohrer ratterten, Bulldozer lärmten, der Staub eingerissener Mauerreste hing in der Luft. Überall schufteten Männer mit gebräuntem nackten Oberkörper, aber das Ausmaß der Zerstörungen sprach ihren Bemühungen hohn. Timothy mußte an Dons Bemerkung denken, daß die Amerikaner ihr Hauptquartier in Heidelberg eingerichtet hatten, um nicht mehr an das erinnert zu werden, was sie deutschen Städten angetan hatten, und sie erschien ihm jetzt nicht mehr so abwegig.

Wunderbarerweise hatten scheinbar einige wenige Altbauten in der Innenstadt den Bombenhagel überlebt, die sich jetzt in der öden Weite wie haltsuchend aneinanderdrängten. Doch Don sagte ihm, daß sie im Krieg allesamt zerstört und hinterher wieder aufgebaut worden waren. Timothy mochte es kaum glauben, so perfekt war die Rekonstruktion, allerdings erkannte man bei näherem Hinsehen, daß die Farbe zu frisch, der Stein noch nicht verwittert, die Kanten ein wenig zu scharf waren. Das Haus, in dem ein angeblich sehr berühmter Dichter – Gertie oder so ähnlich – gewohnt hatte, wirkte überzeugender. Es war bei den Angriffen weitgehend zerstört worden, aber vorsichtshalber hatte man vorher die meisten Möbel in Sicherheit gebracht und mit typisch deutscher Gründlichkeit die Baubeschreibung aller Räume festgehalten, so daß man sie originalgetreu – bis hinunter zu den verzogenen Dielenbrettern und den schiefen Fensterrahmen – wieder hatte aufbauen können.

– Der Römer und das Goethehaus waren die ersten Häuser, die nach dem Krieg in Frankfurt gebaut worden sind, sagte Don, als sie im Schlafzimmer des Dichters standen. Eigentlich unfaßbar, wenn man bedenkt, daß die halbe Bevölkerung damals in Kellern und ausgebombten Wohnungen hauste.

– Irgendwie ist es doch recht eindrucksvoll, sagte Timothy. Dieser Sinn für Geschichte und Architektur.

– Ich glaube, es geht tiefer, sagte Don. Oder bleibt flacher – je nachdem. Statt die Luftangriffe als Nemesis zu sehen oder als

Verbrechen gegen die Menschlichkeit, haben die Deutschen schlicht und ergreifend versucht, das alles zu vergessen. Steine und Mörtel wieder am alten Platz aufzuschichten war für sie eine Möglichkeit, den Krieg, die ganze Nazizeit ungeschehen zu machen. So ähnlich, als wenn man einen Film rückwärts ablaufen läßt.

– Was meinst du mit Verbrechen gegen die Menschlichkeit?

– Die flächendeckenden Luftangriffe auf Wohngebiete.

Timothy wollte gerade kontern, daß damit schließlich die Deutschen den Anfang gemacht hatten – mit dem Blitz nämlich –, als ihn Musik ablenkte, die aus einem Raum unter ihnen kam. Er hob die Hand.

– Hör mal. Das ist doch *God Save the King!*

– Offenbar dir zu Ehren! Don grinste.

Sie gingen dem Klang nach bis zu einem Zimmer im ersten Stock, wo ein älterer Museumswärter vor einem Cembalo stand und umgeben von einer ernsthaften Touristenschar die vertraute Melodie spielte. Dann klappte er das Instrument wieder zu und begann eine Erklärung auf deutsch. Timothy und Don schlichen sich weg.

– Es ist eine alte Weise, die man in vielen europäischen Ländern kennt, sagte Don. Ich glaube, keiner weiß so recht, wer sie komponiert hat.

– Merkwürdiges Gefühl, sie in dieser Umgebung zu hören, sagte Timothy. Ich verbinde sie immer mit England.

God Save the King im Kino, während man schon im Mittelgang stand, stumpfsinnig den auf der Leinwand flatternden Union Jack anstarrte und sich heimlich den Mantel zuknöpfte. *God Save the King* bei der Übertragung des Pokalendspiels, geschmettert von einer Militärkapelle im still gewordenen Wembley-Stadion. Oder *God Save the King* am Ersten Weihnachtstag: Die Familie sitzt im sinkenden gelben Dezemberlicht beim Essen, in Zeichensprache erbittet man gefüllte Pasteten und eine zweite Portion Nachtisch, während die matte, stockende Stimme des Königs vage Phrasen voll Hoffnung und guten Willens formuliert. *In dieser festlichen Zeit ... Menschen aller Völker ... Empire und Commonwealth ... hoffen und beten ... gemeinsame Anstrengungen ...*

Frieden. Und als der letzte Ton verklungen ist, die Stimme der Mutter: *Es hört sich an, als ob er sich in diesem Jahr ein bißchen besser fühlt, finde ich. Der Ärmste, es muß schwer für ihn sein.*

Das Goethehaus entließ sie in den Lärm des Verkehrs und das Dröhnen der Drillbohrer. In den kahlen, leeren Straßen machten sie sich auf die Suche nach einem Café. Timothy kam auf die Luftangriffe zurück – eine Sache, die ihm ebenso zu schaffen machte wie die Verfolgung der Protestanten durch die Katholiken in der Reformationszeit. Don gab bereitwillig Auskunft, er hatte – für eine Friedensorganisation in Amerika, wie er sagte – das Thema gründlich recherchiert. Er schilderte die Strategie der Flächenbombardements und die Technik, in den Städten einen Feuersturm zu entfachen, indem man Brandbomben auf einen Teppich hochexplosiver Sprengbomben warf. Er rasselte beunruhigende statistische Angaben herunter: Daß 13 000 Menschen beim Londoner Blitz umgekommen waren, 130 000 aber allein bei einem Angriff auf Dresden im Jahre 1945. Oder daß 500 000 Deutsche bei den Angriffen getötet worden waren um den Preis von 160 000 Toten bei den alliierten Bomberbesatzungen.

– Hundertsechzigtausend? wiederholte Timothy fassungslos.

– Unglaublich, nicht? Und die Moral der deutschen Zivilbevölkerung hat durch die Angriffe nicht gelitten, eher im Gegenteil. Bis zum August 1944 ist die Rüstungsproduktion sogar ständig gestiegen.

Widerstrebend zugeben zu müssen, daß man mit den Angriffen auf Deutschland den Bogen vielleicht überspannt hatte, war schon schlimm genug. Daß diese Angriffe außerdem sinnlos und unwirksam gewesen waren – dieser Gedanke war so schmerzlich, daß Timothy ihn kaum denken mochte. Auf der Rückfahrt sah er aus dem Fenster, wo sein blasses Spiegelbild in der Scheibe allmählich schärfere Konturen gewann, während der deutsche Himmel über der deutschen Landschaft sich verdunkelte, und er dachte an Onkel Jack und Flieger gleich ihm, die aus diesem Himmel in den Tod gestürzt waren. Er versuchte sich die letzten Minuten vorzustellen: den Sturz der brennenden, auseinanderbrechenden Maschine in der

Dunkelheit, das schwindelnde, taumelnde Trudeln der langen Tragflügel, indes das Leben zusammen mit dem Höhenmesser auf Null sank. Aber ihm standen für diese Rekonstruktion nur die Bilder aus Wochenschauen und Kriegsfilmen zur Verfügung, die Schmerz und Schrecken eines solchen Todes niemals angemessen darstellen konnten. Und wie mußte es sein, wenn man in dem Allwissen, das nach dem Tod kam, erfuhr, daß Schmerz und Schrecken völlig umsonst gewesen waren? Er sah Vorwürfe gleich Wellen aus dem Jenseits schwappen und sich an einer gleichgültigen Welt brechen. *Geschichte ist das Urteil der Glücklichen über die, die Pech gehabt haben* ... Ja, so war es wohl wirklich. Aber was war da zu machen? Man konnte nur hoffen – mit ständiger Angst im Herzen –, auch weiterhin zu den Glücklichen zu gehören. *Buße,* sagte Don und lächelte ironisch. *Wir können Buße tun, Timothy, auf diesem Gebiet weißt du ja Bescheid.* Man konnte drei GesegnetseistduMaria sprechen und ein Vaterunser nach der Beichte, und man konnte zur Fastenzeit auf Süßigkeiten verzichten, soviel wußte er, aber an derlei hatte Don wohl nicht gedacht.

Sie hatten sich abends mit Kate im Fichte-Haus treffen wollen, aber als der Zug einfuhr, stand sie blaß und nervös auf dem Bahnsteig.

– Etwas Schreckliches ist passiert, sagte sie. Rudolf hat mit dem Wagen von Vince einen Unfall gebaut.

– Ich wußte es, sagte Don erbittert.

– Du wußtest es?

– Ich wußte, daß es heller Wahnsinn ist, einem Einarmigen so einen Wagen zu überlassen. Vernon muß den Verstand verloren haben.

– Und ist Rudolf –

– Bewußtlos. Schwere Gehirnerschütterung. Er liegt im Militärkrankenhaus und kann von Glück sagen, daß er mit dem Leben davongekommen ist. Die Militärpolizei hat ihn auf der Autobahn verfolgt, und statt anzuhalten, als sie die Sirene setzten, hat er versucht zu fliehen. Der Wagen ist von der Fahrbahn abgekommen, ist gegen einen Baum geprallt und hat Rudolf herausgeschleudert.

Durch dünnen Nieselregen gingen sie zum Fichte-Haus.

– Warum sie ihn wohl verfolgt haben? überlegte Timothy laut. Und weshalb hat er nicht angehalten?

– Kate zuckte die Schultern.

– Vielleicht ist er zu schnell gefahren. Oder er hätte den Wagen gar nicht fahren dürfen, vielleicht stimmt es gar nicht, daß Vince ihn Rudolf geliehen hat.

– Vielleicht darf er nur einen Wagen mit Spezialsteuerung fahren, vermutete Don. Oder er hat keinen Führerschein.

– Das klingt schon wahrscheinlicher, sagte Timothy. Rudolf würde nie den Wagen von Vince . . . einfach klauen.

– Ich weiß nicht, was ich denken soll, sagte Kate. Jedenfalls schwirren jetzt die haarsträubendsten Gerüchte hier herum.

– Zum Beispiel? fragte Don.

– Zum Beispiel, daß Vince und Greg für die Russen spioniert haben, daß Rudolf ihr Kontaktmann war und die MP ihn deshalb im Visier hatte.

Don warf den Kopf zurück und lachte schallend.

– Das kommt von diesem ganzen Wirbel um Burgess und Maclean. Die Leute haben einen regelrechten Spionagetick.

– Du mußt reden, Don . . .

– Ich habe gesagt, daß sie möglicherweise bei der CIA sind, das ist etwas ganz anderes. Du nimmst doch diese Gerüchte nicht etwa ernst?

Kate sah nachdenklich vor sich hin.

– Ich werde nicht schlau daraus, mir ist das alles ein Rätsel. Gewiß, es sieht Rudolf nicht ähnlich, den Mercedes ohne Erlaubnis zu fahren, aber so ohne weiteres verleiht man ja schließlich seinen Wagen nicht . . .

– Ich – äh – ich glaube, ich weiß, wie der Kontakt zwischen Rudolf und Vince zustande gekommen ist, sagte Timothy zögernd.

– Du, Timothy?

Kate blieb mitten auf dem Gehsteig stehen und sah ihn erstaunt an. Als er ihr erklärt hatte, daß es um Rudolfs Vater und dessen Pension ging, lachte sie nervös auf.

– Alle Achtung, du hast wirklich keine Angst vor heißen

Eisen! Aber damit ist immer noch nicht klar, warum Vince ihm auch noch seinen Wagen zur Verfügung gestellt hat.

– Ich habe eine Theorie, sagte Don, aber ich glaube, die behalte ich besser für mich.

Kate sah ihn an, machte den Mund auf, zögerte kurz und machte ihn entschlossen wieder zu.

Am nächsten Tag, dem Dienstag, erfuhren sie endlich etwas Konkretes über Vince und Greg, und damit verflüchtigten sich die Gerüchte und Spekulationen der vergangenen Tage so schnell wie die Pfützen auf den Heidelberger Straßen in der Sonne, die nun wieder hell vom blauen Himmel schien. Vince und Greg waren inzwischen wohlbehalten in Westberlin eingetroffen und bereits auf dem Weg nach Heidelberg. Sie hatten am Samstag einen Waldspaziergang am Stadtrand gemacht, waren versehentlich über die Grenze nach Ostdeutschland geraten und verhaftet worden. Drei Tage hatten sie in Haft gesessen und waren verhört worden, dann hatte man sie ohne jede Erklärung in einem geschlossenen Lastwagen wieder an die Stelle zurückgebracht, an der man sie gefunden hatte, und ihnen gestattet, die Grenze in den Westen zu überqueren. Von Berlin aus hatte Vince bei Kate angerufen, sein Kommen für Samstag angekündigt und sie gebeten, allen Bekannten Bescheid zu geben, daß die Feuerwerksparty auf jeden Fall steigen würde.

– Er scheint das alles eher auf die leichte Schulter zu nehmen, bemerkte Don. Weiß er um die Gerüchte?

– Sie müßten sich in Frankfurt zum Rapport melden, hat er gesagt, und später könne es möglicherweise eine Untersuchung geben. Er hat darüber gesprochen wie über einen guten Jux, aber ich glaube, es ist ihm doch unter die Haut gegangen. Deine Vermutung war richtig, Don: Die Russen hatten den Verdacht, daß er spioniert hat.

– Weiß Vernon von Rudolfs Unfall?

– Ja, er hatte Rudolf gebeten, den Wagen zum Kundendienst zu bringen, aber daß er hinterher damit spazierenfährt, war nicht abgemacht.

– Wie geht es Rudolf? fragte Timothy.

– Er ist wieder bei Bewußtsein, und darüber bin ich sehr

froh, aber man darf ihn noch nicht besuchen. Ich bin auch froh, daß Vince und Greg in Sicherheit sind. Sie werden eine Menge zu erzählen haben.

– Bestimmt, sagte Don trocken. Das würde ich gern hören.

– Dann komm doch zu der Party. Du bist eingeladen.

Don strich sich nachdenklich über das Kinn mit dem Grübchen.

– Mal sehen. Ich möchte eigentlich nicht in den Geruch kommen, mich an einer Loyalitätskundgebung zu beteiligen.

– Was soll das heißen?

– Das ist doch der tiefere Grund für die Party, nicht? Die Welt soll merken, daß sie nichts zu verbergen haben, alle Freunde und Bekannte kommen und erklären sich solidarisch . . .

– Was du da nur wieder hineindeutest, Don, sagte Kate ärgerlich. Natürlich kommen ihre Freunde und Bekannten, es ist ja so was wie eine Begrüßungsparty. Und eine Abschiedsparty für Timothy, fügte sie lächelnd hinzu. Zwei Partys an einem Tag, Timothy – du begehst das Ferienende mit einem richtigen Paukenschlag.

Der festlich geschmückte Ausflugsdampfer, der knapp oberhalb der Alten Brücke lag und auf dem Musik vom Plattenspieler dudelte, erregte nicht geringe Aufmerksamkeit. Zuschauer – meist Deutsche – beugten sich gefährlich weit über den Brückenrand, säumten die Straße, die zum Fluß führte, und kamen den großen gutmütigen Autos in die Quere, die die jugendlichen Gäste am Kai abluden wie Päckchen in Geschenkpapier. Die Mädchen genossen das Aufsehen, sie schüttelten die Röcke ihrer Partykleider aus, während sie der gepolsterten Tiefe der Buicks und Chevrolets entstiegen, winkten ihren Eltern zum Abschied zu und stießen beim Balancieren über die Gangway spitze kleine Schreie aus, wenn das Boot im Kielwasser vorüberfahrender Frachtkähne ins Schwanken kam. Timothy sah, wie auf einem dieser Kähne ein braungebrannter barfüßiger Junge bis zum äußersten Ende des Decks rannte, um das Spektakel so lange wie möglich verfolgen zu können, mit aufgesperrtem Mund stehenblieb und sich über das Heck lehnte, bis der Frachter ihn langsam in die sinkende Sonne davontrug.

Timothy war zu Fuß gekommen. Beim Spießrutenlaufen durch die gaffende Menge war er heilfroh über die moralische Unterstützung von Kate und Don. Verlegen drückte er eine große, mit einer lila Riesenschleife geschmückte Schachtel Konfekt an sich, die Kate ihm im P.X. besorgt hatte.

– Heute machst du den großen Sprung in die High Society, neckte Kate. Sogar ein Fotograf ist da.

– Sagenhaft, bemerkte Don halblaut. Für diesen Zirkus hat irgendein armer Trottel ein Vermögen ausgegeben.

– Er kann sich's leisten, sagte Kate. Cherrys Vater ist Major.

– Aber auf die Idee mit dem Schiff ist bestimmt seine Frau gekommen. Ist das die mit den schwarzen Pailletten?

– Ja. Das Mädchen neben ihr ist Cherry.

– Die Kleine sieht total verängstigt aus.

– Unsinn! Süß sieht sie aus.

Auf Deck stand eine Frau mit blaugetöntem Haar in einem glitzernden schwarzen Cocktailkleid, die jeden Gast mit Handschlag empfing. Ihr Lächeln strahlte bis ans Ufer. Neben ihr stand ein lustloses Mädchen mit mausfarbenem Haar in einem weißen Kleid mit weitem Rock und zupfte nervös an einem Blumensträußchen. Neben ihnen war ein Tisch mit einem immer höher werdenden Berg bunt verpackter Geschenke aufgestellt. Auf der Gangway wurde es eng.

– Will der Major sich zur Präsidentschaftswahl aufstellen lassen? wollte Don wissen. Sieht ja aus wie ein Empfang im Weißen Haus.

– Hör auf zu lästern, Don, sonst bereut Timothy es noch, daß er gekommen ist, sagte Kate.

Timothy bereute es jetzt schon. Mit einer so förmlichen und so öffentlichen Veranstaltung hatte er nicht gerechnet, und die durch Mels Witzchen vom Necking auf dem Neckar geweckten Hoffnungen hatten sich vor der unübersehbaren Präsenz von Mrs. Eastman rasch verflüchtigt; außerdem gab es da noch Major Eastman, der in flottem Marinelook – dunkelblaue Hose mit Schlag, weißer Strickpullover mit Zopfmuster und Schirmmütze, krumme gelbe Pfeife zwischen den Zähnen – gerade eine große Kiste Coca-Cola an Bord wuchtete.

– Soll ich dich mit den Eastmans bekanntmachen, Timothy? fragte Kate.

– Ja, bitte.

Er folgte ihr die Gangway hinauf, schüttelte seiner Gastgeberin die Hand und übergab erleichtert die sperrige Schachtel.

– Was für ein goldiges Band, begeisterte sich Mrs. Eastman. Paßt genau zu deiner Schärpe, Mausilein.

– Vielen herzlichen Dank, murmelte Cherry ziemlich lahm. Ihre Hand war schlaff und feucht.

– Es war sehr freundlich von Ihnen, Timothy einzuladen, er wird es gewiß sehr genießen, sagte Kate.

– War mir ein Vergnügen, strahlte Mrs. Eastman. Wir haben schon viel von dir gehört, Timothy.

Er lächelte matt.

– Ich rechne damit, daß wir gegen halb elf wieder hier sein werden, sagte Mrs. Eastman zu Kate. Das dürfte für mich lang genug sein. Kann natürlich sein, daß die Kids das anders sehen. Sie zeigte lachend ihre weißen Zähne.

– Du brauchst mich nicht abzuholen, Kate, sagte er.

– Okay, mein Kleiner, dann viel Spaß.

Zu seiner peinlichen Bestürzung gab sie ihm einen Kuß auf die Wange, dann stöckelte sie die Gangway hinunter zurück ans Ufer. Er sah, wie sie sich bei Don einhakte, und die beiden verschwanden in der Menge.

– Du kennst ja hier sicher niemanden, Timothy, sagte Mrs. Eastman und betrachtete ihn stirnrunzelnd, als sei er ein Rätsel, das zu lösen sie ihrer Selbstachtung schuldig war.

– Nein, ich glaube nicht, sagte er und sah sich um. Am Heck lehnte Gloria an der Reling, aber er traute sich noch nicht recht zu sagen, daß er vor ein paar Tagen ihre Bekanntschaft gemacht hatte.

– Baby! Mrs. Eastman packte eine kleinere Ausgabe von Cherry am Arm, die auf dem Deck herumwirbelte und ihren Rock bewunderte. Timothy, das ist Cherrys Schwester, wir nennen sie Baby, weil sie unsere Jüngste ist. Baby, das ist Timothy aus England. Hol ihm eine Cola oder was er will, mein Schatz, und mach ihn mit ein paar netten Kids bekannt, ja?

Baby zog einen Flunsch.

– Och, Mum . . .

– *Baby* . . . sagte Mrs. Eastman drohend.

– Jaja, schon gut. Los, komm.

Sie bedeutete Timothy mit einer knappen Kopfbewegung, ihr zu folgen, und führte ihn zu einem Stapel Limonadekisten.

– Coke oder Pepsi?

– Coke bitte.

– Nimm dir, was du willst.

Während er mit dem Flaschenöffner hantierte, verdrückte sie sich. Timothy war nicht böse darüber. Er ging mit seiner Cola auf die andere Seite, wo Mrs. Eastman ihn nicht im Visier hatte, lehnte sich an die Reling und tat, als versenke er sich in den Anblick von Fluß und Ufer. Die Schiffssirene gab einen komisch klingenden Jaulton von sich, auf den die Fahrgäste mit aufgeregten Quieksern reagierten. Der Motor sprang an, und langsam ließ das Boot die lächelnden, winkenden Zuschauer hinter sich. Im Lautsprecher knisterte es.

– Hallo, Leute, hier spricht Harold Eastman, Cherrys alter Herr, falls das jemand noch nicht gewußt hat. (Es gab Beifall und ein paar Buhrufe.) Willkommen an Bord dieser Geburtstagsparty . . . (Er machte eine Pause und heimste einige höfliche Lacher ein.) . . . Wir, Cherrys Mom und ich, freuen uns sehr, mit euch zusammen diesen ganz besonderen Tag in Cherrys Leben feiern zu können, und wünschen euch recht viel Spaß dabei. Coke und Pepsi sind jede Menge an Bord, und im Salon unter der Brücke gibt's was zu futtern, in Selbstbedienung. Auf dem Oberdeck kann getanzt werden. Nur noch ein ernstes Wort: Wir wollen uns die Party nicht durch einen Unfall verderben, deshalb bitte ich mir aus, daß ihr euch nicht auf die Reling setzt oder euch zu weit hinauslehnt. So, das wär's. Viel Spaß allerseits.

Die Gäste applaudierten, und dann quoll wieder Musik aus den Lautsprechern. Es gab noch einen kurzen Aufenthalt, weil sie sich oberhalb der Alten Brücke durchschleusen lassen mußten, dann fuhren sie flußaufwärts ins Neckartal hinein.

Erst fielen die Berge sanft zum Fluß hin ab, aber je weiter der Neckar sich nach Osten schlängelte, desto steiler wurden sie. Auf einigen Gipfeln sah man mittelalterlich anmutende winzige Orte mit befestigten Mauern. Durch diese feierlich-eindrucksvolle Landschaft tuckerte das kleine Schiff und schickte Musikfetzen, Geplapper und Gelächter in die dunkle Stille der Wälder und Berge.

Einige ältere, weltgewandtere Partygäste tanzten unter dem Sonnensegel des Oberdecks, aber die meisten hatten sich schwatzend und lachend in Gruppen zusammengetan, die Mädchen saßen dicht nebeneinander, die Jungen standen ein Stück entfernt, knuffend, schiebend und renommierend, wagten sich mal ein paar Schritte an die geschlossene Mädchengruppe heran, wichen dann wieder zurück und schütteten mit großspurigem Gehabe Cola in sich hinein. In einer dieser Gruppen entdeckte Timothy auch Gloria Rose. Sehr lebendig und sehr erwachsen sah sie aus in dem weiten roten Rock, einer weißen, am Ausschnitt mit einem roten Band gehaltenen weißen Bauernbluse und dem langen, frischgewaschenen Haar, das ihr bis über die Schultern fiel. Sie unterhielt sich angeregt mit zwei eher unscheinbaren Mädchen, die links und rechts von ihr saßen. Als einer der Jungen aus ihrer Clique versuchte, das Band ihrer Bluse aufzuziehen, drehte sie nur mit einer ärgerlichen Bewegung ihre Schulter zur Seite. Ich brauche nur zu ihr hinzugehen, dachte er, und sie mit einem netten Lächeln zu fragen: *Haben wir uns nicht neulich in der Stunde von Mr. Kowalski gesehen?* Aber was dann? Wenn sie nun nein sagte? Auch wenn sie ja gesagt hätte – in der Gruppe der Jungen, die zu ihren Füßen herumtollten wie junge Hunde, hätte er sich schwerlich wohlgefühlt. Wie an jenem Nachmittag, den er mit den Mercer-Jungen verbracht hatte, spürte er, daß all seine Erfahrungen, all sein Wissen ihm hier nichts nützten.

Wie zur Bestätigung dieser Erkenntnis kam jetzt Larry Mercer die Treppe vom Salon herauf. Er hatte sich einen Hotdog zwischen die Lippen geklemmt wie eine dicke Zigarre, einen zweiten hielt er in der rechten und eine Cola in der linken Hand. Wie die meisten Jungen an Bord trug er eine ziemlich schrille Karojacke, ein weißes Hemd und eine fertig gebundene Fliege. Sein kurz geschorenes Haar hatte einen flaumigen Schimmer. Timothy, der heilfroh war, aus seiner peinlichen Isolation erlöst zu werden, begrüßte ihn unverhältnismäßig herzlich.

– Wußte gar nicht, daß du Cherry Eastman kennst, ließ sich Larry, behindert durch seinen Hotdog, etwas undeutlich vernehmen.

– Die kenn ich auch nicht.

– Und wie kommste dann hierher?

Timothy erklärte es ihm.

– Also ehrlich – ich hatte überhaupt keine Lust, gestand Larry, ich find's ätzend, wenn man sich so in Schale schmeißen muß. Ich bin bloß hingegangen, um Con zu ärgern, weil der nicht eingeladen war. Mann, war der sauer . . .

– Vielleicht hat er gedacht, es gibt Eiskremsoda, sagte Timothy.

Larry schlug sich auf den Schenkel und lachte schallend.

– Mein lieber Scholli! Das vergeß ich mein Lebtag nicht. Wieviele hatten wir? Fünf?

– Vier.

– Ich dachte fünf. Warte mal, erst Schokolade, und dann Erdbeer . . .

– Nein, Ananas.

– Richtig, Ananas. Und *dann* Erdbeer und dann . . .

– Pistazie.

– Hatten wir nicht nach der Pistazie noch einen?

– Du vielleicht.

Larry gab ihm einen Rippenstoß.

– Stimmt, du mußtest aufs Klo. Con hat im Bus gekotzt, auf der Rückfahrt. Der Fahrer war stinkwütend. Ich hab zu Hause gereihert, im Wohnzimmer. Hab's nicht mehr bis aufs Klo geschafft.

Larry schüttelte wehmütig den Kopf. Das Gespräch schleppte sich mühsam dahin, und Timothy beschlich ein Gefühl dumpfer Verzweiflung. Ihm war, als seien Larry und er jugendliche Parodien zweier alter Männer auf einem Ball oder einer Hochzeit, zweier alter, abgetakelter Schluckspechte, die in Erinnerung an frühere Sauftouren schwelgen, während neben ihnen die Jugend unbekümmert tanzt und flirtet. Ziemlich plötzlich brach er die Unterhaltung ab und murmelte, er wolle sich etwas zu essen holen.

– Na dann, bis später, sagte Larry.

Im Salon drängten sich die jugendlichen Gäste und fielen wie die Heuschrecken über die auf langen Tischen angerichteten Sandwiches, Mixed Pickles, Pasteten und Kartoffelchips her. Ganz hinten stand Major Eastman in gestreifter Schürze, eine Kochmütze auf dem Kopf, schnitt Brötchen auf und klemmte knallrote Würstchen dazwischen, die er mit einer Zange aus einem großen Topf holte. *Hotdogs!* rief er, *Hoooot-doooogs! Mit Senf einen Cent mehr!*

– Vielen Dank, sagte Timothy, als er seinen Hotdog entgegennahm.

– Höre ich da einen britischen Akzent? Major Eastman zwinkerte ihm zu. Du mußt der junge Mann sein, von dem Ruth Fallert uns schon so viel erzählt hat.

– Ich bin Timothy Young.

Major Eastman wischte sich die Hand an der Schürze ab und streckte sie Timothy hin.

– Freut mich sehr, Timothy. Ich war im Krieg in England stationiert. In Scarborough. Schon mal dagewesen?

– Leider nein.

– In Yorkshire, wo der Pudding herkommt, stimmt's, Gloria? fragte er über Timothys Schulter hinweg. Timothy drehte sich um und fand sich plötzlich ganz dicht neben Glorias aufregender Figur.

– Wie meinten Sie, Major Eastman? fragte sie.

– Noch nie was von Yorkshire Pudding gehört?

– Wetten, daß Gloria auch noch nie was von Yorkshire gehört hat? witzelte einer der Jungen hinter ihr.

– Hab ich doch, widersprach sie und deutete auf Timothy. Er hat uns bei Mr. Kowalski davon erzählt. Es ist bei Schottland, nicht?

Timothy nickte stumm.

– Ach, du kennst Timothy? Major Eastman reichte Gloria einen Hotdog in einer Papierserviette.

– Ja, er hat uns eine Karte von den Britischen Inseln an die Tafel gemalt, ich hab sie abgezeichnet.

Sie lächelte ihm zu, und er brachte heraus:

– Hoffentlich bist du auf meine Karte nie angewiesen, mit der verirrst du dich bestimmt!

So einfach war das also. Wie mit einem Zauberschlag war er plötzlich in Glorias Gruppe aufgenommen. Als sie mit dem Essen fertig waren, ging er mit ihnen an Deck, und dort kam es zu einer bedeutsamen Umgruppierung. Abwechselnd ein Junge und ein Mädchen standen jetzt am Heck an der Reling, und weil es inzwischen dämmerte, fiel diese neue Abfolge nicht weiter auf. Hinter ihnen färbte der Sonnenuntergang den Himmel noch kräftig rot, aber der Bug schob sich schon in einen dunklen Tunnel hinein. Timothy drängelte sich klammheimlich und mit einer Unverfrorenheit, die ihn selbst überraschte, neben Gloria. Als ein Windstoß vom Fluß sie traf, fröstelte sie ein bißchen.

– Ich hätte mir doch was Wärmeres mitbringen sollen.

Der Junge an ihrer anderen Seite gluckste.

– Ich hab was zum Aufwärmen.

Er zog einen Flachmann aus der Jacke. Tuschelnd und kichernd umringten ihn die anderen.

– Was hast du denn da, Ray?

– Ist das Rum?

– Hey, Ray hat Rum mitgebracht.

– Mann, ist ja heiß!

– Pst . . .

– Hat jemand mal ’ne Cola?

– Rum-Cola, super!

– Ruhe, Leute! Soll denn der ganze Kahn das mitkriegen?

Sie schütteten die Hälfte der Cola über Bord, füllten die Flasche mit Rum auf und ließen sie feierlich kreisen. Die Mädchen winkten ab, aber die Jungen schmatzten genießerisch, wischten sich mit dem Handrücken über den Mund und murmelten: Geht runter wie Öl, das Zeug. Timothy nahm einen Schluck von dem süßlich-aromatischen Gebräu und gab die Flasche weiter.

– Schmeckt dir das wirklich? fragte Gloria.

– Nicht übel. Aber Rum-Omelettes sind mir lieber.

– Rum-Omelettes? Davon hab ich noch nie was gehört.

– Besser als Yorkshire Pudding sind sie allemal, erklärte er und sah sich durch ein Lächeln belohnt.

– Komm, Gloria, probier doch mal, drängte Ray.

Aber sie zierte sich.

– Ich weiß schon, was du willst, Ray Dillon.

– Stell dich nicht an, davon kriegst du schon keinen Schwips. Er trank noch einmal und wischte den Flaschenhals ritterlich mit seinem Schlips ab.

– Einen ganz kleinen Schluck vielleicht . . .

Als sie die Flasche vorsichtig an die Lippen setzte, kippte Ray sie nach oben, und Gloria schluckte und spuckte.

– Hey, das ist gemein, du . . .

– Pst . . . Sonst kommt Ma Eastman angerannt!

– Und außerdem schmeckt es scheußlich.

– Wart's ab, gleich wird dir innerlich richtig schön warm. Gib weiter.

Sie reichte Timothy die Flasche.

– Leider hab ich kein Taschentuch, sagte sie.

– Macht nichts. Er hob die von ihrem Speichel feuchte und von ihren Lippen warme Flasche zum Mund. Einer der Jungen hustete laut, ein anderer gab ihm einen kräftigen Tritt vors Schienbein. Mrs. Eastman war aus dem Schatten getreten. Er stand da und hielt die Flasche in der Hand.

– Hallo, sagte sie aufgeräumt. Wozu versteckt ihr euch denn hier oben?

– Die Aussicht ist so herrlich, Mrs. Eastman.

– Es ist so ein schöner Abend, Mrs. Eastman.

– Tolle Party, Mrs. Eastman.

– Hauptsache, ihr amüsiert euch . . . Aber ihr solltet ein bißchen mehr tanzen, ihr jungen Leute. Sie schnupperte. Komischer Geruch hier.

Sie fingen alle an zu schnuppern und tief ein- und auszuatmen.

– Ich rieche nichts, Mrs. Eastman.

– Auf dem Fluß riecht es manchmal so merkwürdig, Mrs. Eastman.

– Nein, vom Fluß kommt es nicht. Sie trat näher an Timothy heran.

– Vielleicht ist es mein Haarwasser, sagte er. Da ist Pimentöl drin.

– Ja, dann ist alles klar. Sie lachte. Ich wußte gar nicht, daß englische Jungen so eitel sind, Timothy.

Sie brachen alle in lautes Gelächter aus, das nach der aufgestauten Spannung reichlich schrill ausfiel. Mrs. Eastman entfernte sich in dem erfreulichen Bewußtsein, einen gelungenen Scherz gemacht zu haben. Als sie außer Hörweite war, erreichte die Heiterkeit einen neuen Höhepunkt, die Mädchen gickerten und gackerten, die Jungen krümmten sich vor Lachen, wackelten mit dem Kopf, boxten einander, keuchten und hatten tränende Augen. Nur Timothy bewahrte Haltung und nahm lächelnd die Huldigungen der anderen entgegen.

– Das war echt cool, sagte einer der Jungen, als wieder etwas Ruhe eingekehrt war. Wie bist du denn so schnell auf die Sache mit dem Haarwasser gekommen?

– Weiß ich auch nicht genau. Der Friseur in London, bei dem ich mir die Haare schneiden lasse, hat immer eine Flasche von dem Zeug auf dem Ladentisch stehen. Ich hab mich immer schon gewundert, wie man sich so was auf den Kopf tun kann, und das hat sich wohl irgendwie bei mir festgesetzt.

– Du nimmst es also in Wirklichkeit gar nicht? fragte Gloria.

– Ich denke gar nicht daran.

– Toll, daß dir das so schnell eingefallen ist.

– Das war wirklich clever von dir.

Während er noch dieses beglückende Kompliment auskostete, gingen auf dem Deck plötzlich weitere Lichter an, deren goldener Schein sich im Wasser spiegelte. Von oben hörte man bewundernde Ahs und Ohs, während in der kleinen Gruppe am Heck leise gestöhnt wurde.

– Ma Eastman will uns rausscheuchen.

Und schon erklang in einiger Entfernung ihre energische Stimme:

– Kommt, Kinder, ich möchte euch alle tanzen sehen.

– Wer will schon tanzen, wenn die einem andauernd auf die Füße guckt?

– Und die Platten sind von Anno Tobak.

– Die hat sie wohl selbst mal zum 16. Geburtstag geschenkt gekriegt.

– Das mit dem Licht kann man ihr jedenfalls vermasseln, sagte Ray.

– Was hast du vor, Ray?

– Abwarten. Zwinkernd verdrückte er sich.

– Was hat er gesagt? fragte eins der Mädchen.

– Er will irgendwas mit dem Licht machen.

– Er ist behämmert. Ray ist behämmert.

– Er hat zuviel Rum geschluckt.

– Zuviel Haarwasser.

Gespannt und aufgekratzt lachten und rangelten sie. Timothy konnte nur hoffen, daß Ray einige Zeit beschäftigt war. Ohne ihn gingen die Paare auf, und Timothy hatte Gloria im Gespräch ganz für sich. Aber das Glück währte nicht lange.

– Alles auf die Tanzfläche zu einem Mixer. Kommt, Kinder, laßt euch nicht so lange bitten.

– Das darf nicht wahr sein, stöhnte Gloria.

– Was ist ein Mixer?

– Eine Art Tanz, aber ganz bescheuert, man geht im Kreis rum, bis die Musik aufhört, und dann muß man mit dem Partner tanzen, der einem gegenübersteht.

– Ich kann nicht tanzen, sagte Timothy und sah sich vor die bedrückende Wahl gestellt, entweder auf dem Parkett eine lächerliche Figur zu machen oder Gloria für immer zu verlieren.

– Macht nichts, die wenigsten hier können es.

Jetzt erschien jovial lächelnd Major Eastman.

– Alle Mann aufs Tanzdeck! Befehl des Kapitäns!

– Ich kann nicht tanzen, sagte Timothy.

– Dann hast du hier die beste Gelegenheit, es zu lernen, junger Mann, sagte der Major und trieb sie zur Bootsmitte.

Sie waren halb die Treppe zum Tanzdeck hinauf, als die Lichter erloschen und die Musik aus den Lautsprechern röchelnd verstummte. Man hörte Quiekser, Juchzer, Pfeifen und Gelächter, dann ein wirres Gebrabbel, aus dem sich Major Eastmans befehlsgewohnte Stimme heraushob:

– Okay, immer mit der Ruhe. Keine Panik, keine Bewegung. Bleibt, wo ihr seid. Das werden wir gleich haben.

Streichhölzer und Feuerzeuge flackerten kurz in der Dunkelheit auf. Eine Mädchenstimme sagte scharf: Pfoten weg! und ein Kichern schwappte durch die dichtgedrängte Menge. Timothy, der auf der Treppe unter Gloria stand, spürte, wie ihr Rock sein Gesicht streifte.

– Ich verlier das Gleichgewicht, sagte sie.

– Halt dich an mir fest.

– Danke.

Er hätte viel darum gegeben, den Rest des Abends so zu verbringen, eingehüllt in Glorias sacht parfümierte raschelnde Seide, mit ihrer Hand auf seiner Schulter, doch da ging das Licht schon wieder an, der Plattenspieler erwachte jaulend zu neuem Leben. Man sah etliche Paare im Clinch, und es gab Pfiffe und Buhrufe, während sie hastig auseinanderfuhren. Ob wohl auch Gloria bereit gewesen wäre, die Dunkelheit auf diese Weise zu nutzen? Durchaus möglich . . .

Etwas außer Atem tauchte Major Eastman hinter ihnen auf.

– Irgendein Spaßvogel hat den Hauptschalter umgelegt. Wenn ich ihn erwische, stell ich ihn vors Kriegsgericht. Seine Jovialität war erkennbar brüchig geworden.

– Wer sagt denn, daß es ein Er war? fragte jemand halblaut, und es gab Gelächter bei denen, die es mitbekommen hatten. Meuterei lag in der Luft. Die kurze Stromsperre hatte bei den jugendlichen Gästen die Lust zur Rebellion geweckt. Sie waren erhitzt und erregt, schnitten sich heimlich Gesichter und ließen sich nur widerstrebend von Major und Mrs. Eastman zu zwei Kreisen auf dem Tanzdeck zusammenbringen, die Mädchen innen und die Jungen außen. Gloria, die Timothy gegenüberstand, lächelte ihm zu.

– Nur Mut, es tut nicht weh!

– Ich weiß ja gar nicht, was ich machen soll, sagte er. Ich habe keine Ahnung . . .

– Du bewegst dich einfach irgendwie im Takt. Sie scharrte mit den Füßen und schwenkte unter dem roten Rock die Hüften.

Major Eastman stellte sich in die Mitte des inneren Kreises.

– Kann's losgehen? Ihr wißt ja, wie es geht. Die Jungen gehen in Uhrzeigerrichtung, die Mädchen entgegen der Uhr. Wenn die Musik aufhört, ist das Gegenüber der Partner für den nächsten Tanz. Alles klar?

– Hoffentlich hab ich dich als Gegenüber, sagte Timothy.

– Die Chancen sind leider nicht sehr groß. Sie lächelte.

– Wie beim Roulette, sagte er unglücklich.

Major Eastman begann mit dem Countdown:

– Fünf, vier, drei, zwei, eins, NULL!

Ein explosives Plopp – dann ging das Licht wieder aus, es gab Geschrei und Gezeter. Während Major Eastman sich leise fluchend zur Treppe durchkämpfte, geriet Timothy ins Gedränge. Er tastete sich ein paar Schritte vorwärts, bekam einen weichen, glatten Arm zu fassen.

– Bist du das, Gloria?

– Timothy?

Im Stolpern fiel sie gegen ihn.

– Hey, laß das Drängeln, sagte sie in die Dunkelheit hinein und zu Timothy: Entschuldige bitte.

– Macht nichts.

– Es ist irgendwie gruselig ... die vielen Leute in der Dunkelheit ...

Eine plötzliche Bewegung in der Menge brachte sie wieder ins Stolpern, aber er ließ ihren Arm nicht los. Mrs. Eastman beschwor die Gäste, doch bitte zu bleiben, wo sie waren, das Licht würde gleich wieder angehen. Es klang leicht hysterisch. Jemand rief in kehligem Deutsch etwas von der Brücke.

– Am besten gehen wir nach unten, sagte Timothy.

– Aber wie finden wir hin? Ich sehe nicht die Hand vor Augen.

– Halt dich einfach an mich.

Mit der freien Hand tastete er nach der Reling, der er folgte, bis sie an der obersten Treppenstufe standen.

– Hier ist die Treppe. Halt dich am Geländer fest.

– Puh, sagte sie, als sie unten angekommen waren, wie hast du das bloß geschafft?

– So was lernt man wahrscheinlich in der Verdunklung.

– Verdunklung?

Er erklärte es ihr.

– Muß ganz schön gruselig gewesen sein.

– Man gewöhnt sich dran.

– Ich glaub, so langsam gewöhne ich mich jetzt auch schon dran. Ich kann dich fast erkennen.

– Ich dich auch.

Eine Pause. Er hielt noch immer ihre Hand.

– Das dauert aber lange, bis sie das Licht in Ordnung gebracht haben, sagte sie schließlich.

– Wahrscheinlich hat er beim zweiten Mal einen Kurzschluß gemacht.

– Ray? Glaubst du wirklich? Der Typ ist echt behämmert.

– Immerhin hat er mich vor dem Tanzen gerettet.

– Hast du wirklich in deinem ganzen Leben noch nie getanzt?

– Nein, noch nie. Er räusperte sich. Ich habe auch noch nie ein Mädchen geküßt.

Schweigen. Dann sagte sie halblaut:

– Warum sagst du mir das, Timothy?

Er lachte nervös auf.

– Weil ich dich furchtbar gern küssen würde, aber ich hab Angst, daß ich alles falsch mache.

– Du bist schon ein komischer Typ, sagte sie, aber es klang nicht unfreundlich. Sind alle englischen Jungen so wie du?

Er überlegte einen Augenblick.

– Ich glaube schon. Viele jedenfalls.

Wieder Schweigen. Blaß und unscharf kam ihm ihr Gesicht in der Dunkelheit entgegen. Er beugte sich vor und schloß die Augen. Der Kuß landete auf ihrer Wange, seine Brille streifte ihre Stirn und rutschte ihm halb von der Nase.

– Da siehst du's ...

Statt einer Antwort nahm sie ihm die Brille ab und küßte ihn sanft auf die Lippen. Er faßte sie ungeschickt um die Taille. Sie schmiegte sich an ihn, er spürte ihre weichen Brüste, spürte ihre kühlen Finger im Nacken. Er küßte sie wieder. Und noch einmal. Und noch einmal.

Beim sechsten Mal schob sie ihm die Zunge zwischen Lippen und Zähne. Wie lebendig glitschte sie in seinen Mund, lang warm naß stark geschmeidig.

– Was sollte denn das? fragte er verstört.

– Gefällt es dir nicht?

– Doch, klar . . .

– Französisch küssen nennt man das, flüsterte sie. Manche Kids sagen auch Seelenkuß dazu.

Weil man dabei seine unsterbliche Seele verliert? überlegte er und machte dasselbe bei ihr, nur länger.

– Hey, keuchte sie, als sie wieder an die Oberfläche kamen.

– *Baby! Bist du das, Baby?*

Mrs. Eastman nahte. Timothy zog Gloria in eine Nische unter der Treppe, wo es noch ein bißchen dunkler war, sie hörten Mrs. Eastman vorbeigehen und dabei gegen Liegestühle stoßen, während ihr Mann, der hinterherkam, leise, aber um so vehementer vor sich hin fluchte.

– Hast du den Rettungsring, Harold? jammerte Mrs. Eastman.

– Herrgott, Lola, sie ist schon nicht über Bord gegangen.

– Aber wo ist sie dann? *Baby!* Warum unternimmst du nichts?

– Um das Licht kümmert sich die Mannschaft. Was soll ich denn machen?

Mrs. Eastman schluchzte.

– Arme Cherry. Ein Fiasko, ihre Party! Wer kann das nur gewesen sein?

– Wenn ich ihn erwische, sagte Major Eastman ingrimmig, mach ich ihm eigenhändig einen Knoten in die Flöte. Einen richtigen Seemannsknoten.

Gloria vergrub ihr Gesicht an Timothys Schulter und bebte vor unterdrücktem Gelächter.

– Hast du ihn fluchen hören? flüsterte sie atemlos, während die Eastmans weiterstolperten. Daß sie die anstößigen Worte gehört hatte, erregte ihn; er küßte sie wieder und drückte sie leidenschaftlich an sich.

– Ach, Timothy . . . seufzte sie.

– Ach, Gloria . . .

Endlich ging das Licht wieder an, aber die Party war eindeutig kaputt und nicht mehr zu retten. Einige Paare hielten sich im Dunkel der unteren Decks eng umschlungen und schwankten leicht im Takt der Musik hin und her, in anderen dunklen Ecken schmusten andere Paare herum, die nicht einmal so taten, als ob sie tanzten. Die Eastmans hatten, nachdem sie Cherry schlafend im Salon gefunden hatten, offenbar resigniert den Rückzug angetreten. Timothy und Gloria standen immer noch auf Tuchfühlung in ihrer Nische. Zu setzen traute Timothy sich nicht, das wäre in seinem derzeitigen Zustand mit einigen Schwierigkeiten verbunden gewesen.

– Das müssen die Lichter von Heidelberg sein, sagte er.

– Wirklich? Ich habe gar nicht gemerkt, daß wir gewendet hatten. Ist es spät?

Er schielte auf das Leuchtzifferblatt seiner Armbanduhr.

– Ungefähr halb elf.

Ob er es wohl wagen konnte, ihre Brust zu berühren? Er streifte ganz leicht darüber und hielt den Atem an.

– Von mir aus könnte das Boot immer weiterfahren, sagte sie.

– Von mir aus auch. Er streichelte kräftiger. Es war ein überwältigendes Gefühl. Gloria, was machst du, wenn wir anlegen?

– Dann muß ich nach Hause.

– Können wir nicht zusammen noch irgendwohin gehen?

– Ich kann nicht, ich muß heim. Wohin denn auch?

– In mein Zimmer zum Beispiel. Ich hab ein eigenes Zimmer.

So klar, daß er es hätte zeichnen können, stand ihm ein Bild vor Augen: ihr nackter Körper auf dem Bett im Zimmer von Dolores, sein Kopf an einer ihrer weichen Brüste, seine Hand auf der anderen, zwischen den gepreizten Fingern sah die rosa Brustwarze hervor.

– Wohnst du in einem Hotel?

– Nein, es ist eine Art Wohnheim.

– Darfst du denn da eine Frau mitbringen? Was lachst du so?

– Es ist ein Wohnheim für Frauen.

Irgendwie war das ein guter Witz, und sie gickerten eine ganze Weile darüber.

– Kommst du dir nicht komisch vor in einem Wohnheim für Frauen?

– Man gewöhnt sich dran.

– Wie an die Verdunklung?

– Wie an die Verdunklung.

– Weißt du was, Timothy? Du bist echt cool.

– Meinst du? So fühl ich mich aber gar nicht.

– Doch, ehrlich.

– Dann kommst du mit? In mein Zimmer?

– Nein, ich muß wirklich heim. Der Vater von meiner Freundin Edith nimmt mich mit. Wenn er mich nicht zu Hause abliefert, machen meine Leute ein Riesentheater.

– Und morgen? Kann ich dich morgen sehen?

– Morgen ist Samstag, da muß ich mit meinen Leuten zum Feuerwerk.

– Ich auch. Aber tagsüber. Morgen nachmittag.

– Ich hab gesagt, daß ich mit Edith ins Schwimmbad gehe. Da könnten wir uns treffen.

– Nicht mit Edith. Können wir nicht allein was machen?

– Mal sehen . . .

– Bitte, drängte er.

Schließlich verabredeten sie sich für halb zwei vor dem Stadtgarten. Während das Boot vertäut wurde, ging Timothy mit Gloria auf die andere Seite des Decks und gab ihr mit wunden, schmerzenden Lippen noch einen letzten langen Kuß.

– Also dann bis morgen, sagte er.

Sie nickte ihm lächelnd zu und ging. Als er auf der Toilette sein Gesicht im Spiegel über dem Waschbecken sah, staunte er: Er war erhitzt und mit Lippenstift beschmiert wie mit dem Blut einer Schlacht. Er wusch die Spuren ab. Vor der Toilette traf er Larry, der eine Cola an die Lippen setzte.

– Die letzte! Stolz schwenkte er die Flasche und rülpste. Und was hast du heute abend so erlebt?

– Alles, sagte er vergnügt und schlug dem verdutzten Larry auf die Schulter.

Fast alles, verbesserte er sich. Alles würde er dann morgen nachmittag erlebt haben.

Als der Nachmittag seinem Ende zuging, befand sich Timothy in einem Zustand, der fast an Delirium grenzte und der weit über das hinausging, was er als genußreich bezeichnet hätte. Immerhin hatte er sich mittlerweile seinem Ziel so weit angenähert, daß er mit Gloria auf dem Bett lag und sie beide teilweise entkleidet waren, aber der Weg dorthin war lang und beschwerlich gewesen, und jetzt, unmittelbar vor dem Höhepunkt, war er nicht sicher, ob er sein schwitzendes, schmerzendes Fleisch noch lange würde beherrschen können.

Dabei war es seine Schuld, daß die Dinge sich so entwickelt hatten. Es hatte lange, sehr lange gedauert, bis er begriffen hatte, daß Gloria dasselbe wollte wie er und sich gegen seine Avancen nicht sträuben würde. Als sie sich – offenbar ungeduldig über sein sinnloses Zupfen an ihren BH-Trägern – plötzlich aufgesetzt, mit den Händen nach hinten gegriffen und geschickt den Verschluß geöffnet hatte, so daß ihm ihre Brüste in die Hände fielen, hätte er sich, beglückt von ihrer geschmeidigen Schwere, am liebsten aus diesem wonnevollen Zustand nicht mehr wegbewegt. Fasziniert beobachtete er, wie anders ihre Brüste ohne den konischen Panzer der BH-Körbchen aussahen – flacher, runder, weiter auseinanderstehend. Sie fielen zur Seite wie Arme, die sich in einer Unterwerfungsgeste öffnen, und die stumpfen Brustspitzen verhärteten sich geheimnisvoll unter seiner Berührung.

Dann hatte er einen verhängnisvollen Fehler begangen. In spaßhaftem Ton hatte er die Geschichte erzählt, mit der Larry ihn neugierig auf Gloria gemacht hatte. Darauf hatte sie empört und mit zielstrebigem Schließen von Haken und Knöpfen reagiert. Die Geschichte sei erstunken und erlogen, beteuerte sie, und daß er sie Larry abgenommen hatte, nahm sie ihm sehr übel. Später, viel später, als er sie nach langem Betteln und Schmeicheln glücklich wieder versöhnt hatte, räumte sie ein, daß sie für eine Wette einmal ihren Busen gezeigt hatte, aber sie hatte von dem Jungen kein Geld genommen, nur von dem Mädchen, das um einen Dollar mit ihr gewettet hatte, daß sie sich nicht trauen würde. Langsam und unendlich mühevoll hatte er dann verlorenes Terrain gutgemacht.

All das schien lange her. Ihr BH lag auf dem Boden vor dem Bett, fremdartig-verloren wie eine an den Strand gespülte leere Muschel, daneben ihre Bluse und sein Hemd. Seine Wange ruhte an ihrer linken Brust, deren Nacktheit er zwar noch immer als wunderschön, aber nicht mehr als so außergewöhnlich empfand. Seine Gedanken, seine Nerven konzentrierten sich jetzt weiter unten, wo seine und ihre Hände aktiv waren. Seine Finger hatten sich unter den gelockerten Bund ihrer Jeans geschoben und unter das Gummiband ihres Schlüpfers, waren über die warme Wölbung ihres Bauchs gewandert und hatten vor dem nicht mehr überraschenden, aber dennoch zutiefst erregenden Haarbusch Halt gemacht. Ihre Finger hatten das Unterhemd aus seiner Verankerung gezogen, waren auf seinem Oberkörper spazierengegangen, hatten seinen Gürtel gelöst, den Reißverschluß am Hosenschlitz aufgezogen und – heiliger Himmel! – streichelten jetzt durch seine Unterhose hindurch die beinharte Säule seines aufgerichteten Glieds.

Seit zwanzig Minuten hatten sie kein Wort mehr gesagt, fast regungslos lagen sie da und erforschten einander mit den Händen und mit geschlossenen Augen. Zumindest seine Augen waren geschlossen; wie es bei ihr war, wußte er nicht. Er hatte immer gedacht, er würde hinsehen wollen, aber jetzt wäre er dankbar für Dunkelheit, pechschwarze Dunkelheit gewesen. Die grünen Vorhänge waren vorgezogen, trotzdem kam das Zimmer ihm unbehaglich hell vor, die Möbelstücke wirkten zu scharf konturiert und schienen das Bett zu umdrängen wie neugierig-mißbilligende Gespenster.

Kreischend überflog plötzlich ein Düsenjägerverband das Haus, so daß die Scheiben klirrten. Er spürte eine Bewegung neben sich und machte die Augen auf. Gloria hatte den Rücken gewölbt, strampelte kurz, und die blauen Jeans flogen von den braunen Beinen. Er machte die Augen wieder zu. Seine Hand bewegte sich jetzt ungehindert unter der leichten Spannung ihres dünnen Slips. Er fuhr mit der Hand über das feine, federnde Haarnest und kam zu einer feuchten Spalte. In der

Ferne donnerte es – wie von Bomben oder Geschützen. Die Schallgrenze. Ihr Atem wurde schneller. Er selbst wagte kaum Luft zu holen. Sie spreizte die Beine, und sein Zeigefinger schlüpfte in die Öffnung wie ein Aal in eine Felsenspalte unter der Flutlinie, kam an den glitschigen Wänden ins Rutschen, berührte etwas, das bebte und sich zusammenzog, sich zitternd regte wie eine Krabbe unter bloßen Zehen bei Ebbe, und nun zweifelte er tatsächlich an seinem Verstand, denn ein leiser Krabbengeruch hing im Raum. Sie stöhnte auf und rieb sich an seinem Finger. Sein Herz hämmerte, es hämmerte auch vor Furcht, denn die seltsam machtvolle rhythmische Bewegung, die er in ihr ausgelöst hatte, machte ihm Angst, es war, als balanciere er ihren ganzen Körper mühelos auf seiner Fingerspitze, als könne er, wenn er den Druck um eine Spur verstärkte, alles mit ihr machen: Sie aufbrechen wie eine Erbsenschote, ihr Inneres nach außen kehren. Und auch sein eigener Zustand machte ihm Angst, er wagte keine Bewegung, obgleich dies wohl der geeignete Moment dazu gewesen wäre, denn wenn er sich jetzt regte, wenn er das Gleichgewicht in seinem vor Anspannung fiebernden Körper auch nur um einen Millimeter verschob, würde er kommen, würde er spritzen und fluten, würden die Schleusen sich öffnen.

Dann schob sie die Hand unter den Gummirand seiner Unterhose, er spürte ihren Finger und stieß einen verzweifelten Schrei aus. Er kam, er spritzte, er flutete. Krampfhaft versuchte er sich zurückzuhalten, er biß sich auf die Lippen, er ballte die Fäuste, er drehte sich zur Seite, aber er konnte nicht aufhören, er wollte nicht aufhören, nur noch ins Nichts wollte er fallen, wollte sterben, wie eine Wespe in der Marmelade stirbt – unrein, klebrig, todesmatt.

Als die letzte Zuckung verebbt war, rollte er sich auf den Bauch und vergrub das Gesicht in den Kissen. Er traute sich nicht, sie anzusehen. Wenn er Glück hatte, zog sie sich jetzt rasch an und ging. Aber sie regte sich nicht. Nach ein paar Minuten spürte er, wie ihre Hand sich unter sein Hemd schob und an seiner Wirbelsäule entlangfuhr.

– Hey . . .

– Es tut mir leid, sagte er heiser und sah sie nicht an.

– Was denn?
– Es tut mir leid, daß . . . du weißt schon.
– Du wolltest es doch, nicht?
– Nein. Das heißt, nicht so.
– Wie dann?
– Du weißt schon . . . in dir drin.
– Du bist ja verrückt, schnaubte sie, aber es klang nicht böse oder angeekelt.

Er betrachtete über den Bettrand hinweg das Zimmer, das Waschbecken und den Schrank und den Sessel, Dolores' Bücher, die grünen Vorhänge, die die Sonne aussperrten, und ein Paar Socken, die zum Trocknen über der Heizung hingen. Alle diese Dinge waren mit einer geradezu aufdringlichen Realität aufgeladen, wie Gegenstände auf einem Stilleben. Er hatte das Gefühl, neben sich zu stehen, hohl zu sein, als habe man ihm das Mark aus den Knochen gesaugt.

– Warum verrückt? fragte er.

Sie liebkoste seinen Nacken und seufzte ein bißchen.

– Bist du wirklich so ahnungslos? Als Frau kriegt man davon ein Kind.
– Ich weiß, sagte er. Aber doch nicht jedesmal.
– Nein. Aber es ist zu gefährlich. Außerdem finde ich es nicht richtig.

Das hatte er denn doch nicht erwartet.

– Was findest du nicht richtig?
– Mit einem Mann bis zum Letzten zu gehen, wenn man ihn nicht heiraten will. Und selbst dann . . .
– Was?
– Selbst dann finde ich, man sollte es aufsparen, sonst ist das Heiraten ja gar nichts Besonderes mehr.

Er drehte sich zu ihr um und stützte sich auf einen Ellbogen. Sehr verletzlich und verloren sah sie aus mit den zarten weißen Brüsten, den langen, nackten braunen Beinen und dem knappen blauen Slip.

– Gloria . . .
– Ja?
– Findest du denn das richtig, was wir eben gemacht haben?
– Du nicht?

– Es ist eine Sünde, sagte er.

Und er dachte: Morgen, ehe ich abreise, muß ich zur Beichte. Ein Zug kann entgleisen, ein Schiff kann sinken. Gloria machte ein betretenes Gesicht und kreuzte die Arme vor der Brust.

– Bist du Christ?

– Katholik.

– Also Christ.

– Ja. Und du?

– Eigentlich gar nichts. Wir sind irgendwie jüdisch, aber wir gehen nicht in die Synagoge oder so.

Er legte sich zurück und verschränkte die Hände unter dem Kopf.

– Bis ich herkam, hab ich überhaupt keine Juden gekannt.

– Gibt es denn in England keine?

– Doch, jede Menge. In der Petticoat Lane zum Beispiel. Aber ich hab vorher noch nie mit einem Juden gesprochen.

– Petticoat Lane? Hört sich lustig an.

– Das ist ein jüdischer Markt in London, deshalb ist er auch am Sonntag auf.

– Gibt's da nur Petticoats?

– Nein, alles. Meist Gebrauchtwaren. Mein Vater hat mir dort mein erstes Fahrrad gekauft.

Sie sah ihn mitleidig an.

– Deine Leute waren ganz schön arm, was?

– Wir schwimmen nicht gerade im Geld, aber –

– Weil du ein gebrauchtes Rad gekriegt hast, meine ich.

Er lachte.

– Damals gab's überhaupt keine neuen Fahrräder, das war gleich nach dem Krieg.

– In den Staaten haben wir nicht viel vom Krieg mitbekommen.

– Was ist das denn so für ein Gefühl, wenn du jetzt in Deutschland lebst?

– Wieso?

– Nach dem, was mit den Juden passiert ist, meine ich.

– Daran denke ich kaum, das ist mir ungemütlich.

– Das sollte man aber.

– Es kommt einem so unwirklich vor, ich kann es einfach nicht glauben.

– Eben deshalb muß man darüber nachdenken, sagte er. Deshalb ist es ja überhaupt passiert. Weil die Leute es einfach nicht glauben wollten. Die Juden ja auch nicht. Sie haben Schlange gestanden, um in die Gaskammern zu kommen.

Sie zuckte zusammen.

– Hör auf damit . . .

– Weißt du, ich habe eine Theorie, daß das Schlimmste immer das ist, womit man nicht rechnet.

– Nein, du, ganz unerwartet kommen eigentlich immer schöne Sachen. Wie gestern auf dem Schiff. Daß wir uns getroffen haben. Damit hatte ich nicht gerechnet.

– Ich schon, ich hab's dir ja erzählt. Deshalb bin ich ja überhaupt zu der Party gegangen.

– Erzähl's mir noch mal. Sie schmiegte sich behaglich an ihn.

– Gleich.

Er hatte da einen Gedanken zu fassen bekommen, den er nicht verlieren wollte. Es war etwas, was er noch nie in Worte gekleidet hatte.

– Wenn was wirklich Schlimmes passiert, ist es doch viel schlimmer, wenn es unerwartet kommt, nicht? Als unangenehme Überraschung.

– Ja, das stimmt, räumte sie ein.

– Und versuchst du nicht zu verhindern, daß was Schlimmes passiert, indem du dir vorher ausmalst, daß es passieren könnte?

– Nein, wozu? Was passieren soll, passiert.

– Ich denke immer, das müßte eigentlich möglich sein. Bei Prüfungen zum Beispiel sage ich mir, daß ich schlecht abgeschnitten habe, und dann ist es meist ganz gut gelaufen.

Sie lachte.

– Und ich denke, ich hab's geschafft, und dann ist es furchtbar danebengegangen.

– Versuch's beim nächsten Mal mit meiner Methode, riet er ihr ernsthaft

– Wenn man nicht den Kopf dafür hat, nützt das auch nichts. Sie lachte wieder. Ich finde deine Methode bescheuert.

– Ist sie nicht.

– Doch. Willst du mir erzählen, daß nichts von den schlimmen Sachen auf der Welt passiert wäre, wenn man sie sich vorher ausgemalt hätte?

– Wenn sie einem alle eingefallen wären ... Nein, nicht alle, natürlich nicht, aber das eine oder andere könnte man damit vielleicht doch abblocken.

Sie lachte in sich hinein.

– Heute vormittag zum Beispiel, fuhr er fort. Da hab ich mir immerzu gesagt, daß du nicht kommst. Und dann bist du gekommen.

– Weil ich es mir vorgenommen hatte.

– Es hätte doch sein können, daß du nicht gekommen wärst.

– Aber dann nicht, weil du dir das vorher ausgemalt hast.

– Wie willst du das beweisen?

Nachdenklich hielt sie einen Augenblick den Atem an, dann stieß sie mit einem prustenden Lachen die Luft wieder aus.

– Ist doch ganz klar. *Che sarà, sarà.*

– Wie war das?

– Italienisch. Was kommt, das kommt.

– Du bist fatalistisch.

– Und du bist abergläubisch.

– Bin ich nicht. Ich halte nichts von Glückszahlen. Und unter Leitern gehe ich immer absichtlich durch.

– Dein System ist purer Aberglaube.

– Nein, nur vernünftig. Man muß sich Sachen ausmalen, muß an sie denken können.

– Denkst du die ganze Zeit?

– Natürlich, das Denken kann man doch nicht einfach abschalten. *Cogito, ergo sum.*

– Wie war das?

– Latein. Ich denke, darum bin ich. Er grinste. Jetzt steht es eins zu eins.

– Timothy ...

– Ja?

– Hast du eben beim Petting auch gedacht?

– Zum Schluß nicht mehr.

– Nur zum Schluß nicht? Deshalb hast du dich bestimmt

hinterher so schlecht gefühlt. Du hast Angst vor dem Nicht-Denken.

– Irgendwie schon, räumte er ein.

Sie sah ihm ernsthaft in die Augen.

– Aber darum geht's doch, wenn Mädchen und Jungen zusammen sind: daß du fühlst und nicht denkst. Das ist etwas sehr Gutes.

– Mag ja sein, sagte er zögernd. Wenn man erwachsen ist. Verheiratet.

– Verheiratet? Wer kann denn so lange warten? Inzwischen sind wir vielleicht längst tot, weil uns die Atombombe erwischt hat.

– Denkst du das wirklich?

– Manchmal schon. Du nicht?

– Eigentlich nicht. Er lächelte. Siehst du, das haben wir uns jetzt auch ausgemalt, da kann gar nichts mehr passieren.

Sie gab ihm einen leichten Rippenstoß.

– Du bist bescheuert. Sie drehte sein Handgelenk um und sah auf seine Uhr. Himmel, ich muß los!

– Geh nicht!

– Ich muß. Kann ich mich hier waschen? Ehrenwort, daß du nicht hinsiehst?

– Ehrenwort.

Er drehte sich zur Wand und hörte Wasser laufen. Wenn er nicht hinsehen durfte, wusch sie sich wohl am ganzen Körper. Er malte sich aus, wie sie am Waschbecken stand, und sein ungebärdiges Glied versteifte sich wieder.

– Okay, sagte Gloria.

Als er sich umdrehte, stand sie sauber, ordentlich angezogen und zugeknöpft vor dem Wandspiegel und kämmte sich. Auch er stand jetzt auf und brachte seine Sachen in Ordnung; er fühlte sich schmuddelig, übelriechend und verschwitzt. Dann ging er zum Waschbecken.

– Der Teppich ist leider ein bißchen naß geworden. Und ich hab dein Handtuch genommen.

– Ist schon in Ordnung.

Er spülte sich Gesicht und Hände ab und trocknete sie an dem feuchten Handtuch, das nach ihren Körpern roch.

– Ja, dann . . . Sie zupfte noch einmal ihre Frisur zurecht und schob den Kamm in die Gesäßtasche ihrer Jeans.

– Ich bring dich zum Bus. Er zog die Schuhe an.

– Nein, laß nur . . .

– Ich mach's gern.

– Nein, da laufen bestimmt jede Menge Kids rum. Mir ist's lieber, wenn wir uns hier verabschieden. Sie sah wieder in den Spiegel und beschäftigte sich mit ihrem Haar. Er legte ihr ungeschickt den Arm um die Taille. Zwei Fremde sahen ihm aus dem Spiegel entgegen.

– Sehen wir uns morgen?

– Glaub ich nicht. Wir fahren zu einem Picknick im Schwarzwald. Oder möchtest du mitkommen?

– Furchtbar gern, aber abends geht mein Zug.

Sie nickte stumm.

– Dann kommen wir also nicht wieder zusammen?

– Sieht nicht so aus.

– Daran hatte ich noch gar nicht gedacht, sagte er bedrückt.

– Fängst du schon wieder damit an . . . Ihr Lachen kippte.

– Ich weiß nicht, was ich sagen soll, Gloria . . . Er senkte den Blick vor den beiden Fremden im Spiegel, hin- und hergerissen von Empfindungen, die er nicht benennen konnte.

– Bitte sag nichts, sonst fang ich an zu heulen. Sie ging zur Tür.

– Warte noch. Gib mir deine Adresse, dann schreib ich dir.

Beim Austausch der Adressen beruhigten sie sich wieder etwas.

– Ich schreibe, sobald ich nach Hause komme, versprach er.

– Ich freu mich schon.

– Und du schreibst mir auch?

– Ich will's versuchen, aber eigentlich hab ich's nicht so mit dem Schreiben.

– Vielleicht machst du irgendwann mal Ferien in England.

– Vielleicht. Kommst du mal wieder nach Heidelberg?

– Ja, wenn meine Schwester noch hier ist.

Eine Weile standen sie schweigend beieinander und hielten sich bei der Hand, ohne wirklich an diese wenig wahrscheinlichen Möglichkeiten zu glauben.

– Dann mußt du wohl gehen, sagte er.

– Ja.

– Kannst du nicht doch –

Sie küßte ihn noch einmal auf die Lippen, ging rasch hinaus und machte die Tür hinter sich zu. Der Raum wirkte tot und leer. Er ging zum Bett und warf sich in die Kissen.

Er erwachte mit einem Ruck und ohne eine Erinnerung daran, daß er eingeschlafen war. Es war dunkel. Erst dachte er, daß er das Feuerwerk und die Party verschlafen hatte. Doch als er die Vorhänge zurückzog, stellte er fest, daß es erst früher Abend war. Auf die Party zog ihn eigentlich nichts, bis auf seinen Bärenhunger. Er wusch sich gründlich, rubbelte sich trocken und putzte sich die Zähne, zog frische Unterwäsche und ein sauberes Hemd an. Die Sachen waren angenehm kühl auf seiner Haut. Körperlich erfüllte ihn ein großes Wohlgefühl. Im Herzen fühlte er sich – nein, nicht richtig traurig und auch nicht richtig glücklich, eher . . . ja, feierlich. Und alt. Alt und weise und erfahren. Er musterte sich im Spiegel und überlegte, ob er verändert aussah.

Er sah auf die Uhr. Es wurde langsam Zeit für ihn, aber er zögerte noch, die Stille und Beschaulichkeit seiner Seele zu stören, die ihm Ruhe schenkte wie eine leere Kirche. Er sah sich um. Wie verschlampt und unordentlich das Zimmer aussah! Mit einem plötzlichen Ausbruch zielstrebiger Energie räumte er auf, brachte das zerwühlte Bett in Ordnung, sammelte die überall verstreute schmutzige Wäsche ein, warf den herumliegenden Abfall in den Papierkorb und machte zum Lüften das Fenster weit auf.

Ein Schlüssel drehte sich im Schloß, und er fuhr herum. Jinx Dobell, dachte er. Aber es war Dolores, die sich, einen Koffer in jeder Hand, ins Zimmer schob. Als sie ihn sah, machte sie große Augen.

– Na so was! Sie ließ die Koffer fallen.

– Schon zurück? fragte er.

– Du bist Kate Youngs Bruder, nicht? Timothy . . . An dich hatte ich überhaupt nicht mehr gedacht.

Unter der Bräune sah sie müde und angegriffen aus. Sie ließ

das Gepäck liegen, wo es lag, sank in den Sessel und machte die Augen zu.

– Ja, ich habe das Zimmer dann doch genommen . . .

– Das sehe ich. Ich wußte nicht, daß du so lange bleiben wolltest.

– Wollte ich auch nicht. Morgen reise ich ab.

– Morgen.

– Ich . . . wir dachten, Sie kommen erst nächste Woche.

– So war es auch geplant. Aber mich hat's schwer erwischt. Die Ruhr oder sonstwas Scheußliches . . .

– Sie sind krank?

Sie nickte, ohne die Augen aufzumachen.

– Dann such ich mir eben für heute abend ein anderes Quartier.

Sie nickte wieder.

– Tu das, Timothy.

– Ich packe nur schnell meine Tasche, die hole ich dann morgen ab.

Er machte rasch eine Runde durchs Zimmer und leerte Schubladen und Schrankfächer. Dolores saß in ihrem Sessel, ohne sich zu rühren. Nur einmal machte sie den Mund auf.

– Wie bist du hier zurechtgekommen?

– Bestens. Es war wirklich mächtig nett von Ihnen . . .

Die Zahnbürste und einen Schlafanzug steckte er in eine Tüte, die er gleich mitnehmen wollte.

– So, fertig. Kommen Sie zurecht?

– Du könntest noch kurz nebenan klopfen, bei Jinx Dobell, sie soll mal eben vorbeikommen.

– Ich glaube, sie ist nicht da.

Dolores machte die Augen auf und musterte ihn mit einem Anflug von Neugier.

– In der letzten Woche war es nebenan sehr ruhig.

– Richtig, jetzt fällt mir ein, daß sie um diese Zeit auf Urlaub gehen wollte. Macht nichts, dann sag ich eben anderswo Bescheid.

Als er ging, saß sie noch immer mit geschlossenen Augen im Sessel.

Die Straßen waren für diese Tageszeit seltsam still und leer, was aber Timothy, der an anderes zu denken hatte, nur ganz am Rande registrierte. Er wußte, daß er zu spät zu der Party kam, ging aber deshalb nicht schneller. Mit ehrfürchtigem Staunen bedachte er seine wunderbare Errettung. Wenn Dolores eine Stunde früher zurückgekommen wäre, wenn sich die Tür geöffnet hätte, als er und Gloria . . . Er durfte gar nicht daran denken. Und wäre sie noch früher gekommen, hätte er nie mit Gloria alleinsein können, er hätte kein eigenes Zimmer gehabt, in das er mit ihr hätte gehen können, würde jetzt so unwissend, so unschuldig wie gestern durch Heidelberg laufen. Er hatte unglaubliches Glück gehabt. Glück – nein, das war ein zu banales Wort für diesen Anlaß. Er empfand es eher wie eine unerforschliche Gnade, die einem zuteil wird, wenn man sich mutig auf Erfahrungen einläßt.

Er versuchte, sich über seine Gefühle klar zu werden. Ein etwas schlechtes Gewissen hatte er schon, aber die Scham, die Verzweiflung, die er gleich danach empfunden hatte, waren nach dem Gespräch mit Gloria verschwunden. Eine Welle der Zärtlichkeit überflutete ihn so jäh, daß er beinah mitten auf der Straße stehengeblieben wäre, als er daran dachte, wie sie, die Arme vor der Brust gekreuzt, in ihrem blauen Slip neben ihm gelegen hatte. Ich gehe morgen nicht zur Beichte, entschied er plötzlich. Ich warte, bis ich wieder in England bin. Es mochte kindisch sein – aber er legte seine nicht absolvierte Seele Gloria als Geschenk zu Füßen.

Jetzt merkte er, daß das summende Raunen, das er bei seinem Gang durch die leeren Straßen unbestimmt wahrgenommen hatte, von einer erwartungsvollen Menschenmenge ausging, die jetzt, als er sich der Neuen Brücke näherte, auch in Sicht kam. In Fünfer- oder Sechserreihen saßen oder standen sie auf dem Gehsteig der einen Brückenseite und an beiden Flußufern bis zur Alten Brücke. Auf dem Fluß wimmelte es von Wasserfahrzeugen – Ausflugsdampfern, Frachtkähnen, Schleppern und Ruderbooten –, von deren Heck Trauben von Lampions an dünnen Stäben herunterhingen, die sich im Wasser spiegelten; es war ein schönes Bild. In den Häusern, die zum Fluß hinausgingen, standen die Fenster offen, in den Räumen dahinter sah man einen Kopf am anderen. Die Leute standen auf Bänken, Brüstungen und Denkmalsockeln oder kauerten auf den Dächern geparkter Wagen. Und alle blickten nach Osten, wo die Schwärze der Berge schon mit der Schwärze des Himmels verschmolz. Als das Tageslicht wich, wurde das Gesumm, das Lachen und Schwatzen noch intensiver, noch erwartungsvoller.

Langsam ging Timothy am Rand der Menge entlang über die Brücke zum Nordufer, wo Vince und Greg wohnten. Als er durch den dumpfig-feuchten Garten zum Haus hochstieg,hörte er Jazzmusik und sah Licht in den vorhanglosen Fenstern der unteren Räume. Die Haustür war offen, auf einem handgeschriebenen Zettel stand: *Bitte gleich nach oben gehen!* Er stieg die gebohnerte Treppe hoch. Die Wohnungstür war einen Spaltbreit geöffnet, und er trat ein.

Er stellte seine Tüte in der Diele ab und ging bis zur Wohnzimmertür. Die Gäste standen in kleinen Gruppen beieinander, redeten, gestikulierten, bliesen Zigarettenrauch in die Luft und ließen die Eiswürfel in den Gläsern kreisen. Kate unterhielt sich in einer Ecke mit Maria und zupfte an ihrem Ausschnitt herum. Er entdeckte Mel und Ruth und Dot, und auch die meisten anderen Gäste kamen ihm irgendwie bekannt vor. Don schien nicht dazusein. Vince ging mit einem Cocktailshaker, Greg mit einer kalten Platte von Gast zu Gast. Es dauerte eine Weile, bis ihn jemand bemerkte, er kam sich seltsam distanziert, wie unsichtbar vor, und das führte dazu, daß er die Gäste schärfer und weniger verklärt sah als sonst. Sie wirkten so unjung, nein, sie wirkten richtig alt. Er registrierte spärlicher werdendes Haar, häßliche Fettrollen, mit Make-up verkleisterte Falten und Runzeln. Sah aufgesetztes Lächeln, leere, hoffnungslose Blicke, Grimassen und Gesten wie nervöse Tics. Was hatte er eigentlich hier zu suchen? Viel lieber hätte er, Hand in Hand mit Gloria, unten in der Menge auf den Beginn des Feuerwerks gewartet. Jetzt hatte Kate ihn gesehen und kam rasch auf ihn zu.

– Timothy! Wo warst du nur? Ich hab mir schon Sorgen gemacht . . .

Sie gab ihm einen Kuß, einen schwesterlich-tantenhaften Kuß, der nach Parfüm und Puder roch.

– Kleine Panne, sagte er und erzählte ihr von Dolores' Krankheit und verfrühter Rückkehr.

– Wie ärgerlich.

– Könnte schlimmer sein.

– Du siehst das ja bemerkenswert abgeklärt. Sie strich ihm lächelnd die widerspenstige Strähne aus der Stirn. Wie war die Party gestern abend?

– Ganz nett.

Er sah sich suchend nach einer geeigneten Ablenkung um. Ruth warf ihm eine Kußhand zu, er winkte, dann trat Vince zu ihnen.

– Wie geht's, Timothy?

– Danke, gut. Und dir? Hast du Angst gehabt, die Russen würden dich nicht laufen lassen?

– Eigentlich nicht. Einen Manhattan?

– Habt ihr auch Coke?

– In der Küche vielleicht, aber zur Feier des Tages kannst du ruhig mal ein bißchen unsolide sein. Es ist doch dein letzter Abend, nicht?

– Ja, zum Glück. Dolores ist vorzeitig aus dem Urlaub zurückgekommen.

– Dolores? Ach so, *Dolores*. So ein Pech! Und wo willst du heute schlafen?

– Ich besorge ihm irgendwo ein Zimmer, sagte Kate, es ist ja nur für eine Nacht.

– Ein Zimmer? In einem Hotel? Am Feuerwerksabend? Kate biß sich auf die Lippen.

– Wahrscheinlich ist alles voll.

– Das kannst du laut sagen, Schätzchen. Aber Timothy kann hier schlafen. Kein Problem.

– Das ist aber nett, sagte Timothy erleichtert.

Kate machte ein bedenkliches Gesicht.

– Ich weiß nicht recht . . . Deine Couch steht hier, und wer weiß, wann die Party zu Ende ist . . .

– Keine Bange, Baby, ich sorge schon dafür, daß er seinen Schönheitsschlaf bekommt. Ich sag dir was: Er kriegt mein Bett, und ich schlafe auf der Couch. Heute nacht wird sowieso durchgesumpft. Diskussion beendet. Komm, trink noch einen!

– Nein, danke, Vince. Kate legte die Hand über ihr Glas.

– Nicht mauern, Baby. Heute wird gefeiert. Schließlich ist es eine Willkommens- und eine Abschiedsparty. Willkommen für uns, Abschied für Timothy.

Vince versuchte, ihr nachzuschenken, und der Alkohol lief über ihre Hand auf den Teppich.

– Was machst du denn da? fuhr sie ihn ärgerlich an.

– Gutes Mottenmittel. Greg tupfte den Teppich mit einem Tuch ab. Erst besaufen sie sich, dann torkeln sie auf die Straße und werden überfahren. Hi, Timothy. Froh, wieder heimwärts zu ziehen?

– Ja und nein.

– Gute Antwort. Muß ich mir für meine Hochzeit merken. Er stellte sich neben Kate in Positur. *Willst du diese Frau zu deinem rechtmäßigen Weibe nehmen? Hm, ja und nein . . .*

Timothy lachte. Von seiner Reaktion ermutigt, trat Greg ganz nah an Kate heran und fuhr ihr mit einem Finger leicht über den Busen.

– Brennen wir heute miteinander durch, Baby, oder möchtest du im Stande der Unschuld das Zeitliche segnen? fragte er halblaut.

Das kam nicht gut an. Kate zuckte zurück.

– Komm, Timothy, ich hol dir deine Cola.

Sie machte die Küchentür zu, ehe sie an den riesigen Kühlschrank ging.

– Es gefällt mir nicht, wie die Jungs sich heute aufführen. Ich kenne das schon bei ihnen. Sie betrinken sich nicht oft, aber wehe, wenn sie losgelassen . . . Mir wär's lieber, wenn du nicht hier übernachten würdest.

– Es wird schon nichts passieren.

– Daß sie nach Berlin ein bißchen Dampf ablassen wollen, verstehe ich natürlich. Greg hat erzählt, daß sie Flöhe in der Zelle hatten und das Essen ungenießbar war.

– Kommt Don heute abend?

– Glaub ich nicht. Er wollte ins Krankenhaus, um nach Rudolf zu sehen. Zumindest ist er nicht mehr in akuter Gefahr.

– Das freut mich. Du, Kate, ich hab schrecklichen Kohldampf . . .

– Dann komm ins Eßzimmer, Greg hat eine phantastische Pastete gemacht.

Sie führte ihn zu einem Tisch, auf dem ein kaltes Büfett aufgebaut war. Ruth grapschte gefräßig nach den verschiedensten Köstlichkeiten.

– Hi, Timothy. Wie wär's mit ein paar Schokoladenameisen?

Er sah sie einigermaßen fassungslos an und wurde etwas blaß.

– Nein, danke.

– Köstlich, sag ich dir.

Sie schaufelte sich mit ihren langen Krallen die schokoladenüberzogenen Insekten in den Mund und kaute knirschend. Timothy wurde etwas flau, aber als er in ein belegtes Brot mit Rahmkäse und gehacktem Schinken biß, stellte er fest, daß sein Appetit nicht gelitten hatte.

– Sag mal, hast *du* etwa gestern abend auf dem Schiff das Licht ausgedreht? Ruths dunkle Augen funkelten.

– Was sagst du da? Kate horchte auf.

– Hast du das von der Geburtstagsparty noch nicht gehört? Eins dieser Kids hat die Sicherung durchbrennen lassen, und das Ende vom Lied war eine wilde Teenager-Orgie.

– Im Ernst?

– Ach wo. Timothy konzentrierte sich auf die Pastete.

– Lola Eastman hatte jedenfalls hinterher einen regelrechten Nervenzusammenbruch. Ständig mußt du aufpassen, daß die Kids sich nicht an die Wäsche gehen oder ins Wasser fallen ... Nie wieder, hat sie gesagt.

Kate runzelte die Stirn. Das will ich jetzt aber ganz genau wissen, Timothy.

Zu seinem Glück erhob sich unvermittelt draußen lautes Volksgemurmel, und Hochrufe rollten durch das Tal. Sie drängten an die Fenster. An den Ufern war die Straßenbeleuchtung erloschen. Vince klatschte in die Hände.

– Schenkt euch nach, Leute! In Heidelberg gehen die Lichter aus! Alle Mann auf den Balkon!

Er machte im Zimmer das Licht aus, zum Schluß brannte nur noch eine kleine Tischlampe mit einem fast undurchsichtigen roten Schirm. Der Balkon war nicht groß genug für alle, einige Gäste stellten sich im Zimmer auf Stühle. Timothy hatte einen Platz an der Brüstung ergattert. Es war ganz dunkel, nur hin und wieder sah man die Scheinwerfer von Wagen, die über die Neue Brücke rollten, und ein paar Lichter auf den Booten. Die Umrisse der Stadt und der Berghänge verloren sich in der Dunkelheit, auch das Schloß war nicht mehr angestrahlt. Die erwartungsvolle Stille, die sich auf die Menge gesenkt hatte, übertrug sich auf ihre dichtgedrängte Gruppe. Über ihnen brummte ein Flugzeug.

– Worauf warten wir eigentlich? beschwerte sich Mel aus der Dunkelheit.

– Vielleicht hat jemand die Streichhölzer vergessen, witzelte Greg, und alle lachten etwas schrill.

– Das ist ja wie vor dem Sturmangriff, beschwerte sich Mel.

Drei Raketen stiegen am samtschwarzen Himmel hoch und zerbarsten geräuschvoll zu roten, grünen und blauen Sternen. Aus der Menge stieg ein langgezogenes *Oooh!* auf.

– Das ist das Startzeichen, sagte Kate.

Im Fallen verloschen die verglühenden Raketenreste, es wurde wieder dunkel. Und dann erschien gegenüber wie durch Zauberei das Schloß am Nachthimmel. Es trieb dahin wie ein brennendes Luftschiff. Die roten Flammen waberten und schlugen an den Mauern und Zinnen hoch, und auch innen glühte es rot, schwarz hoben sich die Mauerreste von den hellen Fenstern ab, hinter denen man sich leicht Menschen vorstellen konnte, die um ihr Leben rannten.

– Eine Wucht, was? ließ sich Vince halblaut aus dem Hintergrund vernehmen. Nicht sattsehen kann man sich daran. Timothy mußte an den Satz denken, den er in dem Mercedes auf der Fahrt nach Baden-Baden zitiert hatte: *Dann werden wir die Welt mitnehmen in einem beispiellosen Weltenbrand.* Etwa zehn Minuten dauerte das Spektakel, dann verblaßte allmählich die rote Glut, und das Schloß verschmolz langsam wieder mit dem Dunkel der Nacht. Und wieder schnappte die Menge hörbar nach Luft, denn jetzt hatte die Brücke ihren großen Auftritt. Das Brückentor, Bogen und Brüstungen waren von geschmolzenem Gold und Silber umflossen, die glitzernde Pracht strudelte in den dunklen Fluß, wo Spiegelungen – frischgeprägten Münzen gleich – hüpfend über die Wasserfläche kollerten. Und als auch dieses Schauspiel zu Ende war, begann im Tal hinter der Brücke ein gewaltiges Feuerwerk. Die Raketen erhellten im Bersten die ganze Stadt, ihre Feuersaat aus juwelenfunkelnden Sternen teilte sich wieder und wieder und brachte immer noch eine farbige Galaxie hervor, indes die Vorgänger erloschen. Jede Rakete schien die vorhergehende an Pracht noch zu übertreffen. Das Donnern der Explosionen dröhnte und hallte im Tal wider. Jetzt ist es zu Ende, dachte man, einmal muß es ja zu Ende sein, während man insgeheim eine Fortsetzung, eine immer neue, immer gewaltigere Steigerung herbeisehnte. Und dann erschien als Glanz- und Höhepunkt des Spektakels eine Halskette aus Brillanten, Rubinen und Saphiren über dem Tal, blieb einige wenige flüchtige Sekunden lang in wunderbarer Symmetrie am Nachthimmel hängen, schwand, allmählich matter werdend, dahin, löste sich auf und fiel, Stern um Stern, in die Tiefe, bis an dem schwarzen Prospekt alles wieder still und leer war. Und auch jetzt konnten die Zuschauer sich noch nicht damit abfinden, daß dies das Ende sein sollte, sondern warteten gespannt weiter, bis die Straßenbeleuchtung anging. Dann erhob sich ein tiefer kollektiver Seufzer, der bedauernd und zufrieden zugleich klang, Bravorufe wurden laut, hier und da wurde geklatscht. Die Menge begann sich zu zerstreuen, Autos starteten, Boote tuckerten über den Fluß. Auch in die Gäste auf dem Balkon kam Bewegung. Man strebte zurück ins Zimmer.

– Na, Timothy, sagte Kate, was –

Mitten in ihre Frage fuhr der gellende Schrei einer weiblichen Stimme. Die Gäste vor ihnen wichen zurück, wobei sie Kate und Timothy gefährlich nah an die Balkonbrüstung drängten, torkelten wieder nach vorn, und dann stolperten alle miteinander ins Zimmer hinein. Jetzt war klar, was es mit dem Schrei auf sich hatte, und auch Timothy überlief es kalt. In der hintersten Ecke, mit dem Rücken zu ihnen, die Hände hinter dem Rücken verschränkt, stand reglos ein deutscher Soldat, überragt von seinem finsteren Schatten, den das matte rote Licht der Lampe an die Wand warf, ein Offizier in der aus dem Zweiten Weltkrieg sattsam bekannten Wehrmachtsuniform:

Langer weiter Mantel, Schirmmütze, spiegelnde schwarze Schaftstiefel.

– Verdammt noch mal, was . . . setzte Mel polternd an.

Mit einer zackigen Bewegung drehte Vince sich um, schlug die Hacken zusammen und riß den Arm hoch.

– *Heil Hitler!*

Langsam ließ er den Arm sinken, bis er nur noch wie im Hohn auf seine Gäste wies, bewegte ihn in einem weiten Bogen von einer Seite zur anderen, warf den Kopf zurück und brach in schallendes Gelächter aus.

Die Reaktionen waren unterschiedlich. Manche fanden den Auftritt tatsächlich amüsant, andere nur vorgeblich, und einige wenige, darunter auch Kate, machten kein Hehl daraus, daß sie ihn mißbilligten.

– Ich kann das nicht komisch finden, Vince, sagte sie. Du hast Maria erschreckt.

Maria kauerte zitternd in einem Sessel und hatte die Hände vors Gesicht geschlagen.

– Du hast doch nicht im Ernst Angst gehabt, Maria? schmeichelte Vince. Es war doch nur Spaß.

Maria sah matt lächelnd hoch und schüttelte den Kopf.

– Für dich vielleicht, wandte Kate ein. Aber Maria hat allen Grund, diese Uniform zu fürchten.

Timothy fiel ein, daß Kate ihm erzählt hatte, Maria habe in Holland die Nazi-Besatzung miterlebt. Kate sah sie auffordernd an, aber Maria war wie immer zu bescheiden, um etwas zu sagen.

– Es tut mir leid, Maria, sagte Vince, ich möchte mich in aller Form bei dir entschuldigen. Und jetzt bist du mir nicht mehr böse, nein?

Maria schüttelte den Kopf.

– Was du brauchst, ist ein Drink.

– Da ist sie nicht die einzige, sagte Dot nachdrücklich.

Die Gäste stürmten die Bar. Greg brachte den Plattenspieler in Gang und rollte den Teppich auf.

– Darf ich bitten, Kate?

Sie schüttelte den Kopf.

– Jetzt nicht, Greg.

– Hier! Vince brachte den Drink für Maria und drückte auch der widerstrebenden Kate ein Glas in die Hand.

– Das war ein ganz mieser Trick, sagte Mel. Du hast dich verdrückt, als wir das Feuerwerk angesehen haben, stimmt's?

– Genau. Vince zwinkerte Timothy zu. Angst gehabt, junger Mann?

– Ein bißchen.

Dot trat zu ihnen.

– Wo hast du denn die Klamotten aufgelesen, Vince?

– Mal hier, mal da.

– Hoffentlich hast du sie reinigen lassen. Man weiß ja nie, wer dringesteckt hat. Sie kicherte.

– Natürlich. Nur das Blut ist nicht ganz rausgegangen. Schaut her, hier hat's ihn erwischt.

Sie drängten sich um Vince und sahen sich das leicht ausgefranste Einschußloch in der Brust und die bräunlichen Blutspuren an. Von ihrem Interesse ermutigt holte Vince seine erstaunlich umfangreiche Sammlung an Nazi-Souvenirs – Uniformen, Mützen, Helme, Gürtel, Stiefel, Waffen, Orden und Ehrenzeichen – aus Schränken und Schubladen und breitete sie auf dem Wohnzimmerfußboden aus. Halb angeekelt, halb fasziniert nahmen die Gäste dieses und jenes in die Hand, und dann probierten ein paar die Sachen an. In der trunken erregten Party-Stimmung, in der unter der Nachwirkung des eindrucksvollen Feuerwerks und dem Schock des Horrorauftritts von Vince die Nerven noch vibrierten, wirkte das ansteckend, und bald kramten alle lachend und krakeelend in den Sachen herum, zwängten sich in Uniformen, posierten vor Spiegeln, stolzierten durchs Zimmer, knallten die Hacken zusammen und hoben die Hand zum Hitlergruß. Greg heizte mit hektischen Ansagen durch ein altes Megaphon die Stimmung noch weiter an: *Achtung, Achtung! Bis auf weiteres wird die Nationalsozialistische Arbeiterpartei in Nationalsozialistische Cocktailpartei umbenannt!* Sie wickelten eine der jungen Frauen in eine Hakenkreuzfahne und kürten sie zur Miss Gestapo. Dot hatte ein Eisernes Kreuz in der Hand.

– Dekoriere mich, Timothy.

Verlegen tat er ihr den Willen. Kate hatte sich sehr betont

von dem tollen Treiben abgewandt und sprach mit Maria. Ob sie gehen wollte, hörte Timothy sie die Holländerin fragen. Hoffentlich schickt sie mich noch nicht ins Bett, dachte er. Obgleich er keine Neigung verspürte, bei der Maskerade mitzumachen, die er irgendwie als fast blasphemisch empfand, konnte er sich ihrer morbiden Faszination nicht ganz entziehen. Im matten roten Licht der Lampen, das man sich auch gut als den reflektierten Feuerschein aus dem Schloß hätte vorstellen können, wirkte das Spektakel auf gespenstische, fast beängstigende Weise realistisch. Auch wenn die Gesichter unter den Totenkopfabzeichen der Mützen dümmlich lächelten, die Hakenkreuzbinden an den Ärmeln von Cocktailkleidern steckten und unter den zerknitterten Uniformen schrille Seidenkrawatten hervorsahen, wirkten diese schaurigen Relikte alles andere als harmlos. Die Gäste hatten – wie Kinder, die verbotenerweise mit alten Zaubersprüchen experimentieren – mit dem Feuer gespielt, und plötzlich stand das Böse greifbar im Raum.

Mel trat zu Timothy und streichelte liebevoll eine Automatikpistole.

– Hier, schau dir das mal an.

Die Waffe war so unerwartet schwer, daß sie ihm fast aus der Hand fiel. Kate entriß sie ihm mit einer heftigen Bewegung.

– Gib her! Du bist ein Idiot, Mel! Woher willst du wissen, daß sie nicht geladen ist?

– Reg dich ab, Baby, keine der Waffen ist geladen, sagte Vince und nahm Kate die Pistole ab. Er trug noch immer den langen Uniformmantel, obgleich ihm der Schweiß auf der Stirn stand.

– Kann ich Timothy in dein Schlafzimmer bringen, Vince? fragte Kate.

– Du willst ihn doch noch nicht ins Bett schicken?

– Ich bringe Maria nach Hause und will sicher sein, daß er im Bett liegt, ehe ich gehe.

– So eilig hab ich es gar nicht, sagte Maria nervös.

Kate machte ein ärgerliches Gesicht.

– Timothy muß sowieso ins Bett, morgen hat er eine lange Fahrt vor sich, und ich will auch gehen.

– Komm, Kate, jetzt doch nicht, wo die Party gerade richtig

in Schwung kommt. Sei nicht so, Baby! Hier, trink noch was. Neuerdings bist du immer so bierernst. Du bist zu viel mit diesem linken Lehrer zusammen.

Kate errötete vor Zorn.

– Ich glaube, du hast ihn damals doch angeschwärzt, Vince.

– Wovon redest du bloß, Schätzchen? Weißt du, wovon sie redet, Greg?

– Keine Ahnung, aber sie sieht einfach süß aus, wenn sie wütend ist. Komm, Schätzchen, das ist ein Tango.

Greg legte ihr einen Arm um die Taille, aber sie stieß ihn fast gewaltsam weg.

– In diesem . . . diesem Pöbelhaufen mag ich nicht tanzen. Das ekelt mich an. Sie wandte sich an Mel. Warum machst du nicht Schluß mit dem Theater? Ich wundere mich sehr über dich.

Ihre Stimme klang verstört, fast hysterisch. Mel wirkte nur betreten.

– Stell dich nicht an, Kate. Bloß weil wir ein bißchen Blödsinn machen . . . Seit wir die Krauts andauernd mit Samthandschuhen anfassen müssen, tut es mal richtig gut, die Sau rauszulassen.

– Ganz schön irre, was? Vince sah sichtlich beeindruckt auf die Tanzfläche. Wogend und schiebend, dicht gedrängt in dem matten roten Licht, schwitzend in Mützen und Helmen und Uniformen, schwankten die Tänzer im Takt der Musik, manche lachten und schwatzten, andere schliefen schon fast und mußten sich aneinander festhalten.

– Noch eine Zigarette, erklärte Kate, dann geht Timothy ins Bett, und ich gehe nach Hause.

Mit zitternden Händen holte sie eine Zigarette aus dem Etui. Vince gab ihr mit seinem Ronson Feuer, ohne die Tanzfläche aus den Augen zu lassen.

– So ähnlich muß es in der Nacht gewesen sein, als Adolf sich in seinem Berliner Bunker erschossen hat, sagte er nachdenklich.

– Aber sicher nicht so lustig, meinte Mel.

– Sollte man denken, aber man erzählt sich eine sonderbare Geschichte von jener Nacht, vielleicht die sonderbarste

Hitlergeschichte, die es gibt. (Er hielt inne und nahm einen Schluck aus seinem Glas.) Natürlich waren sie zu der Zeit alle schon nicht mehr ganz normal. Die meisten lebten seit Tagen im Keller. Die Russen hatten sie umzingelt, die Granaten schlugen im Garten der Reichskanzlei ein, ganz Berlin stand in Flammen, Hitler kriegte pünktlich zu jeder vollen Stunde seinen Anfall. Dann kam die Hochzeit mit Eva.

Kate drückte die nur halb gerauchte Zigarette aus.

– Komm, Timothy.

– Moment noch, Kate. Laß mich die Geschichtslektion für den Jungen zu Ende bringen.

– Ja, warte noch, Kate, sagte Mel. Ist doch hochinteressant. Er hat also diese Eva Braun geheiratet. Und?

– Er hat diese Eva Braun geheiratet und . . . wißt ihr, wie der Typ hieß, der sie getraut hat?

– Wagner, sagte Timothy.

– Genau. Das hast du dir also gemerkt. Vince lächelte. Du bist ein aufgeweckter Junge, Timothy, und hast ein erstaunliches Gedächtnis. Den heutigen Abend wirst du auch nicht so schnell vergessen, wie?

– Vince, sagte Kate ungeduldig.

– Okay, okay. Adolf und Eva wechselten also die Ringe, es gab einen Hochzeitsempfang mit Schampus und allem Drum und Dran, aber auf dem wollte so keiner recht in Stimmung kommen, was einen nicht weiter wundert, da das glückliche Paar verkündet hatte, es würde sich innerhalb der nächsten vierundzwanzig Stunden erschießen. Irgendwie ist danach eine Hochzeit nur noch halb so lustig. Adolf ist nicht mal mit seiner Angetrauten ins Bett gegangen, er war die ganze Nacht auf, um sein Testament zu machen. Am nächsten Tag kam die Nachricht, daß Mussolini und seine Geliebte von Partisanen erschossen und an den Füßen aufgehängt worden waren. Das muß für Adolf – falls er noch zögerte – den Ausschlag gegeben haben. Er ließ seinen Hund Blondi vergiften und gab auch seinen beiden Sekretärinnen Giftkapseln mit – als letzten Ausweg, wenn die Russen kamen. Dann gab er Befehl, daß bis auf weiteres niemand zu Bett gehen dürfe. Kurz nach Mitternacht wurden alle ins Eßzimmer bestellt, er schritt die Reihe ab, schüttelte den Frauen die Hand und murmelte etwas, was niemand verstehen konnte, er sah sie nicht an, sein Blick war weit weg ...

Auch der Blick von Vince war weit weg. Seine Zuhörer, selbst Kate, warteten gespannt und spitzten die Ohren, um sich über dem Lärm von der Tanzfläche keins seiner Worte entgehen zu lassen.

– Dann geschah etwas Merkwürdiges. Sie wußten alle, daß dies Hitlers Abschied war, daß er sich umbringen würde – und man muß dabei bedenken, daß die meisten dieser Menschen ihm treu ergeben waren, die meisten hatten sich freiwillig bereiterklärt, bis zum Ende bei ihm im Bunker zu bleiben. Aber wißt ihr, was sie taten, nachdem er wieder in seinem Zimmer war? Sie gingen ins Kasino und feierten eine Party. Eine *Party!* Mit Tanz. *Tanz!* Sie machten soviel Lärm, daß Hitler ihnen ausrichten ließ, sie sollten doch bitte ein bißchen leiser sein. Aber sie tanzten weiter. Könnt ihr euch das vorstellen? Die Russen waren nur noch eine halbe Meile weg, Berlin – oder was davon übriggeblieben war – stand kurz vor dem Fall, sie wußten, daß sie selbst bald tot sein würden, wenn sie sich nicht schleunigst verdrückten ... Aber sie tanzten.

Er verstummte und trank noch einen Schluck.

– Und was hat Hitler inzwischen gemacht? wollte Timothy wissen.

– Ja, was wohl, sagte Vince gedankenverloren. Vielleicht hat er gewartet, mit dem Finger am Abzug ... Vince hob die Automatikpistole und sah in den Lauf. Vielleicht hoffte er auf ein Wunder, das nicht kam. Und dann ...

Vince legte den Lauf an den Kopf und drückte ab.

– *Peng!* sagte jemand hinter ihnen, und alle fuhren zusammen.

– Herrgott noch mal, stieß Mel hervor.

– Don! rief Kate.

– Sieh an, die Russen sind da, sagte Vince.

– Die Tür war offen. Don sah sich um. Hier geht's ja hoch her.

– Sie haben das Feuerwerk verpaßt, sagte Vince.

– Ja, ich habe einen Krankenbesuch bei einem Freund von Ihnen gemacht.

– Rudolf? Wie geht's ihm denn?

– Viel besser.

Vince nickte.

– Gut. Da muß ich wohl morgen auch mal vorbeischauen, irgendwie hat man ja eine gewisse Verantwortung. Ich wußte nicht, daß sie schon Besucher zu ihm lassen.

– Heute war der erste Tag. Wenn man das Militär nicht rechnet. Die haben ihn wohl schon öfter besucht. Er sah Vince herausfordernd an, der aber antwortete nicht, sondern zündete sich eine Zigarette an.

– Mir scheint, daß Sie jede Menge Probleme haben, Vernon, setzte Don hinzu.

Vince schnaubte verächtlich.

– Was wissen Sie schon von meinen Problemen ...

Don sah Kate an.

– Gehen wir?

– Ja, ich komme mit, aber Timothy übernachtet hier.

Don sah sie groß an.

– Was soll das heißen?

– Dolores ist unerwartet wiedergekommen, und –

– Du bist wohl verrückt geworden? Los, komm! Don nahm Timothys Arm.

– Hey, Moment mal. Vince packte Timothys anderen Arm. Was glauben Sie eigentlich, wer Sie sind, mein Freund?

– Laßt ihn los, ihr zwei!

Kate griff schützend nach Timothy, und es gab ein kurzes Gerangel, bei dem er zwischen drei Menschen hin- und hergezerrt wurde. Er wehrte sich nicht, denn er hatte keine Ahnung, was hier vorging, und sonst schien niemand ihre Gruppe zu beachten. Mel hatte sich verdrückt, als Don hereingekommen war, und die anderen tanzten immer noch.

– Ich glaube zu wissen, wer *Sie* sind, Vernon. Einer, der auf einarmige Jungen steht ...

Vince lockerte seinen Griff, dann ließ er Timothy los.

– Dieser Kraut ... sagte er mit erstickter Stimme.

– Gesagt hat er nicht viel, aber ich habe ein Ohr für Untertöne, sagte Don. Los, Kate, nichts wie weg hier. Er drängte sie hinaus.

– Kate! rief Vince leise, aber eindringlich. Sie wandte ihm ihr blasses, verschrecktes Gesicht zu, blieb aber nicht stehen. Don hielt an der Tür inne, bückte sich und zog mit einer raschen, heftigen Bewegung einen Stecker aus der Dose. Die Musik verröchelte. Er richtete sich auf und knipste die Deckenbeleuchtung an. Die Tänzer kamen stolpernd zum Stehen und blinzelten benommen in das grelle Licht. Die Uniformen und Abzeichen, mit denen sie behängt waren, sahen plötzlich aus wie harmloser Flitterkram.

EPILOG

Es war mit das angenehmste Motel auf der ganzen Tour. An drei Seiten war es – in spanisch angehauchtem Stil – um einen Innenhof herumgebaut, an der vierten Seite lag der Swimming-Pool. Vor dem Wohnraum (das Motel war ganz auf Urlauber zugeschnitten, jede Wohneinheit bestand aus zwei Zimmern, Dusche und Kochnische) lag eine kleine, mit blühenden Schlingpflanzen bewachsene Terrasse. Er schnupperte genüßlich, während er, in jeder Hand einen Gin Tonic, in dem Eiswürfel klimperten, ins Freie trat, und sah zu dem sternklaren Himmel und den schwarzen Silhouetten der Palmen hoch. Das Rufen und Planschen einer Gruppe später Schwimmer wehte über den Hof zu ihnen hin.

– Gar nicht so dumm, bei Dunkelheit baden zu gehen, sagte er. Das müssen wir auch mal probieren. Tagsüber ist es sogar zum Schwimmen fast zu heiß.

– Ihr müßt sehr aufpassen, wenn die Kinder über den Beton laufen.

– Ja, sie haben diese Gummilatschen, aber Michael zieht sich seine immer aus.

Er stellte ihr Glas auf ein Beistelltischchen und setzte sich neben sie. Sie hatte sich auf einer Rattanliege ausgestreckt, ihr Gesicht war im Dunkeln.

– Die Kinder sind einfach süß.

– Ja, wir können zufrieden sein. Im Wagen quengeln sie gern ein bißchen, aber das ist ja kein Wunder.

– Nein, wirklich nicht. Wenn man bedenkt, was für Entfernungen ihr zurückgelegt habt ... Ich finde, sie haben sich fabelhaft gehalten.

– Dabei haben wir uns Zeit gelassen. Zweihundert, höchstens zweihundertfünfzig Meilen am Tag.

– Ihr habt mehr von den Staaten gesehen als ich in . . . warte mal, in vierzehn Jahren.

– Und wahrscheinlich mehr als die meisten geborenen Amerikaner. Dank des Stipendiums.

– Eine großartige Sache. Und den Wagen gab's auch dazu? Wahrscheinlich muß man unheimlich gut sein, um an so was heranzukommen.

– Und unheimliches Glück haben. Auf meinem Gebiet gibt es nicht so viele Bewerber, das war wohl günstig für mich.

– Du hast mir geschrieben, was du machst, Timothy, aber so ganz habe ich nie . . .

– Umweltstudien. Ein relativ neues akademisches Fach. Mein Spezialgebiet ist die Stadterneuerung. Promoviert habe ich über Planungssünden.

Er erzählte von seiner Arbeit, bis er an ihrem Schweigen merkte, daß er ihre Wißbegier mehr als befriedigt hatte. Probleme der Stadterneuerung, überlegte er, berührten einen wohl auch wenig, wenn man in einem Urlaubsort mitten in der kalifornischen Wüste lebte, wo alles aussah, als sei es noch nicht mal zwanzig Jahre alt – bis auf die Einwohner.

– Kommt Sheila nicht heraus? fragte Kate.

– Doch, gleich. Sie schreibt noch an ihre Mutter.

– Eine wunderbare Frau, Timothy. Du hast großes Glück gehabt.

– Ja, ich weiß.

– Sie natürlich auch. Warum grinst du so?

– Du redest genau wie Mum. Als wir ihr beigebracht hatten, daß wir uns verloben würden, hat sie immer nur Sheila angesehen, als hätte sie gerade den ersten Preis in der Tombola gewonnen.

Kate lachte im Dunkeln leise vor sich hin.

– Du glaubst gar nicht, wie sehr ich mich freue, dich zu sehen, dich und deine kleine Familie. Ich kann es kaum fassen, daß du wirklich hier bist.

– Doch, ich bin's leibhaftig. Und ich finde es auch richtig schön. Er lehnte sich in seinem Sessel zurück und trank das klare, reine Getränk in kleinen Schlucken. Ich sitze so gern abends draußen, aber in England ist es dazu nie warm genug.

Das hat mir damals an Deutschland so gut gefallen ... Erinnerst du dich noch an meinen ersten Abend in Heidelberg? Als wir draußen gegessen haben, in diesem Lokal auf halber Höhe?

– In der Molkenkur. Du hattest Chicken-in-the-rough, weißt du noch?

– Das werde ich mein Lebtag nicht vergessen.

– Du hast gegessen wie ein Scheunendrescher.

Sie lachten beide, als sie daran zurückdachten.

– Vor zwei Wochen in Denver habe ich mir Chicken-in-the-rough bestellt, aber es war nicht dasselbe, sagte er.

– In England bekommt man jetzt bestimmt soviel Huhn, wie man will. Wahrscheinlich könnt ihr euch gar nicht mehr so richtig vorstellen, wie das damals mit der Rationierung war.

– Ja, das stimmt. So ganz vergißt man es allerdings wohl nie. Es gibt inzwischen bei uns eine stetig tiefer werdende Kluft zwischen denen, die sich unter dem letzten Krieg, Lebensmittelkarten, Austerity und so weiter noch etwas vorstellen können, und den anderen, die zu jung sind, um sich daran zu erinnern, oder die erst hinterher zur Welt gekommen sind.

– Du redest wie ein Alter, neckte sie ihn.

– Mit dreißig ist man heutzutage alt. Weißt du, was die Studenten sagen? *Trau keinem über dreißig.* Dreißig ... das ist die Trennungslinie zwischen denen, die sich noch an den Krieg erinnern können, und den anderen.

– Sie sorgen ja neuerdings für viel Unruhe, die Studenten.

– Für sie ist heutzutage so vieles selbstverständlich, deshalb haben sie anspruchsvollere Träume. Wer im Krieg und kurz danach großgeworden ist, hatte nicht viel zu erwarten, der war noch für den kleinsten Fortschritt dankbar.

Kate seufzte.

– Ja, die jungen Leute wissen gar nicht, wie gut sie es haben.

– Andererseits kann man so froh über das Erreichte sein, daß man nicht den Mut hat, höhere Ziele anzupeilen aus lauter Angst, sich womöglich zu verschlechtern. Das sehe ich an mir.

– An dir, Timothy? Aber du hast doch so viel erreicht ...

– Es hält sich in Grenzen, Kate. Und ich muß mich ständig treten. Wie bei der Reise nach Heidelberg. Eigentlich hatte ich gar keine Lust, aber dann habe ich mich doch aufgerafft und war hinterher sehr froh darüber. Ich glaube kaum, daß ich sonst heute hier wäre.

– Ehrlich?

– Ehrlich. Für mich war die Reise ein Wendepunkt. Sie hat mich aus meinem Schneckenhaus gelockt, hat meinen Horizont erweitert. In diesen wenigen Wochen habe ich enorm viel gelernt.

Schweigend hingen sie ihren Erinnerungen nach. Die letzten Gäste hatten den Pool verlassen, jetzt hörte man nur noch das gleichförmige Zischen der Rasensprenger, die sich im Buschwerk unter den Palmen drehten.

– Hast du noch mal was von Vince und Greg gehört? fragte er schließlich.

– Nein, nie. Eine Freundin hat mir erzählt, daß sie nach Südamerika gegangen sind, aber Genaueres weiß ich nicht.

– Ist eigentlich jemals herausgekommen, was sich damals in Berlin wirklich abgespielt hat?

– Nein, ich glaube nicht. Es wurde vertuscht. Natürlich gab es eine Untersuchung, man erzählte sich, sie hätten versucht, Kontakt zu ostdeutschen Stellen aufzunehmen und ihnen eine Liste früherer Nazis zu verkaufen, die inzwischen hohe Ämter in der Bundesregierung bekleideten, aber die Leute in Ostdeutschland hätten sich auf das Geschäft nicht eingelassen.

– Aber beweisen konnte man es ihnen nicht?

– Nein, beweisen konnte man es nicht. Trotzdem blieb zumindest so viel hängen, daß sie kündigen mußten. Außerdem war da noch die Sache mit Rudolf. Schon deshalb wären sie ein Sicherheitsrisiko gewesen. Du weißt, worum es dabei ging?

– Eine homosexuelle Geschichte, nehme ich an.

– Bei dir haben sie nie – äh – krumme Sachen versucht?

– Nein, nie.

– Ein Glück, seufzte sie. Ich habe mir oft Gedanken darüber gemacht, aber schreiben mochte ich das nicht.

– Hast du damals gewußt, daß sie schwul waren?

– Nie im Leben wäre ich darauf gekommen. Da siehst du, wie naiv ich war.

– Sie haben es wohl ziemlich diskret gemacht.

– Manche Leute haben sich wahrscheinlich ihr Teil gedacht. Don zum Beispiel. Aber da sie ständig mit mir herumzogen ... Ich war eine Art Alibi. Sie lachte kurz und trocken auf.

– Warum sie wohl das Geschäft mit Ostdeutschland machen wollten? Rot angehaucht waren sie doch bestimmt nicht ...

– Nein, ich glaube, sie brauchten schlicht und einfach Geld. Vince hatte hohe Beträge verspielt. Ich dachte immer, sie hätten Geld wie Heu, aber sie haben wohl immer über ihre Verhältnisse gelebt.

– Irgendwie habe ich deswegen noch nachträglich ein schlechtes Gewissen, sagte Timothy. Die ganze Zeit habe ich bei ihnen genassauert, überall haben sie für mich gezahlt, und dabei waren sie in Wirklichkeit ganz arm dran.

– Darüber brauchst du dir keine grauen Haare wachsen zu lassen. So waren sie nun mal. Stolz auf ihre Extravaganzen. Eigentlich kindisch.

– Trotzdem ...

– Tut mir leid, aber ich kann nicht allzuviel Mitleid für sie aufbringen. Mich haben sie doch regelrecht lächerlich gemacht.

– Sie hatten dich ehrlich gern, Kate, sagte er tröstend. Diese Winkelzüge werden ihnen ja von der Gesellschaft förmlich aufgezwungen.

In dem nachfolgenden Schweigen kam ihm diese Bemerkung entsetzlich hochtrabend und salbungsvoll vor, und er sagte rasch:

– Und Don? Daß er Professor in Ann Arbor ist, weißt du wohl ...

– Ja, wir schreiben uns noch Weihnachtskarten, aber mehr auch nicht.

– Damals dachte ich, ihr zwei würdet vielleicht ...

– Was?

– Ich war ja praktisch noch ein Kind, aber ich hatte fast den Eindruck, daß es zwischen euch gefunkt hatte, wie man so sagt.

– Wir hatten ein kurzes Verhältnis.

– Ein Verhältnis? Er bemühte sich, glaubwürdig den Überraschten zu spielen.

– Angefangen hat es in jener Woche in Garmisch. Ich hatte mir den Knöchel verstaucht, weißt du noch?

– Ja, natürlich.

Sie lachte etwas verlegen.

– Ich weiß gar nicht, warum ich dir das nach all den Jahren erzähle, ich habe nie mit jemandem darüber gesprochen. Aber ich möchte gern, daß wenigstens ein Mensch es weiß. Findest du das sehr albern?

– Unsinn . . .

– Don hat mir damals übrigens einen Heiratsantrag gemacht.

– Nein, wirklich? Diesmal war die Überraschung echt.

– Ja. In der Woche nach deiner Abreise.

– Und du hast ihm einen Korb gegeben?

– Ich habe ihm einen Korb gegeben.

– Weil du Angst hattest, es könnte schiefgehen?

– Es wäre todsicher schiefgegangen. Er wollte doch unbedingt zum Studium nach London. Mit einem armen Studenten verheiratet, eine schäbige Bude mit Kochnische, irgendein mieser Bürojob, um uns beide über Wasser zu halten – nein, so hatte ich mir mein Leben nicht vorgestellt. Außerdem bin ich kein intellektueller Typ, bin es nie gewesen. Manchmal, wenn ich etwas über die Nachrichten oder über ein Buch oder einen Film gesagt habe, hat er mich angeguckt, als überlegte er sich, ob er mich verbessern oder darüber weggehen sollte. Und ich habe mir vorgestellt, wie es wäre, wenn er mich ein Leben lang so ansehen würde . . .

– Das kann ich dir nachfühlen, sagte Timothy. Don war intelligent und integer, ich habe viel von ihm gelernt. Aber in seinen moralischen Ansprüchen konnte er schon sehr penetrant sein.

– Er hat dann eine andere Frau geheiratet und ist mittlerweile geschieden.

– Ach . . .

– Vom wem sprecht ihr? Sheila war auf die Terrasse gekommen.

– Du kennst ihn nicht, Liebling, sagte er. Einen Drink?

– Danke, jetzt nicht. Sie setzte sich auf seinen Schoß.

– Mit den Kindern alles in Ordnung? fragte Kate.

– Sie schlafen fest, alle beide. Wunderschön ist es hier, Kate. Wir sind dir so dankbar, daß du uns dieses Motel besorgt hast.

– Genau richtig für eine Familie mit Kindern, habe ich mir gedacht. Und jetzt in der Nachsaison ist es ausgesprochen preiswert.

– Ja, erstaunlich geradezu. Timothy streichelte Sheilas Taille. Zwei Zimmer, dachte er, heute nacht können wir miteinander schlafen.

– Wie warm es noch ist, sagte Sheila.

– Bis eben waren noch Leute im Pool.

– Gute Idee. Wie wär's, Tim?

– Ich sitze hier gerade so schön . . .

– Dann stürze ich mich schnell mal rein.

– Sie ist ein richtiges Energiebündel, sagte Kate, als Sheila hineinging, um sich umzuziehen.

– Manchmal ganz schön anstrengend, meinte er. Möchtest du noch was trinken?

– Nein, danke. Ich will ja nicht indiskret sein – aber wie macht ihr das mit der Religion?

– Kein Problem. Sheila hat nichts dagegen, wenn die Kinder katholisch erzogen werden, ich habe nichts dagegen, wenn sie plant, wann sie eins kriegen will.

– Ich gehe übrigens wieder zur Kirche.

– Ach ja?

– Wenn man älter wird, braucht man doch einen Halt, besonders wenn man allein lebt. Allerdings finde ich, daß sich auf diesem Gebiet unheimlich viel geändert hat.

– Wurde auch Zeit!

– Es wirkt alles irgendwie protestantischer. Komisch, die lateinische Messe fehlt mir, obgleich ich sie früher immer so langweilig fand.

– Die Eltern werden sich freuen, daß du dich wieder an die Kirche hältst.

– Wußten sie, daß es damit auch mal anders aussah?

– Sie haben es wohl vermutet. Willst du nicht doch mal wieder nach Hause kommen, Kate? Nicht für immer. Nur auf Besuch.

– Es ist die alte Geschichte, ich schiebe es ständig auf. Auch der Reise wegen. Ich hab mal in einem Flugzeug gesessen, das fast abgestürzt wäre, dadurch ist mir das Fliegen verleidet. Aber seit du hier bist, überlege ich, ob ich mich nicht doch mal aufraffen soll. Ich würde dich und Sheila und die Kinder gern wiedersehen. Es war wohl die Vorstellung, daß zu Hause alle so viel älter geworden sind – ansonsten unverändert, aber eben älter –, die mich abgeschreckt hat.

– Du kannst bei uns wohnen, solange du willst. Wir wollen uns ein größeres Haus suchen, wenn wir zurückkommen.

Sheila kam im Bademantel wieder heraus und winkte ihnen im Vorbeigehen zu.

– Viel Spaß, sagte Kate.

Sie sahen der weißen Gestalt nach, die sich wie ein Gespenst durch das Buschwerk bewegte.

– Apropos Heidelberg, sagte Timothy. Eine Gloria Rose ist dir da wohl nie über den Weg gelaufen . . .

– Nicht daß ich wüßte. Wer sollte denn das sein?

– Nur ein Mädchen, das ich bei der Party auf dem Schiff kennengelernt hatte. Sie war in Dons Klasse.

– Party . . . Schiff . . .? Richtig, dabei ist irgendwas passiert, nicht? Jemand ist über Bord gegangen oder –

– Es gab einen Kurzschluß.

– Genau, jetzt fällt's mir wieder ein. Und was war mit dieser Gloria? fragte Kate, in der sich die weibliche Neugier regte.

– Ich hatte mich mit ihr angefreundet. Wir haben uns noch ein paarmal geschrieben, dann schlief der Briefwechsel ein. Es wäre purer Zufall gewesen . . .

Vom Pool her hörten sie es klatschen, als Sheila hineinsprang. Er hatte wohl etwas sehnsuchtsvoll hingesehen, denn Kate fragte:

– Willst du ihr nicht Gesellschaft leisten?

– Vielleicht ganz kurz. Kommst du nicht?

– Nein, danke, so langsam werde ich zu alt für solche mitternächtlichen Vergnügungen. Ich bleibe hier für den Fall, daß die Kinder aufwachen.

– Na gut, warum nicht . . .

Er ging hinein, zog seine Badehose an und kam mit einem Handtuch über der Schulter wieder heraus.

– So übermäßig warm kommt es mir jetzt nicht mehr vor, sagte er lachend.

– Wie meinst du?

Das klang ein bißchen undeutlich, und er merkte, daß sie leise weinte.

– Kate, was ist?

– Nichts . . . Kümmere dich gar nicht darum.

– Du bist unglücklich.

– Nein, es ist nur . . . ich habe so lange nicht mehr über diese Zeit gesprochen.

– Ich verstehe.

Er blieb zaudernd stehen.

– Geh du nur schwimmen . . .

Die in den Palmen angebrachten Strahler beleuchteten den Pool, drangen aber nicht bis in seine Tiefen. Sheila brachte mit ihren geraden, zielstrebigen Bahnen die Spiegelungen ins Schwanken. Sie schwamm viel besser als er. Jetzt hielt sie inne, trat Wasser und sah zu ihm hin.

– Kommst du doch? Es ist phantastisch. Ganz warm.

– Sie heizen den Pool.

– Ich weiß. Verschwendung in diesem Klima. Aber sehr angenehm.

Er ließ das Handtuch fallen, streifte die Sandalen ab und sprang in das dunkle, laue Wasser. Als er hochgekommen war, schwamm er zu Sheila hinüber. Er legte ihr den Arm um die Taille und küßte sie auf die nassen Lippen. Langsam sanken sie miteinander unter Wasser und schnellten wieder nach oben.

– Idiot! Sheila spuckte und prustete.

Er streichelte sie unter Wasser.

– Heute nacht können wir uns lieben.

– Mmm . . .

Er versuchte, die Hand in ihr Bikinihöschen zu schieben, aber sie entwand sich seinem Griff und schwamm so schnell weg, daß er nicht nachkam. Sie stemmte sich am Beckenrand hoch und lief zu den Sprungbrettern an der Schmalseite des Beckens. Er legte sich auf den Rücken, ließ sich treiben und bewunderte ihre sicheren, geschmeidigen Bewegungen, als sie die Leiter hochstieg. Auf der obersten Plattform blieb sie schwer atmend stehen und strich sich die nassen Haare aus dem Gesicht. Von dem warmen Wasser gewiegt, den weiten, klaren Himmel über sich, überkam ihn ein großes Glücksgefühl. Es war ein Moment tiefster Zufriedenheit. Nicht eine einzige banale Sorge, kein einziger kleinlicher Verdruß belastete ihn, und in den großen Dingen des Lebens hatte er immer Glück gehabt. Fast schon unerlaubtes Glück, sagte er sich und dachte an Kate, die drüben in der Dunkelheit saß und weinte. Und an Don, der geschieden war, an Vince und Greg, die man in die Wüste geschickt hatte, an seine Eltern, die sich auf ein tristes Alter zubewegten, während ihre Kontakte zum lebendigen Leben sich mehr und mehr lösten – wie Blätter, die an einem windstillen Tag einzeln vom Baum fallen. Wenn man an all die frustrierten, zerbrochenen, verklemmten Menschenleben dachte ... und die Toten. Die ungezählten Toten der Kriege – seines Krieges und aller Kriege, sinn- und zwecklos vorzeitig beendete Menschenleben. Denn es gab keinen vernünftigen Grund dafür, daß es nun Sheila war, die auf dem Sprungbrett stand, deren Brüste in tiefen Atemzügen sich hoben und senkten. Warum nicht Jill? Jill, die im gleichen Jahr wie Sheila zur Welt gekommen war. Jill, deren Brüste nie hatten wachsen dürfen ...

Dann überfiel sie ihn wieder, die vertraute Angst, die er nie ganz hatte überwinden können. Die Angst, daß dieses Glück gleichsam nur eine Zielscheibe für das Schicksal war, daß schon an der nächsten Ecke eine Katastrophe wartete, auf die er nichtsahnend losmarschierte. Ein Verkehrsunfall. Eine unheilbare Krankheit. Ein Amokschütze. Er drängte die Angst zurück wie so oft, aber er hielt doch in der Mitte des Pools inne und rief:

– Laß es lieber, Sheila, es ist zu dunkel zum Springen.

Sie schnitt ihm ein Gesicht, federte auf den Zehen und sprang. Ihr Körper sauste durch die Luft und tauchte in die schwarzen Fluten ein. Die zerstörte Spiegelung der Lampen tanzte wild schwankend über die Wasserfläche und bildete sich allmählich neu. Wie eine Memme hätte er jetzt am liebsten gebetet; er widerstand dem Drang und fing statt dessen lautlos an zu zählen.

Bei neun tauchte sie wenige Meter hinter ihm auf und schnappte nach Luft.

– Sheila, rief er und schwamm auf sie zu.